El espía imperfecto

El espía imperfecto

José L. Caballero

Rocaeditorial

Primera edición: enero de 2009

Marquès de la Argentera, 17, Pral.
08003 Barcelona
info@rocaeditorial.com
www.rocaeditorial.com

Impreso por Brosmac, S.L.
Carretera de Villaviciosa - Móstoles, km 1
Villaviciosa de Odón (Madrid)

ISBN: 978-84-92429-72-1
Depósito legal: M. 54.984-2008

PRÓLOGO

Los focos del parque de Montjuïc se estrellaban contra la capa de nubes bajas, sacándolas de la oscuridad. La calle, ligeramente empinada, brillaba todavía por el reciente aguacero y las luces de los comercios se reflejaban en pequeños charcos que salpicaban el empedrado.

Sentado en el vehículo aparcado, Iñaki Sagarzazu sentía que le ardían los ojos, tal vez por la falta de sueño, pues le había sido imposible dormir en las últimas veinticuatro horas. Al otro lado de la calle iluminada, un grupo de ruidosos jóvenes distrajo un momento su atención, sólo un momento, suficiente para ver sus caras rojas por el alcohol, su ropa cara y los modales de quienes creen que el mundo es suyo.

Un trueno lejano anunció la tormenta que se alejaba e Iñaki lanzó una mirada al cielo todavía encapotado:

—¿Qué hora es? —preguntó al joven sentado al volante.

—*Hamar edo* —respondió el chico sin mirar el reloj.

El coche era un Golf negro, sin ningún detalle que lo identificara. Nada de muñequitos colgando, ni de cojines bordados; la matrícula falsa y los números de bastidores borrados.

Unos metros por delante, Iñaki podía ver la peluquería con las persianas echadas y las luces a todo trapo, como si aún estuviera llena de clientes, y el restaurante, todavía abierto, con los dos leones de piedra a ambos lados de la puerta con las fauces abiertas, a punto de atacarle.

—¿Lo has limpiado todo? —preguntó.

—Claro. Tranquilo —respondió el otro—. Ya te lo he dicho un montón de veces.

Iñaki se miró las uñas, bien cortadas y limpias, en un gesto nervioso; los dedos sin anillos ni huellas de haberlos llevado. La camisa azul y lisa le daba un aire un poco anticuado, como los pantalones de pinzas y los zapatos oscuros sin cordones. En el retrovisor vio su imagen reflejada: ojeras, pelo ralo peinado con raya a la izquierda, ojos pequeños y marrones, un rostro que había perdido mucho de su redondez un poco infantil.

—¿Estás nervioso? —preguntó Iñaki.

—No —respondió el chico rápido, demasiado rápido—. Bueno... un poco, pero nada.

—Acuérdate, Santi. Nada de encender el motor antes de tiempo, ¿entendido? Esto no es un atraco. Cuando me veas venir, arrancas. Entonces y sólo entonces. Quita el seguro de la puerta; más de un capullo echa los seguros y luego no se acuerda de quitarlos. Nada de nervios. Arrancas, sigues hacia arriba y la primera a la derecha.

—No te preocupes.

En realidad, Iñaki no estaba preocupado. Para estar preocupado hubiera tenido que pensar y nada de lo que hacía tenía nada que ver con el pensamiento. Era como vivir dentro de una nube helada y transparente, una sucesión de secuencias en blanco y negro, como las de aquellas viejas máquinas de pasar diapositivas, clac, clac, clac. Respiró hondo y luego se reclinó un poco en el asiento, relajando los nervios.

—No pierdas de vista el retrovisor —dijo.

Santi era joven, tal vez demasiado joven. Cuadraba bien con el coche: pelo no demasiado corto, bien parecido, con un moderno polo rayado, las gafas oscuras sobre la cabeza, a modo de diadema. Nada de *piercings*, de tatuajes o de pendientes. «Me voy a hacer un tatuaje», había dicho un día. «Ni se te ocurra —fue la seca respuesta de Iñaki—. Siempre discreto, Santi; discreción en la ropa, en el modo de andar, en la mirada. Que nadie te recuerde, nunca.» En cierto modo, Iñaki veía a Santi como a un sucesor. «Tienes que estar preparado —le decía—, es posible que el día menos pensado me maten.» «¿Los *txakurras*? Ésos no pueden contigo.» «Tal vez no sean los *txakurras*, Santi.»

—¿Qué hora es? —preguntó de nuevo Iñaki.

—*Hamabiak eta hamar dira.*

—Recuerda —dijo Iñaki—: hasta el día veinte. Sales con la maleta, que todo el mundo te vea. A casa por Navidad, ¿entendido?

Santi iba a decir algo cuando sonó el móvil de Iñaki. Éste escuchó sin decir palabra, un instante y luego colgó. De la guantera, con cuidado, sacó la Glock nueve milímetros, negra y sólida. La guardó en el cinturón no sin antes revisarla con cuidado, asegurándose de que el cargador estaba lleno y el seguro puesto.

—Vamos allá —añadió y abrió la portezuela.

—*Zortea* —murmuró Santi dedicándole una sonrisa, con las manos agarradas al volante.

Iñaki se fue directo a la segunda planta del aparcamiento, deslizándose entre las columnas iluminadas por una fea luz blanca que amarilleaba sobre las paredes cubiertas de humedad. La plaza 223 quedaba justo debajo de uno de los tubos. Despacio, Iñaki se acercó hasta el interruptor situado junto a la salida de peatones y lo apagó con un chasquido, luego usó la culata de la pistola para chafarlo y dejarlo inservible.

Sintió frío al apoyarse en la columna. Estaba helada, como si fuera el muro de un cementerio. Las luces que quedaban iluminaban la rampa y poco más, dejando en la oscuridad el resto de la gran nave. Había muchos vehículos, casi todas las plazas estaban ocupadas. Hasta su respiración era silenciosa.

Tenía la mente en blanco. Sólo debía actuar mecánicamente, clac, clac, clac. El coche doblando la rampa, el coche aparcando, el hombre saliendo de él, el hombre cerrando la puerta. Ése era el momento, profesional. Por la espalda. Un solo tiro y en la nuca. A través del cristal el objetivo puede verle, el tiro puede ser impreciso, puede haber reflejos.

Iñaki oyó el ruido de la puerta metálica al abrirse. Se colocó tras la columna, sacó la Glock, le quitó el seguro y la montó. La bala estaba en la recámara. Respiró en profundidad y luego relajó los músculos, como había aprendido a hacer hacía muchos años, en los bosques de Hasparren.

Los faros recorrieron el desierto aparcamiento y oyó chirriar los neumáticos. El coche giró a dos metros por detrás de él. Lo oyó maniobrar hasta colocarse en su plaza. Es un hombre metódico, le habían dicho, y muy confiado. Va solo, coloca el coche perfectamente y no para hasta que lo consigue. Conduce bien, pero aparcar no es lo suyo, así que puede tardar.

No, aquella noche lo hace a la primera. Iñaki nota una gota de sudor resbalándole por la frente. Música, tal vez la radio, ¿violines? Iñaki se mueve despacio saliendo de su escondite, todavía en la sombra. Aún no ha salido del coche. Está haciendo algo, ¿qué hace? Ahora abre la puerta. Lleva un traje gris, el pelo corto, el flequillo hacia delante, rebelde. Sale y se coloca de cara un momento, ensimismado. Es él, no cabe duda. Iñaki se sabe sus facciones de memoria. El hombre se vuelve de espaldas e Iñaki se acerca en silencio. Es su víctima, y su víctima se inclina hacia delante y con la mano izquierda toma un maletín de cuero del asiento; lleva las llaves en la derecha. Cierra la puerta con la rodilla y va a oprimir el mando a distancia. Entonces Iñaki se planta tras él. Son casi de la misma estatura así que Iñaki se queda un paso por detrás, eleva la pistola un poco por encima de su propia cabeza, con el brazo extendido y casi apoya el cañón en la nuca de su objetivo. Porque es un objetivo. Sabe su nombre pero lo quiere olvidar, conoce su personalidad, su trayectoria; Iñaki ha contravenido las normas, pero ¿cómo no conocer a aquel hombre? Todo el mundo le conoce. El cierre se ha resistido un momento, pero nunca más lo hará. Un estampido sordo remueve los silencios del sótano, un salto adelante, algo sale disparado de la cabeza del hombre, tal vez una astilla de hueso o un trozo de cerebro. Ni un grito, sólo goterones grises sobre el capó y sangre, mucha sangre.

Iñaki salió despacio del edificio. El aire olía a limpio, a hierba. Dio unos pasos hacia el Golf y de pronto una súbita arcada le hizo detenerse. Vomitó sobre el empedrado sujetándose el vientre con las manos. La calle estaba silenciosa y vacía, más vacía que nunca.

—Vámonos —dijo nada más entrar en el coche y agradeció el silencio de Santi.

I

Desde lo alto del acantilado, Eduardo Navarro podía ver las luces del pueblo envueltas por la oscuridad negra y fría del Cantábrico y una lluvia fina y helada se lanzaba a ráfagas sobre su cara, hiriéndole la piel como si fueran puntas de hielo. San Vicente brillaba como una colección de estrellas lejanas, al final de los meandros de la carretera, y el recodo donde Navarro había aparcado se iluminaba de vez en cuando con los faros del escaso tráfico nocturno. Cualquiera con dotes de observación suficientes podría ver el rápido subir y bajar de la luciérnaga roja del cigarrillo y podría adivinar su estado de ánimo sólo viendo el movimiento. Seguro que ese alguien habría reconocido a un hombre nervioso, de mediana edad, alto y bien parecido, que aspiraba a fondo el humo y movía las manos con rapidez. La punta encendida debía brillar una fracción de segundo, dando un momento de luz a sus mejillas bien afeitadas, a sus facciones un poco aniñadas y a las arrugas junto a los ojos, cansados y enrojecidos por la falta de sueño.

Navarro sintió un estremecimiento cuando se apoyó en el capó plateado, todavía caliente, y aspiró profundamente, una vez más, el humo del cigarrillo. Finalmente el tabaco había vuelto a ganar la batalla y después de tres intensos meses de lucha una llamada telefónica había decidido por él. «Hola soy Iñaki». ¿Cómo?, había dicho tratando de ganar unos segundos para pensar y luego se dejó llevar por la emoción y la sorpresa.

Abajo, a unos metros de distancia, rugía el mar y lejos, por el este, la noche se tragaba toda luz, como el cercano y agobiante agujero negro al que fueron a parar sus pensamientos.

Una súbita ráfaga de viento le hizo estremecer y con un gesto seco lanzó al mar el cigarrillo a medio consumir. Luego, antes de entrar en el coche, aspiró en profundidad el aire salado y fresco.

Conduciendo despacio, enfiló el puente sobre la ría y luego torció a la derecha por una amplia avenida. La sensación de encontrarse en un lugar desconocido era algo que nunca le había gustado. No tenía vocación de explorador, detestaba los mapas y no se orientaba con facilidad. Así que por un momento dudó de que todo aquello saliera bien. De la guantera sacó la nota de su puño y letra con el nombre del bar, Buenavista, paseo Marítimo. Apréndetelo y luego rompes el papel, le había dicho Iñaki, pero en su fuero interno lo había enviado a hacer puñetas. No soy un espía, se dijo. Que tú necesites la clandestinidad no quiere decir que yo sea como tú.

Sonrió al pensar en Iñaki y sus paranoias. Paró el coche, bajó la ventanilla y preguntó a un transeúnte por el bar. Tal vez me he pasado, se dijo. Y entonces sí hizo minúsculos trozos la nota y la lanzó al aire frío de la noche.

El bar era amplio, una de esas cafeterías de moda en los pueblos pequeños. Había ruidosos grupos de chicos y chicas, pero también parejas maduras y algún que otro solitario. Bien, está bien elegido, se dijo para sí. Iñaki aún tenía buen olfato, porque había sido él quien había puesto las condiciones, la hora, el lugar. ¿A qué estamos jugando? Me repele jugar este juego, y sin embargo aquí estoy, reencontrándome con el pasado. El pequeño Iñaki. El chico de los catorce chiquitos, treinta años atrás. Porque le conoció así, cocido, como dicen ellos, con los ojos cargados y gritando: ¡llevo catorce chiquitos! Tantos como años tenía.

Y allí estaba. Le hubiera reconocido entre mil. Con la cabeza gacha, entradas y el pelo demasiado negro para ser auténtico. ¿Coquetería?, no, Iñaki de Mondragón no era de esos. Un jersey de cremallera de lana gris, a lo sindicalista, tan anticuado como su lucha. Camisa de cuadros, seguramente holgada, los pantalones de pinzas, o peor aún, tal vez los llevara todavía de pana, clamando a los cuatro vientos su origen maoísta. ¿Aún crees en la revolución, Iñaki?

—Hola —dijo plantándose ante él.

—¡Joder, tío! —exclamó Iñaki y se levantó como si le descubriera entonces cuando no le había quitado ojo de encima desde antes de atravesar la puerta. Y le abrazó con una fuerza que Navarro no pudo por menos que devolverle.

—Me cago en la hostia, estás como siempre, joder —exclamó Iñaki—. Navarro le vio los ojos más apagados, arrugas alrededor de ellos, los labios un poco caídos, como si el escepticismo tirara de ellos hacia abajo.

—Hola Iñaki —repitió Navarro incapaz de decir nada más. Se sentaron como dos buenos camaradas, frente a frente, todavía cogidos por los antebrazos, como los legionarios romanos.

—Me cago en dios. Estás igual, tío. ¿Pero qué hostias haces? Debes dormir como el gilipollas del Michael Jackson, en una burbuja o en formol, ¡la virgen! ¿Cuántos años hace?, ¿veinte?

—Veinte.

—Veinte. Rediós, veinte años. Veinte años, joder. ¿Cuándo fue la última vez?, deja, deja, ¿en Leizargárate?

—Leizargárate —asintió Navarro—. Una borrachera como un piano. ¡Cuánto tiempo, Iñaki!

—...Helene encendió la leña de la estufa —siguió Iñaki— y se formó una humareda del copón. Tuvimos que dormir afuera, helados de la hostia y el refugio lleno de humo.

—Eso es —asintió Navarro.

—¡Ay, joder!, Helene. Hace un huevo que no la veo tampoco, bien. Hace una eternidad que no veo a nadie...

—Una sorpresa —dijo Navarro—. No podía creer que fueras tú.

—Pues ya lo ves. Los viejos amigos, joder.

—Casi ni te reconocía la voz. No sé nada de vosotros... ¿Y Izaskun? —preguntó Navarro sintiendo una punzada.

—Izaskun. Joder, Izaskun. Supongo que sigue en Mondragón. La mejor de todos. ¿Sabes? Todo el mundo colado por ella. Todos. Hace mucho que no voy —Iñaki miró para otro lado—. Ya sabes.

—Pero, ¿qué hace? Sigue... sola.

—Sigue. Es mujer de un solo hombre, aunque esté muerto.

—Lo sé —sonrió Navarro con una mueca de dolor—. No hubo manera. ¿Sabes que le estuve escribiendo hasta que me casé?

—Sí. Lo sé —asintió Iñaki.

—Me gustaría volver a verla —dijo Navarro.

—Seguro que a ella también. Siempre me hablaba del catalán. Para ella eras el catalán. Me contaba vuestras aventuras, cuando te conoció en Benasque; la vez que te fue a ver a Barcelona. Tus cartas... hubo unos años en que estuvimos muy unidos. Ella, Irune y yo.

—¿Y qué ha sido de Irune?, qué hace.

—¡Joder!, mi hermana Irune. Montada en el dólar. Trabaja para el Jaularitza y se casó con un tío, un tal Barandiarán, no le conocías, ¿verdad?

—No.

—Ingeniero de Lemóniz el cabrón. Gana pasta por un tubo. Y ella, claro. Se trasladaron a vivir a Munguía. Peneuve hasta la médula. Más de derechas que San Luis Gonzaga. ¿Y tú pues?, te casaste.

—Sí, me casé. Sigo en la prensa...

—Lo sé. ¿Tienes críos?

—No. Eso no. Nunca me lo he planteado, no sé.

—¿Y escribir? ¿No querías escribir novelas?

—Ja —rió Navarro— de eso hace mucho. Se me pasaron las ganas. La realidad es mejor que cualquier novela. Vas por ahí, chafardeas y encuentras cosas mucho mejores que dentro de tu cabeza.

—Dentro de la cabeza sólo encuentras problemas —dijo Iñaki.

—Izaskun... entonces sigue sola.

—Sigue. Creo. Lo llevaba más o menos bien, pero lo de Argel la hizo polvo.

—Ya. Nunca se tragó que fuera un accidente, ¿no? Supongo que le pasa a mucha gente. Sigue en Mondragón, dices.

—Creo, pues. En la misma calle y el mismo número. Fui al entierro de su madre. —¿Pero no quedamos que no ibas por allí, Iñaki?, pensó Navarro.

—Claro, su madre. Era muy mayor ya entonces —recordó Navarro—. Una tía maja. ¿Sabes que una vez le regalé un canario?

—No jodas —rió Iñaki abiertamente—. ¿Un canario?

—Sí. Se lo traje desde Barcelona en el tren. En una jaula, sin ocupar asiento —los dos hombres rieron—. Le estuve poniendo todo el viaje gotitas de ginebra en el agua, para que cantara —las lágrimas de risa les saltaron a los dos—, y cuando lo vio la mujer dijo: ¿y pues, este canario?, sí que te ha salido cantarín.

El bar se fue vaciando. Fuera la lluvia se había convertido en una cortina suave y silenciosa y el local estaba cada vez más frío. Vaciaron dos botellas de sidra y por primera vez en muchos meses, Eduardo Navarro se sintió bien. No tenía que hacer nada, no tenía que fingir nada. Allí, sentado ante unos vasos, con un viejo camarada de sus años de revolucionario podía refugiarse en los recuerdos y esperar, porque Iñaki de Mondragón sólo estaba tratando de retomar su juventud y su adolescencia, probablemente para recuperarla. Pero, ¿cómo quieres recuperarla, Iñaki?, ¿no te das cuenta de que ya no podemos?

—¿Te acuerdas de la noche de Santa Cecilia? —le preguntó Navarro arrebujándose en la cazadora. Habían salido al frío de la noche.

—En la sociedad gastronómica —asintió Iñaki.

—Aquello pudo acabar mal, ¿verdad?

—Javi era una bestia —afirmó Iñaki—. Pero Izaskun anduvo lista sacándote de allí.

—Sí. Una gran chica. —Navarro encendió otro cigarrillo. Una noche en la sociedad gastronómica de Mondragón. La mayoría hombres, pero también Izaskun e Irune porque tenían más huevos que todos ellos juntos, las «ís» las llamaban. Unas botellas de vino, una charla que se fue encendiendo y Javier Azkoiti, «El Patas», cocido como una cuba, lanzando amenazas en su euskera de caserío, con la cara roja por la ira y por el vino.

—Luego os fuisteis juntos, Izaskun y tú —dijo Iñaki.

—Sí, pero es mujer de un solo hombre, Iñaki, tú lo has dicho; de un solo hombre.

—¿Sabes que yo la quería? —dijo Iñaki y entonces sí que Navarro empezó a ver algo claro.

—No. No lo sabía.

—Qué importa ya —gruñó Iñaki. Habían llegado al extremo del paseo y el mar rugía ante ellos—. Yo la quería y aquella noche creí que me moría de celos. Creí que vosotros...

—Lo siento —dijo Navarro.

—Sí. Cosas de juventud.

—Eso es. Porque éramos jóvenes —le recordó Navarro—. ¿cuántos tenía ella entonces?, ¿veinte?

—Veinte. Te acuerdas bien.

—Era la mujer más entera que he conocido nunca.

—Así que ya ves —dijo Iñaki—. La queríamos los dos.

—Y ella sólo le quería a él, nada más que a él. Yo lo descubrí aquella noche. La acompañé a casa, la abracé en la puerta, le dije que la quería, que me había enamorado de ella y me rechazó. Allí, bajo la escalera de su casa, ¿sabes? Aquella pintada de blanco. Así que, querido Iñaki, los dos quedamos bien servidos.

—Sí, joder, somos hermanos de calabazas, como los de leche pero más de campo.

Navarro rió. Al menos aquello era verdad, aunque no toda la verdad.

—¿No quieres saber por qué te he buscado? —dijo Iñaki por fin. Se había vuelto hacia él, clavándole en los ojos los suyos, pequeños y oscuros, un poco rasgados. Plantado de pie, bajo la farola, con las piernas separadas, como balanceándose, del mismo modo que debía empuñar la pistola.

—Claro Iñaki, claro, pero cuando tú quieras.

—Estoy harto —dijo—. No puedo más, la sangre me está ahogando y vomito todas las mañanas nada más mirarme al espejo. Mi estómago no soporta la vista y ya no me soporto a mí mismo. Apesto a cadáver, ¿no lo has notado? ¿Sabes lo que es eso? He llegado hasta el límite que puede llegar un ser humano y no quiero seguir. Estoy hasta los cojones de esta puta mierda y lo peor es que no sé cómo salir ni a dónde ir, como si el mundo se me hubiera quedado pequeño.

Luego siguió hablando. Como un torrente, como un enloquecido torrente llevándose por delante vidas, paisajes, recuerdos, planes de futuro, fango y más fango.

A Izaskun Arriola, Eduardo Navarro la había conocido una tarde de verano a las afueras de Benasque. Tenía los ojos verdes, el óvalo de la cara perfecto, un cuerpo flexible y fuerte, de montañera, una risa única, y una sabiduría que iba mucho más allá de sus dieciséis años. Se pasaron la noche dentro de una tienda de campaña hablando en voz baja para no despertar al resto del grupo. Amanecía cuando ella se dejó caer a su lado, cerró los ojos y dijo: me has ganado, y se quedó dormida. Navarro y sus dos compañeros acababan de bajar del Aneto, empapados, agotados y ateridos. Habían sido incapaces de llegar hasta el pueblo y se habían quedado allí, a las afueras, tirados en la hierba junto a la tienda circular de Izaskun, Irune y Helene, la jaima, como ellas decían.

—Será mejor que nos metamos en el coche o vamos a pillar algo —dijo Navarro.

—¿Es tuyo? —preguntó Iñaki.

—No. Alquilado.

—Todos nos movemos con precaución, ¿eh?

¿Desconfías, Iñaki?, pensó Navarro. Dejaron pasar unos minutos, como si hubiera que hacer un punto y aparte o hubiera que alejar fantasmas.

—Quiero acabar con esto —dijo Iñaki—. Puedo ayudar a terminar con esta locura, pero no quiero hablar directamente con los txakurras. No he dejado de ser lo que soy, pero creo que no vamos a ninguna parte. Estamos en manos de asesinos y chapuceros, de profesionales del tiro en la nuca que no quieren ir al paro. Eso es lo que pasa. El pueblo ya no tiene voz ni voto, aquí nadie decide nada más que ellos. Se creen dioses. Bueno, nos creemos dioses... ¿no dices nada?

—¿Tú también te crees un dios?

—No. Pero me siento a la mesa con ellos. A la derecha de dios padre. —Así que es eso, pensó Navarro. Estás en la dirección, mi querido amigo.

—Tú sabrás con quién tienes que hablar —siguió Iñaki—. Tú me pondrás en contacto con alguien. Alguien que quiera oír. ¿Lo entiendes?

—Lo entiendo... pero...

—Pero qué.

—Lo tengo que pensar. Tengo que pensar a quién voy.

—Nada de policía —dijo Iñaki— ni de guardia civil.

—Ya. Y eso me recuerda a alguien.

—A quién.

—A Lejarza —respondió Navarro.

—A ese le entrenaron ellos. Esto es otra cosa. Ahora yo pongo las normas. Gente que no quiera echarme el guante y nada más.

—No es nada fácil eso que me pides. No es lo mío.

—¡Joder! Eduardo. Tú sabrás cómo hacerlo. Leo tus artículos y tus cosas. Te dedicas a las altas esferas. Gente de las alturas. Mira —se volvió hacia él casi suplicante—. Sé que te meto un buen marrón. Lo siento, la hostia, pero no puedo mover el culo sin que mi cuello corra peligro, ¿entiendes? No puedo ver a nadie, no puedo hablar con nadie. Me estoy jugando los huevos por venir aquí contigo y eso porque, aunque nadie se lo crea, tengo algo que decir. Digo que eres mi amigo y que quería verte. Me pegarán un tiro igual, pero al menos puedo decir algo, negar la evidencia, ¿entiendes?

Navarro sacudió la cabeza asintiendo. Mecánicamente sacó un cigarrillo y lo encendió aspirando el humo en profundidad.

—El tabaco es malo, Eduardo, mata —dijo Iñaki y luego se echó a reír como un crío. Fue tan contagioso que Navarro explotó también en una risa convulsa y la tos le asaltó, como una vieja amiga.

—Te juegas la vida, Iñaki —dijo finalmente.

—¿En serio? —rió el otro sin alegría—. No sabes desde cuándo. Pero eso es cosa mía.

—¿Por qué yo?

—¿Por qué? Porque eres mi amigo, porque eres el único periodista que conozco que no es un traidor ni un pelota. Porque te he seguido desde que te fuiste de Euskal Herría y eres el más honrado. He leído tus artículos sobre Palestina poniendo a caldo a los israelíes, tocando los cojones a la Iglesia, al Ejército y a la madre que los parió. Porque queríamos a la misma chica que no nos quiere a ninguno de los dos. Eres de fiar, y si no lo fueras, ¿qué más da? De eso se trata, ¿no?

—Joder, Iñaki, no sé... No es fácil presentarse delante de no sé quién y decirles, no sé, ¿qué tengo que decirles?

—La virgen, tú eres periodista. Tienes contactos. Pide una cita con alguien, una entrevista, ¿no haces entrevistas? Pues pídesela a algún capullo que mande o al ministro, espabila.

—Bien. Supongamos que alguien, no sé quién, me concede una entrevista y te aseguro que no es fácil. Todos quieren saber qué les voy a preguntar y garantías. No les conoces, no se mojan el culo en una entrevista. Y no digamos los de Interior. Algún cagamandurrias subordinado habla conmigo, de acuerdo ¿y qué le digo? Tengo un amigo que está en la dirección de ETA y quiera hablar con alguien, ¿eso les digo?

—Joder, Eduardo, joder. Tienes que ayudarme.

—Nunca me he metido en los asuntos de Euzkadi. Tengo demasiados amigos allí.

—Lo sé. Habla con quien tengas que hablar. Ponme en contacto. Si tuvieras que hacerlo por tu cuenta el problema sería contactar con la organización, con alguien de adentro. Y eso yo te lo pongo a huevo. No eres un pardillo. Te mueves bien por Madrid, tienes contactos, pues haz lo que tengas que hacer.

—De acuerdo —cedió Navarro— de acuerdo. Pensaré algo.

—No te cabrees —Iñaki le dio un suave golpe en el hombro con el puño cerrado—. ¿Te acuerdas la noche de las fiestas de Oñate?

—Nos bebimos toda la cerveza de Aránzazu —dijo Navarro sonriendo.

—¡Te la bebiste tú!

—Gritabais a coro: ¡cerveza para el catalán! Y luego en la carretera...

—Ahora nos detendrían por ir todos borrachos, pero entonces sólo buscaban subversivos —dijo Iñaki volviéndose sombrío de pronto—. Todo tenía sentido, ¿verdad? Tú con Bakunin, nosotros donde siempre...

—¿Te acuerdas? —cortó Navarro—. Pararon a Izaskun, le miraron el dos caballos tronado y le dijeron: señorita, váyase a casa porque si empiezo a ponerle multas me tengo que quedar con el coche.

—El picoleto tenía sentido del humor —gruñó Iñaki—. Y ahora a lo mejor está muerto y enterrado, igual que El Patas.

Navarro dejó que el silencio flotara unos instantes: ¿No te has casado? —preguntó.

—Anduve tonteando, pero esto no es vida. Una buena chica, ajena a todo esto, creo. Francesa. Tú sí te casaste.

—Sí. Pero tampoco podemos decir que fuera una maravilla. Nos separamos hace casi dos años. ¿Qué pasó con la tuya?

—No funcionó —silencio.

—¿No te acojona un poco todo esto, Iñaki? —Volvían lentamente hacia el centro del pueblo. Solitarios. Había dejado de llover y soplaba un viento helado, a rachas, que alborotaba el pelo de Navarro.

—No te lo puedes imaginar —dijo Iñaki bajando la cabeza—. Lo peor son las noches. No duermo, fumo como un gilipollas y me monto historias en la cabeza, aunque ¡joder! No me faltan historias reales, no hace falta imaginar nada. No tienes ni idea...

—Pero, ¿qué vas a hacer? ¿seguirás con ellos?

—Eso depende —dijo Iñaki sin mirarle—. Depende de con quién hable, de qué me ofrezcan. Esto no es América, joder, ni una película. Aquí no funciona esa pijotada de la protección de testigos... no sé. Pero lo que sí te juro por dios es que no puedo seguir así.

—¿Y si lo dejas, sin más? —dijo Navarro y al momento pensó en que lo matarían.

—¿Dejarlo? Estamos en las mismas. Ya sabes lo que le pasó a Yoyes. Nadie deja la organización. A veces la gente se jubila, pero no es mi caso. Y luego está...

—Qué.

—Tiene que acabarse. No es sólo que yo me quite de en medio. ¿Crees que no lo he pensado? Quitarme de en medio de verdad. Una Glock nueve milímetros y pum. A tomar por culo. Esa era una de las opciones. Retirarme de verdad. Y ellos seguirían adelante.

—Bueno —dijo Navarro encogiéndose de hombros—, palmarla es como si se acabara el mundo. No te vas a enterar.

—¡Ja! —rió Iñaki—. Eres la hostia. No me sermoneas con que no me suicide.

—No estoy para sermones —rió también Navarro. A lo lejos un hombre cruzó la calle subiéndose el cuello de la chaqueta, con andar vacilante, tal vez el alcohol o tal vez no.

—¿Le has dicho a alguien que ibas a verme? —preguntó Iñaki; por fin la pregunta del millón.

—Me dijiste que no lo tenía que saber nadie.

—Pero, ¿me has sido fiel? —insistió Iñaki.

—Hostia Iñaki. No se lo he dicho a nadie. ¿Crees que soy idiota? ¿A quién se lo voy a decir? Me llama un amigo que quiere verme, claro que sé en qué andas metido, pero por eso. Aparte de que no voy dando por culo a los amigos resulta que si me presento a la poli con eso me amargan la vida para siempre, ¿no te parece?

—Supongo.

—Sí. Supones. No confías en nadie, ¿verdad?

—Por eso sigo vivo.

—Eso es muy peliculero.

—La francesa. ¿Sabes? Se llamaba Michelle. Era de Lyon, bueno de un pueblecito. La estaban siguiendo. Vivía en un apartamento pequeñín y estaba podrido de micrófonos. Nos grababan hasta cuando follábamos y un día no fui a la cita. ¿Por qué? Pues no sé. Llámale instinto. Desconfianza. Los CRS tenían el edificio rodeado. Una docena de cabrones esperando para joderme.

—Pero ella... no sabía nada.

—¡Y yo qué sé! Te crees que lo sabes todo, que conoces a la gente. Te dices, está limpia. Es lo que parece ser...

—Pero a lo mejor es verdad. A lo mejor no tuvo nada que ver y se jodió vuestra historia por eso.

—Y qué más da —dijo Iñaki tirando la colilla al suelo—. Sólo tener tratos con alguien que no sea de la organización es un riesgo.

—Entiendo.

—Tú. Haz lo que te digo —le insistió Iñaki—. Habla con alguien destacado y ellos sabrán cómo hacer.

—Hostia, Iñaki. Yo no soy un profesional de lo que sea que es esto... —protestó Navarro— no sirvo para estas cosas.

—Eres el único con el que puedo hablar. Eres el único. No me falles.

Navarro se paró en seco. Ahora era miedo. O la sensación de que todo aquello le superaba.

—Soy periodista, Iñaki. Tampoco creo que sea muy aconsejable si se descubre que hablas conmigo.

—Es lo que tengo. Eso y asco...

—¿Y el miedo?

—Claro que lo tengo, Eduardo. Más que cuando tenía quince años...

—Sí —dijo Navarro—. Cuando te empeñabas en conducir, con quince años y cocido.

—Entonces era valiente —dijo Iñaki.

—¿Ha valido la pena? —preguntó Navarro tras un silencio.

—Mejor lo dejamos, ¿vale? Y ahora sería bueno que hablemos en serio. Ya llevamos dos horas pajareando por aquí. Y llueve.

—Sí —dijo Navarro mirando al cielo seco y sereno—. Llueve.

Los faros le deslumbraron y un largo pitido le despejó de golpe. Debía haberse dormido una fracción de segundo, pero fue suficiente para que Navarro se diera cuenta de que no podía seguir conduciendo. Acababa de pasar las luces de algún pequeño pueblo, ya en Castilla. La carretera era recta y amplia, así que aflojó la velocidad y buscó un lugar donde detenerse.

Vio una explanada lo bastante amplia, cerrada a la derecha por una verja metálica y allí metió el coche apagando seguidamente las luces y el motor. El silencio era total, ni siquiera el roce de un insecto, ni una pizca de viento. Bajó la ventanilla y dejó que el aire helado rebajara la temperatura del interior. El cielo era como un puñado de puntas blancas esparcidas de cualquier manera sobre un fondo negro. Respiró hondo y recordó otras noches bajo el cielo, otros tiempos. ¿Qué hará Izaskun? Tal vez esté tan metida como Iñaki, él nunca me lo diría. Al pensar en él sintió una profunda sacudida, una angustia tan sólida y ácida como una mala digestión. Un coche le pasó a toda velocidad, iluminando por un instante su propia escena. No debías hacerme esto Iñaki, no a mí.

Encendió un cigarrillo y se recostó en el asiento, aspirando el humo tibio. La última noche en Mondragón no hacía frío. Era un verano cálido y haciendo sólo un pequeño esfuerzo podía recordar la sensación de tener a Izaskun entre sus brazos, sólo un instante, con su olor a fruta fresca, el pelo cosquilleándole la cara; y sin embargo fría y lejana, colgada de algún lugar en el norte, tal vez en San Juan de Luz o en Bayona. Es mujer de un solo hombre, le había dicho Iñaki, y para nadie era más cierto que para ella. Mujer de un solo hombre. Cuando la conoció, por alguna razón que no se explicaba, Navarro creyó que era la mujer de su vida. Te ha pillado en un mal momento, le dijo alguien, pero ya sólo tuvo tiempo para ella. Izaskun era la musa de sus poemas, el sueño de sus noches, su insomnio cuando intentaba dormir, sus proyectos de futuro, la protagonista de sus recuerdos y de sus deseos. Era una locura, un amor que nunca era correspondido pero del que ella, seguramente, se sentía tan presa como él mismo. Ella le decía, no soy yo, cuando él publicó sus poemas. No quería saberlo, no quería saber que su amigo, compañero de copas, se había enamorado como un tonto de ella, entregada en cuerpo y alma a otro.

Y aquella noche de verano se armó de valor y le dijo, te quiero. Hacía tanto tiempo.

Te ayudaré, Iñaki, por ella. Alguien que necesite información y que no tenga interés en cogerte.

II

Sobre la mesa del capitán Miguel Maestre, del Centro Nacional de Inteligencia, se amontonaban una decena de fotografías anodinas en blanco y negro. Las fotos, tomadas en los controles o en los radares de tráfico de las carreteras y autopistas del País Vasco, de Navarra y del sur de Francia eran las últimas remitidas por el servicio de información de la Guardia Civil, fotos de individuos que consideraban sospechosos por una u otra razón pero que no habían podido identificar. Parte del trabajo de Maestre consistía en cruzar aquellas deficientes instantáneas con los archivos de La Casa para intentar ponerles un nombre, si es que lo tenían. La mayor parte de las veces eran caras borrosas, otras imposibles, y en muchas ocasiones su intuición jugaba un papel importante. También, aunque todavía era más difícil, estaba la cuestión de los coches y para ello contaba con el potente programa informático conectado con la Interpol que podía aproximar la comparación de un vehículo sospechoso con alguno robado en alguna parte del País Vasco francés o zonas limítrofes. Una aguja en un pajar. Ni siquiera levantó la cabeza cuando la puerta de su despacho se abrió y Esperanza le miró con aire divertido.

—Miguel. El coronel te espera.

—Sí, voy —respondió.

Sin dejar de mirar la foto, Maestre se puso en pie y se fue hasta la puerta. Puso la foto en las manos de la chica y luego descolgó su americana de la percha situada junto a la ventana. Por un momento se quedó contemplando el césped verde y recién recortado. La visión del parque siempre le relajaba y le llamaba la atención la uniformidad del color, como si hasta el césped estuviera uniformado. La ventana abierta dejaba llegar hasta allí el perfume de los pinos y los mil ruidos de pájaros y ramas mecidas por un suave viento. Dejó vagar la memoria, a su aire, con la imagen de los ojos que acababa de ver en la fotografía. Una cámara en la autopista Bilbao-Behovia. Un hombre solo, con unas gafas simuladas. Alguien conocido. El miembro de un comando o uno de los muchos dirigentes batasunos que van y vienen, unos más buscados que otros. Aunque esos suelen ir sin ningún disfraz, buscando la provocación más que pasar desapercibidos.

—¿Te has fijado que el color del césped se parece al uniforme de los picoletos? —dijo.

—¿Picoletos, capitán? ¿Qué forma es esa de llamar a la Benemérita? —dijo la chica. Maestre sonrió, le pasó el brazo por los hombros de un modo muy paternal y le dijo:

—Anda, sé buena y envía esa foto a El Escorial. A ver qué nos dice. Y vamos a ver qué tripa se le ha roto al coronel.

—A sus órdenes, mi capitán.

El coronel Ángel Valdés tenía la carpeta amarilla abierta sobre la mesa, pero Miguel Maestre no pudo ver nada porque los brazos de su superior descansaban sobre ella. El sol matinal se filtraba por las persianas, siempre bajas, dando al despacho pintado de blanco una suave luz que invitaba más a dormir que a trabajar, algo que cuadraba muy bien con Valdés, siempre con sus ojos entornados, siempre rodeado de una nube de humo y lento en todos sus movimientos, engañosamente lento pues Maestre sabía que era de las personas más lúcidas y más rápidas de reflejos en todo el servicio.

Con un gesto de la mano, Valdés le indicó la silla colocada estratégicamente frente a su mesa, ni muy lejos ni muy cerca, enfocada directamente por una de las cámaras de seguridad y ligeramente más baja que su sillón. El despacho olía de un modo peculiar, un poco a papel viejo y un poco a plástico nuevo de los dos ordenadores que Valdés tenía sobre su gran mesa. Un viejo archivador metálico y un retrato del rey completaban el mobiliario de la austera habitación.

Maestre se sentó y procuró mantener la rigidez de la espalda, las palmas de las manos sobre los muslos y la barbilla levantada. A pesar de la profunda amistad con el coronel y de la relativa relajación de la disciplina formal en el nuevo CNI, Maestre tenía siempre claro que él era un capitán y Valdés era coronel jefe de operaciones de La Casa. De algún lugar, Valdés sacó unos folios y frunció los labios sin mirarle.

—He leído tu informe. —disparó con su voz cavernosa—. Para decirlo delicadamente: no me creo nada.

—Es lo que hay —dijo Maestre con amabilidad.

—A veces pienso que... no estamos en onda, ¿no te lo parece? Los picoletos dicen que el secuestrado debe estar a estas horas en Francia. Que han detectado movimiento entre los refugiados.

—Está por aquí, coronel, y cerca. No han tenido tiempo, ha sido un secuestro improvisado y le han querido encerrar como venganza.

—¿Venganza?

—Sí. Es un funcionario de prisiones. Un carcelero como ellos dicen. Y en el País Vasco tienen muchos amigos; no necesitan irse a Francia.

—Sí, mucho amigos —refunfuñó Valdés dejando a un lado las hojas grapadas—. Por cierto, ¿has llamado a Luisa?

—No. No la he llamado, y...

—Está en Madrid. Ha venido a una conferencia o a algo así. Deberías...

—La vi el día del entierro de su padre y pasó de mí.

—No era el día más adecuado.

—No me gusta que decidan por mí cuál es el día más adecuado.

—Capitán... —suspiró Valdés— si no fuera porque eres mi mejor elemento te enviaría a hacer puñetas o a pegar barrigazos en algún sitio. Lo sabes, ¿no?

—Lo sé, mi coronel. —Valdés soltó una risita al oírle, fijó los ojos en la carpeta que tenía delante y se puso repentinamente serio. Maestre se envaró, súbitamente en guardia y echó de menos un cigarrillo.

—Oye —trató Valdés de sonar excesivamente condescendiente—. Tengo algo para ti, algo... importante, bien, muy importante.

—O sea que era eso.

—Me ha llegado algo... una bomba.

—Te escucho.

—Una oreja en el nido de la serpiente.

—¿Qué?

—En el mismísimo nido de los aizkolaris. Información de primera mano. Sin intermediarios, sin trabajo previo. Una oferta mejor que lo de Lejarza.

—Genial. Te dije que no era mi terreno y ahora me tengo que enterar así. Yo de ti me cesaría.

—Sí, lo he pensado —torció el gesto Valdés—. En serio. Quiero que lo valores, pero mi impresión es que es oro puro, tan secreto que ahora mismo sólo lo sabemos tú y yo y el intermediario. Me da miedo que empiece a correr por los despachos del Mando Único. Quiero que te encargues personalmente.

—¿Personalmente? Tengo agentes sobre el terreno, se lo puedo colocar a cualquiera.

—No me escuchas. Es muy gordo, en la dirección, tienes que ser tú.

—Oye, cada día nos llegan bulos de estos —protestó Maestre—. Uno que dice que está en la dirección. ¿De dónde ha salido?, ¿quién es el intermediario?

—Un amigo. Lo tendrás que conocer.

—Si hago el trabajo querrás decir.

—Lo harás.

—Oye, ¿por qué no van a los picoletos? Ellos tienen un buen servicio de información. No es nuestro trabajo.

—La fuente no quiere saber nada con los cuerpos y fuerzas. Quiere alguien que aprecie la información y no tenga interés en cazarlo. O sea, nosotros.

—La fuente. Seguro que ha leído muchas historias. ¿Pidió hablar con nosotros?

—No. Recurrió a un antiguo amigo, periodista. Y resultó que el periodista acudió a otro periodista con tal chamba que era de los nuestros.

—Sigo sin ver por qué yo.

—No lo ves porque no sabes de quién te estoy hablando.

—¿Y me lo vas a decir? No me jodas.

—Tenemos... —Valdés echó una ojeada al expediente soltando un largo suspiro— sí, la fuente; le hemos llamado Germán, perfectamente identificado. Está buscado por el asunto del cuartel de Vic y por dos... no, tres asesinatos más. El de Barcelona, ya sabes, es posible que también sea suyo con lo que serían cuatro. Eso es lo que sabemos, pero no se llega a la dirección por nada. Es un machaca, un hijo de puta. Nacido en Mondragón en el sesenta y uno.

—¿Qué? —exclamó Maestre y Valdés soltó una risita sardónica—. Mondragón, ¿en el sesenta y uno y cercano a la dirección? Sólo puede ser...

—Tiene una hermana sin relación con la banda —siguió leyendo Valdés— detenido, juzgado y huido en Francia y se supone que está en la dirección colectiva.

—Hablamos de Sagarzazu.

—Nadie lo manejará mejor que tú. Le has estudiado —dijo Valdés.

—Podría ser una trola, una trampa para ver cómo nos movemos —dijo Maestre.

—Eso es parte de tu trabajo, saber de qué palo va. Refresca el expediente, luego habla con el periodista y haces una valoración.

—¿Cuánto tiempo tengo? —preguntó Maestre.

—¿Tiempo? Poco. La Guardia Civil va tras él, también los franceses y creo que hasta los ertzainas le tienen ganas.

—Lo que me faltaba.

—Sí, va a ser como la torre de Babel. Por cierto, ¿qué tal tu inglés?

Maestre no tuvo que esperar mucho a Eduardo Navarro. Apenas pasaban dos minutos de las seis, la hora de la cita, cuando se abrió la puerta del Palacio de Cristal y Maestre le vio entrar con las manos en los bolsillos y la cara roja por el frío. Le reconoció enseguida a pesar de que parecía mayor que en las fotos, con los ojos hundidos y la expresión seria. Nada más verle, pensó que como todos los periodistas era un personaje peligroso, tan peligroso como el mismo Germán.

Se levantó y se dirigió hacia él sin darle tiempo a nada más.

—Soy Ernesto —dijo Maestre— ¿Cambiamos de decorado?

Navarro se dejó guiar. Se metieron en el coche de Maestre y éste condujo hacia la Casa de Campo. Aparcaron en un camino lateral, rodeados de oscuridad por todas partes. Maestre apagó el motor y Navarro, envuelto en su chaquetón de piel, se estremeció antes incluso de que el coche se enfriara.

—Me llamo Eduardo, Eduardo Navarro —dijo Navarro tendiéndole la mano.

—Perdona —se disculpó Maestre estrechándosela—. Soy Ernesto, lo siento. Lo mío no son las relaciones públicas.

—Entiendo.

—Háblame de Iñaki —dijo abruptamente Maestre ofreciéndole un cigarrillo. Había estudiado en detalle el expediente de Sagarzazu, pero muchas otras cosas eran un misterio, como sus motivos para hacer lo que hacía o el papel de Navarro.

—Ya he contado todo lo que sé. Les hice un informe.

—Sí, lo he leído. Ignacio Sagarzazu Olarte —recitó Maestre de memoria—. Nacido en Mondragón, Guipúzcoa, educado en el Colegio San Francisco Javier, un curso de mecánica y el seminario; todo eso lo sé, pero quiero algo más; tengo que saber otras cosas. Quiero saber cómo es. ¿Entiendes? Cómo os conocisteis, las relaciones con su familia, con sus compañeros de estudios, de cómo se metió en todo eso. Le conoces desde hace años, ¿no? Has dicho que habíais compartido borracheras, juergas, comilonas de esas en las sociedades gastronómicas.

—Nadie me ha dicho que tenía que contar todo eso.

—¿Y qué te han dicho que era esto? —respondió Maestre, agresivo.

—Oye. No estoy aquí por mi gusto. Él me lo ha pedido y supongo que os estoy haciendo a favor.

—¿Un favor?, ¿a quién crees que haces un favor?

—No tengo ni idea, pero lo que tengo claro es que no eres una hermana de la caridad. No tengo más remedio que estar aquí metido, pero nadie me ha dicho que tenía que hablar de mis intimidades.

—De acuerdo, de acuerdo —levantó las manos Maestre—. Soy asesor del ministerio del Interior. Me han encargado que evalúe lo que nos estás ofreciendo. Tengo que recoger información antes de aconsejar una cosa u otra. No es nada personal.

—Entiendo. Pero yo no ofrezco nada. No me gusta todo esto. Y no me apetece ir hablando de mi vida.

—No me interesa tu vida, te lo aseguro. —Maestre empezó a pensar que el hueso duro de roer iba a ser el tal Navarro y no Germán—. Entiéndeme, tengo que saber de quién estamos hablando y de qué le conoces. Es así como funciona.

—Está bien —respiró hondo Navarro tras tomarse un instante—. Era un crío cuando le conocí. ¿Tienes fuego? Bebía mucho, más que yo. Estudiaba algo en una escuela secundaria, eso es, algo relacionado con la mecánica, luego entró en el seminario, lo sabes, ¿no? Creo que estuvo en Aránzazu. Pero de aquella época casi no recuerdo nada. Sólo le vi un par de veces y era un crío. La gente cambia. No puedes encontrar nada sólido en un chaval de catorce años.

—¿Y luego? —Maestre le encendió el pitillo—. Porque volviste por allá después, ¿no?

—Varias veces. La primera cuando ya había dejado lo de ser cura.

—Entonces tendría dieciocho ¿no? ¿Militaba ya?

—No sé, supongo. Estaba muy politizado —dijo Navarro expulsando el humo con placer—. Estaba en Jarrai, seguro.

—¿Cómo era?

—Pues, un chaval. Como todos ellos. Pero recuerdo sobre todo su rollo con las mujeres.

—Cuéntame eso.

—La educación religiosa. Arrastraba muchos problemas con las chicas.

—¿Qué tipo de problemas?

—Ya sabes, muchas ganas y mucha represión. ¿Estás casado?

—¿Tenía novia?

—No. Nada de novia. Nunca le he conocido ninguna novia.

—¿Ni te ha hablado de ninguna?

—¿Qué importancia tienes eso? —preguntó Navarro, molesto.

—La tiene. La gente hace cosas por amor, o por celos. ¿No lo sabías?

—El otro día, cuando le vi, me enteré que estuvo enamorado de la misma chica que yo.

—¿Qué chica?

—¡Oh! Vamos. Eso pertenece a mi intimidad.

—No te pregunto de qué chica estabas enamorado tú, te pregunto de quién estaba enamorado él.

—Ya te he dicho que era la misma.

—Y yo te digo que no me interesa tu vida, sino la de él.

Navarro frunció los labios y se tomó su tiempo. Fuera se había levantado viento y las hojas esparcidas por el suelo formaban curiosos dibujos llevadas aquí y allá por las ráfagas.

—Se llama Izaskun Arriola. De Mondragón.

—¿Ella vive allí?

—Eso creo. Y no tiene nada que ver con esto. No tenéis que molestarla.

—Estás equivocado conmigo. Yo no voy a molestar a nadie. Ni siquiera a él. Tu amigo quiere hablar con alguien y eso es lo que yo estoy evaluando. No se trata de molestar a nadie.

—Vivía en Mondragón y supongo que sigue allí. Él me lo dijo el otro día, pero yo diría que no parece muy interesado en revivir aquello.

—¿Qué quieres decir?

—Que no es de los nostálgicos. Ya me entiendes.

—Háblame de ella.

—La conocíamos desde muy joven.

—¿Iñaki fue su amante?

—¿Su amante? No conoces a esa gente. Ella era de otro hombre. No me extraña que no podáis con ETA.

—Ya. De otro hombre —dijo Maestre tras un silencio tenso. No quería preguntar de qué hombre. Ya lo haría más tarde cuando Navarro no estuviera tan en guardia—. De acuerdo. ¿Cómo es ella?

—Con carácter, despierta. Bueno así es como era. Metida en política hasta las cejas, aunque no estaba en la órbita de los abertzales. Una comunista, puede que trotskista o algo así, no me acuerdo. Entonces yo no lo tenía muy claro.

—¿Es guapa?

—Era muy guapa. Pequeña, fuerte. Alegre. Cantaba continuamente, reía... —Navarro calló de pronto.

—Bien. —Maestre captó algo más que nostalgia—. Pequeña y qué más, quiero decir físicamente.

—Ojos verdes, preciosos; pelo castaño...

—¿Qué hacía?, quiero decir si estudiaba o trabajaba o qué...

—¿Ella? Trabajaba en las cooperativas, en Mondragón. Aún trabajará, supongo.

—¿Cuándo le viste por última vez?, a Iñaki.

—En el ochenta y cinco, creo. Algo así. Una salida al monte. Aunque no me acuerdo bien, puede que le viera después en otro viaje. Pero a veces te cuentan cosas y no sabes bien si te ha pasado a ti o a otro.

—¿A quién? —preguntó Maestre.

—Eres un poli ¿verdad? Se te nota, sólo preguntas, nada de respuestas. Tengo historias en la cabeza de alguno de mis amigos. De otros amigos, otros viajes a los que yo no fui. Solíamos ir en grupo al País Vasco y algunas veces no iba uno u otro, pero luego te contaban las historias y al final no recuerdas bien si ibas o no ibas. Sea como sea, en el ochenta y cinco seguro que él ya era alguien.

—¿Por qué crees que se metió en la organización?

—¿Por qué?, ¿de dónde sales tú?, ¿y por qué no iba a meterse? ¿no has oído hablar del franquismo? La gente joven de Euzkadi estaba con ETA, salvo algún comunista muy politizado que no lo veía claro. Existía el PCE, la LCR, el MC y los fachas. Y la mayoría revoloteaba alrededor de los chicos de la pistola. ¿Pero tú no trabajas para el gobierno?

—Quiero saber sus motivaciones personales. Si se siente o se sentía despechado. Me has dicho que estaba enamorado de esa chica, Izaskun.

—¡Y yo qué sé! No tenía ni idea. A lo mejor quería emular a... su hombre. O deslumbrarla ¡Hace más de veinte años! ¿Qué importan ahora sus motivaciones de entonces?

—Créeme, importan. Dime ¿Quién era su hombre? —preguntó como si no tuviera demasiada importancia.

—No lo sé.

—¡Oh! Vamos. Lo sabes perfectamente.

—No lo sé —dijo Navarro irritado, mirándolo con dureza.

—Muy bien, de acuerdo. ¿Te ha dicho si va a Mondragón a verla?

—No lo ha dicho.

—Pero es fácil que lo haga, ¿no?

—Tal vez.

—Vamos, lo puedes hacer mejor.

—No sé. Es posible... bueno, puede que haya estado por allí. Lo suelen hacer, pasarse por el pueblo por un día. La gente los ve, los invitan a cuatro chiquitos y luego desaparecen de nuevo. Oye, ¿no podrías encender el motor?, me estoy quedando tieso.

Maestre lo hizo y una oleada de aire caliente llenó el vehículo.

—¿Cómo es él? —siguió Maestre—. Quiero decir, es un tipo nervioso, es... no sé, un chuleta de esos de bar, un intelectual...

—No, nada de eso. Yo diría que rústico, tranquilo, aunque siempre me ha parecido una persona insegura, que se dejaba influir mucho. No sé, de esas personas con prejuicio de autoridades.

—¿Prejuicio de autoridades?

—Si, consiste en...

—Sé lo que es el prejuicio de autoridades, lo que quiero que me aclares es si él es así. Me cuesta trabajo creerlo.

—Perdona, pero es así. Es una de esas personas que pueden parecer absolutamente seguras, soltando paridas y dando órdenes y luego, en otro momento, con otra gente, apocados y obedeciendo órdenes. No sé… como los militares. —Maestre le miró de reojo. Ahora el irritado fue él.

—Háblame de tu relación con él —dijo dominando el mal humor—. ¿Os llevabais bien?

—Nunca demasiado bien... Era un crío. No le hice mucho caso. Cuando nos vimos la segunda vez me cayó mejor. Era un chaval sano.

—¿Sano?, ¿qué quieres decir?

—Pues eso. Sano, sin dobleces, sincero, amigo de sus amigos.

—¿Y ahora les traiciona?

—Eso te conviene ¿no? Han pasado muchos años. Quién sabe lo que pasa ahora por su cabeza. Además, no estoy seguro que la gente con la que va ahora sean sus amigos.

—Explícate.

—Pues que no comulga con ellos. Está claro, ¿no?

—Quieres decir que hay diferencias.

—Claro que las hay. Está afectado y no les tiene ningún aprecio.

—Tú sí le tienes aprecio a él.

—Es posible, aunque nunca había sido un gran amigo. Nos separaban muchas cosas.

—¿Y tú? —preguntó Maestre encarándose con él.

—Yo, qué.

—¿Traicionarías a un amigo?

—Es él quien quiere hablar con vosotros.

—No me refiero a eso. Quiero decir si le ocultarías cosas a un amigo.

—Esto qué es, ¿un psicoanálisis? Mira. Habla claro y no me toques las pelotas —le espetó Navarro malhumorado.

—Por curiosidad ¿bebe? —preguntó Maestre, como si no le hubiera oído.

—¿Qué?, sí —asintió Navarro—. Al menos bebía, ¿pero quién no bebe en aquel país? El caso es que el otro día cuando le vi me dio la impresión de que no era lo mismo. No sé, no creo que beba ahora. Pero le vi… roto, harto.

—¿De la política?

—No. Harto de sangre. Me dijo eso, que estaba harto de chapotear, eso es lo que dijo. Le vi mal, la verdad.

—¿Cómo puedes estar tan seguro? Hace años que no le ves. En realidad no le conoces.

—Puede ser —reconoció Navarro—. ¿Quieres decir que tal vez me está engañando?

—No a ti. Bueno, tú no eres el objetivo del engaño. Eres un instrumento.

—Eres muy retorcido para ser un asesor.

—Vamos a ver. Hace años que no sale de Francia, ni siquiera para ir a su pueblo. Está soltero, no tiene novia. Su madre murió en el noventa y siete. Su padre desapareció hace más de veinte años, no hay más noticias. Tiene una hermana que vive en San Sebastián y por lo que parece no tienen ninguna relación. Es un asesino, calculador, ordenado, frío. Todo lo que hace lo hace con un motivo. ¿Por qué sale ahora de su madriguera y te busca?

—No lo sé. El caso es que lo ha hecho.

—¿Crees de verdad que quiere traicionar a los suyos?

—No lo sé. Es lo que dijo —contestó Navarro. Maestre no respondió nada pero a esas alturas estaba seguro que la oferta de Iñaki era sincera. Pero era de Navarro de quien no estaba tan seguro.

—¿Y tú no has vuelto a ver a Izaskun?

—No.

—Iñaki te dijo que no quería hablar con ningún policía.

—Eso es.

—Qué sabes de su familia.

Hacía demasiado calor en el coche, pero Navarro no quiso quejarse otra vez. Estar con aquel hombre le producía una sensación extraña. Por un lado le inquietaba su permanente curiosidad, su costumbre, tan policial, de no responder nunca a las preguntas. Por otro, jamás había encontrado a nadie que escuchara tan atentamente las más pequeñas anécdotas. Se sentía cansado, cansado de estar en alerta permanente para no contarle nada que no fuere estrictamente necesario. Se dejó ir y le contó lo que sabía de Irune, del grupo de amigos con los que había pasado tantos buenos ratos en Euzkadi, hacía tanto tiempo. Gente de la que ahora no tenía ni la menor idea de qué estaba haciendo o para qué o quién trabajaba. Por un momento se sintió culpable, culpable porque era como si les estuviera traicionando, porque estaba actuando como un informador emboscado, el primer paso para que una gente con la que, a lo mejor, había compartido copas, acabara en la cárcel o algo peor. Soy idiota, es como si estuviera ante un cura. Pero hacía años que no hablaba de aquello. En realidad nunca había vuelto a hablar de aquellos años. Le habló de las fiestas en los pueblos, de las travesías de montaña, de Helene, de Patxi, de Rosendo. Navarro le habló a su improvisado confesor de las tardes en las tabernas de Erdiko, en Mondragón, de las mañanas en La Concha, de las interminables discusiones políticas en unos tiempos en los que eran vitales, como respirar. Y del regreso, años después, cuando cada cual ya estaba en su sitio y las cosas empezaban a ir a su aire, sin contar para nada con ellos. Y Miguel Maestre escuchaba en silencio, anotándolo todo en su entrenada memoria, sin un gesto, con pequeñas interrupciones para aclarar datos como, ¿cómo era su nombre de pila?, ¿vivía en Mondragón?, ¿qué calle dices?, ¿hermano menor o mayor?

—Discutíamos mucho, aunque Iñaki sólo escuchaba. Entonces aún era Iñaki. Podía ser un abertzale radical, o algo así pero no iba convenciendo a nadie. Yo andaba en la órbita de los ácratas, así que seguramente me daba por perdido y no congeniábamos mucho, salvo cuando dejábamos la política y nos íbamos de chiquitos o a ver los partidos de la Real. Entonces éramos buenos camaradas, una cuadrilla. Nunca hablábamos de Izaskun.

—¿Ni de su hombre?

—Ni de su hombre.

—Pero sabes quién es.

—Te he dicho que no y preferiría que no habláramos de eso.

—Iñaki sí le conocía, ¿no?

—¿No me escuchas? ¿Por qué hostias te importa tanto con quién saliera Izaskun?

—Tal vez porque te resistes a decírmelo.

—Ya te he dicho que no lo sé.

—¿Crees que Iñaki se puede mover por celos?

—¿Y tú qué crees? —dijo de pronto Navarro.

—No hablamos de mí.

—Yo sí quiero hablar de ti, ¿sabes? He aceptado entrar en esto porque no veía la forma de librarme. Te soy sincero. No me veía capaz de decirle a Iñaki, ¡púdrete!, pero no me gusta que jueguen conmigo. ¿De dónde sales tú?, ¿qué haces aquí? ¿por qué tengo que contestar tus preguntas sin saber siquiera con quién estoy hablando?

—Soy asesor del ministerio del Interior, ya te lo he dicho. Tengo que evaluar si lo que nos ofreces vale la pena.

—Sí. Eso es tan auténtico como que te llamas Ernesto.

—De acuerdo —Maestre sacó una tarjeta del bolsillo y con ella la segunda fase de su mentira—, me llamo Luque. Pero es cierto que trabajo en el gabinete del ministro del Interior.

No soy policía, sólo un asesor. Me han encargado entrevistarme con Iñaki y me estoy preparando.

—Está bien —dijo Navarro después de leer la tarjeta—. Perdona, como te llames.

—Es un trabajo complicado. Y tengo que estar seguro de lo que hago.

—Y no te fías de mí.

—Eso no tiene nada que ver.

—Pero no te fías de mí.

—Podíamos estar así toda la noche —contestó Maestre sin inmutarse—. Y más vale que saltemos a la siguiente fase. Tienes instrucciones para mí, ¿no? —Navarro asintió y Maestre soltó un respingo cuando le vio sacar un papel doblado del bolsillo.

III

Iñaki aminoró la velocidad cuando se disponía a cruzar el paso fronterizo y trató de no mirar demasiado fijamente a los gar, sus boinas verdes y sus Z-84. Elevó la mano con simpatía cuando pasó junto a uno de ellos y luego siguió conduciendo tranquilamente hacia la autopista.

Las gafas se le clavaban en el puente de la nariz y en el pequeño cartílago situado tras las orejas y el dolor llegaba a ser tan agudo a veces que hubiera dado cualquier cosa por quitárselas. El cristal, a pesar de ser neutro, le molestaba sobremanera y las luces reflejadas en él le hacían sentir una sensación permanente de incomodidad, como si figuras volátiles le estuvieran rodeando y pasaran por su lado desvaneciéndose cuando trataba de fijarlas.

Entró en la autopista cuando ya el sol se ocultaba frente a él y aceleró con toda la potencia del Laguna para colocarse inmediatamente en el carril de la izquierda. Cruzó sin detenerse el área de servicio de Behovia y unos kilómetros más adelante fue aminorando la velocidad y cruzando hacia el carril de la derecha. El tráfico era fluido y los faros de los vehículos mantenían iluminada la autopista. Sin ningún contratiempo enfiló el desvío hacia Mondragón-Arrasate. Las sombras alargadas de los chopos cruzaban la carretera, a punto de fundirse en la oscuridad y hacia su derecha era ya difícil distinguir los detalles del terreno, no obstante reconoció, un poco más lejos, el grupo de pinos enanos donde jugaba de pequeño, el repecho que ascendía por el sur hacia Udala, el campanario de la iglesia, afilado como un estilete, coronado por un incongruente punto rojo.

Detuvo el coche en el arcén, a la entrada, con las primeras casas de Lau Axeta. El barrio estaba en silencio. Encendió un cigarrillo mientras trataba de poner un poco de orden en sus pensamientos. En realidad todavía no tenía claro qué iba a hacer. Tal vez tomar unos chiquitos por Erdiko, saludar a los viejos amigos o ir a la calle Guerra.

Bajó la ventanilla, lanzó la colilla lejos, a la oscuridad y luego puso el coche en marcha. No tiene sentido, Iñaki, se dijo. Es como si estuvieras desmontando toda una vida de clandestinidad, como si estuvieras abandonando el claustro materno. Sales a la luz, aunque sea de noche. Vuelves a ver a los viejos amigos que sabes que te pueden traicionar, vas a ver a la chica que no te quiere. Regresas a casa, como si fuera posible la vuelta atrás. Eguren, el frontón, el kiosko de helados. Es como si todo siguiera igual. Pero nada es igual.

Condujo despacio hasta la calle Olarte y pasó por delante del bloque de cuatro pisos donde había transcurrido su infancia. Otros tiempos, otras cortinas en las ventanas, otro color en las puertas, otros olores. Amá, ¿otra vez puchero?, no quiero puchero. Y por toda respuesta recibía un abrazo y un beso.

Desembocó en la calle Guerra todavía sin una decisión tomada. Una calle oscura, mucho más estrecha de lo que recordaba, formando un recodo con las arcadas a la derecha. No, Eduardo, no la he visto desde hace una eternidad, pero sé cada uno de sus movimientos, sé lo que hace todos los días. Que se levanta a las cinco de la mañana, desayuna en casa y va a trabajar a la cooperativa. Con el frío coge el coche, pero en verano, el cálido y húmedo verano del norte, va andando. Sale del trabajo a las dos y algunos días se va a comer con los compañeros, pero casi nunca. Vuelve a casa, sola o con Itóiz, un amigo; se despiden en la esquina y ella se va a casa. Come sola. Vive sola; y dicen que tiene una foto de Domingo sobre una repisa y que la quita cuando recibe a gente en casa. Nadie la llamaría una solterona porque sigue siendo la chica más bonita de Mondragón aunque pasa ya de los cuarenta. No es una ermitaña, eso no. Sale por las tardes, a Erdiko, a casa de Helene o de otros amigos que Iñaki no conoce, gente muy joven de las cooperativas. Algunos días coge el coche y se va a Donostia, o a Arechavaleta, o a Oñate. No le gusta estar mucho en casa y cuando está pone una y otra vez los discos de Lertxundi, de Imanol y de la recién descubierta Amaral. Se recoge tarde, como decía su madre, tal vez para estar menos tiempo sola en la cama, que es donde más se vive la soledad. Y va al cementerio de vez en cuando. No es creyente, pero su madre lo era y tal vez por eso lo hace. Se queda un rato frente a la tumba, muy de tarde en tarde. Iñaki lo sabe todo y sin embargo su rostro se le ha desdibujado ya en la memoria y siente pánico a no reconocerla cuando la vea.

Daban las doce en el campanario de San Juan cuando la vio acercarse por el fondo de la calle. Y los recuerdos se hicieron vivos. Eso no lo recordaba, pensó, su forma de andar, como si se balanceara. Elegante, tal vez sensual. Sintió amargura y una punzada de algo olvidado, emoción o algún deseo escondido. Salió del coche despacio, cerró la puerta y se quedó apoyado en el capó, fumando en silencio, viéndola acercarse. Andaba erguida, con la falda revoloteando alrededor de las piernas, el bolso colgado del hombro, la blusa de colores, alegre. Es ella, se dijo Iñaki. La mujer de un solo hombre. Mi pasado que no tuvo futuro.

—Izaskun —la llamó en alto porque Izaskun iba sin mirar, con la cabeza baja.

—¿Bai? —respondió ella elevando la vista.

—Hola. Maitasun eta iraultza.

Izaskun se quedó helada, como si un flash se hubiera disparado para congelar un momento mágico. Abrió mucho sus grandes ojos verde oscuro y luego fue como si un vendaval cayera sobre Iñaki, un vendaval de perfume, de besos, de cabellos que le cosquilleaban en la cara mientras ella repetía: Iñaki, Iñaki, Iñaki.

—¿Pero cómo haces esto? No deberías estar aquí —le dijo ella cogiéndole la mano encima de la mesa de la cocina. Estaban a oscuras porque el gran ventanal daba a la calle y ella aún sabía lo que había que hacer.

—Hacía mucho tiempo —respondió él apretándole con fuerza.

—El Cura me dijo que andabas por el otro lado. Te vio alguna vez, pero… esto…. —Izaskun se echó a llorar.

—Vamos, erretxina, ahora no me llores.

—Aún me llamas erretxina —dijo enjugándose la cara con una servilleta de papel. Ante ellos el café se había enfriado y juntaron de nuevo las manos, como viejos camaradas o antiguos amantes a los que sólo les queda la nostalgia —me llamabas erretxina y feminista. ¡Cuánto te odiaba!

—He visto al catalán —dijo él.

—¡Qué dices!, ¿le has visto? ¿cuándo?, no sé nada de él desde… bueno sí le leo sus cosas en los periódicos. Tan rebotón como siempre, nuestro anarquista. ¿Dónde le has visto?

—Hace unos días. Hablé con él. Está bien y se acuerda mucho de ti.

—Éramos tan amigos. Y el tiempo, la distancia... ¿Se ha casado?, vive en Madrid, ¿no?

—Sí. Se casó. Pero está separado. Eso me ha dicho.

—¡Qué vida ésta! La gente se junta y se separa como si nada. ¿Tiene hijos?

—No. Creo que no.

—Es una pena. ¡Hace tanto tiempo! ¿Sabes que se me declaró una vez? Era un cielo. Y me escribía unas cartas… igual las tengo todavía. Me dedicó un libro de poemas. Ya ves, cosas de jóvenes. Pero estamos hablando de lo que no es… ¿qué haces aquí? No deberías. He visto tu foto por ahí. No dura mucho en las paredes, pero la tienen. ¿Por qué has venido?, ¿me lo vas a decir?

—Tenía que venir —dijo Iñaki. Y no le salió: «para verte». Yo ni siquiera eso, ni siquiera me he declarado y no has tenido la oportunidad de rechazarme.

—Por aquí todo ha cambiado mucho —dijo ella—. Ya no es como antes. Éramos un pueblo, ahora sólo hay rencor. Medio pueblo no se habla con el otro medio. Yo misma, hay gente con la que no me saludo siquiera. A Irune no la veo nunca y Edurne no me habla. Me ve y se cambia de acera.

—¿Y qué piensas de eso?

—¡Qué voy a pensar! Yo ya hice mi parte. Ya pasé por el cuartelillo, ya me calentaron y me dejaron tirada por el monte de noche. Y ya se metieron en mi casa y le dieron a amá un susto de muerte. ¿Y ahora? ¿no es hora ya de acabar y de quedarnos en casa? Sólo hay miedo, rencor por todas partes. No se puede hablar. Es peor que en la dictadura. Pero no quiero criticarte, por Dios, nunca. Eres mi Iñaki —y lo dijo con tal ternura que a él casi le saltan las lágrimas, si es que hubiera podido recordar cómo se lloraba.

—¿Y cómo crees que me siento yo? —dijo él—. Hay que parar esto. Hay que pararlo de alguna manera —ella calló y bajó la cabeza—. ¿Lo ves? —siguió Iñaki—. Ni siquiera puedo hablar contigo. Tienes miedo, ¿me tienes miedo?

—He visto cosas. Por aquí han estado muchos. Y luego están los cachorrillos de Haika, la Gestapo les llamamos, te van mirando, te siguen, escuchan tus conversaciones. Esto es un estado policial, se fueron los tricornios y nos han llegado estos. Ya ves. A lo mejor tú has venido para ver qué pienso o qué hago y yo estoy hablando así.

—¿Eso crees de mí?

—Ya no sé lo que creer —dijo Izaskun acariciándole la mano—. Pero no me importa. Soy demasiado vieja para tener miedo.

—Demasiado vieja. ¡Estás más guapa que nunca!, ¿no tienes un novio?

—Por ahí anda alguno… —rió ella—, he conocido a un par en el hogar del jubilado, —rieron los dos.

—Estoy harto Izaskun.

—No lo quiero saber, Iñaki. No lo quiero saber.

—No puedo más. He venido a verte porque… —ella se echó a llorar.

—¿Por qué nosotros? —dijo Izaskun entre lágrimas— por

qué tenemos que ser nosotros. No tuvimos juventud y tampoco vamos a tener vejez. ¿Sabes?, siempre quise tener un hijo y ahora hasta podría tener nietos. ¿Qué es una vieja sin nietos?

—¿Vieja?. ¿Qué dices? ¿No te has visto? Tienes cuarenta años. Podrías resucitar a un muerto. No tienes derecho a hablar así.

—Me haces reír —dijo ella—. ¡Cuarenta años! Siempre me hacías reír. Pero no quiero llorar también por ti, ¿me entiendes? Ya he llorado bastante.

—Ya no depende mí —dijo él sombrío.

—¡Dios! Márchate. Vete a América. Aún puedes ir a Cuba, o a Brasil. He oído que puedes desaparecer en Bahia como si te hubiera tragado la tierra.

—Sí. ¿Pero y esto?, ¿quién lo para?

—Iñaki. Tú no. Tú no puedes. No podemos. No somos nada. Vete.

—Eduardo me ha dicho que le gustaría verte.

—Ya sabe donde estoy —contestó ella, triste.

—A lo mejor te llama o viene. —Iñaki bajó la cabeza y apretó las manos, como si rezara.

—¿Qué pasa Iñaki? —él se puso en pie mirando al techo. El esfuerzo le tensaba los músculos del cuello, como si algo pugnara por salir de muy adentro.

—No debes venir, Iñaki. ¿Me entiendes? Harás que te maten. Iñaki —ella se le abrazó y las lágrimas saltaron de nuevo de sus ojos.

—Vamos. No llores, erretxina, no es propio de ti.

—¡Ah! Bai. No es propio de mí —se fueron, cogidos, a oscuras, hasta la puerta. Se abrazaron con fuerza.

—Agur, maitasuna. Volveré. Tenemos mucho de qué hablar.

—¿Hablar? Ya no es momento de hablar, Iñaki, no quiero hablar más. No vengas más, por favor.

—Mira —dijo él—. Te enviaré un mensaje con un número de móvil. Sólo tienes que llamarme cuando quieras.

—No vengas. Te cogerán.

—Agur.

Y

La academia Buckingham estaba situada en el tercer y el cuarto piso de un antiguo edificio en la calle Prado San Roque de Santander. En la entrada, un amplio portalón de oscura y gastada madera de roble, se amontonaban siempre grupos de estudiantes, jóvenes, con sus carpetas y sus bolsos, comentando la última clase o cualquier otra cosa que se comente entre grupos de estudiantes. El cartel de Buckingham School anunciaba cursos homologados por la Universidad de Playmouth, cursillos acelerados y clases de inglés comercial para ejecutivos, descuentos para desempleados y clases particulares y de conversación. Las ventanas, enrejadas como las de una vieja cárcel, se abrían sobre la calle, estrecha y abigarrada, con sus cristales de color que hacían invisibles desde el exterior las pequeñas aulas, apenas suficientes para un profesor y un puñado de apretados alumnos.

Robert Kewell, su director, era uno de esos ingleses jubilados, ex marino, alto, enjuto, de cabello blanco, cuyo último empleo explícito había sido el de capitán de uno de los ferrys que hacen la ruta Santander-Plymouth, así que, a fuerza de visitar la ciudad cántabra, había decidido que era un buen lugar para casi retirarse y vivir una vida tranquila. Lo de la academia de inglés había sido más bien un hobby, un modo de mantenerse despierto y en contacto con su ciudad natal, al otro lado del agitado Cantábrico español. Claro que, su espíritu inquieto, su experiencia y sus amplios conocimientos de la vida española le habían llevado también por otros derroteros menos transparentes. Así que, cuando una mañana recibió una llamada telefónica contestando a un anuncio inexistente, se sintió rejuvenecer. Sí, por supuesto, dijo Robert con su mejor buen humor, estaré encantado de recibirle para una entrevista y espero que lleguemos a un acuerdo.

Así pues, el día señalado, un viernes a primera hora de la tarde, Kewell recibió en su despacho a un hombre joven, de estatura media, moreno, de complexión delgada aunque con aspecto de estar en buena forma. Tendría unos treinta y cinco o treinta y seis años, aunque en algunas profesiones la edad, como tantas otras cosas, es difícil de determinar.

—Señor Merino, encantado de recibirle. Siéntese.

—Gracias. Espero no haber trastornado sus planes —dijo Miguel Maestre, alias Santiago Merino, profesor de inglés titulado.

—En absoluto —sonrió Kewell—. De hecho estaba muy necesitado de alguien de sus características. ¿Sabe? Es difícil encontrar a un profesor familiarizado con el lenguaje corriente y al mismo tiempo con sus excelentes referencias como enseñante.

El resto de la conversación fue un intercambio de información sobre el anuncio que nunca había sido publicado, sobre qué se esperaba del candidato al puesto que no existía y cuáles eran las pretensiones económicas y laborales del recién llegado que, naturalmente, fueron aceptadas de inmediato. Todo un prodigio de entendimiento en una contratación laboral. Luego, una serie de presentaciones al reducido claustro de profesores y la asignación de un despacho-aula, el más pequeño del cuarto piso, al fondo del pasillo, de modo que nadie tuviera que pasar necesariamente por delante. Era una estancia sin ventanas, de apenas doce metros cuadrados, con una mesa y su correspondiente sillón profesoral más dos sillas escolares de esas que tiene un pupitre levadizo, a modo de puente. Una estantería con libros y un cuadro de un prohombre desconocido, con bigote y birrete, completaban la escueta decoración.

—Es lo mejor que puedo ofrecerle —dijo Kewell—. Pero le garantizo una tranquilidad absoluta. Por cierto, las tablas del pasillo, se habrá dado cuenta, crujen horrorosamente cuando se las pisa. Espero que no le moleste.

—Nada de eso. Es perfecto.

—Bien, pues le dejo instalarse. Puede usted usar la conexión telefónica para su portátil. Y ya sabe que sus alumnos son cosa de usted. La cerradura tiene llave, si lo considera necesario se la puedo dar y...

—No, por favor. No será necesario.

—Estupendo. No le he preguntado... ¿tiene usted ya alojamiento en Santander? Porque si no es así, yo conozco algún sitio...

—No se preocupe. Estoy instalado en el hotel Central. De momento viviré entre Santander y Madrid, mas adelante veré si vale la pena quedarme aquí.

—De acuerdo. ¡Ah! —añadió Kewell cuando abandonaba la estancia—, espero que podamos tomar el té un día de estos y conocernos mejor.

—Estaré encantado.

Maestre dejó el portafolios sobre la mesa, junto al anticuado teléfono color crema, e inspeccionó detalladamente la habitación. La estantería era de baldas anchas y los libros, en su mayoría en inglés, versaban sobre economía, marketing, publicidad y algo sobre medios de comunicación. No había rincones ocultos y todo estaba muy limpio, lo que indicaba que alguien rondaba regularmente por allí, así que de entrada, Maestre descartó cualquier sistema de grabación fijo. Del portafolio sacó la fotografía enmarcada de una mujer que había comprado en El Corte Inglés y la puso sobre la mesa, al igual que el Colliers, la anodina carpeta marrón con folios blancos y el cenicero de cristal de todo a cien.

Sobre uno de los estantes colocó el barato radiocassette y las cintas con el vocabulario de inglés y las conversaciones del tipo: *whats your name?* Cuando salía de la academia pidió a la recepcionista si sería tan amable de conseguirle unos lápices y bolígrafos y dejarlos en su aula. Cuanto antes facilitara que chafardeara en su hábitat, mucho mejor.

Ya en la calle, Maestre se familiarizó con el entorno del lugar, dio un largo paseo alrededor del edificio, valorando los aparcamientos, la salida al Paseo de Pereda y la de General Dávila, los locales de los alrededores como bares, restaurantes, tiendas diversas y algunos centros oficiales como el servicio de aguas o el de atención a la mujer, el primero de ellos con vigilancia policial.

En uno de los bares se instaló en una mesa, pidió una cerveza y ojeó un periódico local. Las condiciones de Germán habían sido taxativas, nada de entrevistas en un domicilio particular, nada de lugares llenos de gente. De las dos propuestas hechas a través de Navarro, la del ferry a Plymouth o la de la escuela de inglés, Germán se había decantado sin dudarlo por la última, aunque Maestre hubiera preferido la otra por una cuestión de lejanía. El ferry estaba, por supuesto, fuera del radio de acción del enemigo, razonablemente fuera, pero Santander no y eso era un dato que no agradaba a Maestre. A Kewell, antiguo agente británico y colaborador esporádico del CNI, no lo conocía de nada, ni siquiera sabía de su existencia, cosa lógica por otra parte, pero Valdés se lo había traspasado con todos los parabienes y recomendaciones. Si lo necesitas para algo, dijo, no dudes en confiar en él; está algo viejo, pero sabe más que todos nosotros juntos.

El resto de la tarde, Maestre la empleó en recorrer librerías donde adquirió casi una biblioteca, especialmente revistas de viajes y guías turísticas sobre Cantabria y el País Vasco, aunque en realidad sólo estaba interesado en información sobre Arrasate-Mondragón, libros, mapas y cd disimulados entre una montaña de papel.

Al otro lado del tabique una pareja discutía acaloradamente. El reloj de pared, redondo y de esfera blanca, señalaba las once de la noche y tras la ventana lucía una espléndida farola que, de haber intentado dormir, se lo haría del todo imposible. Maestre no dormía bien en las últimas semanas y empezaba a pensar que los dos whiskys antes de irse a la cama tendrían algo que ver. El dolor de cabeza era intermitente y aparecía cuando intentaba concentrar la atención en algo, así que le empezó a golpear las sienes cuando abrió en pantalla la ficha de Ignacio Sagarzazu Olarte, alias Iñaki de Mondragón. Sabía muchas cosas de él, pero nunca se había puesto a estudiarlo a fondo. Veamos que me cuentas, Iñaki, sorpréndeme.

No había fotos, nada que tuviera menos de veinte años. Lo más reciente era una mala y borrosa fotografía de un joven vestido de soldado, infante de marina, al que el casco casi le tapaba la cara. Podía haber sido cualquiera, aunque la etiqueta pegada a la parte de atrás decía Ignacio Sagarzazu. No sonreía y apretaba con fuerza un viejo Cetme entre los brazos. El lugar podía ser cualquier campo de entrenamiento con un suelo duro y seco y colinas al fondo, tal vez verdes. Había también una foto de carnet de identidad de un joven de dieciocho años que ahora se debía parecer como un huevo a una castaña. Y un crío de comunión que lo mismo podía haber sido el mismo Maestre. Pantalón corto, chaqueta cruzada, todo blanco con dorados en los puños y en el cuello, un rosario colgando de la muñeca y zapatos negros brillantes. No obstante, a Maestre le llamaron la atención los ojos; ojos de persona mayor, visibles a la luz de alguna mañana de mayo en el País Vasco. Unos ojos que, aunque en blanco y negro la foto, no debían ser muy oscuros, tal vez de un marrón claro. Pero Maestre sabía perfectamente que con la edad esos colores cambiaban profundamente. Así que de fotos nada. Pasó unas páginas y empezó a leer el atestado de su primera detención. Beasain, verano de mil novecientos setenta y cinco. Manifestación convocada por las sentencias de muerte de los miembros de ETA Txiki y Otaegi. Setenta y dos horas en dependencias policiales desde donde fue trasladado al hospital. Al parecer, decía el informe, se había autolesionado golpeándose la cabeza contra las paredes de la celda. Maestre se sirvió un café de la pequeña cafetera colocada en un mueble auxiliar y sonrió escéptico. Puesto en libertad sin acusaciones. Luego el seminario y la segunda detención. En febrero del setenta y seis. Bilbao, manifestación por la amnistía convocada por todas las fuerzas políticas. Se le ocupó un cóctel molotov y una barra de hierro. Agresión a la autoridad, estragos. Aquí ya habías aprendido, se dijo Maestre, aunque no lo suficiente. Dejó el seminario. ¿Qué te hizo tomar esa decisión? Seguramente tomar decisiones es algo tan casual como una mutación genética. Tú decidiste dejar el seminario y yo ir a la Academia Naval, ¿por qué? Yo tradición familiar, claro. Pero Maestre ni siquiera recordaba el momento en que tomó la decisión, si es que llegó a tomarla. ¿Y Sagarzazu? ¿en qué momento decidiste que la pistola y no la sotana era el camino? Tal vez una mala noche. Te despiertas con una sensación amarga que a lo mejor era sólo un sueño. Pero los sueños bucean en nuestro interior y sacan a flote lo peor y lo mejor. Los celos, por ejemplo. ¿Fue por celos? Puedes sentir celos y tomar decisiones llenas de rabia que luego arrastras toda la vida.

Maestre ojeó las escasas notas sobre el año de Formación Profesional. Empezó mecánica, dejada al poco de empezar. ¿Ya sabías bastante? Tenía dieciocho años. En el informe estaba anotada también su pertenencia a Jarrai, pero no había detalles. Maestre pasó el expediente policial y se fue al militar. Voluntario en Infantería de Marina en el ochenta y dos; con los míos ¿eh?; y de ahí a los boinas verdes de la Armada. Magnífico, no os dejaban entrar en los boinas verdes de Tierra, pero sí en los de la Armada. Eso hiciste Iñaki. Curso de recluta en Cartagena y luego el curso de Operaciones Especiales en San Fernando. Explosivos, defensa personal, mecánica, armas cortas y largas, supervivencia. Te preparamos bien para que nos jodieras a gusto. Bien, sonrió Maestre, acabaste tu aprendizaje en la Armada. Muy bien.

Dejó el expediente y se reclinó en la silla cerrando los ojos. Se frotó la cara tratando de espantar sus propio fantasmas y luego volvió a la pantalla del ordenador. Vuelves a casa. Mondragón. Ese punto negro en el País Vasco. ¿Qué la hace ser diferente?

Tomó uno de los folletos comprados y contempló primero las fotos de la iglesia, de la antigua puerta de acceso a la villa y la panorámica de un caserío abigarrado, atrapado entre montes. Treinta y cuatro kilómetros de extensión, poco más de doscientos metros por encima del nivel del mar, con el pico de Udalaitz cerniéndose sobre él, cerca, muy cerca, del santuario de Aránzazu. La patria de Domingo, de Marcelino Oreja, de José de Garro y de personajes más al alcance como Kortabarría o López

Rekarte. Tal vez el problema es que ya en sus orígenes había un conflicto entre la subdesarrollada y primitiva aldea de Arrasate y la nueva villa de Mondragón, fundada por Alfonso décimo, el Sabio. Tal vez no tan sabio por no darse cuenta que estaba sembrando un problema que nos estallaría en la cara siglos después, en forma de goma dos. Aunque por otro lado no podía ser de otro modo si aceptamos que vivía un dragón entre el Udalaitz y el Murumendi. Y el dragón nunca ha muerto.

IV

La gran nave del monasterio de Aránzazu estaba sumida en una luz difusa que entraba desde la gruta, elevada hacia el cielo encima del retablo. El contraste entre luces y sombras era como una lucha entre lo sublime y lo siniestro e Iñaki tuvo que detenerse un instante en la entrada hasta que los ojos se le acostumbraron a la oscuridad. Hacía años que no entraba en una iglesia y muchos más que no lo hacía en aquella. En el bolsillo izquierdo del tabardo apretaba la Glock, como si fuera un agarradero a la vida real, enfrentado a la sensación de irrealidad del recinto sagrado. Allí, hacía una eternidad, había entrado en el seminario. Con las manos juntas y apretadas en silenciosa oración había escuchado al padre Jesús anunciándole una vida de servicio y de luz, de estudio y de gloria. Por un momento sintió revivir aquel día dentro de él, como si nada hubiera pasado, como si no estuviera a una treintena de años y una docena de cadáveres de distancia, lanzado hacia la nada. Allí delante, a la derecha, tal vez en el segundo o tercer banco se había arrodillado, hiriéndose las rodillas con la basta madera y con el pelo oliéndole a fijador. También allí había hecho la comunión apenas dos años antes y recordaba claramente a las niñas, al otro lado del pasillo, blancas en sus vestidos de novia. Él trataba de pensar en la infinita bondad de dios, pero no podía dejar de mirar de reojo los brazos morenos o blancos cubiertos a medias por las amplias mangas bordadas.

Más a la derecha estaba la silueta oscura del confesionario. Confieso padre que he pecado, le decía al padre Jesús, su mentor, ¿contra qué mandamientos?, preguntaba el padre. Y justo le daba para acordarse de que el tercero era santificarás las fiestas y se había escapado de ir a misa para ir a jugar a Santa Bárbara. Se propuso ser un buen chico cuando notó en la boca la hostia e intentó dejarla allí, pegada a la lengua sin tocarla con los dientes, que era pecado. Y cuando salió, en fila, todavía con la cabeza gacha y las manos juntas, trató de no mirar hacia las chicas, de no ver los vestidos, los zapatos de charol negro y de no oír sus risas y sus gritos excitados.

Los años pasados en el seminario, sin embargo, eran como un pozo oscuro del que casi no recordaba nada. Las largas horas de rezos, los maitines, las vísperas, el olor a cocina durante toda la mañana. Recordaba a los viejos amigos, la mayoría como él, desertores del cielo, como había dicho alguien. Eran muchos los que entraban en el seminario, pero pocos los que terminaban. Había buena comida, buena educación; allí estaban a salvo, pero el germen de la revolución o de la lucha por la independencia les entraba a unos y a otros. Aunque también los había que se iban porque no asimilaban una vida sin amor, o sin sexo, o sin hijos. Yo me fui por ella, recordó, por Izaskun, porque no podía soportar la idea de que no podría verla nunca más como un hombre ve a una mujer, y eso que yo sólo era un muchacho. Y todos pensaron que era la política lo que me alejó de Aránzazu.

Iñaki se santiguó después de mojar los dedos en agua bendita y luego se aproximó al altar lateral con todo el cuidado del conspirador que intenta disimular su presencia entre las sombras. Me siento ridículo, pensó, como un crío cogido en falta, buscando el perdón o algo así. No debería estar aquí.

La puerta de la sacristía estaba abierta y en los primeros bancos había tres mujeres, arrodilladas, rezando en silencio. Un poco más a su izquierda un grupo de turistas admirando los tragaluces rectangulares y las puertas metálicas. Fue precisamente en aquel lado donde le pareció ver una figura dentro del confesionario. Un ligero movimiento de la cortinilla. Se acercó despacio hasta allí, inclinando ligeramente la cabeza al pasar por el centro de la nave, frente al altar mayor. Se volvió a sentir ridículo y fuera de lugar, como se había sentido un día, cumplidos ya los dieciocho. Cuando se dijo: se acabó. Ante él, una mujer se santiguó y luego se acercó despacio, como si flotara, hasta reclinarse en el confesionario. ¿Qué pecados podrá exponer esa mujer ante dios o ante el sacerdote?, ¿qué ha engañado a su marido de pensamiento?, ¿qué ha aceptado usar condón contraviniendo las órdenes del Papa?, o tal vez que se aprovechó de buen grado del error de una cajera y se quedó con unas monedas que no eran suyas. Iñaki sintió el sabor amargo en la boca, la bilis que se le rebelaba como queriendo huir de su organismo enfermo. ¿Qué pecados confesaba mi madre cuando me llevaba con ella hasta el padre Jesús?, ¿De qué hablaba con él en la oscuridad de la iglesia? Jamás la había oído levantar la voz, aunque era consciente de que lloraba. Lloraba en silencio, casi sin lágrimas y la oía revolverse en la cama, por las noches, sola, soltando toda su amargura para amanecer fresca y sonriente todas las mañanas, tan cálida como el cacao del desayuno recién hecho.

Hacía frío en la calle y el cielo empezaba a cubrirse de nubes grises cargadas de agua.

Miguel Maestre se despertó de golpe. Por un momento no supo qué le había despertado hasta que se fijó en el parpadeo del teléfono móvil. El reloj luminoso marcaba las seis y doce minutos, esa hora en la que los noctámbulos ya se han ido a dormir y los madrugadores ya se han levantado. Se incorporó en la cama y leyó el «privado» en la pequeña pantalla.

—¿Quién es? —contestó.

—Hola. Soy yo.

—Luisa.

—¿Me has conocido la voz?

—¿Ángel te ha dicho que me llamaras? —preguntó él sin pizca de reproche en la voz.

—¿Hacía falta? —respondió ella— ¿Dónde estás?

—De viaje.

—Claro. Estás de viaje —dijo ella y notó Maestre su escepticismo.

—Me ha dicho que habías ido a Madrid —dijo él.

—Aún estoy en Madrid.

—¡Oh! Vaya. Coincidimos poco, ¿verdad? —exclamó Maestre.

—Muy poco.

—¿Cómo estás?

—Si te refieres a mi salud, bien —respondió ella.

—Ya sabes a qué me refiero.

—Sé a qué te refieres, Miguel, pero ¿qué quieres?, ¿qué nos olvidemos de todo?, ¿quieres que todo vuelva a ser igual? Estoy sola, Miguel. Perdí a mi marido, a mi padre, mi dignidad... ¿te parece que se puede olvidar? Por lo menos yo te he llamado, algo más de lo que tú has hecho.

—Me ignoraste en el funeral.

—¿Y qué querías?

—Sólo una oportunidad. Dentro de un par de días volveré. ¿Estarás ahí todavía?

—Estaré —dijo ella tras un silencio—. Tengo que ver a algunas personas todavía. Estamos vendiendo unas propiedades.

—Te llamaré en cuanto vuelva. ¿De acuerdo? Nos vemos, tomamos un café... hablamos...

—Está bien. Llámame.

Luego, un suave pitido sustituyó la voz de Luisa.

Maestre se lavó la cara sucintamente, se sentó frente al ordenador y luchó por concentrarse en el trabajo. Abrió el buzón de correo y luego un nuevo mensaje cifrado desde La Casa. La lista de trabajadores de la Cooperativa de Mondragón, más de seiscientos, casi le desanimó, pero enseguida encontró lo que buscaba. Había una Izaskun Arriola en la lista de veteranos. Y una dirección. Era un cuadro intermedio, en lo alto de un organigrama. Maestre no sabía gran cosa de las cooperativas. Ni idea de que todo salió de la imaginación y el entusiasmo del cura Ariamendarrieta, un tipo de apenas veintiséis años que llegó a Mondragón, recién terminada la guerra civil, para hacerse cargo de la parroquia. Limpio de rojos y separatistas, Mondragón era un lugar ideal para la cosa esa de la evangelización. El cura trabaja durante años, catorce, hasta que consigue fundar los talleres Ulgor, en plan de cooperativa, para dar un futuro a jóvenes católicos y clericales. ¿Cómo no os fusilaron a todos por montar una cooperativa? Tal vez entonces ya no se fusilaba a nadie, o no representabais un peligro. Dejó la historia de la cooperativa para centrarse en la de Izaskun Arriola. Había copias de atestados policiales de hacía muchos años, detenida dos veces, nunca procesada. ¿Y novios? ¿No tenemos nada de novios? Se nos ha pasado. Iñaki ha ido a verla. Tal vez esa es la razón que le mueve. Amor. Odio, celos, venganza. Todo es lo mismo. Uno tiene un viejo amor y vuelve a él una y otra vez; los cazadores y las presas. Se movió un poco por Internet y encontró el nombre de Izaskun en un grupo de dantzaris, una especie de club que en otros tiempos se había dedicado a bailar por todo el País Vasco y Navarra, pero parecía que desde hacía años ya no bailaba nadie. Euzkadi, dicen, nació en las montañas de Navarra. De ahí esa fijación por incluirla en sus planes. Aunque en otros lugares se dice que la idea de Euzkadi nació en el siglo diecinueve, con Sabino Arana. ¿A quién le importa?

Guardó todos los ficheros, apagó el ordenador y se puso un chándal. Luego bajó a la calle, saludando apenas al recepcionista. Mientras corría hacia la playa dejó vagar la mente, como hacía siempre, y pensó en sí mismo, en sus casi cuarenta años, en su viejo amigo Joaquín, en Luisa y en el trabajo que ahora era, casi, el único sentido de su vida.

Corrió durante una media hora por los alrededores del hotel, por la playa cercana y llegó hasta los jardines de la Magdalena. La carrera, la ducha fría posterior y el café bien cargado en el bar le dejaron como nuevo. Dio unas cuantas vueltas más por la ciudad, sin mucho sentido y volvió después al hotel donde estuvo hasta media tarde, cuando salió a disfrutar de un whisky sentado en una terraza del paseo.

Eran poco menos de las siete cuando entró en el viejo edificio de Prado de San Roque. La recepcionista no estaba en su pequeño cubil y la encontró por la escalera. Era la primera vez que la veía fuera del mostrador y le sorprendió contemplar a una mujer joven, entrada en carnes, con su cara demasiado castigada, que casaba mal con un cuerpo relativamente joven.

—Le he dejado los lápices y algunas otras cosas —dijo ella con expresión simpática.

—Gracias. Cuando llegue mi alumno le indicará dónde está el despacho, ¿verdad?

—Sí, claro, pero no me llame de usted. Por favor. Me llamo Gloria.

Maestre le guiñó el ojo apuntándole con el índice y siguió escaleras arriba.

Las «otras cosas» eran un pequeño ramillete de flores en un estrecho jarroncito de cristal y algo de material de oficina. De un vistazo, Maestre se aseguró que no había nada extraño en el despacho. Sacó la pequeña grabadora digital del bolsillo, la puso en stand by y la guardó de nuevo. Se aseguró que no se veía ni el cable ni el pequeñísimo micrófono prendido en el interior de la chaqueta y luego se sentó cómodamente en el sillón de madera que crujió con su peso.

El silencio era casi total en el piso y hasta él sólo llegaban algunos rumores de la academia, viva un nivel más abajo. Maestre podía ver desde su cómoda postura un fragmento de pasillo y la posición de las luces le aseguraban que antes que nada vería una sombra alargada sobre el parquet.

Y entonces oyó el crujido, suave, como un quejido amoroso. Luego una sombra se alargó sobre el pasillo avanzando hacia la puerta.

Era un hombre, más bien bajo. De complexión media. Llevaba gafas de concha y se peinaba hacia atrás el escaso pelo. Vestía traje y corbata, un pelín anticuado, y calzaba zapatos negros, cuidadosamente lustrados. Maestre le vio girar los ojos con rapidez, como calibrando, mientras se detenía en la puerta, husmeando.

—Pase —dijo Maestre poniéndose en pie. Le alargó la

mano que el otro estrechó con fuerza casi mecánica. Luego le señaló la silla frente a la mesa y él mismo se sentó de nuevo en el sillón, colocando los codos sobre el oscuro tablero.

El recién llegado llevaba una anticuada cartera marrón, sin marcas visibles, cerrada con una cremallera. —Me llamo Germán —dijo mientras se sentaba con seguridad en la silla. Maestre había tenido la precaución de colocarla a un lado de la mesa, de modo que su alumno pudiera tener la puerta en su campo de visión. Nada de asustarle. Ni un paso en falso.

—Yo soy Santiago Merino. Encantado. ¿Ya le han informado del precio de las clases?

Iñaki, alias Germán, asintió con la cabeza. —Veinte euros la hora— dijo.

—Material aparte —respondió Maestre.

Del interior del portafolio, Iñaki sacó un puñado de folios en blanco, un bolígrafo y un manual de inglés comercial. Lo depositó todo sobre la mesa y se quedó un momento pensativo, mirando los objetos como si de elementos de una liturgia sagrada se tratara.

—¿Sabe? —dijo con voz clara—. Estuve intentando aprender inglés. Hace años, pero... no sé. Soy muy poco disciplinado para eso.

—No se preocupe —contestó Maestre—. El mío tiene acento de Cuenca.

—¿Es usted de Cuenca? —preguntó Iñaki. Maestre se recostó en el sillón que crujió como en un largo susurro. Luego sacó el paquete de Winston de la chaqueta y le ofreció uno a Iñaki.

—¿Fuma? Este sitio es seguro —siguió Maestre tras una pausa, mientras Iñaki encendía su cigarrillo—. Lo he inspeccionado a conciencia. Estamos solos. La gente es de confianza...

—¿De confianza?, ¿para quién?

—En este caso para los dos.

—¿Es usted policía?

—No.

—Si lo fuera no me lo diría.

—Si lo fuera estaría interesado en detenerle. Y no lo estoy.

—No me fío de usted —dijo Iñaki mirándole a los ojos, sin pestañear.

—Por supuesto. Yo tampoco de usted.

—Entonces, ¿qué hacemos aquí?

—Conocernos —dijo Maestre—. Uno no confía en cualquiera a la primera.

No sabe por dónde empezar, se dijo Maestre. Dejó pasar unos instantes mientras el humo de los cigarrillos se elevaba hacia el techo. Sobre la mesa, Maestre observó el papel doblado y sin querer la memoria se le fue a Luisa. Sus encuentros, primero fugaces luego sin medida, alguna llamada en momentos de bajón, como ella decía, y poca cosa más. Profesionales de la clandestinidad.

—Hábleme de usted —dijo Maestre.

—¿Eso le interesa?

—En realidad me interesa todo, pero no tenemos prisa.

—No tengo interés en hablar de mí.

—Está bien. ¿Qué le interesa entonces?

—Quiero dar información.

—¿Qué clase de información?

—Básica. Datos que permiten desmantelar a la organización.

—¿Tiene usted acceso? —preguntó Maestre tras un tenso silencio.

—Lo tengo. ¿Qué cree que hago aquí si no?

—Podría ser un farol.

—¿Para qué? Mire, Eduardo me ha asegurado que es usted la persona adecuada. ¿Lo es?

—Esto es un poco atípico. ¿Me entiende? —se inclinó Maestre sobre la mesa—. Una mañana me levanto y me encuentro con una persona que está en la cúpula dirigente. Eso dice Navarro. Y que me trae información de primera mano. Bien aquí estoy.

—Quiero que me dejen en paz —mordió las palabras Iñaki—. No quiero a los txakurras detrás de mi.

—Le he dicho que no soy policía, así que no estoy interesado en ir detrás de nadie. De hecho tengo que decidir si estoy interesado en usted. No puedo garantizar inmunidad, no tengo autoridad. Mi trabajo no es detenerle, si es que hubiera que hacerlo. No es eso lo que me interesa de usted. —Maestre esperó un momento. No, Iñaki de Mondragón no iba a preguntarle quién era o para quién trabajaba. Era un profesional.

—Está bien.

—Tenemos hasta las... —Maestre miró el reloj— ... ocho. Se supone que damos clase durante una hora. No es conveniente pasarse. Pero... antes que nada, ¿necesita usted algo? No sé, un lugar donde estar, una vía de salida, dinero... algo.

—¿Una vía de salida?

—Tal vez en algún momento tenga necesidad de esfumarse, ya sabe, desaparecer.

—Me parece que perdemos el tiempo. —Iñaki se puso en pie. Maestre no se inmutó y dio una calada al cigarrillo.

—Mejor que no salga hasta que sea la hora. Por cierto... —de un cajón sacó un puñado de fotocopias—. Apuntes. Se supone que hemos tratado de esto hoy. Pero debe esperar. Podemos hablar de fútbol si quiere. No tengo interés en que se meta en algún lío.

—¿Quién es usted? —Preguntó por fin Iñaki sentándose de nuevo—. ¿Conoce a Eduardo?

—No importa quien sea yo, ¿no le parece? Hemos cumplido. No soy policía, no quiero detenerle. Lo que me cuente será transmitido sólo a las personas adecuadas y para las finalidades que ha planteado. No le pido que confíe en mí, sólo que analice los hechos y llegue a sus propias conclusiones. No me interesa joderle, si es eso lo que teme, pero necesito algo, una prueba de que va a ser útil.

—¿Qué clase de prueba?

—Algo que demuestre que está usted muy arriba y dispuesto a colaborar. Nada de nombres que costará meses comprobar o de datos incontrastables.

—Sea más específico.

—Quiero saber dónde está retenido el funcionario de prisiones.

—Ortiz Mora —dijo Iñaki tras un silencio.

—Ortiz Mora —corroboró Maestre.

—Eso no es nada fácil. Va usted muy deprisa —sonrió Iñaki. De la cartera extrajo un puñado de hojas impresas tamaño folio—. ¿Le servirán de momento las actas de la última reunión del Comité Central?

Maestre tomó los papeles en la mano y de una ojeada se dijo a sí mismo que aquello podía ser su camino a un ascenso o al descenso a los infiernos.

—Servirán —dijo— de momento. Pero esto es lo que se llama información estratégica. No sé si me entiende.

—Le entiendo. Tendrá lo que me ha pedido pero no hoy. No tengo esa información. ¿No hay café en este sitio? —preguntó Iñaki elevando las cejas, lo más parecido a un gesto simpático.

—No te preocupes —sonrió Maestre tuteándole— la próxima vez. Te lo prometo.

A la mañana siguiente, Miguel Maestre se sumergió en su papel de profesor de inglés, preparando sus clases con la mayor dedicación posible. Por la tarde, acudió al despacho de Robert Kewell dispuesto a aceptar el té que éste le había ofrecido.

—Excelente —dijo el inglés—. Aquí no nos molestará nadie.

Kewell se levantó y maniobró en un pequeño armario situado detrás de su mesa. De él salió un modelo de tetera eléctrica que Maestre no sabía ni que existía. La enchufó y luego colocó sendas tazas sobre la mesa limpia de papeles.

—No le he visto fumar —dijo el inglés—. ¿No fuma usted?

—He intentado dejarlo pero ha sido un fracaso.

—Yo sólo en pipa.

Buenas costumbres, pensó Maestre, mientras Kewell empleaba los primeros minutos en encender la pipa. Eso y la barba canosa, la piel cuarteada y los movimientos pausados le hicieron pensar a Maestre en un marino, pero se abstuvo de hacer ningún comentario. Las manos del inglés eran nudosas y fuertes y todo él daba la sensación de seguridad y de fuerza. Un buen elemento, sin duda.

—Espero que no sea necesario —dijo Maestre tras un sorbo de té—, pero tal vez en algún momento necesite su ayuda.

—No se preocupe. Hace años que esperaba algo así. Cómo le diría yo... es como recuperar la juventud, ¿entiende lo que le digo?

—Le entiendo.

—Esta ciudad es encantadora. Tiene... aspectos que me recuerdan mucho a mi ciudad natal, mucho, pero al mismo tiempo no deja de tener un toque... mediterráneo. Para los británicos todo lo que es el continente tiene algo de exótico. El sur, el sol, aunque en realidad en esta ciudad he visto menos el sol que en el norte —rió por lo bajo—. Y un jubilado como yo puede sentirse a veces algo desplazado. ¿Qué puedo hacer por usted?

—De momento todo va bien, pero tal vez necesite un poco de ayuda técnica. Ya sabe.

—No es difícil —dijo Kewell— Estaré encantado.

Continuaron charlando de superficialidades durante un rato hasta que el té se enfrió en las tazas.

—Por cierto —dijo Kewell—, hay alumnos que me han pedido asistir a sus clases. Les he dicho que hablaría con usted, pero creo que sería conveniente hacer algo al respecto. No es lógico que tenga usted un solo alumno.

—Comprendo. Abriremos una nueva clase, ¿no le parece?

—Perfecto. Les he advertido que son clases muy personalizadas y reducidas, dos alumnos como máximo, preferiblemente uno. La recepcionista se encargará de tomar los recados. El lunes pondremos un cartel en el tablón de anuncios. ¿Se va usted de fin de semana?

—Sí, estaré de vuelta el lunes.

Cuando se dirigía hacia el hotel, Maestre se dijo: sí, verdaderamente Robert Kewell es un hombre eficaz.

Y

Los auriculares le picaban en las orejas y la luz de la cabina del avión era demasiado fuerte. Maestre apretó el botón y escuchó primero su carraspeo, luego un silencio, un crujido y su propia voz diciendo: «pase». El sonido era absolutamente nítido y se esforzó, más que en seguir las palabras, en captar el tono de su interlocutor. Un murmullo apenas inteligible le hizo volver atrás en la grabación y escuchó de nuevo: «son sólo segundones. Los buenos ya no están...» y luego unos nombres que se iban desgranando. Nada más embarcar en Santander se había asegurado que podía conectarse a Internet, siempre que no fuera durante las maniobras, así que tecleó en el portátil buscando la puerta trasera del CNI y luego fue comparando los nombres susurrados con los archivados. En la lista de veintidós miembros del Comité Central que poseía La Casa había doce fotos en blanco y otras nueve sin nombre, cinco se solapaban, ni nombre ni foto y de un modo mágico, Maestre se encontró de pronto con que todos tenían nombre, los veintidós. Algunos de los que Germán le había dado coincidirían, seguro, con fotos sin identificar, pero Germán le había cantado veinticinco nombres. ¿No son veintidós?, le había preguntado. Y la voz suave, el susurro le había contestado: es cambiante, se nombran nuevos miembros según las circunstancias, de reunión en reunión. A veces hay caídas, otras veces necesidades concretas... o lo que los del partido comunista llamaban cooptación...

Maestre se limpió el sudor de la cara. Nombres nuevos, absolutamente desconocidos, otros relacionados con el mundo abertzale pero sin pruebas de que pertenecieran a la banda e incluso viejos militantes a los que se creía desaparecidos. Maestre redactó su primer informe. En su valoración personal advirtió que sería necesario comprobar los nombres nuevos. Eso daría la esperada confirmación de que la fuente era limpia. En cuanto a lo tratado en la reunión podría decirse que parecía de trámite, valoración de diversas manifestaciones, comunicados en la prensa y respuestas del Gobierno, pero lo más importante era la relación de asistentes, que salvo algunas ausencias, concordaban con la memoria de Iñaki.

Encriptó el fichero con la doble clave y luego lo envió a la dirección preestablecida. Podía haberlo llevado en mano, pero prefería dejarlo a buen recadudo en el servidor del CNI y borrar después todas las huellas en su ordenador.

El resto del vuelo lo empleó en leer información sobre Mondragón y cuando aterrizó en Barajas creía saber ya lo suficiente.

En La Casa no había más que el personal de guardia, así que Maestre tomó un taxi hasta el paseo de la Castellana. Valdés debía estar tranquilo con la marcha de las cosas. De haber tenido alguna duda estaría en su despacho, ceñudo y con las manos cruzadas esperando su informe de primera mano, como llamaba a sus largas conversaciones plagadas de detalles. Una vez le había oído presumir de que sólo leía novelas y que los informes de sus subordinados le aburrían, aunque Maestre estaba seguro que era sólo una pose para mantener su fama de hombre duro. Amigos desde los tiempos de la Academia Naval, habían seguido carreras divergentes llegado el momento, pero por uno de esos azares de la vida habían recalado, finalmente, en el mismo puerto: los servicios secretos.

Le llamó no obstante para asegurarse que estaba pescando tranquilamente en Rascafría y luego consultó el reloj, por enésima vez, para cerciorarse de que aún tenía una hora por delante antes de su cita. Se sentía incómodo, como si estuviera haciendo algo ilegal o peligroso. Se apeó en la conocida explanada del hotel Cuzco y se dirigió lentamente hacia el bar. Aún estaba fresco en su mente, a pesar del tiempo transcurrido, aquella noche en la que su vida cambió, tal vez para siempre. La misión en Tánger, la muerte de su amigo traicionado, Luisa...

Estuvo tentado de tomar una habitación, pero algo le dijo que no era el momento. Desde el final de su aventura en Tánger, Maestre no había vuelto a verla, si exceptuaba el día del entierro de su padre, el almirante López Barcáiztegui.

El bar estaba vacío. Buscó un rincón discreto desde el que podía ver claramente la entrada y pidió un Jack Daniels con hielo, como en los viejos tiempos. Se vio en un espejo, casi de perfil y apreció unas ojeras en las que hasta entonces no había reparado. Desde hacía unos meses revisaba por la mañana sus crecientes patas de gallo, como si fuera una damisela que empezara a vislumbrar los treinta. Se había puesto un traje gris, ligero y en un arranque súbito había dejado la corbata en la guantera del coche. A Luisa nunca le habían gustado las corbatas y era lo primero que le quitaba cuando se encontraban en el hotel de La Manga o en su casa de Cartagena. Dejó vagar la mente hacia el último día, en el hotel, con la urgencia del sexo reprimido mientras, en algún lugar, su marido, el teniente de navío Álvarez bebía y se preparaba para morir, sin saberlo.

La vio antes de que cruzara las puertas de cristal. Vestía de blanco, su color favorito y llevaba el pelo rubio y brillante recogido en una cola. Tenía toda ella ese aire juvenil y descuidado que escondía una perfección casi sublime. Estaba tan guapa que Maestre sintió un dolor en el pecho al mirarla. Le tendió la mano pero él la ignoró, se puso en pie y le estampó dos besos suaves en las mejillas mientras le oprimía los hombros en un gesto que quería decir: quiero ir más allá pero no puedo.

—¿Cómo estás? —dijo Maestre tomándola de la mano. Se sentaron ambos, uno frente a otro en los cómodos silloncitos y ella dijo, «lo mismo», cuando el camarero se acercó solícito.

—Bien —dijo ella—. Dentro de lo que cabe. ¿Y tú?

—Estás muy guapa. El blanco es…

—Sí. Mi color, pero no me has contestado. ¿Sabes? Siempre tengo la sensación de que no escuchas, que te limitas a seguir tu propio guion, pero… ¡por dios! Es como si no pudiera estar contigo sin pelearme…

—Estoy bien. Trabajo. No me queda tiempo para nada más. Estoy solo. Sigo viviendo en Madrid.

—Yo estoy pensando en trasladarme también. Cartagena me trae demasiados recuerdos.

—Te echo de menos —dijo él.

—Eso cuesta trabajo creerlo. Lo de que me echas de menos. En casi un año me has llamado dos veces y una preferiría que no lo hubieras hecho.

—Lo siento.

—Ahora ya no tiene remedio. Mi padre no te guardaba rencor, me lo dijo antes de morir. ¿Te sorprende?

—Me sorprende.

—Supongo que sí. A pesar de todo era un caballero. Un marino de pies a cabeza.

—Eso nunca lo he dudado.

—Sí. Bien. Dejémoslo. Dices que sigues trabajando, pero ¿dónde estás destinado?

—Aquí, en Madrid, en los Servicios Generales.

—Ya —asintió ella.

—Y sigo solo. Sólo existes tú.

—¿Y ya está? Miguel, engañábamos a mi marido, que está muerto. Contribuiste a que encarcelaran a mi padre, que ahora está muerto. ¿Qué vamos a hacer? ¿Fingir que no ha pasado nada? ¿Formar una familia feliz?

—Para empezar podríamos dejar de herirnos, tratar de olvidar y llevar una relación normal, como dos amigos que se conocen hace muchos años.

—No soy tu amiga, Miguel. Nunca he sido tu amiga. Fui tu amante y te quise... aún te quiero, pero no me digas que somos amigos. La amistad era lo que tenías con mi marido y la traicionamos.

Maestre no supo qué contestar porque Luisa tenía la virtud de decir la verdad de un modo inapelable. No había disimulo en ella, sin subterfugios; amantes y traidores. Bebió un sorbo y Maestre recordó sus tardes, cuando mojaba un dedo en el licor y lo pasaba después por sus senos para acabar bebiendo de ellos. Seguía tan hermosa como siempre, con una piel que era como un pecado, tan suave y tan fría.

—Siento que pienses eso —dijo.

—¿Y qué debo pensar? —murmuró ella como sin fuerzas—. Me siento tan culpable que no puedo dormir por las noches. Te añoro y te odio al mismo tiempo. No puedo vivir sin ti y no podría vivir contigo.

—¿Qué puedo hacer? —preguntó él. Luisa bebió un corto sorbo. Permaneció un rato en silencio, mirando a lo lejos, como intentando recordar... u olvidar. Volvió lentamente la cara hacia él y le miró a los ojos.

—¿Has tomado una habitación?

—No —respondió Maestre.

—Yo sí —dijo ella mientras se ponía en pie.

V

La cabeza de la manifestación se encontraba ya a la altura de la calle Bergara de San Sebastián cuando Santi dejó la larga pancarta con el lema «Euskal Herria askatu» y se fue rezagando poco a poco. Volvió sobre sus pasos abriéndose camino entre el gentío y se metió en la calle, pasando entre dos ertzainas, andando deprisa hacia la primera bocacalle. A su espalda, claras y nítidas llegaban las consignas difundidas por los altavoces. Torció a la derecha y caminó hasta encontrar el primer escaparate; allí, de improviso, giró sobre sí mismo. No había nadie en el callejón, ni en la esquina que acababa de doblar. Siguió adelante hasta pasar el bar cerrado y entró en el primer portal oscuro donde le esperaban los tres jóvenes.

—¿Gerturik? —dijo.

—Bai —respondieron tres voces casi al unísono.

—Ya sabéis lo que tenéis que hacer. No más de cinco minutos y luego al siguiente sitio. El material después al container. No os equivoquéis que no andamos sobrados, ¿konforme?

—Konforme.

—Vosotros dos, arreando —los dos jóvenes se dirigieron hacia la calle—. Tú eres Gorka, ¿no?, le dijo Santi al tercero.

El chico, Gorka, se quedó con él en la oscuridad del portal. Era un muchacho alto, un poco desgarbado, con cejas pobladas y una barba incipiente, de esas que todavía no acaban de manifestarse. Tenía la curiosa costumbre de inclinarse un poco hacia delante y balancearse a un lado y a otro, como si fuera demasiado ligero y el viento lo moviera a izquierda y derecha.

—¿Va todo bien? —preguntó Santi.

—Sí. Todo bien.

—Me han dicho que puedo confiar en ti.

—Claro.

—Vale —Santi apoyó la mano en el hombro del muchacho—. Eres de Arrasate, ¿no?

—Sí.

—Estupendo. Nos hemos fijado mucho en ti. Eres un buen chico.

—Bai —asintió el muchacho.

—¿Estarías dispuesto a hacer algo por mi, algo importante?

—Claro que sí. ¿Qué quieres que haga?

—¿Conoces a esta mujer? —dijo enseñándole una foto.

—Sí, bueno, creo...

—¿Lo crees o la conoces?

—La conozco, bueno, la tengo vista pero no sé ni como se llama. Va por Erdiko con su cuadrilla.

—Bien. Pues mírala bien. Es una persona importante y su casa es muy sensible. ¿Me entiendes?

—Entiendo.

—Necesito alguien que vigile. Ya tengo cubierta casi toda la semana y necesito los viernes y los sábados por la noche. Esta es su dirección —dio la vuelta a la foto— memorízala. Vigila si se acerca alguien por su casa. Te repito que es un piso muy sensible. Tenemos allí material muy importante. Lo queremos trasladar pero aún no es el momento. Sería un desastre si cayera en manos de ellos. ¿Lo has entendido?

—Lo he entendido. Sí.

—Ya sabes cómo localizarme. Si ocurre algo raro, cualquier cosa. Si ves acercarse a alguien extraño o llega ella con alguna persona desconocida. Cualquier cosa.

—De acuerdo. No te fallaré. Puedes confiar en mí.

—Repíteme la dirección.

Gorka lo hizo.

—Bien. Ahora vete, que no te echen de menos.

Cuando el chico salió del portal, Santi le observó atentamente mientras le veía alejarse.

Y

¿Qué está pasando Izaskun? El mensaje en el contestador le había hecho dar un vuelco al corazón. Hola Izaskun, soy Eduardo, ¿te acuerdas de mí?… luego un silencio, como si recapitulara; y una disculpa: sí, lo sé, tal vez me entrometo en tu vida, ¡hace tanto tiempo! Voy a estar en Donostia el fin de semana. El sábado a mediodía. Te doy el número de mi móvil… por si quieres… o te llamo cuando llegue.

En una semana el pasado había vuelto a ella en la forma de dos hombres singulares, dos recuerdos de una juventud casi olvidada. ¿Por qué los dos a la vez?, ¿os habéis puesto de acuerdo en recuperar a esta vieja solterona?

Con la cabeza en otra parte, Izaskun acabó de repasar los papeles que tenía ante ella, estampó unas firmas y dio unas cuantas instrucciones por teléfono antes de levantarse, coger mecánicamente el bolso y el abrigo y salir al pasillo. Casi siempre era la última en irse, la primera en llegar, la que empleaba menos tiempo en la comida de mediodía y la siempre dispuesta para todo. Aún así nunca se había sentido diferente, ni presionada, ni siquiera harta de un trabajo que nunca había deseado. En los largos años de soledad había aprendido que la dedicación al trabajo y a su propia formación podía llenar el vacío, del mismo modo que a algunos se lo llena el alcohol o las rayas. Salió al fresco de la calle y se dejó llevar hacia su casa, como si el ligero viento del Udala la fuera empujando. Todo era tan familiar como siempre, pero era como si, de pronto, su vida hubiera retrocedido veinte años, o treinta. Recordaba vívidamente aquel día en las afueras de Benasque, cuando era una jovenzuela calzada con botas de montaña, toneladas de rebeldía y un afán insaciable por hacerlo todo, saberlo todo y probarlo todo. Recordaba la larga velada con Eduardo, en la tienda, con Helene e Irune durmiendo a su lado, amontonadas con un par de chicos más, recién conocidos, y los ojos febriles de Eduardo, apasionados, descubriéndole un mundo. Le había hablado de Bakunin, de su Barcelona natal, de amor, de volar el mundo por los aires y escapar un día, como un capitán de barco en su nave. Y la despedida. Con Eduardo siempre habían existido las despedidas interponiéndose entre los dos. En algún momento de su vida había sentido la necesidad de entregarse a él, de responder a aquella declaración apremiante: te quiero, te he querido desde el primer día en que te vi; pero ya era tarde cuando lo dijo, muy tarde. Para ella ya no existía otro hombre que Domingo. Nunca. Para entonces, cuando Eduardo quiso romper su cáscara y entrar en ella, ya había pasado algo que la marcaría para toda la vida. Estabas demasiado lejos catalán, siempre estuviste demasiado lejos. Y ahora vuelves de la nada para remover viejas heridas. ¿Quieres hacerme daño? ¿es eso?

La casa estaba especialmente solitaria. El agua de la ducha especialmente fría y los recuerdos especialmente vivos. La foto de Domingo era una instantánea un poco borrosa, de un joven sonriente, rodeando sus hombros con el brazo. La había tomado Iñaki, una mañana de invierno en la plaza, recién salidos de misa, cuando todavía les decía algo las homilías del padre Jesús. En aquella plaza, donde la multidantza los reunía a todos en las noches de otoño, donde rió como una loca cuando Eduardo, su Eduardo, intentaba bailar siguiendo el ritmo de los tamboriles, «como un pato», decía él mismo. Reían hasta no poder más y luego se iban de chiquitos por Erdiko hasta que el sol empezaba a despuntar. Ella era joven y él se la comía con los ojos. ¿Crees que no me daba cuenta? Me sentía halagada pero a la vez me asustabas, pedías mucho. Eras absorbente, como un tornado, contigo no se podía ir a medias; no querías una amiga, ni siquiera un ligue, querías un amor total, absoluto, que llenara tu vida y te sacara, decías, de la mediocridad. Tal vez te quise, mi niño, tal vez te quise y no me di cuenta. El catalán. Nos miraban todos, con una sonrisa cómplice, algunos con odio, otros con envidia, porque todos pensaban que tú y yo llegaríamos a algo, que olvidaría a Domingo, o que ya le estaba traicionando, porque a él no se le podía hacer eso; él era un luchador, era «el luchador». Y te fuiste, aquella misma noche cuando te dije que quería a otro. Me dijiste, seco como un trallazo: no necesito una amiga. ¿Y ahora?, ¿por qué vienes a verme?, ¿qué quieres?, ¿por qué no viniste a verme cuando él murió? No eres de los que esperan, lo sé, pero debiste venir, yo lo esperaba.

El teléfono la sacó de sus nostalgias y sus recuerdos.

—No. No voy —dijo con su mejor tono despreocupado—. Sí, tengo una cita. ¿Qué pasa? —soltó una carcajada—, ¿no puedo tener una cita?

Colgó con una mezcla de satisfacción y de miedo.

¿Cómo estará?, se preguntaba Izaskun. Iñaki decía que igual que siempre, pero los hombres no saben observar, no ven las patas de gallo, las arrugas en la frente, la falta de luz en los ojos. Algunos no ven siquiera el cambio en el color del pelo o su escasez. Y mucho menos las barrigas, los michelines, los cuellos como manojos de sarmientos. Rió para sí. Había traído con ella el libro de poemas que le había dedicado. Ni siquiera se acordará, pensó.

En la primera hoja estaba, en azul, la dedicatoria. Para mí querida Izaskun. Maitasun eta Iraultza.

Amor y Revolución era como un grito de guerra. En sus cartas nunca había faltado aquella jaculatoria, casi religiosa, Amor y Revolución. Las cartas no las había guardado, no las suyas. No eres muy sentimental Izaskun, se decía ella muchas veces. No le gustaba guardar cosas, no le gustaban los recuerdos ni las añoranzas. Cualquier tiempo pasado fue peor. Entonces, ¿para qué recordarlo? Es como si dos enamorados volvieran a reencontrarse al cabo de los años. Pero yo no estuve enamorada de él, sólo le quise mucho. ¿Y no es lo mismo? No. No es lo mismo y él lo sabía. Sentirse querido no lo es todo. Hay que sentirse querido de una manera especial, eso lo sabía ahora Izaskun. Como ella se sentía querida. Porque allí, en la vieja cafetería en Donostia se sentía querida, sentía al catalán como a un caballero con armadura, cabalgando sobre la niebla, acercándose a ella, llenando de su cariño la mañana gris y fría.

Nos hemos negado la felicidad. O yo la he negado por los dos. Ahora sólo querría que él fuera feliz, que me hubiera olvidado, que lo hubiera olvidado todo y sintiera la misma ternura que yo. ¡Qué ilusa eres Izaskun! Como siempre, quieres que el mundo se adapte a ti, que las cosas sean como tú quieres. Sin conflictos, sin tensiones, sin que nadie sea desgraciado, sin que ningún hombre se sienta herido por tu culpa. Y ya ves. Eduardo podría odiarte, igual que Iñaki. ¿Por qué aparecen los dos?, ¿qué está pasando?, ¿qué has hecho Iñaki? No debes preocuparte, Izaskun. Tu viejo amigo Eduardo está al llegar; le había dicho con su voz alegre: ¡ya he pasado la frontera de Burgos! Así que ya estaba en Euzkadi y dentro de poco aparecería por la puerta. Como aquel día en que salió de la estación de Amara, cargado con su mochila, con el pelo revuelto y la cara de no haber dormido. Hacía años, toda una vida. Él llevaba una bufanda con las cuatro barras catalanas y ella le había dicho, rota de risa, ¡por dios quítate eso, que aquí la gente sólo verá el rojo y gualda! Eran los tiempos de la libertad y la dictadura, tiempos en que la calle era de los revolucionarios y los cuartelillos de la represión. Tiempos en que en los teatros se lucía la ikurriña disfrazada de guirnaldas de flores, tiempos de aurresku bailado en la plaza, espacios de libertad. Tiempo de amar y tiempo de morir porque también había muerto gente. Izaskun notó que se le escapaba una lágrima y entre ellas, como si alguien hubiera puesto un filtro a la luz del atardecer, le vio entrar en la cafetería; desafiante, como siempre, con las manos metidas en los bolsillos, despeinado, con unos cuantos años más pero los ojos vivos, la misma sonrisa.

—¡Eh! —le gritó Eduardo— ¿nadie me va a dar un abrazo? —y ella se levantó y corrió a su encuentro. ¡Qué importa que nos miren! Y se echó a llorar cuando le abrazó.

—Eduardo, ¡por Dios! Es verdad. ¡Estás igual! Pero....

—Ven aquí —dijo él—, y dame un abrazo porque hace años que no me lo das.

—¡Cómo hemos hecho esto! Tantos años sin vernos, sin saber nada de ti. Te has casado, ¿no?

—Ya ves. Casado y descasado. Tú no, ¿verdad?

—No, yo no.

Tomaron café, rieron, lloraron, recordaron cosas, viejos tiempos y luego salieron al fresco de la tarde, a pasear frente al mar agitado, blanco y gris. Y luego la pregunta que había bailado en su cabeza desde que él la llamó.

—¿Y cómo pues se te ha ocurrido ahora?

—¿Y cómo no se me ha ocurrido antes?

—Ya sabes por qué te lo pregunto.

—Sí, lo sé. Él me habló de ti. Nos vimos y me entró la morriña.

—Qué le pasa, Eduardo. ¿Me lo vas a decir tú?

—No le pasa nada. Lo que a todos. Que nos hacemos viejos y tenemos ganas de recuperar a los viejos amigos.

—Pero tú no corres ningún riesgo viniendo aquí —dijo ella.

—A él no le importa el riesgo. Ya le conoces.

—El me dijo lo de tu separación.

—Sí. No funcionó.

—¿Qué pasó?

—No lo sé. El amor se acaba, Izaskun. Bueno, hay amores que se acaban. Otros no. Ese sí se acabó.

—Le hiciste algo —rió ella—. Seguro que le fuiste infiel.

—No, aunque se lo creyó —él le cogió la mano—. Se enteró de que existías, por cierto.

—¡No puede ser! Me engañas; ahora quieres hacerme responsable de tu separación —los dos rieron.

—Es verdad. Fue al poco de casarme. Encontró algunas cartas tuyas y poemas míos. Los leyó y...

—Eso no se hace.

—Bueno. No lo hizo queriendo, sólo se lo encontró. ¿Tú no hubieras hecho lo mismo? Pues lo leyó; tu nombre, lo que pensaba de ti, lo que me escribiste. Creo que no lo entendió y...

—¿Por qué no lo entendió? —dijo Izaskun—, claro que lo entendió. Los hombres sois tontos. Sois vosotros los que no entendéis que nosotras no le llamamos un engaño sólo a acostarse con otra tía. ¡Sois tan primarios! Mira esto —Izaskun le enseñó el libro.

—¡Todavía lo guardas!

—Pues claro. Si ella ve algo como esto, ¿qué te crees que va a pensar? A lo mejor piensa que, vale, fue hace muchos años, pero los celos y las hipotecas son lo único eterno en la vida.

—¡Cuánto te quiero! ¡Cuánto te he querido! —dijo Eduardo.

—Somos muy viejos para eso.

—Pero lo has guardado.

—Claro —ella hizo una pausa, se miró los zapatos mientras andaban, haciendo crujir la arena—. ¿Me vas a decir qué le pasa a Iñaki?

—No le pasa nada, de verdad. Sólo que está nostálgico.

—¿Y te llamó?

—Nos vimos.

—Venga Eduardo, no desconfíes de mí.

—No desconfío, pero no es una persona normal. No puede ir por ahí diciendo dónde va y qué hace. Si yo fuera su confesor le diría que se entregara, pero no lo soy ni tengo vocación, así que le dije que desapareciera.

—Él no es de esos —dijo Izaskun y Eduardo sintió una amarga sensación en el estómago—. Nunca lo dejará.

—Pues debería —dijo él—. Esto se acabó. ¿No lo veis?

—¿Qué crees?, ¿Que estoy con ellos?

—No, ya sé que no, cariño. Pero en este país todo está... entrelazado. Es como una madeja. Padres, hijos, paisanos. Todo el mundo sabe lo de todo el mundo. Aquí no hay nadie inocente, Izaskun. Todos sabéis cosas, hasta yo sé cosas. Y cuando matan a algún pobre tipo de uniforme o a un concejal todos sabéis quién lo ha hecho y no decís nada. Sangre, charcos de sangre, ¿no te parece que Iñaki, o cualquiera, tiene derecho a sentir un poco de nostalgia? En algún momento fuimos puros y limpios, queríamos hacer la revolución y teníamos ideales, pero se han convertido en otra cosa. No puede ser. La vida ya no tiene valor.

—¡Edu!, —rió ella de un modo doloroso—. Aún hay gente que tiene ideales.

—Es posible. ¡Qué guapa estás!

—Y tú eres el mismo. Adulador y cambiando de tercio cuando ya no sabes qué decir. ¿Dónde te has alojado?

—En el Aránzazu.

—Podías haber venido a mi casa.

—Paga mi periódico y no quería...

—No querías qué.

—Bueno no sabía cómo me ibas a recibir y tampoco sabía en qué estado están nuestras relaciones.

—¿Y en qué estado van a estar? —dijo ella dándole un manotazo—. Nos vamos a ir cenar de verdad. Los catalanes no sabéis comer y más si vivís en Madrid. Luego nos iremos de copas y después te llevaré a casa.

Izaskun se cogió de su brazo y se alejaron riendo. Una pareja madura recomponiendo su vida o tratando de buscarle un sentido. ¿A casa?, ¿y cuál es nuestra casa?, se preguntó Eduardo mientras sentía la mano de ella, fuerte, sobre su brazo.

Las primeras luces del amanecer iluminaron la cocina. Izaskun se levantó y apagó la luz. Se sentó de nuevo con un estremecimiento de frío.

—Nos ha amanecido —dijo Eduardo Navarro.

—Sí. Otra vez. Siempre pasamos las noches juntos —rió ella.

Izaskun había hablado sin parar durante horas y Navarro la había mirado a los ojos, al cabello abundante y castaño, a los labios finos y bien dibujados, a las pequeñas arrugas, a las manos, todavía suaves y rosadas. En algún lugar, dentro de él, aún ardía algo que se sentía dolido cuando ella le hablaba de Domingo, de una relación destructiva y dolorosa, una relación montada sobre cartas, sobre viajes relámpago al sur de Francia, sobre encuentros fugaces en lugares remotos y recónditos. La edad había hecho a Izaskun más desenvuelta con las palabras, menos discreta y remilgada. Habló de echar un polvo en una escalera oscura, de follar toda la noche y luego despedirse como dos desconocidos, de reproches, todavía desnudos, de dolor, casi de masoquismo espiritual. «Le escribía largas cartas de las que luego me arrepentía, reprochándole mil cosas que había hecho o que no había hecho, revolcándome en mi dolor y en mi soledad. Luego esperaba que él me contestara en el mismo tono. A veces con cinco líneas cargadas de odio o de agresividad». «¿Por qué seguías ese juego?», le había preguntado Eduardo. «Era lo que tenía. Ni yo misma lo sé. Supongo que era algo enfermizo; me fue consumiendo, me impedía llevar una vida normal. No te puedes imaginar lo que era sufrir sin saber dónde estaba, odiándolo cuando estábamos juntos, añorándolo cuando no estaba. Necesitaba ese dolor de la distancia, ese sufrimiento de sus palabras hirientes, su familia. Presumía conmigo de sus conquistas. Después de hacer el amor en su coche, en algún camino oscuro, me decía: no ha estado mal. Y era capaz de hablarme de su última conquista.»

—No te entiendo, Izaskun. Por dios que no te entiendo. —dijo Navarro. Ella estaba haciendo café, de espaldas, frente a los fogones.

—Ni yo misma lo entendía. Y ahora menos.

—¿Y cuando murió, cómo lo llevaste?

—Una es esclava de sí misma. ¿Qué querías que hiciera? Manifestaciones, silencio… descubrí entonces que yo no era nadie, que su mujer era la viuda y yo sólo «la otra». ¿Sabes de qué van esas historias de vodevil? Pues eso. Yo era la otra. Todo el mundo lo sabía en el pueblo, todos menos yo que siempre creí en él.

—Y no hiciste nada para liberarte.

—No. No pude hacer nada. Para los de aquí era como la viuda, lo mismo que su mujer era para los de allí. Y tú no sabes lo que es ser una viuda en un pueblo como éste. La gente va de progresista y resulta que son más cerrados que el resto de la humanidad. Por poco me hacen vestirme de negro y eso que había una viuda oficial.

—Yo esperé mucho tiempo. Te esperé.

—Mi niño. Lo siento —ella le acarició la cara—. No merezco tanto cariño.

—No nos pongamos sentimentales. Si me das café te perdono —rieron.

—¿Por qué te echaste una amante si querías a tu mujer? —preguntó ella mientras el líquido negro caía sobre la taza. Navarro había sentido la necesidad de contárselo, tal vez para hacerle ver que nada en su vida era definitivo, que no había relaciones totales como aquella que buscó una vez.

—No lo sé. Porque soy un hombre, supongo. Somos así, infieles por naturaleza, desleales, descreídos. Pensamos más con la bragueta que con la cabeza. En fin, ya sabes, todo eso que se dice. En realidad porque me siento solo. Siempre me siento solo y frío, siempre buscando un poco de calor. Cuando afloja el verano en una relación uno busca el sol en otro sitio.

—Eres un poeta, pero no me gusta. Tu mujer no se merecía eso. Y la otra tampoco.

—¿Crees que no lo sé? El sentimiento de culpa también forma parte del juego. Aunque no lo creas yo también soy hombre de una sola mujer.

—¿Tú también?, ¿qué quieres decir con tú también?

—Ya lo sabes. Que eras mujer de un solo hombre. —Izaskun se quedó mirándole, como si acabara de descubrir algo y Navarro sintió sus ojos, tan verdes, metiéndose dentro de él. Aún era tan bonita.

—¿Eso has pensado? ¿Por eso no me llamaste nunca más? ¿por eso no lo intentaste otra vez?

—Por eso y porque entonces era joven y orgulloso. Radical. ¿No me querías? Pues yo tampoco.

—Sí te quería.

—No como yo deseaba —precisó él y ella le sostuvo la mirada. Un reloj lejano desgranó varias campanadas.

—Tengo que irme —dijo Navarro.

—Cuando te vean salir pensarán que tengo un nuevo novio —le seguía taladrando con la mirada—. Y no tengo edad para novios, ¿no crees?

—No. No lo creo. ¿Vendrás a verme a Madrid?

—No lo sé. Puede.

—Si no vienes volveré yo.

—¿Ya me quieres como amiga?

—No. —Y luego la besó en los labios sin que ella hiciera nada, ni para evitarlo ni para devolvérselo.

Le despidió desde la ventana, con un beso lanzado con la punta de los dedos. Navarro arrancó el coche y salió en dirección a la carretera.

El comité de evaluación lo formaban cuatro personas; el coronel Valdés, Pellicer, el director de la sección de evaluación, recién nombrado, y dos altos funcionarios a los que todo el mundo conocía como Laurel y Hardy por su aspecto, bajo y menudo uno y grande y musculoso el otro. Todos ellos gente extremadamente eficaz y exigente. Valdés sentía que no iba a ser fácil la reunión y que iba a tener que defender a su fuente con uñas y dientes. A pesar de sus reticencias iniciales, estaba absolutamente convencido que Germán era transparente como el cristal y que su concurso podía ser fundamental. Para decirlo de un modo sencillo, estaba seguro que aquello podía ser un paso irreversible en la lucha contra ETA.

—Bien, señores —dijo Valdés saltándose abruptamente los prolegómenos—, sabemos por qué estamos aquí, así que vayamos al grano. La pregunta es, ¿es una fuente de confianza? Y si lo es ¿debemos pasar la información al ministerio del Interior y al Mando Único?

—He leído el informe —dijo Pellicer con su voz hueca y bien modulada. Era un hombre de mediana edad del que Valdés no tenía la menor idea de dónde había salido, aunque su aspecto era el de un profesor de Universidad, con su corbata de seda, su camisa bien planchada y el traje de excelente corte.

—Aunque da la impresión de tratarse de una fuente fiable hay cosas que no acabo de ver claras —continuó Pellicer—. ¿Cuáles son sus motivos? Usted, coronel, no lo especifica, supongo que es porque tampoco lo tiene claro. ¿Le importaría hablar sobre ese punto?

—Desde luego mi informe no aclara esa cuestión y hay dos razones —dijo Valdés con voz segura—. La primera es la que usted dice; efectivamente el agente encargado me ha hablado de sus motivaciones pero consideramos que no son objetivas, así que es como si no las supiera, pero la segunda razón es que no tiene importancia el por qué lo hace, sino qué es lo que hace. Sus informaciones son buenas, de primera mano, útiles y contrastadas y eso es lo que importa. Estoy absolutamente seguro de que forma parte de la dirección colectiva y eso no lo habíamos tenido nunca, ni siquiera con Lobo.

—Discrepo. Si no sabemos sus motivaciones —apuntó Laurel con su sequedad habitual— en cualquier momento se puede volver contra nosotros.

—Germán y mi agente no están intercambiando información —cortó inmediatamente Valdés—. Mi hombre es su controlador, le pasa datos y yo los anoto y los evalúo. No hay feed-back.

—Pero ya conoce a su hombre y nuestra estructura en Santander —insistió Laurel—. Le hemos explicado, con ejemplo incluido, la función de la academia de inglés. Espero que se dé cuenta de la importancia de ese dato.

—Eso, si me permite —respondió el coronel Valdés— no tiene ninguna utilidad para la banda. ¿Que tenemos estructura en Santander? Pueden pensar que es de la Guardia Civil. Podría serlo. La estructura del Estado está en todo el país, eso no es una información relevante para ellos.

—Nos apartamos de la cuestión —intervino de nuevo Pellicer—. La cuestión es si el personaje está en posesión de información de utilidad o si la manipula para sus propios fines.

—Es de suponer que posee información útil —dijo Valdés.

—Sí —leyó Pellicer—. Usted lo afirma en el informe. Germán dice que está harto de sangre y de esa lucha que no lleva a ninguna parte. Eso es lo que ha dicho —levantó la cabeza—. ¿Nos tenemos que creer ese ataque agudo de ética? Las actas de la reunión que nos ha remitido son interesantes sí, sobre todo en lo que respecta a los asistentes, pero yo diría que era una reunión de trámite. Todos sabemos lo que es un comité Central; se reúne una vez al año, o dos, y marcan directrices políticas. Eso es lo que nos ha dado Germán. Válido, sí, pero insuficiente. Necesitamos algo más, algo concreto.

—Hay que darle un poco de tiempo —respondió Valdés—. Nos ha dado datos únicos sobre los dirigentes. Estamos trabajando con esos nombres y pronto los podremos pasar al Mando Único con todo lujo de detalles. Nos ha dado información sobre la dirección colectiva que ahora mismo se está evaluando. Eso es un tesoro. Podemos llegar a saber hasta el número que calzan, las tensiones entre ellos.

—¿Y dónde se ocultan los dirigentes? —preguntó Laurel.

—Estamos trabajando en ello con los franceses —dijo el coronel—. Conocemos el lugar de la reunión, pero era obviamente provisional. Germán forma parte del Ejecutivo.

—Eso dice él —terció Laurel.

—No hay motivos para dudar. Sabremos con antelación el lugar, el día y la hora de sus reuniones y las decisiones concretas. Hemos comprobado los nombres que Germán nos ha dado —siguió— y está claro como el agua. Los hay que ya conocíamos, lo que confirma que Germán no nos engaña y los que no conocíamos son una información muy valiosa. Hay concejales de Batasuna, hay gente de la que no sospechábamos, fuera del ámbito abertzale, otros de los que no estábamos seguros.

—Dado su entusiasmo deberíamos pasar ya la información al Mando Único —dijo Laurel con cierta sorna— y al Ministerio.

—No nos adelantemos —terció Pellicer—. Nosotros debemos informar si consideramos fiable o no la fuente. Y para ello necesitamos algo concreto y tangible.

—Lo sé, señor. Y estamos en ello, se lo aseguro.

—Muy bien —asintió Maestre.

—Por lo que a mí respecta me da en la nariz que ese tío es lo que dice ser —dijo Valdés—. Esperemos a ver qué hace con lo de Ortiz Mora, pero…

—¿Qué?

—Me preocupa también lo de las motivaciones. No lo he admitido ahí dentro, pero me preocupa.

—¿Y qué quieres que haga? —exclamó Maestre—. ¿Lo tumbo en el diván y se lo pregunto?

—No creo que sea conveniente —dijo Valdés sin inmutarse.

—Bien, ¿y? —preguntó Maestre. El coronel le miró frunciendo los labios, sentado en su sillón, en el sucinto despacho. Sobre la mesa las últimas notas de Ignacio Sagarzazu, alias Iñaki de Mondragón.

—¿Qué hay de esa mujer? —preguntó Valdés.

—¿Qué pasa con la mujer?

—Ya sabes lo que pasa. A veces la explicación está en lo más sencillo.

—Sí. Lo sé. ¿Y qué quieres que haga?

—Sería ilegal vigilarla —dijo Valdés—. Es terreno de la Benemérita y tendrían que pedir autorización judicial. No tenemos nada que ofrecer, no podemos ir por ahí aireando nuestras operaciones, ¿verdad?

—¿Me estás sugiriendo algo? —preguntó Maestre.

—Nada. Haz tu trabajo. Averigua. Estudia sus relaciones, busca información y no te metas donde no te llaman. Pero sobre todo no me metas a mí.

En su apartamento, tan frío como siempre, Maestre se sirvió un whisky.

—¡Con que no te meta a ti! Muy bien.

Luego se tendió en la cama y tomó el ejemplar de Corto Maltés que había sobre la mesilla.

VI

—¿Dónde está la casa? —preguntó Maestre. Hasta el despacho del último piso sólo llegaba el rumor apagado de los alumnos subiendo y bajando la escalera y la lluvia vespertina golpeando en los cristales. Ante ellos humeaban dos tazas de café y un cigarrillo languidecía en el cenicero de cristal barato.

—A la salida del pueblo, unos cinco kilómetros hacia el este, muy cerca del bosque —respondió Iñaki, concentrado en la respuesta.

—¿Sabes a quién pertenece?

—No. Nunca había tenido noticias. No creo ni que sea de la organización ni que la vuelvan a usar.

—Ya —reflexionó Maestre. Iñaki estaba sentado como siempre, en el borde de la silla, tenso como si en cualquier momento tuviera que salir corriendo.

—Y nunca habías estado en ese pueblo, ¿cómo se llama?

—Bagnols. Ya te lo he dicho.

—Departamento del Var.

—Eso es. El autobús me dejó en la carretera, cerca del hotel —dijo Iñaki y luego recordó cómo había dejado en el suelo la bolsa de lona y cómo se había fijado en el letrero todavía cubierto de barro y de hojas húmedas tras el aguacero. Le contó a Maestre cómo se había presentado al dueño del hotel, un hijo de republicano español afincado en Francia. Tal vez no sabía nada, dijo Iñaki, o tal vez sí.

—Cuéntame. La mujer que te vino a buscar. ¿Cómo era?

—Morena, pero juraría que llevaba peluca, de esas negras muy bien recortadas. Me recogió en la puerta por la mañana, muy temprano. No la conozco de nada, pero eso suele ser normal.

—¿Y sabías que vendría...?

—¿Otra vez? Había una nota en la mesilla de noche.

—Que has roto.

—Claro. Eran las instrucciones. ¿Qué quieres? ¿Qué vaya por ahí con la nota en el bolsillo? Tú mismo me has dicho que tome precauciones y no me confíe. ¿Te lo recuerdo? No cambies tus costumbres, ni siquiera cambies de ropa. Convéncete de que nada ha cambiado en tu vida. Nunca me dejaría una nota así en el bolsillo.

—¿Quieres un trago? —dijo Maestre—. Tengo whisky ahí. —Se levantó y trajo una botella con dos vasos. Iñaki recordó la habitación limpia, como todo lo que había visto del pueblo, como sacada de un cuento para niños. Las contraventanas eran de madera con un corazón horadado en el centro y el naranja muy subido de las paredes contribuía a la sensación de estar en un mundo irreal, tan irreal como su vida recién iniciada.

—¿Te encuentras bien? —preguntó Maestre.

—No. No me encuentro bien. ¿Alguna vez has traicionado todo en lo que creías? —contestó súbitamente furioso.

—A lo mejor es que estabas equivocado.

—¿Y tú?, ¿nunca has pensado que puedes estar equivocado?

—Mis equivocaciones no le cuestan la vida a la gente —dijo Maestre sabiendo que mentía. Se guardó de añadir: A lo mejor se lo debes a alguien—. Dime —siguió tras un sorbo—, ¿cómo te llevas con los que llamas la pareja?

—¿Y eso qué importa?

—Todo importa.

—Con ella fatal. —Recordó la furia de Ubiña cuando dudó de su capacidad para controlar los taldes.

—Es una cabrona. No me fiaría de ella aunque fuera mi madre. A Mikel siempre le tuve por un tipo listo pero que nunca llegaría a nada, pero tiene muy mala leche. Y sabe hablar.

—Pero, ¿te cae bien?

—Le estrangularía con mis propias manos.

Maestre sirvió otro whisky y dejó que las palabras de Iñaki fueran reposando.

—Mantenemos las formas —siguió Iñaki—. Pero el muy cabrón lo primero que hace es colocar la pistola sobre la mesa. Hace como si le molestara en el cinturón.

—Tienes que estar preparado. Por el momento sólo hay un... llámale intercambio de información, pero cuando las cosas les empiecen a ir mal les entrará la paranoia.

—Lo sé —asintió Iñaki.

—¿Había vigilantes en la casa?

—Nadie que yo viera. No los suele haber. Las consignas son si llega la pasma no ofrecer resistencia. No se pelea en inferioridad de condiciones.

—¿Hay salidas posteriores?

—Las hay.

—¿Cómo estás tan seguro?

—Las vi, joder. Estuvimos un montón de horas, salí a mear, comimos —y hay algo más, pensó, algo que no te voy a decir. Fue al terminar la reunión. Iñaki, ven un momento, dijo Mikel, y salieron juntos por la puerta de atrás, internándose unos pasos en el bosque, negro como una cueva, húmedo, con mil sonidos que salían de la noche. ¿Por qué has ido a Mondragón? Así que lo sabe, debí suponerlo, la Gestapo está presente en todas partes. Quería ver a una amiga. No deberías, sí, ya sé que todo el mundo lo hace, pero tú eres especialmente sensible, ya me entiendes. No deberías verla ni hablar con ella. Te ha visto, claro, y seguro que mucha otra gente. Ella es de confianza, puede, pero no podemos confiar, ya sabes a qué me refiero.

—¿Cómo saliste de allí?, ¿en autobús? —preguntó Maestre.

—No. Habían alquilado un coche, al menos para mí. Volví con él a Cannes y luego en avión a Pau.

—¿Te compraron ellos el billete?

—Si; me lo dieron allí mismo.

—No lo has guardado.

—No, claro.

—¿De qué compañía?

—Air France.

—Bien. Anótame los datos que recuerdes del billete. Lo rastrearemos. Ahora dime, cuéntame exactamente todo lo relativo a la reunión. Desde el momento en que entras en la casa hasta que la abandonas. Tómate el tiempo que quieras. Si no acabamos hoy seguiremos la semana que viene.

—Alguien había encendido la chimenea del salón. Las ventanas estaban cerradas y el ambiente estaba cargado. Chopo Iturbide había preparado el desayuno y Javier Elorza le había saludado con la mano tendida. De los presentes era la persona a la que Iñaki más había tratado.

—¿Cómo es Elorza?

—De estatura media, ligero de huesos y con cara de crío, aunque creo que es el más veterano. Siempre ha sido el número tres fuera quien fuera el uno y el dos.

—Un superviviente.

—Eso.

—¿De dónde es?

—Ni idea, pero el acento es de Bilbao, no habla euskera, así que casi seguro es de Bilbao.

Maestre estaba impresionado por la extraordinaria memoria y precisión de Iñaki. No sólo era capaz de desgranar sistemáticamente los hechos, sino que también podía dar detalles sin perder el hilo del relato. Así pudo ahondar en las tensiones en la dirección colectiva, de la violencia que planeaba como un cuervo sobre el grupo. No se puede vivir en la violencia sin que nos penetre hasta lo más profundo, pensó Maestre. Ya nunca te librarás de ella, Iñaki. Maestre recogió lentamente los papeles de encima de la mesa. Deliberadamente se tomó su tiempo, sin mirar a Iñaki, dejando que éste le fuera observando, haciendo crecer en él la incertidumbre. Ahora llega la hora de la verdad, pensó Maestre. Vamos a ver si eres quien dices ser o sólo estás jugando con nosotros.

—¿Qué pasa? —preguntó finalmente Iñaki. Maestre se echó hacia atrás en la silla y le miró directamente a los ojos. La escasa luz ponía una sombra inquietante sobre los ojos de Germán y su piel aparecía más pálida que nunca.

—Pasa que a mis superiores esto les parece bien. Muy bien. Lo aprecian en lo que vale, pero…

—Pero qué.

—Ya sabes qué.

—Está vivo —dijo Iñaki y la frase pareció quedar flotando entre ellos.

—Me parece bien, pero no basta. Ese hombre es un símbolo. Ponerlo en libertad sería un paso importante, un punto de inflexión, no sé si me entiendes. Si fuera voluntariamente significaría un cambio de actitud positivo. Si lo liberara la Guardia Civil sería un hito en la lucha. ¿Comprendes?

Iñaki suspiró profundamente, se acercó a la mesa hasta apoyar los codos sobre ella y dejó caer lentamente las palabras.

—Jamás lo pondrán en libertad —dijo, y luego volvió a colocarse en su tímida posición en la silla.

—Entonces dime dónde está.

VII

Gorka dobló una rodilla, se santiguó al cruzar por delante del altar y luego salió al fresco de la plaza. De la Concha venía un viento suave y frío y el chico anudó la bufanda alrededor de la cara y se arrebujó en el anorak. Cruzó la plaza despacio, sin perder de vista a los escasos transeúntes y luego se encaminó hacia Igueldo dejando a su derecha la playa de Ondarreta.

Por dos veces se detuvo para encender un cigarrillo mientras se aseguraba de que nadie le seguía y finalmente, tras una cuesta empinada y solitaria, divisó el Audi negro aparcado entre dos frondosos chopos. Su andar lento y cansino contrastaba con sus ojos inquietos y rápidos, mirando incansables a su alrededor. Había aprendido a hacerlo desde muy pequeño, cuando los padres jesuitas le explicaban que Dios y el demonio observaban todos sus actos, hasta los más íntimos. Tal vez por eso se había vuelto cada vez más retraído, hasta el punto de que cuando los chicos de su edad empezaban a ir de chiquitos él se había recluido en casa, con sus cómics de Corto Maltés y Pin Up, su ordenador y sus revistas eróticas escondidas bajo el colchón. Hasta que encontró a Blanca, una tarde en una fiesta en su primer año de facultad. Era mayor que él, morena, guapa, y una cabeza más baja, algo que a él siempre le había acomplejado con las chicas. Además de abrirle los ojos al mundo del sexo, Blanca le había explicado que veía en él un don, la capacidad de recordar como si fuera una cámara fotográfica, la rapidez mental para reconocer y archivar caras, la personalidad versátil y flexible del auténtico agente secreto. Sí, eso le dijo Blanca, del agente secreto. Aún recordaba cómo se había reído y cómo se había sentido orgulloso de esa capacidad; un aventurero, un ser en la sombra, a salvo de todo y de todos. Blanca le presentó a Salus, otro entusiasta de Corto Maltés a pesar de que era mucho mayor que él. Y de ahí a hacerse amigos sólo hubo un paso. Luego llegó lo de introducirse en Jarraiz. A mí no me interesa la política, les confesó, pero le aseguraron que a ellos tampoco. Te relacionas con los chicos de la herrikotaberna y nos cuentas cosas, le dijeron. No te preocupes, vive con ellos y haz lo que ellos hagan, nosotros te iremos preguntando, en secreto. Nadie se enterará de nada y tú estarás a salvo de todo y de todos.

La relación con Blanca se espació pero Gorka sabía que siempre estaba ahí, dispuesta a pasar una tarde con él. Y había dinero, no mucho, pero suficiente para no ir agobiado y permitirse pequeños caprichos. Le habían pagado un ordenador de última generación, una conexión rapidísima, programas rompedores, todo muy discretamente, como si fuera él el que había ahorrado y simulando pagos mensuales. Gorka lo había hecho tan bien que en poco tiempo estaba en la dirección de la organización juvenil, codeándose con lo más granado de la kale borroka y en perfecta comunión con los padrinos. Todos le tenían por un héroe y estaba de los primeros en la lista de obedientes. Se sentía bien después de dos años de trabajo, porque era un trabajo; de ese modo lo vivía y aunque estudiaba informática, lo suyo, estaba seguro, era esa doble vida entre el blanco y el negro, entre dos aguas, con el mar abertzale a un lado y el monte cubierto de niebla al otro.

El lugar elegido para la cita era un gigantesco aparcamiento, grande como una pista de aterrizaje. Miguel Maestre, alias Santiago Merino, alias Salus, se fijó en el chico que venía hacia el coche, con andares lentos y desmadejados. Así, desde lejos y envuelto en la luz del crepúsculo, podía tener una edad indefinida, pero al inclinarse a su lado, junto a la ventanilla, Maestre volvió a constatar su cara de niño y sus labios gordezuelos, como los de una chica.

—¿Tienes un cigarro? —preguntó el chico.

—Sólo fumo Gitanes, ¿quieres uno?

Gorka abrió la portezuela y se sentó en el asiento del acompañante. Metió las manos en los bolsillos de la cazadora de paño, sin dejar de mirar hacia la oscuridad. Maestre le vio como lo que era, un chaval muy callado al que había que respetarle los silencios, aparentemente lento y sin embargo todo lo contrario, rápido, lúcido y con una enorme capacidad de observación. Desde el día en que Gloria, alias Blanca, se lo había presentado se había dado cuenta de que sería un confidente fiel y eso que le había sorprendido un poco la facilidad con que había aceptado trabajar para ellos, incluso hasta el punto de hacerle sospechar. Pero casi dos años de trabajo paciente y de buenos resultados, le habían demostrado que Gorka era lo que parecía ser, un muchacho ansioso por agradar, falto de cariño y al borde de su propia infravaloración. Cuando Miguel Maestre había empezado a montar su incursión en Mondragón había pensado inmediatamente en él, a pesar del riesgo.

—Dame un cigarro, pero no Gitanes, por favor —dijo finalmente Gorka.

—Claro que no —dijo Maestre con una media sonrisa. Sacó un paquete de rubio americano y encendió un pitillo para él.

—¿Para qué querías verme? —preguntó Maestre.

—Creo que tengo algo muy importante —hizo una pausa—. Me ha dado un nombre y una dirección, Santi, ya te he hablado de él.

—¿Una acción?

—No. Quiere que la vigile. Que vigile un piso de Arrasate. Es de una mujer.

—¿De quién?

—No me ha dicho el nombre —Gorka le contó con todo detalle la conversación con Santi.

—¿Y qué es lo que hay?, ¿armas?, ¿papeles?

—No lo sé, pero no creo que sean armas. Nunca se almacenan en un piso normal.

—¿Y la dirección?

Gorka la recitó de memoria y Maestre notó removerse dentro de él todas las alarmas.

—Está bien. Sí. Es importante. Me pregunto si…

—¿Qué? —interrogó el chico dejando por un momento su aire distraído.

—¿Desde cuándo trabajas conmigo? —preguntó Maestre tras un silencio.

—Año y medio o algo más.

—¿Te sientes bien?

—¿Qué quieres decir?

—Si estás satisfecho, si crees que haces lo correcto.

—Si no, no lo haría.

—Está bien. Sabes que te aprecio, y Blanca también. ¿Necesitas algo? Pasta, algún programa nuevo….

—No. Nada. ¿Qué tal está Blanca?

—Está bien. Ya le dije que la querías ver, pero ya sabes cómo es. Hace lo que quiere.

—Sí. Ya lo sé —el chico dio una larga calada disfrutando de su propio silencio. Un magnífico agente, pensó Maestre. Podría transformarlo en un profesional de primera fila si él quisiera.

—¿Y si hiciéramos tú y yo algo diferente? —preguntó.

—¿Cómo de diferente?

—Escúchame con atención.

Faltaban veinte minutos para las siete. Era miércoles y Germán era siempre puntual. Maestre entró en la academia y se encontró a Kewell de pie, en la recepción, hablando con la chica.

—¿Se ha enterado? —preguntó Kewell al verle.

—No ¿qué?

—La Guardia Civil ha liberado al secuestrado, al funcionario de prisiones. Lo acaba de decir la tele. Estaba en un zulo en Mondragón.

—Vaya. Me alegro por él.

—Tiene dos mensajes, señor Merino —dijo la recepcionista. Dos alumnos nuevos. Estupendo, respondió él y tomó las dos notas.

Cuando Maestre entró en su mini aula, Iñaki ya estaba sentado en su silla, como un alumno disciplinado. Llevaba el mismo traje y la misma cartera, ofreciendo el aspecto desolado de siempre. Tal vez un poco más pálido, un poco más ojeroso.

—Están histéricos —dijo Iñaki nada más verle entrar.

—Lo supongo. Sospechan de ti, ¿no?

—De mí, no. En absoluto —afirmó Iñaki con la cabeza. Pero...

—Pero qué.

—Va a haber respuesta.

—¿Qué respuesta?

—Han dado la orden... me han dado la orden.

Maestre le miró largamente, pero Iñaki le sostuvo la mirada, con la suya vacía, como si estuviera observando algo misterioso más allá de ellos mismos. Con voz monótona, desapasionada, Iñaki le contó una corta reunió con Mikel y Ubiña, una de tantas. El sistema, siempre eficaz, de compartimentos estancos. Hay que golpear. No hay tregua. Bien, hazlo.

—¿Así fuiste tú quien propuso la acción? —exclamó más que preguntó Maestre.

—Sí. Era la manera de seguir oculto.

—¿Quién la llevará a cabo?

—Yo planeo las operaciones, pero es Ubiña la que conoce a los comandos, la que sabe quién son y dónde están.

—¿Y no tienes que dar cuenta de lo que vas a hacer?

—No. Las acciones de un cierto nivel ya están aprobadas. Se da la orden y listo. Todo funciona así.

—Pero esta vez es diferente.

—Siempre es diferente. Los comandos no son de fiar. No en este momento. Es gente sin experiencia y decidimos que fuera Madrid porque es donde sigue habiendo dos comandos en activo. Y rápido. Así que tengo que ir yo.

—Ya —reflexionó Maestre. Había algo que no le gustaba de todo aquello. Algo intangible.

—¿Qué ocurre? —preguntó Iñaki.

—¿Por qué te envían a ti? Eres uno de los tipos más buscados. Desde hace tiempo estás fuera de la circulación, pero te aseguro que se te conoce bien y eso no se les puede escapar a los tuyos.

—¿Una trampa?

—Puede ser. ¿Les has dado motivos para que sospechen?

—No —mintió. Estaba lo de Mondragón. No les había pasado por alto su visita a Izaskun y precisamente allí es donde estaba oculto Ortiz Mora. Primero es desconfiar, después caer en desgracia, luego correr la suerte de Argala, de Yoyes... o de Domingo.

—Tengo que consultar con mis superiores —dijo Maestre—. ¿Tienes fecha para la acción?

—No. Nunca hay fecha.

—Bien. ¿Y el objetivo?

—Es un juez. De la Audiencia Nacional —dijo Iñaki—. Tengo libertad para decidir el día. Ubiña me pasará el contacto con el comando, luego lo paso a los de propaganda para el comunicado.

—¿Cuánto tiempo tengo?

—No más de una semana.

—¿Cuándo tendrás localizado al comando?

—Puede que hoy mismo.

—¿Quién es el objetivo?

Por toda respuesta, Iñaki escribió unas líneas en uno de sus folios en blanco y se lo pasó.

—Lo único que aún no sé es el día, depende de cuándo me ponga en contacto con el comando.

—Una cosa más —añadió Maestre—. A partir de ahora, si tienes algún problema con la policía en España nada de heroicidades. ¿Entendido? Te dejas coger tranquilamente. Al primer sitio que te lleven dices que quieres hablar con Rafael. ¿Lo has entendido?

—Con Rafael.

—Si todo va bien te darán un teléfono. Nada de móvil y marcas el número que te voy a decir.

Iñaki memorizó el número.

—Cuando preguntes te dirán: Rafael ha salido y tú les dirás la comisaría o el cuartelillo donde estás.

—¿Y si no va bien?

—Reza —contestó Maestre.

—Casi sería mejor que te reconocieran —le había dicho su profesor de inglés—, para que los tuyos sepan que estabas allí y no sospechen.

Al volante del Audi Quatro, Iñaki Sagarzazu se sentía absolutamente desprotegido a pesar del pelo teñido y de las gafas que enmascaraban su rostro delgado y enjuto. Había prescindido del bigote que podía desviar la atención de un policía con buena memoria. Correrás peligro, le había dicho, pero es la única manera de que los tuyos no sospechen de ti. Un ligero disfraz.

Iñaki circulaba por la Glorieta de Atocha, metido en el caos del tráfico madrileño de la mañana. Su reloj marcaba las nueve menos dos minutos y al pasar junto a un poste luminoso, la temperatura dio paso a la misma hora, ocho y cincuenta y ocho. Sólo dos minutos, se dijo. Aceleró bordeando el parque del Retiro, sorteando varios vehículos más lentos. Parado frente al semáforo volvió a mirar el reloj. Las nueve.

En ese preciso instante, en Carabanchel, una pequeña explosión, cegadora, derribó la puerta de una modesta vivienda en un bloque de ocho pisos y un grupo de geos se precipitó como una tromba en el interior. Los tres jóvenes que lo ocupaban no tuvieron tiempo ni de levantarse de la mesa. En fracciones de segundo estaban en el suelo, con las manos esposadas a la espalda mientras las tazas y los platos del desayuno volaban y se hacían añicos contra el suelo.

Iñaki giró por la primera calle a su izquierda y buscó con la mirada el parking, gris y feo, destacándose contra el cielo tan azul. Se dirigió a él despacio, haciendo lo que nunca había hecho, mirando a los ojos a la gente que pasaba junto a él, a los otros conductores, incluso al vigilante de un gran comercio de electrónica. Mientras él enfilaba el parking, los geos ponían en pie a los dos detenidos y a gritos, el jefe del grupo les informaba de su detención y de su derecho a ser asistidos con las salvedades contempladas en la Ley Antiterrorista, luego un violento golpe con el codo derribó a uno de los chicos mientras al otro lo sacaban arrastrándolo por el pelo.

Iñaki entró en el parking dejándose ver por el empleado que le entregó la tarjeta blanca y realizó un par de torpes maniobras antes de dejar el coche en un hueco cerca de la salida. Se acordará de mí, pensó, estoy aquí; de haber sabido que habían detenido al talde no estaría aquí por una elemental norma de supervivencia. Pero estoy, estoy aquí, en realidad no sé nada, no sé que les están deteniendo ahora mismo pero al mismo tiempo voy disfrazado, no estoy seguro de que no me vayan a detener. En Carabanchel, en la calle, media docena de vehículos de la policía se amontonaban alrededor del edificio y agentes de paisano tomaron a su cargo a los dos detenidos mientras otros subían al piso y empezaban la paciente búsqueda de pruebas e indicios.

Actúa con lógica, le había dicho el profesor de inglés; en circunstancias normales te quedarías en el coche. Sabes que la acción tendrá lugar a las nueve y media y estarás en el parking a y veinte. Ellos llegarían, entrarían en el coche y os iríais tranquilamente pagando el parking y en dirección sur, ¿no? Pasadas las nueve y media, cuando veas que no llegan, no te pones nervioso, pero empiezas a temerte lo peor. Esperas un poco más. Poco antes de las diez sales a pie y das una vuelta por el edificio oficial del objetivo. Ves que no ha pasado nada, te verá más gente pero nadie te está buscando, todavía, ni habrá vigilancia extra. Te aseguras que no ha venido el comando, todo está tranquilo, te cabreas porque son unos patanes y te vuelves al coche. Como es natural no te acercas al piso franco de ellos, nada de eso. Haces la llamada acordada para decir que algo ha ido mal, pero muy cabreado. Entonces te enteras en la radio de que les han cogido. La prensa va a tener carta blanca, información, o sea que en menos de una hora habrá noticias en la radio y en la tele. Entonces dejas el coche abandonado y te esfumas. A partir de ahí sigue el plan b.

Los detenidos entraban en la Dirección General a las diez y diez, en el momento en que Iñaki volvía al parking, salía de él y enfilaba al volante del Audi en dirección a la M 30. La radio anunciaba la detención de varias personas en un piso de Carabanchel, pero no tenían más información sobre quiénes eran; se barajaba la tesis del comando islámico. No había heridos.

Dejó el coche en el otro parking previsto, esta vez con todas las precauciones, sin dejarse ver, ni él, ni el coche. Limpió cuidadosamente cualquier rastro, se deshizo de la tarjeta del anterior parking y se metió en el viejo Ford Fiesta disimulado en el rincón más oscuro. Empezó a sentirse más tranquilo cuando se vio en el espejo con un espeso bigote y otras gafas de gruesa concha y aún más cuando el empleado del parking ni siquiera le miró al pasar frente a él.

La habitación era un prodigio de sobriedad. Un armario de madera oscura, una mesilla del mismo estilo, por decir algo, y una sólida cama de matrimonio. Un cuadro en tonos ocres, sobre la cabecera, reproducía a la virgen de Lourdes, hierática y dura como la piedra, completando la decoración. Iñaki se sentía agotado por las largas horas conduciendo o por la tensión al cruzar la frontera o por ambas cosas. Se dejó caer, vestido, sobre la dura cama y se quedó dormido casi al instante.

Durmió mal, torturado por las pesadillas. Soñó que la pistola no estaba bajo la almohada y lo primero que hizo al despertarse fue comprobarlo. La sacó y repasó, una vez más, la recámara, el cargador y el seguro. Se metió en la ducha con el arma cerca, reposando sobre la repisa del lavabo, y dejó que el agua caliente le tonificara. Vomitó sobre el lavabo al lavarse los dientes y un fuerte dolor le atenazó después el estómago dejándole sin respiración.

Salió al aire fresco del mar unos minutos después, con la boina calada hasta las cejas y las manos hundidas en el anorak. Desayunó en la taberna, sin dirigir la palabra a nadie y luego se fue directo a la estación, andando deprisa y sin levantar la vista del suelo. A aquellas horas de la mañana el tráfico era todavía mínimo y los viajeros escasos. Compró el billete de ida y vuelta a Pau a tiempo de subir al tren cuando ya el silbato anunciaba la salida. Por la ventanilla desfilaron chopos, vacas y oscuros personajes dedicados a sus labores mientras Iñaki trataba de desconectar su mente de todo lo que no fuera los prados verdes, las lejanas montañas cubiertas de nieve y las ramas de los árboles mecidas por el viento. En la cabeza, como si de un archivo vivo se tratara, llevaba firmemente grabados los datos, los nombres, las direcciones. Tenía buena memoria y sabía usar acrónimos y abreviaturas para recordarlo todo. Lo había estado memorizando durante horas, repasando una y otra vez, grabando en su mente todo lo necesario para llevar al desastre a un puñado de compañeros. Al fondo, escondido entre los árboles, divisó los muros de un antiguo monasterio, huidizo hacia el oeste mientras el tren avanzaba. Una violenta arcada le hizo sujetarse el estómago mientras la bilis, amarga y ácida, pugnaba por salir. ¿Le ocurre algo?, preguntó la mujer sentada frente a él. Luego vino un discurso sobre lo mareante que era ir sentado de espaldas al sentido de la marcha, el traqueteo insufrible de los trenes y un hipotético retraso, excusa para huir de la soledad. Aún sin quererlo se vio envuelto en una conversación sobre el tiempo, la vida en el campo, la reintroducción del oso pirenaico y la avalancha de inmigrantes. Si de algo le sirvió fue para hacerle más llevadero el viaje y olvidarse de paso de la acidez y las náuseas.

En Pau sólo tuvo que presentar su pasaporte a nombre de Lucien Auchamp en el mostrador de Avis y recoger el coche alquilado desde una cabina telefónica. Luego, después de observar a su alrededor mientras encendía un cigarrillo, enfiló la carretera en dirección a Jaca. Somport no era tan vigilado como los pasos de Navarra o Guipúzcoa, pero no obstante, Iñaki se sorprendió al ver a los gar, metralleta en mano. Apenas a tiempo, Iñaki volvió la cabeza hacia su izquierda, justo al pasar por delante de una cámara de video que, juraría, en otras ocasiones no estaba allí. Con la experiencia de muchos años, Iñaki no quiso correr riesgos y a la entrada de Jaca desdeñó el giro hacia Iruña y siguió hacia el sur, en dirección a Huesca. Por el retrovisor vio un control, esta vez de la policía, en el desvío que acababa de dejar a su derecha.

Se dio cuenta de que las manos le sudaban y fue consciente entonces de la presión de la pistola contra su cintura.

Tenía aún todo el día por delante, pero el rodeo le había hecho perder mucho tiempo, así que emprendió una veloz carrera hacia Zaragoza, en busca de la autopista.

Los bares de Erdiko estaban a reventar, con parroquianos en la calle, luces iluminando el adoquinado y mil músicas que se combinaban en una cacofonía imposible. El frío no había espantado a nadie, como siempre, y respirando el olor a lluvia y a campo, Iñaki se sintió renacer. Nada más entrar en el primer bar se hizo un silencio pesado y docenas de pares de ojos se posaron sobre él, sólo unos momentos, luego la barahúnda volvió y cada uno se sumergió en sus conversaciones, en sus vinos y en sus risas. La cara del barman, roja y mal afeitada, se iluminó con una sonrisa mientras se secaba las manos en el sucio delantal.

—Agur —exclamó tendiéndole la mano.

—Agur, Karlos —respondió Iñaki— ¿cómo estás?

—Sabel gonburutu! —dijo el barman golpeándose la prominente barriga—.

Iñaki sonrió y le pidió un chiquito. Un par de hombres más se acercaron hasta él y le dieron la mano cuidando de no nombrarle. Viejos amigos, gente a la que no veía desde hacía una eternidad y que sin embargo parecían conocerle como si no hubiera pasado el tiempo.

—¿Te acuerdas de mí? —dijo un hombre de mediana edad, alto y ancho como un viejo roble.

—Claro que me acuerdo, Sabino, joder, ¡cómo no ve voy a acordar!

Un abrazo y un gesto de orgullo mostrándole a un joven, alto y delgado, con un pañuelo alrededor del cuello y las manos finas y delicadas de un estudiante. «Este es mi hijo Gorka. Es un gran chico. Un luchador. Le he hablado mucho de ti».

Luego llegaron otros. Jóvenes y viejos, pero Iñaki se dio cuenta de que la mayoría de la gente le miraba con desconfianza, por el rabillo del ojo. Sólo unos pocos se acercaban y los más viejos, trajeados y con boina, miraban para otro lado mientras seguían su charla, apoyados en los bastones.

Recorrió casi la totalidad de los bares, buscando a Izaskun con la mirada y aunque había muchas mujeres, más de las que nunca había visto en las tabernas, ella no estaba.

Las luces de la casa de Izaskun estaban apagadas. Al mirar hacia allí, Iñaki sintió una punzada en el pecho, un dolor indefinido, recuerdo de otros más intensos y vívidos. Tal vez duerme plácidamente, se dijo, sola. O comparte la cama con alguien, lejos de aquí. O quizá andaba por las tabernas y no la he visto. ¿Qué he hecho todos estos años si eres lo único que he querido en mi vida? ¿Y qué hago volviendo aquí, jugándome el tipo por nada? Mientras fijaba la vista en la oscuridad del portal, Iñaki pensó en su profesor de inglés, en un personaje que podría pasar de ser un enemigo odiado a una especie de confidente interesado. No me engañas, no te intereso para nada, pero me escuchas. Eres como un cura y has oído con paciencia mis paranoias, mis miedos. Tal vez el próximo día te hable de Izaskun y de que los tipos como yo a lo mejor también sueñan con una casita de dos pisos, un jardín y un par de mocosos meciéndose en sendos columpios.

Eran casi las dos de la mañana cuando la vio llegar. Venía en coche, con alguien a quien Iñaki no conocía y se despidieron con un ¡agur! Y un gesto de la mano. Sólo eso. Y el hombre esperó al volante hasta que ella entró en el portal. Aún tienes buenos amigos, Izaskun. Y entonces se fijó en una figura lejana y casi en la oscuridad pero extrañamente familiar. Se había subido el cuello de la cazadora, había metido las manos en los bolsillos y se iba calle abajo sin fijarse en él ni en su coche. Iñaki se hizo una pregunta, ¿me espías a mí o a ella?

En un momento tomó una decisión arriesgada. Salió del coche y corrió calle abajo. Cuando llegó a la esquina iluminada, el hombre había desaparecido.

Mientras conducía hacia San Sebastián, Iñaki fue retomando poco a poco el control de sus nervios. Cuando alcanzó la autopista no respetó el stop y estuvo a punto de estamparse contra un camión que circulaba a gran velocidad. Sentía gruesas gotas de sudor sobre su frente y la furia hacía que le temblaran ligeramente las manos. Pero al tiempo que se iba tranquilizando, el miedo se iba haciendo cada vez más grande dentro de él. Por primera vez desde que se había metido en todo aquello se dio cuenta de que corría un verdadero peligro. Que vender el alma al diablo era muy peligroso Paró el coche en un área de descanso y sacó el móvil del bolsillo interior de la cazadora.

—Tranquilo —se dijo a sí mismo en voz baja. Luego volvió a guardar el teléfono y salió de nuevo a la autopista.

Tienes un aspecto horrible, le dijo su profesor de inglés.

—Sí. Supongo. Llevo todo el día conduciendo.

—¿Quieres café?

—Mejor que no. —Iñaki se sentó; esta vez dejándose caer, con un suspiro de cansancio. Maestre se levantó y hurgó en su estantería hasta que dio con unos sobrecitos amarillentos.

—Tengo manzanilla. Te prepararé una.

—Traigo algo muy importante. ¿Estás grabando?

—Ahora voy. Pero no tenemos prisa. Tómate tu tiempo.

—Eso es lo que no me sobra —gruñó Iñaki.

—Mira. Me apetecería salir a comer algo —le dijo Maestre—, pero en fin. Ya sabes, no creo que te convenga.

—No podría probar bocado —murmuró Iñaki.

—De acuerdo. —Maestre le dio la taza humeante y conectó la grabadora—. Sospechan algo, ¿no? Te dije que debíamos cancelar esta reunión.

—No hace falta. Es lógico que anden alborotados. Me han convocado para una reunión no prevista.

—¿La ejecutiva?

—No lo sé. Pero no lo creo, más bien algo restringido.

—Van a por ti. —dijo Maestre mordiendo las palabras—. Te puedo sacar inmediatamente. Tengo…

—No.

—Está bien, está bien —se impacientó Maestre—. Tú sabrás lo que haces.

—No voy a ir a ninguna parte.

—No me sirves de nada muerto. Tienes que estar preparado para largarte antes de que te cacen.

—Tampoco te sirvo de nada huido. Además, estoy preparado, pero no tienen ni idea de cómo ha pasado, están mirando más en dirección a los taldes, no a las operaciones.

—¿Eso crees? —inquirió Maestre—. Yo de ti me iría.

—No. No me voy. ¿Crees que me he metido en esto para detener a cuatro pelagatos?

—De acuerdo, de acuerdo —entrelazó Maestre las manos, como si suplicara—. Creerás lo que quieras pero no tengo ningún interés en que te maten. El trato con mis superiores es ese. Si corres peligro te sacamos de aquí. Hay un pasaporte preparado para ti.

—¿Ah sí? —dijo cínico Iñaki—. Me hará ilusión tener uno, ¿de dónde soy?

—Panameño. Son fáciles de conseguir, pero puedes ir a donde quieras. A Tailandia, a Cuba. Y corres peligro.

—Te lo agradezco —dijo Iñaki sarcástico—, pero no me voy a ir. No hasta que termine el trabajo, ¿de acuerdo? Yo sé lo que me hago. Hay que andar con cuidado, pero no me voy.

—Como quieras. ¡Joder! —Hubo un tenso silencio y luego siguió Maestre tras soltar un sonoro suspiro—. Mis jefes están interesados en conexiones políticas. Los enlaces con los batasunos y con el partido nacionalista vasco. Quieren datos sobre directrices políticas y planes a medio plazo. Que me digas cuáles son los planes inmediatos y sobre todo si hay indicios de escisión, de una nueva asamblea. En fin, estrategia. Podemos pasar de hacer detenciones.

—¿Eso quieren? ¿Alargar el conflicto? ¿Les va bien para montar la represión? Ese no es el trato.

—No te sulfures. Ve a esa reunión a ver qué pasa. Yo quiero información, mis jefes quieren información. Nos interesa más lo que se diga y si no pasa nada nadie se fijará en ti.

—¿Entonces por qué detuviste a los de Madrid?

—¿Y qué querías? No podían hacer otra cosa y, además, era un modo de ver si lo tuyo iba en serio.

—¡Jódete! —dijo Iñaki levantándose. Fue entonces cuando un dolor agudo le atravesó el estómago de parte a parte dejándole blanco y doblado sobre sí mismo. Se agarró a la silla a tiempo de que Maestre se levantara y le sujetara por el brazo.

—Vamos, siéntate. No nos cabreemos. ¿El estómago? Te pediré un poco de leche.

—No, déjalo.

—Si te pones enfermo me vas a joder.

—¡Qué pena me das! —gruñó Iñaki y sonrió por primera vez. Se había sentado de nuevo y el color volvía poco a poco a su semblante.

—No quiero meterme en lo que no me llaman, pero deberías ir a un médico.

—¿Y quién te ha dicho que no he ido?

Maestre se sentó a su vez mirándole, mientras Iñaki, poco a poco, volvía al mundo de los vivos. La respiración se le fue acompasando y los ojos volvieron a adquirir el brillo habitual, expectante. Maestre espero y pensó, ahora calibraremos si confías en mí o no.

—Me han visto aquí, en el sur —dijo Iñaki sin mirarle.

—¿Dónde?

—En Mondragón —murmuró tras una pausa en la que poco a poco iba recuperando el aire.

—Mondragón. Hay que cambiar el sistema. Te vigilan.

—No. Me siento seguro con la academia. Nadie tiene ni idea de que venga a Santander. No volvamos con eso.

—Te están vigilando, joder. Esto es sólo una tapadera para gente que no sabe nada, pero no para los tuyos.

—¿Y cómo sabes que me vigilan?, ¿me ocultas algo?

—No te oculto nada, pero no soy idiota y tú no deberías serlo —gruñó Maestre.

—No sospechan de mí. Te lo puedo asegurar.

—Me lo puedes asegurar —suspiró Maestre—. ¡No me hagas reír! ¿Qué hacías en Mondragón?

—No tiene nada que ver con lo nuestro.

—Todo tiene que ver con lo nuestro. ¿Acaso no lo sabes? —Maestre endureció la voz—. Nos perteneces. No hay vuelta atrás Iñaki. Todo lo que hagas es para nosotros y todo es mi problema, igual que tu problema. ¿Qué hacías en Mondragón?

—No me has comprado.

—No nos pongamos bordes, Iñaki. Estamos juntos en esto. ¿No lo entiendes? A cualquier persona que veas la estás poniendo en peligro. Por lo menos dime quién es y lo protegeremos. No has debido ir a Mondragón. Es ella, ¿no?

—¿Qué sabes tú? —dijo Iñaki volviéndose con violencia—. Es mi vida. No tenéis ningún derecho.

—La primera vez que apretaste el gatillo hipotecaste tu vida. —dijo Maestre lentamente. Se hizo un silencio profundo y Maestre temió que se hubiera pasado e Iñaki se levantara y no lo viera más. Esperó conteniendo la respiración. Todo es de manual, Miguel. Presionarle con suavidad haciéndole ver que ya no es nadie fuera de nosotros. Tiene que ser consciente que ha entregado su alma al diablo y sólo el diablo le va a proteger. No tiene alternativa y lo ha de saber.

—He ido a verla —dijo finalmente Iñaki en un susurro. —A Izaskun.

—¿Qué sabes tú de Izaskun?

—En realidad nada. Pero tengo olfato. Quiero decir que está

muy cercana a ellos. ¿No lo has pensado? Hace años que no la ves. No puedes confiar en ella ni en nadie.

—Eso es una gilipollez —murmuró Iñaki.

—¿Ah sí? ¿Por qué?, ¿porque la quieres?, ¿porqué te has enamorado de ella? Hace veinte años que no la ves, no sabes lo que hace. Está en las cooperativas que es un nido de etarras. Vive en Mondragón, ni Rentería es peor. Tiene amigos entre los chicos de la pistola, ¿no lo sabes? Tú mismo. Y es vulnerable, vive sola, la pueden acojonar. La estás poniendo en peligro.

—¿La estáis vigilando? —levantó un punto la voz y repitió: —¿La estáis vigilando?

—Te estoy protegiendo.

—¿Protegiendo? No me seas cínico. Tú eres un poli y lo único que te interesa es hacer tu trabajo, que te sirva de chivato y de traidor.

—No soy un poli. Y no eres un traidor. —Por primera vez, Maestre vio en los ojos de Iñaki algo que no era odio o desconfianza. Tal vez curiosidad.— No vuelvas por allí. Y deberías tomarte un respiro, un par de semanas.

—Está bien. No volveré por allí, pero no quiero un respiro. No lo necesito.

—Lo que tú digas. Pero te aconsejaré algo por lo que mis superiores me crucificarían —hizo una pausa—. Yo de ti me iba a casa.

—¿A casa?, ¿y dónde está eso?

La charla de Maestre con su nueva alumna, una ejecutiva con aires de señorita Rotenmeyer, versó sobre ofertas y servicios bancarios en un inglés seco y preciso como disparos a una diana. Como si se tratara de una carrera, cuando las agujas del reloj llegaron a las seis cuarenta y cinco, Maestre se puso en pie, murmuró un «well Mrs. Prieto», y la acompañó hasta la puerta donde la despidió con un «see you tomorrow». Maestre recogió apresuradamente los papeles distribuidos sobre la mesa y luego bajó hasta el despacho de Kewell donde el inglés escribía en el ordenador rodeado por el humo de la pipa.

—¿Es mal momento? —preguntó.

—En absoluto. Cierre la puerta. Estaremos más cómodos. —Maestre se sentó tras ajustar las dos hojas y echar la llave. El despacho de Kewell era realmente acogedor, incluyendo uno de esos cuadros de cacería, campiña inglesa verde, pequeños árboles algo ralos y jinetes con casaca roja.

—¿Le apetece una copa? —dijo el inglés.

—No, gracias. Es posible que necesite sacar un paquete.

—¿Destino? —inquirió Kewell mientras vaciaba la pipa.

—¿Es eso importante?

—Lo es. La globalización ha convertido el mundo en un pañuelo. Se puede ir a cualquier parte. Perderse ya es más difícil.

—Lo sé, pero se trataría de ir explorando posibilidades.

—Eso está bien. Deduzco que no está usted muy satisfecho de cómo van las cosas.

—A mi entender el paquete debería salir inmediatamente, antes de que ocurra una desgracia.

—¿Sabe? —dijo Kewell sacando el tabaco de la bolsa—. Si de algo me sirve la experiencia es para saber cuándo tengo que tomar una decisión, al margen de que a otros les guste o no. ¿Me comprende?

—Creo que sí.

—Un oficial debe tomar sus decisiones en el campo de batalla. Esa es su máxima responsabilidad.

—No va a ser fácil.

—Claro. ¡Y cuándo lo es! Tenga en cuenta que si el paquete acaba estropeándose le culparán y se culpará.

—Deduzco entonces que usted en mi lugar prepararía el plan.

—Hasta donde se pueda —asintió Kewell—. Yo de usted plantearía una hipótesis.

—Había pensado en Australia.

—Sí. Es una buena elección —acordó Kewell—. Pero yo elegiría algo más asequible y con buenos contactos.

—¿Y eso dónde está?

—Estambul. Es una tierra de oportunidades, fronteras abiertas, muy pocos remilgos a la hora de admitir inmigrantes y la posibilidad de perderse en una ciudad de quince millones de habitantes e infinidad de posibilidades de salida, ya sabe, país inmenso, malas comunicaciones...

—Bien. De acuerdo —asintió Maestre.

—El paquete necesitará documentación.

—La tenemos.

—Y dinero. Unos treinta mil.

—¿Euros?

—Dólares.

—Ningún problema.

—¿Qué sabe hacer?

—Entiende de mecánica y es un buen organizador. Hábil con las manos.

—Si hace falta le buscaríamos un buen trabajo, aunque eso llevará más tiempo. ¿El envío sería temporal o indefinido?

—Supongo que temporal, aunque no sé cuánto tiempo.

—Sí, bien. Entonces nos ocuparemos del trabajo, desde luego. Cuando me pueda decir algo más iremos concretando detalles.

—¿Y si fueran dos los paquetes?

—Bueno. Podría ser, pero, claro, todo multiplicado por dos, incluidas las dificultades.

—Entiendo. Ahora sí le aceptaré esa copa.

El informe para Madrid fue la ocasión de reflexionar sobre sus pasos siguientes. Estaban vigilando, cada vez estaba más seguro y si sólo fuera Gorka el encargado todo iría bien, pero eso era una utopía. Tener preparada la vía de escape para Iñaki le daba una cierta seguridad, pero en algún rincón de su cabeza, Maestre veía una esquina, una nueve milímetros y un cuerpo sobre la acera, con un disparo en la nuca.

VIII

Iñaki de Mondragón descolgó el teléfono que sonaba en una solitaria cabina de las afueras de Hendaya y después de escuchar unos minutos asintió con par de monosílabos: bai, aditua. El día estaba sombrío, gris y apagado, con una fina lluvia, casi horizontal, empujada por el viento del oeste. Las últimas horas habían sido un infierno. Los dolores eran cada vez más frecuentes e Iñaki veía claramente que los acontecimientos se estaban precipitando. Se metió en el coche, a cubierto de la lluvia y de miradas indiscretas y sacó la pistola de la guantera. Era una Glock nueva, todavía no disparada, sin antecedentes, bella y siniestra a un tiempo. La sopesó en la mano, notando sus setecientos gramos. La montó colocando una bala en la recámara y luego la guardó en el cinturón, detrás, cubierta por la americana y el grueso chaquetón.

Hizo despacio los cincuenta kilómetros hasta llegar al parador de carretera, grande y ostentoso como el castillo de un nuevo rico, aparcó en un extremo de la gran explanada de grava, junto a un todo terreno tan espectacular como el parador y luego se encaminó hacia la entrada.

El banquete de bodas estaba en todo su apogeo y nadie reparó en Iñaki, tan acicalado como cualquiera de los invitados. Había dejado el chaquetón en el guardarropa y su traje, algo anticuado, y su corbata no desentonaban en absoluto. Atravesó la sala abriéndose paso entre jóvenes ya algo bebidos, chicas espectaculares y grupos familiares hasta llegar a una puerta batiente con una ventana circular en el centro, cubierta por un cristal. En la última mesa había dos parejas jóvenes mucho menos integradas en la fiesta que el resto de los invitados. Un órgano electrónico hacía imposibles las conversaciones que se resolvían a gritos y la pareja de recién casados estaba en aquel momento recorriendo las mesas con sendas canastillas al brazo repartiendo cigarros puros y bolsitas de peladillas.

Los jóvenes de la última mesa no hicieron ningún movimiento cuando Iñaki pasó por su lado, ni cuando empujó la puerta de batientes. El pasillo se abría a la derecha en una amplia cocina donde ya lo peor del banquete había pasado y los cocineros iban recogiendo poco a poco sus herramientas de trabajo. Iñaki abrió la segunda puerta de la izquierda, la que pretendía detener a los curiosos e indeseables con un letrero de «Privè» en letras blancas sobre fondo negro.

El despacho era realmente siniestro, tanto como la pistola de Iñaki. Una anticuada mesa de madera, un sofá desvencijado, tapizado de rojo y un sillón del mismo color. Tras la mesa estaba sentado Mikel Gara, con sus pequeños ojillos, duros como el pedernal, fijos en la puerta. En el sofá estaba el Chopo Iturbide. Delante de la mesa había dos sillas vacías y el único adorno de la pared era una lámina amarillenta de algún rascacielos neoyorkino sobre un cielo desvaído.

Un, pasa te estábamos esperando, fue toda la bienvenida y el Chopo ni hizo ningún movimiento para hacerle sitio en el sofá. Iñaki se sentó en una de las sillas, con la puerta a su derecha y la mesa interponiéndose entre Mikel y él.

—¿Y los demás? —preguntó. Al fin y al cabo suponía que aquello era una reunión del Comité Ejecutivo. Gara y el Chopo se miraron y notó en la cara de Mikel el guiño que quería decir que la pistola le estaba molestando en el cinturón.

—¡Joder, este trasto! —dijo mientras la dejaba sobre la mesa al alcance de la mano. Por un momento Iñaki sintió cómo el odio y la indignación le subían por la garganta, desde lo más profundo de las tripas. Estás vigilando a Izaskun, la estás presionando y eso no te lo voy a permitir. Por primera vez en su vida, Iñaki sintió que no le temía, que no le respetaba y que no estaba dispuesto a inclinarse más ante él. Con un, tienes razón, sacó la opaca Glock nueve milímetros y la colocó también sobre la mesa, en el canto más cercano a donde él estaba, tan cerca que podía ver los relieves de la culata y el brillo de la lámpara sobre la corredera metálica. El Chopo se removió en su asiento, pero Mikel no dio señales de haberse fijado.

—No va a venir nadie más. Espero que no te importe. —dijo.

—No me importa —respondió Iñaki.

—Hemos barajado la posibilidad de que lo de Madrid haya sido una traición —espetó El Chopo a bocajarro, como si hiciera un disparo. Iñaki miró la cara inexpresiva de Mikel. Si pensaran que soy yo ya estaría muerto, se dijo.

—¿De quién? —preguntó. La pistola parecía esperarle sobre la mesa, negra y mate, sin reflejar la luz amarillenta de la lámpara. El Chopo no le quitaba la vista de encima e Iñaki sabía perfectamente que tendría que ser el primero al que disparara. Sin dejar de mirar a Mikel percibió el ligero movimiento del Chopo, pero no le dio la sensación de tensión, antes bien fue como si se relajara, estirando las piernas y aflojando la presión que había estado haciendo sobre el brazo del sofá.

—Después de estudiar la situación, he llegado a la conclusión de que es más probable que sea una filtración —dijo Mikel—. Los txakurras nos pisan los talones, así que la causa está en el mismo talde. Ya sabes, muy jóvenes, inexpertos y se han dejado ver. Han hecho cosas que no deberían hacer y les cazaron antes de que pusieran en marcha la acción.

—Se lo dije a Pilar. —Iñaki subrayó su afirmación con un gesto. ¿Así de fácil?, pensó, ¿ya habéis descartado la traición?

—¿Y lo de Arrasate? —preguntó Iñaki con su mejor aire indignado— ¿y lo de Castellón? ¿y el talde de Irún? ¿no hay traición?, ¿sólo es incompetencia?

—Todo eso es cosa mía —respondió Mikel rojo como la grana—. Con el asunto de Madrid es diferente. Tú estabas allí. ¿A quién le hablaste sobre el objetivo? —Has de contárselo a toda la gente que razonablemente pueda enterarse, le había dicho a Iñaki su profesor de inglés, sin indiscreciones que te puedan achacar, pero diversificando las fuentes.

—¿A quién?, pues a quién va a ser, a Pilar, al enlace del talde de Madrid, desde luego a Pierre... y a ti. —Mikel le miró de una manera peligrosa. «¿No ha sido a demasiada gente?», murmuró en voz tan baja que casi no se le oyó.

—Los necesarios. Ni uno más, ni uno menos. ¿De quién vas a sospechar, de Pilar? —le lanzó Iñaki la pulla.

—Nadie ha dicho de quién sospechamos —intervino el Chopo.

—Tú te callas —le contestó Iñaki con rabia apuntándole con el dedo—. Eran tres buenos muchachos, eran mi responsabilidad y si alguien la cagó tendrá que pagarlo. Sea quien sea.

—¿Qué estás insinuando? —dijo El Chopo lívido.

—No nos pongamos nerviosos —trató Mikel de calmarles—. Tranquilos. Te seré sincero Iñaki, la arrantza está acabada, kaput. El reclutamiento de gente nueva es un desastre. Se ha hecho mal, sin ningún cuidado, siguiendo métodos que no funcionan. Todo esto apesta a naftalina.

—¿Y entonces? —preguntó Iñaki.

—Hemos hecho algunos cambios. Un nuevo equipo de arrantzarris. Quiero que lo dirijas tú.

—No es mi estilo. No soy un profesor.

—Eres el responsable de operaciones —respondió Mikel frío como un témpano— y una operación se ha ido a hacer puñetas y todo el comando ha caído. No me digas que no es tu estilo. Y te diré algo. Chopo está seguro que alguien nos ha traicionado. Yo no lo creo, creo que ha sido una cagada del talde, gente sin experiencia. Hay algunos que son demasiado jóvenes.

—¿Todos los taldes son inexpertos? ¡No me jodas!

—Tú ocúpate de lo tuyo —dijo Mikel. Tenso como la cuerda de una guitarra.

—¿Y qué quieres que haga?

—Quiero que te pongas de acuerdo con Pilar y que reorganicéis la captación. Tú y ella. Responsabilidad compartida. Los dos sabéis moveros y conocéis a la gente.

—Esa no es mi función.

—A partir de ahora Chopo se encargará de las operaciones. Tú te vas a dedicar a garantizar que la gente que entre sea la mejor, y de confianza. Y esto no es una petición Iñaki, es una orden.

Iñaki bajó la cabeza un momento. No necesitaba fingir que aquello no le gustaba. De hecho oía en su cerebro las primeras palabras que diría su profesor de inglés: es una trampa. Pero, ¿qué podía hacer?, ¿empuñar la pistola y matarlos a los dos allí mismo?

—Espero tu respuesta —dijo Mikel sin pizca de duda en la voz.

—Araberako.

—Bien. Eso es todo lo de este asunto. Y ya puedes guardarte la pistola. Por cierto, muy buena arma. ¿Tienes tu propio arsenal?

—Chopo. Dile que las compraste tú. ¿Y qué hay de Arrasate?

—Lo de Arrasate... tus viajes allí no nos han gustado nada y por un momento llegamos a pensar que por ahí había habido una filtración. Ha sido un desastre, desde luego, pero estamos en ello.

—¿Qué quieres decir?

—Quiero decir que la mujer que has ido a ver es una vieja conocida. No te ofendas por lo de vieja. Comprendo tu preocupación por ella...

—No me toques los huevos, Mikel —dijo Iñaki y El Chopo volvió a removerse.

—No seas susceptible Iñaki —respondió Mikel lívido—, quiero decir que hemos descartado cualquier filtración por ese lado y que ya trabajamos para saber qué ha pasado.

Cuando salió del pequeño e incómodo despacho, Iñaki sintió clavadas en su espalda todas las miradas. Era una sensación como de cosquilleo que no tenía una explicación lógica, salvo su propio miedo. Una sensación que conocía desde sus años de crío, desafiando a los picoletos por las calles de Mondragón o de Donostia. O en momentos más duros, dejando un coche en una calle cualquiera, atiborrado de goma dos, a la espera de una furgoneta o de un coche oficial. Recordaba vívidamente aquella sensación cuando se acercaba al apartamento de Michelle en Lyon. Un sexto sentido, una mirada fija en su nuca, un punto de mira con él como objetivo. Toda una vida de mirar por encima del hombro, de sentir el sudor en las manos, la adrenalina corriendo por sus venas, la tensión casi dolorosa en los músculos y el miedo. Siempre el miedo. No me importa que tengáis miedo, le había dicho alguna vez a sus comandos; el miedo es humano, lo que no debéis permitir es que el miedo os paralice. Pero, ¿qué miedo se podía tener ante un hombre desarmado, ante una espalda confiada? Porque siempre habían matado por la espalda o en la distancia. El miedo era algo más, ahora lo sabía. Miedo a tener una vida vacía, a llegar a los cincuenta años peor de lo que estabas a los veinte; solo, sin familia, sin amigos, sin ideales. Yo tenía fe, tenía esperanza, tenía caridad. He visto la vida resbalar entre mis dedos, a veces en forma de sangre, otra en forma de sueños. Lo importante es tener una finalidad en la vida, le había dicho el padre Jesús, un objetivo y Dios te da ese objetivo. Al recordar su vida en la escuela, la misa de los domingos, los amigos en Erdiko, Iñaki no podía admitir que se trataba de la misma persona; el joven apasionado que necesitaba la revolución como el aire, para el que nada tenía sentido si no era la lucha por su pueblo. Mientras conducía de vuelta hacia Bayona recordaba aquellas palabras en las que creía de joven: en una revolución se muere o se triunfa si es verdadera. Y el Che tenía razón, porque lo que no se solía decir era el resto de la frase. El revolucionario se convierte entonces en un bandolero. O tomas el poder o te conviertes en un salteador de caminos, un bandido que sólo busca su propia supervivencia. Y eso somos, bandoleros que ni siquiera desvalijamos a los ricos para dárselo a los pobres, ni siquiera eso. Hemos traicionado la revolución y me habláis de traidores como si fueran otras personas diferentes a vosotros.

Desde el portal oscuro, Maestre podía ver un lado de la calle. El otro lo veía a través del espejo colgado en la esquina, a tres o cuatro metros del suelo. La noche era fresca. El tiempo estaba cambiando a peor y la ropa, demasiado ligera, no era la más adecuada para andar zascandileando en plena noche. La calle estaba en silencio y las farolas iluminaban un suelo húmedo y limpio.

La puerta del bloque de viviendas no precisó más que una tarjeta de plástico rígido y, dos pisos más arriba, Miguel Maestre aplicó el oído a las tres puertas del rellano para asegurarse que nadie andaba aún despierto. Luego dejó en el suelo el maletín negro y lo abrió despacio, cuidando que no chirriaran las cremalleras. Primero se colocó los guantes negros de piel y luego sacó una fina linterna que sujetó con la boca y una ganzúa plana, adecuada a la cerradura. Hacía mucho tiempo que no hacía nada como aquello y sudaba copiosamente mientras hurgaba en el mecanismo. Con paciencia, trataba de enganchar uno de los resortes interiores. La teoría decía que si conseguía enganchar uno de ellos y oprimir los otros con la barra, la cerradura cedería, pero eso era sólo teoría y sentía que había perdido mucha práctica.

Se tomó un instante de respiro y valoró la posibilidad de que tal vez estaba haciendo el movimiento al revés. Se detuvo en seco antes de meter de nuevo la ganzúa cuando creyó oír un ruido cercano, en alguna parte. Se acercó con cuidado a la barandilla de la escalera y escrutó la oscuridad, hacia el fondo del hueco de la escalera. No se veía nada.

Volvió a la puerta y lo intentó por enésima vez, con la confianza añadida de que tal vez girando la mano en sentido contrario. ¡Bingo!, se dijo. Notó cómo la ganzúa se enganchaba en algo. Un reloj desgranó la hora en la lejanía pero no tenía ni idea de la hora. Más de la una y menos de las dos, tal vez. El siguiente movimiento fue intentar presionar hacia abajo sin perder el contacto anterior. Falló por dos veces y a la tercera se le salió la ganzúa y cayó al suelo con un tintineo que le pareció una explosión. Permaneció en silencio al menos un minuto, quieto, sin atreverse a hacer ni un movimiento. En la calle oyó el motor de un coche, lejano y luego nada.

Maestre volvió a coger la ganzúa, repitió la operación y entonces oyó, a la primera, el chasquido de la cerradura al abrirse. Cerró los ojos un instante, tragó saliva y guardó la ganzúa en su sitio. Del maletín sacó un trozo de esparadrapo ya cortado y lo colocó en la lengüeta metálica de la puerta para evitar que se cerrara. Era una sutil precaución, pero conocía incautos que se habían quedado encerrados dentro del piso allanado.

Ajustó la puerta y se quedó un momento en el recibidor, percibiendo el olor de lavanda, escuchando el silencio y contemplando el piso de Izaskun Arriola a la luz tenue de las farolas de la calle.

Entretanto, Gorka bebía chiquito tras chiquito tratando de no perder nunca de vista a la mujer de estatura media, ojos bonitos y cabellera color castaño. La tenía vista por el pueblo, desde luego, pero no sabía gran cosa de ella, sólo que trabajaba en las cooperativas, como la mitad de Arrasate, y que todo el mundo la trataba con respeto.

Mientras los chicos de su cuadrilla vociferaban y reían se quedó mirándola por un momento y sintió luego sus ojos, fijos en los de él. Notó como el rubor le subía por la cara, como siempre que miraba a una chica, aunque aquella podía muy bien haber sido su madre.

Luego, como si no le hubiera visto, Izaskun volvió a prestar atención a los suyos dejando al muchacho sólo con su mirada adolescente y sus mejillas coloradas. Un manotazo en la espalda y unas risas y Gorka volvió también a su grupo. En el bolsillo notaba el peso del teléfono móvil. Sólo tenía que hacer una llamada perdida al número memorizado y Salus sabría que la chica se iba a casa.

Gorka siguió bebiendo sin dejar de mirar de reojo hacia el final de la barra; las manos le temblaban de tal manera que tuvo que dejar el vaso sobre el mostrador.

Y

Miguel Maestre, oculto tras las cortinas, vio pasar tres figuras oscuras. Le había llamado la atención el brillo de un cigarrillo por pura casualidad, al moverse junto a la ventana. El ordenador, un Pentium algo anticuado no tenía nada. Por más que buscó ficheros ocultos y buceó en los borrados usando su propio ontrack no encontró nada más que cartas, páginas web y música. Había mucha información económica, hojas Excel y cartas empresariales, pero nada más. El registro de los archivos de papel, cuidadosamente efectuado, tampoco reveló nada. Sólo las típicas facturas, papeles personales sin importancia y folletos de viaje.

Mientras fruncía los labios tratando de pensar qué estaba pasando se quedó mirando las fotos sobre la vieja cómoda. Eran varias, algunas en blanco y negro. Desde una de ellas sonreía una pareja. Una mujer, casi una niña, pegada a un mocetón alto y musculoso. La chica debía ser Izaskun Arriola, estaba casi seguro. Había otras fotos; en una, la misma chica vestida de montañera y junto a ella reconoció a Eduardo Navarro y a Iñaki, muy jóvenes. Había más chicas y en el reverso de la foto nombres anotados en bolígrafo, sólo las chicas. ¡Cómo les cuidas, Izaskun!

Maestre consultó el reloj. Aún tenía tiempo, mucho tiempo pero allí no había nada de lo que Gorka le había transmitido. No obstante había en el ambiente una extraña atracción morbosa. ¿Cómo sería esa mujer? Había tres hombres implicados en aquello y los tres habían estado o estaban chiflados por ella, Iñaki, Navarro y el tercero, el misterioso enamorado que les había dejado a los dos fuera de juego. Tal vez en aquella cama, tan pulcra, había hecho el amor con él, o con Navarro. Casi distraídamente, Maestre abrió uno de los cajones de la cómoda. Había un paquete de cartas, bien sujeto por una goma, pero ninguno de los remitentes le sonó de nada. Pero, al fondo del cajón, en una caja metálica, había otro. No eran muchas, apenas media docena pero sólo el hecho de que estuvieran más guardadas ya era mucho. Todos los sobres estaban dirigidos a Izaskun Arriola y ninguno llevaba remite. Con cuidado, tapándose la cabeza con la americana, fotografió todas las cartas y los sobres con la pequeña cámara digital.

Al volver al salón se quedó de nuevo mirando fijamente la instantánea con el joven desconocido. Le era familiar, muy familiar. Se tapó de nuevo con la americana e hizo una foto. El contestador sobre la mesilla del recibidor estaba apagado y no había mensajes guardados. Con cuidado Maestre desenroscó el auricular y colocó el pequeño micrófono en su sitio. Lo volvió a dejar todo tal cual estaba y luego hizo una llamada perdida al móvil de Gorka.

Al salir cerró la puerta con cuidado, sin hacer ruido. No le importaba que Izaskun Arriola sospechara algo cuando encontrara la llave sin echar. Había cosas más importantes de que ocuparse.

—¿Dónde has aparcado el coche? —le preguntó a Gorka.

—Ahí cerca.

Echaron a andar confundiéndose con las sombras. Llegaron hasta el Polo azul oscuro aparcado y se sentaron en el interior sin encender las luces.

—¿Qué pasa? —preguntó Gorka— ¿Qué había?

—¿Qué te dijo exactamente Santi?

—Ya te lo he dicho.

—Dímelo otra vez.

—Que había material sensible y que sería una putada si caía en manos de ellos. ¿Qué había? ¿Qué haces?

—Estoy sintonizando la frecuencia del micrófono con el receptor y la grabadora. —Maestre guardó el receptor bajo el asiento—. Tiene batería para tres días más o menos. Ya sabes lo que has de hacer.

—¿Quién es ella? —preguntó Gorka.

—Una chica bien relacionada.

Nada más llegar al hotel, Maestre se sirvió un whisky y luego descargó las fotos en el portátil. Se quedó un rato pensativo frente a la borrosa instantánea en que un brazo amistoso, o tal vez cariñoso, ceñía los hombros de Izaskun. Le era familiar el rostro del hombre, de eso estaba seguro. Debía tener unos treinta años, aunque era difícil adivinarlo, el pelo un poco ensortijado, una cara ancha y franca, alto, seguramente de complexión fuerte. Llevaba una de aquellas guerreras verdes, típicas de los años sesenta y su mano, grande y fuerte, destacaba sobre el hombro frágil de la muchacha. La foto debía haberla tomado alguien con poca traza o tal vez la cámara era muy mala. Detrás de ellos había árboles. Podía ser cualquier lugar, un bosque, un jardín, un parque urbano. Le costaba trabajo concentrarse en la foto. Santi había engañado a Gorka. ¡Tiene que ser eso!; lo que en realidad quería era que vigilara a la chica y por eso le han contado a Gorka ese cuento. No se fían de ella porque no se fían de Iñaki. Sintió que un sudor frío le recorría la espalda. Sospechan de él, saben que se ha reunido con Izaskun y la hacen vigilar. ¿Quién eres, querida Izaskun?, ¿eres el cebo para cazar a Germán?

Quitó la foto de la pantalla y empezó a leer la primera de las cartas; no estaba firmada ni había nada que la pudiera identificar, al menos no sin un análisis exhaustivo del original. Tampoco llevaba fecha. Querida Izaskun, decía, y afirmaba después que la echaba de menos. Al principio daba la impresión de que el autor de la carta no era muy ducho expresándose, como si le costara arrancar y decir exactamente lo que quería decir. «He pasado muchas horas sentado en el paseo, pensando en ti. En aquellos días de las fiestas, ¿te acuerdas? Ahora no duermo por las noches pensando en ti, todo me agobia y es como si me faltara el aire cuando pienso en tu cuerpo y en lo que hacíamos. Me gustaría que lo sintieras igual que yo y que por las noches, en la cama, pensaras en mí con la misma intensidad.» Y de pronto la carta se convertía en un volcán, como si su autor hubiera abierto de pronto una puerta, desinhibido y borracho, porque eso decía: «estoy borracho de amor y me duele hasta el fondo del alma». Le hablaba de unas fotos hechas en un hotel en Fuenterrabía. El resto de las cartas eran del mismo estilo, misivas en las que se mezclaban cosas como:

«Cuando te beso siento repugnancia de besarte en la boca, pero tu boca me seduce y me marea. Ya sabes dónde la necesito». Un poco retorcido, pensó Maestre. Las otras cartas eran muy semejantes pero mezclaban conceptos políticos, cosas sobre Euzkadi, la patria, la independencia, la necesidad de la lucha armada y le fijación de «objetivos» de una forma «desapasionada», decía, como si no fuera nada personal. Así que es uno de ellos, de eso no cabe duda. Probablemente alguien importante.

Maestre codificó la foto y la envió a la dirección preestablecida en La Casa con la recomendación de enviarle los resultados inmediatamente. Luego se dedicó a leer detenidamente el resto de las cartas, analizando cada línea y cada frase.

Iñaki se vio de refilón al pasar frente a las cristaleras del banco y casi no se reconoció. Tenía todo el aspecto de un ejecutivo de mediana edad, elegante dentro de la sobriedad, armado del portafolio de piel en la mano derecha y el teléfono móvil en la izquierda. Perpignan vivía un soleado día de otoño haciendo que el traje oscuro y ligero le pareciera más una envoltura para la sauna que un elegante uniforme de broker de las finanzas. Giró a la izquierda nada más pasar el antiguo cine Castellet y enfiló la parte antigua de la ciudad, entre tiendas para turistas y prestigiosas firmas comerciales. El hotel era un viejo y restaurado edificio con farolas de hierro art decó y exóticas plantas naturales como centinelas en la puerta de vidrio.

El interior era absolutamente relajante, con luces y paredes en tonos cálidos, suave música de fondo y un bar decorado con vidrieras y azulejos. La amable recepcionista le entregó en mano la llave y asintió encantada cuando él le anunció que recibiría en su habitación a un par de clientes aquella tarde. Nada más entrar en ella la repasó concienzudamente. Revisó los cuadros, los jarrones repletos de flores naturales, las delicadas esculturas y las lámparas; incluso metió los dedos en las ranuras del aire acondicionado y en los bajos de la cama.

La siguiente operación fue quitarse la americana y la corbata y dejar las gafas sobre el escritorio impoluto. Se sentó luego en el único sillón, de espaldas a la ventana soleada, con la Glock firmemente empuñada, los ojos fijos en la puerta cerrada. Podía estar así, inmóvil, durante horas, con la mente en blanco y los ojos fijos en algún punto que ni siquiera veía, una imperfección de la puerta, un brillo en un gozne de metal. Recordaba hacía muchos años, en Amboto, un estrecho zulo, conteniendo la respiración mientras a su alrededor se movían los gar, casi en silencio, esperando que un pestañeo o una respiración demasiado fuerte les señalara su posición. Lo había aprendido con un instructor de ojos negros y rudimentario español de no sabía qué organización: esto no es una película, nadie debe moverse cuando parece que ya han pasado de largo. Iñaki lo había asimilado: veinticuatro horas, no menos de veinticuatro horas de absoluta inmovilidad desde el último sonido y siempre de noche: entonces y sólo entonces se puede atisbar el exterior y empezar a moverse. Ellos también tienen que comer y que descansar, pero no tienen prisa. Los gar viven en el monte, como nosotros, sólo cambian de sitio cuando están seguros; y son muy pacientes.

La puerta de la habitación era de madera natural, pintada de color claro e Iñaki podía seguir con la vista sutiles líneas de imperfección de un pintor con demasiadas prisas. La cerradura, dorada y brillante, destacaba reflejando el sol de la ventana y el suelo de parquet acumulaba pequeñas briznas de polvo. Sin dejar de observar el picaporte, Iñaki repasó una vez más las instrucciones de su profesor de inglés. «Sigue trabajando con ellos; ve a la reunión, no des señales de indisciplina o de dejadez. Lo que te han encargado es una trampa, está claro, quieren ver si eres tú la filtración y Mikel sólo confía en Pilar, por eso os ha juntado. Colabora con ella pero no se te ocurra hacerte el simpático. Mantén la tensión. No os lleváis bien, así que no intentes engañarla. Averigua lo que puedas, necesitamos saber la implicación de los cachorros, pero más que eso queremos un organigrama completo. Sabemos que hay cambios».

Iñaki notó el sudor que la bajaba por debajo de los brazos y por detrás del cuello. En su juventud lo había achacado a los nervios o a la tensión, pero ahora sabía que era miedo. Era miedo cuando escalaba una pared en Araotz, miedo la primera vez que empuñó una vieja Astra en Azparren, miedo incluso la primera vez que vio desnuda a una mujer en el barrio viejo de Bilbao. De sus primeros balbuceos sexuales Iñaki se fue a Izaskun. Tal vez podríamos empezar de nuevo. Ella está sola, yo estoy solo. Mis nuevos amigos han prometido cuidar de mí y si quisiera podría desaparecer en la otra punta del mundo. Desvarías, Iñaki, se dijo. ¿Por qué va a querer ella irse contigo a ninguna parte? Me quiere como a un hermano. Como a un hermano.

Una sombra sutil se interpuso entre la lámpara del pasillo y la rendija inferior de la puerta. Fue un instante. Luego intuyó más que oyó una respiración tras la hoja de madera. Y luego unos suaves golpes con los nudillos, uno, dos, tres, pausa y uno.

—Adelante. Está abierto.

La puerta se abrió despacio recortando la figura de Pilar Rueda, alias Ubiña, en el dintel. Estaba seguro que el fuerte sol que entraba por la ventana la había deslumbrado un momento. Mal, muy mal, se dijo, no vales Pilar. Estarías muerta.

Vestía de negro, traje de chaqueta, el pelo recogido en un moño y gafas de concha. Se había maquillado con cuidado, de una forma que a Iñaki le pareció incluso elegante. En otro momento y con otra persona le habría parecido atractiva, pero entre él y Pilar había una natural repugnancia que iba más allá de cualquier otra consideración.

—Llegas tarde —le dijo.

—Tenía que asegurarme.

—De qué. ¿De mí?

—No seas borde, Iñaki. —Cerró la puerta tras de sí y echó sobre la cama el bolso, negro, a juego con la vestimenta. No llevas ahí la pistola, pensó él.

—¿Tienes algo de beber? —preguntó ella.

—En la nevera hay algo.

—Bai.

—En euskera no, por favor. Si alguien nos oye desde fuera estamos listos.

—No me tienes que dar lecciones.

—Eso lo sé —contestó Iñaki con igual sequedad.

Pilar se acercó hasta la pequeña nevera. Sacó un botellín de agua mineral y lo abrió con un solo gesto.

—Tienes la virtud de hacer que todo lo que dices parezca un insulto.

—¿Qué estamos haciendo aquí? —preguntó Iñaki sin entrar al trapo.

—¿Te importaría guardarte la pipa? —contestó ella—. No me gusta que me apunten.

Iñaki dejó la Glock sobre el escritorio. Sacó un cigarrillo y lo encendió sin ofrecerle. En realidad no sabía si fumaba o no, ni le importaba. «Intenta traerme más información de Ubiña. La conocemos poco».

—¿Fumas? —preguntó.

—No. —Se había sentado en el borde de la cama, juntando las piernas como si temiera algo. Iñaki no estaba seguro si lo que abombaba la americana de ella era el pecho o la pistola. Aunque también podía llevarla entre los muslos.

—Está bien —dijo Iñaki y añadió marcando las palabras—. ¿De qué va esto?

—¿Y de qué iba? —preguntó Maestre.

—Lo de encargarnos de todo el aparato de captaciones. Puede que vaya en serio aunque también les va a servir para tenderme una trampa, pero Mikel es demasiado listo para hacer algo tan burdo.

—Comprendo. Pero os ha colocado a los dos y ella es su persona de confianza. Está claro que es para vigilarte.

—Sí y no.

—Explícate. ¿Quieres algo?, ¿café?

—No. —Sacudió la cabeza Iñaki. El pequeño despacho estaba demasiado caliente para su gusto y se lo dijo a Maestre.

—Sí. A mi también me jode, pero el radiador está apagado, no sé qué más puedo hacer.

—Hay una reorganización. Mikel dice que no funciona el sistema de captación, que está desmantelado y que por ahí se nos pueden colar espías o inútiles.

—¿En qué consiste esa reorganización?

—Se ha cargado toda la estructura. Ha movido a toda la gente que lo llevaba. Bueno, desde que cogisteis a Larri ya no se fiaba, pero ahora cree que la filtración de Madrid y las caídas son por culpa de alguno de los recién llegados.

—¿Y lo de Mondragón?

—Ni una palabra.

—Eso es lo que más debe preocuparte.

—Puede.

—¿Qué más?

—Se ha creado una nueva estructura. Seremos dos jefes, dos encargados del aparato de captación, Ubiña y yo y tenemos dos sustitutos.

—Quiénes son.

—Ni idea.

—¿Ubiña lo sabe?

—Pues eso es lo raro. Yo diría que no, que tampoco se lo han dicho.

—Te engaña —afirmó Maestre con la cabeza—. Quiere hacerte creer que estáis al mismo nivel.

—Puede que sí, pero es una arpía. La conozco y sé cuando está cabreada. Y está muy cabreada con Mikel.

—¿Te lo dijo?

—¡Hostia, no! No confía en mí. Pero tiene lógica. Mikel quiere crear compartimentos estancos, sin comunicación, para ir reponiendo las caídas. Da la impresión de que han asumido que vais pillando a la gente y encerrándola. Así que se trata de preparar sustitutos y de fomentar la entrada de nuevos.

—De todos modos no me gusta —dijo Maestre.

—A mí tampoco. No soy imbécil.

—Entonces haremos lo más conveniente —dijo.

—¿Qué es? —preguntó Iñaki.

—Nada. No hagas nada. No nos interesa atrapar a cuatro adolescentes idiotas. Haz lo que tengas que hacer. No lo quiero saber.

—A veces me enterneces —escupió Iñaki.

Maestre se levantó y estiró un poco las piernas. Se preparó lentamente un café y dejó a Iñaki con sus pensamientos durante unos instantes.

—¿Has vuelto? —dijo Maestre sin mirarle.

—¿A dónde?

—A Mondragón.

—No.

—No te lo pregunto con segundas. Era sólo curiosidad.

—No me digas.

—He hecho averiguaciones.

—¿La has vigilado?

—No hace falta. ¿Sabes si está en contacto con ellos?

—¡Qué dices! No.

—Yo no estaría tan seguro. Tal vez le queden amigos, de cuando tonteaba con vosotros.

—No. Yo lo sabría —gruñó Iñaki malhumorado—. ¿Quieres joderme o qué?

—Te aseguro que no. Eres mi chico, ¿recuerdas?

—¡No me jodas! No me tomes por imbécil.

Maestre se acercó con las dos tazas de café y las dejó sobre la mesa.

—A veces las cosas no son lo que parecen —continuó— No me creo que estuviera tan ligada al mundillo y que no formara parte de la estructura. ¿Me sigues?

—En esa época todos andábamos alrededor. Unos seguimos y otros no, pero pertenecer no, ella no, nada de nada.

—¿Pondrías la mano en el fuego?

—Claro.

—Está bien. Te creo. —Maestre se sentó de nuevo y tomó un sorbo de su taza de café—. Sigamos con lo nuestro, pero antes dime una cosa.

—¿Qué? —enarcó Iñaki las cejas.

—Me muero por saberlo. ¿Ubiña lleva la pistola entre los muslos?

Iñaki no supo si enviarle al infierno y echarlo todo a rodar o soltar una carcajada. Finalmente optó por esto último.

IX

Izaskun dejó finalmente el bolso en el suelo y rebuscó hasta dar con las llaves. Siempre era un problema. Bolsillos, cambio de bolso... siempre había un momento en que pensaba, me la he dejado. Al hacerla girar en la cerradura sintió un escalofrío. La puerta se abrió sin siquiera dar una vuelta a la llave, como si al salir sólo la hubiera cerrado de golpe. Se quedó quieta, sin atreverse a entrar, con la sensación de un peso en el estómago, como en los viejos tiempos cuando los tricornios esperaban en cualquier esquina. ¿Un ladrón?, se preguntó, porque estaba segura de haber cerrado con dos vueltas, como siempre. Empujó la puerta despacio, esperando ver no sabía qué. Todo parecía estar en el mismo sitio, las persianas bajadas, las luces apagadas. Pero habían entrado, de eso no cabía duda. Estaba absolutamente segura de haber cerrado la puerta con dos vueltas de llave.

Entró despacio, dejando el bolso en el suelo y la puerta abierta. El piso estaba en silencio y fue encendiendo las luces a su paso. El pasillo, el salón cálido y acogedor, la cocina, el baño, el dormitorio, el cuarto de su madre reconvertido en cuarto de plancha, el trastero, siempre misterioso. Respiró profundamente y volvió sobre sus pasos a recuperar el bolso y cerrar la puerta. Podía ser su vecina, Reme, que tenía una llave para emergencias, pero no lo creía. Reme jamás hubiera entrado por nada y de hacerlo le habría avisado y tampoco era lógico que no cerrara con llave de nuevo.

Volvió a abrir la puerta y observó la cerradura. En la parte exterior había unos ligeros rasguños bajo el orificio, pero no podía estar segura de que no estuvieran antes allí. De pronto algo parecido a un flash estalló en su cabeza. Corrió hasta el salón, abrió el cajón y cogió, intacto, el paquete de cartas. Las contó febrilmente y luego las volvió a colocar en su sitio. ¿Quién ha entrado?, ¿quién quiere meterse en mi vida? Ni siquiera sé quién ha sido. Si unos u otros.

Tuvo un súbito ataque de miedo y a punto estuvo de salir corriendo. Se sintió más sola que nunca, peor que en los viejos tiempos cuando sabía siempre a dónde ir y a quién pedir ayuda. ¡Pero todo había cambiado tanto! No tengo a nadie, se dijo y sintió ganas de llorar. Sólo le tengo a él. Tal vez venga si le llamo. Se fue hasta el teléfono. Descolgó y luego marcó el número de Eduardo Navarro.

—Hola. Soy yo —dijo ella cuando le oyó contestar—. He pensado que sí. Que acepto tu invitación.

Santi zigzagueó con la moto entre los coches y se acercó a la acera sin aflojar la marcha. Frenó en seco ante la farmacia y una figura de negro ya con el casco puesto salió rápidamente y se sentó a su grupa sin decir una palabra. En fracciones de segundo, Santi volvía a estar en el centro de la calle aunque esta vez con su pasajera apretada a la espalda. Era última hora de la tarde y el tráfico era denso aunque no hasta el punto de parecerse al de París o Madrid. La moto se deslizó, suave y diestramente manejada y luego Santi enfiló un estrecho callejón que desembocó en la plaza, frente al Palacio de Justicia.

Un suave sol primaveral, ya en declive, daba una tonalidad dorada a la bella plaza de Verdun de Aix. Pilar Rueda se quitó el casco, negro como su indumentaria y siguió a Santi hasta una mesa apartada, recogida entre setos. Como si de dos enamorados se tratara se sentaron muy juntos y pidieron sendas copas de vino mientras, con las manos cogidas, vigilaban a su alrededor, escrutando los portales ya oscuros, los transeúntes ocupados en sus cosas, las ventanas cerradas y todavía sin luz y el resto de mesas del café.

—¿Qué ha pasado? —le preguntó Pilar de improviso sin ninguna concesión.

—Han ido a su casa.

—¿Los txakurras?

—Eso es lo raro. No lo creo.

—¿No lo crees?, ¡no me jodas!, ¿no sabes distinguir a un txakurra?

—Oye. Cálmate. Jodidos andaríamos si no pudiera distinguirlo.

—No me digas que me calme —le espetó Ubiña. Santi fingió un acercamiento con una amplia sonrisa pero Ubiña le lanzó una mirada asesina.

—Era sólo un tío —dijo Santi repentinamente serio—. Estuvo un rato dentro y luego se juntó con el chico.

—¿Sólo uno? ¿No hubo una redada, ni la jodida televisión?

—Nada. ¿No nos estaremos equivocando?

—No seas idiota. Trabaja para ellos. De eso ya no hay duda.

—¿Y ahora qué? —preguntó Santi sintiendo un ligero temblor en la boca del estómago.

Iñaki volvió a leer el manoseado folio blanco, con el membrete de la clínica. Estaba sentado en un rincón de la cafetería, ante una botella de agua mineral y un paquete de cigarrillos y a su alrededor la vida parecía continuar como si nada de lo que a él le pasara pudiera entorpecerla. Seguramente es eso, se dijo, ¿a quién le importa? ¿a quién le importa mi neoplasia gástrica en estadio tres? Está muy avanzada, le había dicho el médico la primera vez, la única solución es operar y cuanto antes mejor. Primero unas sesiones de radioterapia y luego la quimio. En su rincón, con el papel arrugado, Iñaki pensaba que había otro tratamiento. Lo llevaba en el cinturón, un tratamiento de negro pavonado y calibre nueve milímetros. Una bala de ese calibre disparada a quemarropa produciría un efecto superior al de la cirugía más avanzada. El tumor desaparecería, volatilizado por el calor y el impacto; se disolvería en el aire, como se disolvían los trozos de cerebro o los músculos del corazón. No haría falta la quimioterapia ni habría peligro de reproducción.

Desde aquel día, algunas cosas habían adquirido una importancia relativa, como Euskalerría, la lucha, la revolución, la organización. Otras, de pronto, habían adquirido una categoría superior, Izaskun, Mikel, el padre Jesús. Unos parecían actores de un drama del que él ya no formaba parte y otros... Lo siento, ya ve, le había dicho el médico, suponíamos que era una úlcera, pero a veces es difícil... Le prevengo, suele ser un cáncer doloroso. Así que, de la consulta, había salido con aquel folio blanco, cuidadosamente doblado en un sobre y una caja con el equipo completo del buen morfinómano. Un buen especialista, un veterano en lo que él mismo llamaba «la lucha contra este hijo de puta». Así que le había recomendado, además, un poco de hierba. No se corte, utilícela para dormir, para relajarse y procurar llevar bien las cosas. Pero no tarde en decidirse por la cirugía, lleva usted un auténtico alien en el vientre.

Ese mismo día había tomado una decisión. Su decisión. Se le solía llamar ajuste de cuentas y así era como debía llamarse. La verdad. Decir la verdad, despedirse, liberar su alma.

Fuera, tras los cristales, la mañana de Pau lucía en todo su esplendor. Había mucha gente en la calle, amas de casa, ejecutivos a sus quehaceres, todos ellos ajenos a los dramas de Iñaki Sagarzazu, alias Iñaki de Mondragón. Se sintió ridículo allí sentado, con su carta de papel blanco y membrete azul, su pelo mal cortado y descuidado, su ropa más propia del mayo del sesenta y ocho que de principios del siglo XXI, con su ideología trasnochada, su conciencia en el taller de reparaciones y el cuerpo sentenciado al dolor o a la muerte. A su lado, a un par de metros, un hombre sin afeitar, con la ropa descuidada, apuraba los restos de una botella de vino. Un buen sitio, como otro cualquiera, para encontrar las respuestas. E Iñaki encontró que tenía miedo; miedo al dolor, miedo a la muerte, miedo a la soledad. Tengo cosas que hacer, ¿recuerdas? Tengo por delante un buen trabajo; vengarme yo y vengarla a ella, desmontar el entramado de los míos, pasarle a mi profesor de inglés la dirección exacta de la pareja, los datos del próximo día en que se van a reunir con dirigentes del interior. Un buen golpe. Tengo que decirle a mi profesor que vale la pena el riesgo de que me identifiquen, que no importa porque a lo mejor no me queda mucha vida y porque tal vez prefiera morir de un tiro antes que pasar por el calvario de esta maldita, jodida y cabrona enfermedad. ¿Y mi Izaskun? ¿me seguirás queriendo después de lo que tengo que decirte? ¿tendré valor para decírtelo? Ya no tengo nada, ni siquiera un futuro. ¿Qué futuro? Ir de hospital en hospital, comer con una pajita o llevar una bolsa de plástico con mis heces. Lo que la cabrona de la neoplasia me permita. Todo el mundo en el bar se volvió hacia él cuando dio un violento golpe con la palma de la mano sobre la mesa. Todos menos el hombre que buscaba la respuesta en la botella. De ese sólo obtuvo indiferencia.

—¿Desea algo más? —le preguntó el camarero. Iñaki negó con la cabeza, dejó unas monedas sobre la mesa y salió a la calle.

Izaskun, me voy a morir y antes tengo que ajustar muchas cuentas. Tengo que conseguir tu perdón ya que no he podido probar cómo es eso de vivir contigo, cómo es que me traigas el desayuno a la cama por las mañanas o traértelo yo que tanto da. Me hubiera gustado ver cómo es acostarse contigo, sentir que soy el hombre de la mujer de un solo hombre. Me gustaría recuperar los años perdidos, olvidarme de la revolución contigo, de la patria, de la guerra. ¡Cómo voy a decirte lo que tengo que decirte! ¿Y qué sentido tiene decírtelo?

Caminó durante horas, hasta que el sol estuvo alto. Pasó del miedo a la euforia, de ahí a la tranquilidad y de nuevo al miedo. Iré a ver a mi profesor de inglés. Haré el trabajo.

A las siete y un minuto Maestre, en su exclusiva aula del segundo piso, encendió un cigarrillo después de consultar la hora. Sobre la mesa humeaba la taza de té y descansaba el bolígrafo, la grabadora y el bloc de notas. La calefacción estaba demasiado fuerte, como siempre y se había quitado la americana que colgaba en el respaldo de la silla, como protegiéndole las espaldas. La Sig Sauer le oprimía sobre la columna vertebral y el silencio se podía cortar con un cuchillo. Frente a él, sobre la mesa, estaba la copia de la foto que había robado en casa de Izaskun junto a otra, más reciente; el mismo hombre sólo que unos cuantos años más viejo, un poblado bigote, el pelo más crecido y descuidado, los mismos ojos vivos y alegres, los mismos labios finos y curvados en una sonrisa. No había tenido necesidad de ver la ficha adjunta porque ya le había reconocido de inmediato, nada más ver la nueva foto enviada desde el archivo del CNI. El hombre de Izaskun, su amor, el rival de Iñaki Sagarzazu y de Eduardo Navarro, el compañero misterioso no era otro que Domingo Uribe Abadiano, alias Domingo, el máximo dirigente de ETA entre 1980 y 1987, muerto en un extraño accidente en Argel en febrero de 1987 cuando negociaba con el gobierno español el fin de la lucha armada. A partir de ese momento, Germán, la operación, las motivaciones, todo, empezó a dar vueltas en su cabeza, como el hielo en una coctelera. Maestre ataba cabos, se exponía a sí mismo teorías y gestaba una rabia sorda contra Iñaki.

Oyó crujir las tablas del pasillo y guardó las fotos en una carpeta antes de que Iñaki apareciera por la puerta. Estaba más pálido que nunca y Maestre hubiera jurado que le temblaban las manos cuando tomó la silla para colocarse frente a él, como siempre, como si le tomara las distancias; ni demasiado lejos, ni demasiado cerca. ¿Te temblaban las manos cuando disparabas?, se dijo Maestre.

—¿Te encuentras bien? —preguntó profesionalmente. Al fin y al cabo eres mi trabajo, se dijo.

—Sí. Muy bien —dijo Iñaki mientras se sentaba.

—Si no te importa. Hoy hablaremos un poco de ti.

—¿De mí? ¿por qué de mí?

—Sí. No seas susceptible. Mis jefes quieren saber cosas. Eso les dará datos sobre lo que les interesa.

—No me gusta.

—No estamos en situación de que nos guste.

—Tenéis mis informes. Sabéis toda mi vida y milagros.

—Es posible, pero hay que comprobar datos.

—Por si miento.

—Eso es.

—Tú pregunta y yo contesto.

—Claro. De eso se trata —dijo Maestre lanzando el humo del cigarrillo hacia el techo, como si todo fuera una balsa de aceite—. ¿Quieres un té?

—No. ¿Qué quieres saber?

—¿Por qué dejaste el seminario?

—Perdí la vocación.

—Así, sin más.

—Así sin más —corroboró Iñaki.

—De la noche a la mañana ya no quieres ir al cielo.

—Eso es. ¿Por qué te interesa eso?

—Curiosidad. Formas parte del Comité Ejecutivo —siguió Maestre.

—Eso ya lo sabes.

—Sí. Lo sé. Con el Chopo Iturbide, con Ubiña y Mikel.

—Y Elorza.

—Eso es. Elorza. Y Elorza dices que lo incluyeron en el ejecutivo sin más.

—Sí. Lo cooptaron.

—¿Cuándo fue eso? —preguntó Maestre.

—En el dos mil, más o menos.

—¿Tú ya estabas?

—Tienes mis datos. Yo estoy en la Ejecutiva desde dos mil uno. ¿De qué va esto? ¿hoy toca fastidiarme?

—Pero cuando te metieron en la Ejecutiva ya estabas en el Comité Central. Me dijiste que entraste en la Ejecutiva por votación en una reunión, pero. ¿Cómo entraste en el Comité Central?

—¿Y eso qué tiene que ver?

—Todo tiene que ver, ¿recuerdas?

—¿A dónde quieres ir a parar?, ¿todavía no os fiáis de mí?

—Queremos saber en qué momento entraste en el Comité Central.

—Hace mucho de eso. A finales de los ochenta.

—Bien. Finales de los ochenta. ¿Entraste antes o después de la muerte de Domingo? —se hizo un silencio total, como si de pronto la escuela se hubiera quedado vacía o los alumnos se hubieran disuelto en la tarde santanderina.

—Después —dijo Iñaki tenso como las cuerdas de un violín.

—¿Tú eras de los que estaba a favor o en contra de la tregua?

—¿Qué importancia tiene eso? Sí, ya lo sé, todo tiene importancia. Soy disciplinado. O era disciplinado. Si la organización decía una cosa yo no era nadie para oponerme.

—Pero estabas en el Comité Central, tenías voz y voto. Podías estar en desacuerdo.

—No. Yo entonces no estaba en el Comité Central. ¿Me quieres liar, cogerme en alguna mentira o algo así?, joder —respondió Iñaki enfurecido—. Soy un soldado, maldita sea. No estaba en el Comité Central.

Maestre dejó pasar unos segundos. Ese eres tú Iñaki. Despiadado, duro. Capaz de matar. Ya nos vamos conociendo.

—¿Había alguien en el comité Central que se opusiera a la tregua?

—Eso lo sabes mejor que yo —espetó Iñaki— Había mucha oposición.

—Pero Domingo lo imponía, ¿verdad? Domingo era el mayor defensor de la tregua y de dejar las armas.

—Supongo.

—Supones. ¿Sabes lo que creo? —dijo Maestre—. Que en realidad el Comité Central estaba en contra de la tregua. Que todo el mundo estaba en contra de la tregua y mucho más en contra de dejar la lucha armada —se acercó a Iñaki hablando lentamente—. Era Domingo el que quería la tregua. Era sólo él, el que puso su prestigio sobre la mesa para conseguir que se parara todo, el que puso sus huevos para abrir la negociación de Argel. —Iñaki estaba lívido. Por primera vez Maestre le vio nervioso, con los dientes apretados como si quisiera que las palabras se quedaran atrapadas dentro de él.

—Dime —siguió Maestre relajándose un poco—. ¿Qué pensaban hacer tus compañeros si Domingo no entraba en razón e insistía en negociar?

—¿Qué quieres decir?

—Quiero decir que Domingo podía ser un obstáculo para la organización. Que tal vez era mejor eliminarlo.

—Domingo murió en un accidente —dijo Iñaki más pálido que nunca.

—Sí. Tal vez —aflojó Maestre—. Muy oportuno. Tú le conocías bien, ¿no?

—¿A dónde quieres ir a parar?

—Quiero saber, Iñaki. Necesito saber. Para eso estamos aquí, ¿no?

—No. Estamos aquí para desmantelar a ETA, ¿no lo recuerdas? ¿O lo que quieres es desenterrar a los muertos?

—Yo sí quiero desmantelar a ETA, pero ¿y tú?, ¿qué quieres tú?

—¿Todavía estamos así? —mordió las palabras Iñaki. Se levantó despacio, con una mirada fría y más dura que nunca—. Creo que será mejor que lo dejemos. Yo juego limpio y tú estás llevando la partida de una forma que no me gusta.

—¿Tú juegas limpio? —inquirió Maestre con una sonrisa cínica—. Entonces dime qué es esto.

Lentamente, Maestre dejó caer sobre la mesa las dos fotos de Domingo. Desde la copia en blanco y negro, Izaskun sonreía a la cámara bajo el brazo fuerte del etarra. Iñaki miró sin que pareciera que aquello le afectara, pero Maestre notó la presión de las mandíbulas al apretar los dientes.

—¿De dónde la has sacado?

—¿Eso te preocupa? Tengo recursos Iñaki, muchos recursos. Ahora dime tú por qué cojones me has ocultado todo este tiempo que Izaskun Arriola, tu querida Izaskun Arriola estaba liada con Domingo.

Por un momento Maestre pensó que Iñaki iba a saltar sobre él; alrededor de los ojos una fina línea roja le hacía resaltar aún más la palidez del rostro. Se dio cuenta entonces Maestre que Iñaki seguramente iba armado y fue consciente de su Sig Sauer en el cinturón y de los segundos que tardaría en sacarla. Iñaki estaba de pie, mirando las fotos como hipnotizado. Vio el movimiento de su nuez al tragar saliva, la presión de las manos en el respaldo de la silla.

—¿De qué te estás vengando, Iñaki? —murmuró Maestre—, ¿del hombre que te robó a tu chica? Pero no, no puede ser eso porque Domingo está muerto. Entonces, ¿de quién?

Sin decir una palabra, Iñaki giró en silencio con un movimiento lento y salió de la habitación.

Todavía con la sensación de inseguridad, como si estuviera haciendo algo indebido, Izaskun salió al hall del aeropuerto con su pequeña maleta. A su alrededor la gente se movía con rapidez, como si estuvieran absolutamente seguros de sus vidas, lejos de las dudas que a ella la habían asaltado desde el mismo momento en que había tomado la decisión de aceptar la invitación de Eduardo. Mientras recorría el largo pasillo tuvo tiempo de sentir desde la angustia hasta la ilusión de compartir unas horas con un viejo amigo. Llegada a ese punto se decía a sí misma: no te engañes, Izaskun, él sigue siendo el mismo, el mismo chico revolucionario y apasionado que se te declaró aquella noche, cuando sólo le podías decir que no, aunque quizá ni siquiera pase nada. Le dije que no una vez y no se arriesgará a que se lo diga de nuevo. Pero en el interior de Izaskun había algo más fuerte que todas las luces de prevención encendidas. ¿No tengo derecho a un poco de ternura?, ¿a un poco de seguridad?

—¡Eh! ¡Estoy aquí! —le gritó Eduardo con su vozarrón.

Se abrazaron frente a todo el mundo, como si nada más importara y luego se fueron hacia el aparcamiento, con el brazo de él rodeándole los hombros.

—Temí que no vinieras —dijo él, una vez se aseguró que ella tenía el billete de vuelta, que el vuelo había ido bien y que había dejado su coche bien aparcado en Sondica.

—Sí, yo también lo temí.

Mientras circulaban, deprisa, en dirección a Madrid, Navarro le contó los últimos días de su matrimonio, cuando tomó la decisión de marcharse de casa y alquilar un apartamento lo más impersonal posible. «No me apetecía montarme un nuevo hogar dulce hogar, ya sabes. Con hipoteca, muebles de diseño sueco y todo eso».

—Yo siempre he vivido en el mismo sitio. Es curioso, ¿no? ¡Vaya amiga con mundo que tienes! Algunas veces me da la impresión que he desperdiciado mi vida.

No profundizaron en eso, en la idea de desperdiciar la vida, aunque ambos lo pensaban. Eduardo condujo hasta un aparcamiento en Legazpi, entre construcciones nuevas de obra vista, escaparates con cristales tintados y farolas de diseño. La entrada al bloque de apartamentos era una verja metálica que se abría a un jardín, todo ello vigilado por un ceñudo hombre uniformado que respondió con un gruñido al saludo de Navarro. Y cuando él dijo: «*voilà*» frente al pequeño y coqueto apartamento, Izaskun sintió que ninguna de sus prevenciones tenían sentido.

—¿No sabes que todos los separados, invariablemente, se ponen una cama de matrimonio? No verás nunca ninguno que vuelva a la cama de jovencito, de esas pequeñas. Te la dejo. Yo dormiré en el sofá y no se admiten discusiones, es plegable y tan cómodo como la cama, te lo aseguro. Muchas veces se ha quedado gente aquí y han dormido en él los más variopintos personajes.

Aquella noche, frente a los huevos rotos con patatas en un acogedor local decorado de rojo, Izaskun se sintió bien pero con el miedo que la seguía comiendo por dentro.

—¿Estás preocupada por Iñaki? —preguntó él.

—Un poco. ¿Se me nota?

—¿Has venido por eso, para que te cuente qué le pasa?

—No. No he venido por eso. He venido porque tenía ganas de verte y de estar contigo. No es justo que hayamos dejado pasar tantos años y me apetecía compartir algo contigo, lo sabes.

—Es como si siempre hubiera alguien entre nosotros.

—No hablemos de eso, ¿quieres? No hay nadie entre nosotros. Estamos tú y yo aquí y ya está.

—No debes preocuparte —dijo él—. Sabe cuidar de sí mismo. Deberías saberlo. Digamos que está madurando, eso es todo.

—No me hagas reír, mi Edu. Los dos sabemos quién es él. Madurar es algo que no entra en lo que es. Eso vale para personas como nosotros. Yo he madurado, tú has madurado, pero él está en otro lugar. Puede morir, Edu.

—Ese peligro lo ha corrido siempre y no ha cambiado. Nada ha cambiado.

—¿Y nosotros?, ¿nos hacemos viejos? —preguntó Izaskun deseando oír una negativa.

—Yo no —rió Navarro— y por lo que veo tú tampoco. —Le señaló su atuendo juvenil, la falda no demasiado corta pero de amplio vuelo, la camiseta pegada al cuerpo marcando sus formas, el pelo recogido en un peinado informal y favorecedor, el suave maquillaje que le hacía brillar los ojos y daba a su piel una tersura juvenil.

—¿Qué estamos haciendo, mi Edu? Somos muy mayores para flirtear.

—Estamos pasando un fin de semana juntos y bebiendo a nuestra salud —elevó en el aire la copa de vino rojo y transparente—. ¡Por nosotros!, maitasun eta iraultza.

—Sí, por nosotros —murmuró ella.

Los primeros rayos de sol despertaron a Navarro, como si algo tibio y seco le acariciara el rostro. Abrió los ojos y se quedó mirando a Izaskun, dormida plácidamente, con los brazos desnudos fuera de las mantas y la cara vuelta hacia la pared del fondo. Navarro se levantó con cuidado y la contempló largo rato apreciando el color de su piel, recordando su tibieza y su sabor. La sentía tan cerca, tan afín a sí mismo que era como si verla dormir fuera lo cotidiano de toda su vida, despertar el uno junto al otro. ¿Qué va a pasar ahora?, ¿va a cambiar nuestra vida?

Izaskun había sido su sueño, su asunto pendiente, su fracaso de juventud, la mujer que lo pudo ser todo en algún momento, pero viéndola allí, ahora, sentía como si todo, en definitiva, hubiera sido un mito, el mito de la juventud perdida, el mito ancestral del bosque primigenio. Mito y realidad. Se alejó despacio, sutil como un cariñoso amante, hasta la pequeña cocina. El olor del café recién hecho le confortó y cuando se volvió hacia ella la sorprendió mirándole, con los ojos todavía somnolientos, el pelo revuelto y los labios rojos, entreabiertos en una sonrisa.

—No he notado que te levantabas —dijo Izaskun.

—¿Quieres café?

—¿Tienes una bata?

—Una muy fea regalo de mi madre.

—Me servirá —dijo ella sonriendo.

Navarro se acercó hasta el armario y rebuscó hasta dar con una horrenda bata de seda granate todavía sin desdoblar. Se acercó con ella a la cama e Izaskun se metió más adentro, cubriéndose con las mantas hasta la nariz con una sonrisa entre pícara y avergonzada.

—Me da vergüenza. Parezco una colegiala. ¡Por Dios!, trae —con un gesto rápido se puso la bata mientras Navarro miraba hacia la ventana.

Tomaron el café en silencio. Navarro se vistió mientras ella lo hacía en el cuarto de baño.

—¿Qué ocurre? —le dijo él cuando ella salió, recién duchada, fresca y con una expresión concentrada.

—Nada —dijo.

—¿Estás segura?

—Claro que estoy segura —respondió ella y se echó a llorar.

—Vamos. ¿Qué pasa? —dijo él abrazándola—. ¿Tan mal lo

hemos hecho?, vamos No llores. No llores. —A ella se le escapó una risa.

—Soy muy feliz. Eso es todo.

—Te quiero Izaskun y siempre te he querido.

—Lo sé. Me lo dijiste la primera vez hace muchos años.

—¿Y tú?

—¿Qué crees que le voy llorando en el hombro por ahí a todo el mundo?

—Entonces me vas a decir qué te pasa.

—Nada, de verdad.

—¿Y esa nada te hace llorar?

—Las mujeres lloramos por nada, ¿no lo sabías?

El panel del aeropuerto volvió a moverse retrasando aún más su vuelo e Izaskun se dejó caer, resignada, en uno de los incómodos sillones. Sentía su cabeza a punto de estallar. Le gustaba aquella sensación, la de estar por encima de todo y la de sentirse amada de una manera que nunca hubiera creído posible. El miedo que había sentido en su casa casi había desaparecido. No había querido que Eduardo se preocupara y tampoco que la acompañara al aeropuerto. No me gustan las despedidas, le dijo. E incluso había disfrutado de su solitario paseo por las dutty free y mirándose al espejo de los lavabos. Se había encontrado guapa, con la cara un poco pálida, unas sutiles y reveladoras ojeras, un brillo especial en los ojos. Realmente hacía años que no me sentía tan bien, pensó, y es lo más parecido al amor que he sentido nunca. ¿Le quiero?

Es tan diferente de aquella relación autodestructiva con Domingo. Destructiva y vital a la vez. Era masoquismo más que amor, ahora estaba segura. Ella, la joven educada en las monjas y reciclada en marxista-leninista, la niña temerosa de los hombres y del sexo y sin embargo ansiosa por saber. Él, el hombre inteligente, luchador, el revolucionario, el escalón más alto de la especie humana, como decía Che Guevara. Se lo podía permitir todo. Se podía permitir exigirle que le esperara horas en la estación de Pamplona hasta que se dignaba aparecer, nunca sabía por dónde o cómo. Le podía exigir que reservara una habitación en un hotel y que dejara la puerta abierta y luego podía exigirle que prestara su boca, hasta el final, sin un reproche, sin una queja. Era una dolorosa mezcla entre la revolución en Euzkadi y el amor de una joven, casi una niña, sometida a un hombre superior. Yo le quería o pensaba que le quería.

Tú y yo somos iguales, decía él, pero Izaskun se mantenía fiel, virginal para él, mientras Domingo, ocupado en hacer la revolución, la utilizaba como reposo del guerrero, una vez al mes, o cada dos meses o cada seis y mientras tanto podía permitirse el lujo, incluso, de tener una novia formal, de casarse y de tener hijos. ¡Dios!, toda la vida, toda mi juventud pendiente de su llamada, de su carta, de una sombra en una estación cualquiera. Recordaba una terrible noche en Beasain, mientras la policía apaleaba sin contemplaciones a una manifestación, ellos dos, en un oscuro portal, enredados como dos serpientes, comiéndose a besos y gozando de un amor agresivo y violento que dejaba un poso de rencor y de violencia más que de ternura. ¡Qué diferente, Eduardo! ¿Y me preguntas si te quiero?, sólo por esa paz que inspiras debería enamorarme de ti. «Siento repugnancia de besarte en la boca», le escribió Domingo una vez, «pero tu boca me seduce y me marea» y ella lloraba después de leerlo en la soledad de su cama.

¿Y ahora?, ¿qué dirección va a tomar mi vida? Creía que todo había terminado pero era como si las cosas empezaran de nuevo. Han entrado en mi casa, reaparecen los viejos fantasmas y los viejos amores. No, ahora no; ya no estamos en aquellos años.

Iñaki dejó la autopista a la altura de Portugalete y tomó allí la autovía, a la derecha, en dirección a Getxo, siguiendo disciplinadamente el tráfico denso y lento. La ría brillaba con un refulgir plateado, lejos de aquel sucio rojizo que él conocía de pequeño. Recordaba vagamente su primer viaje a Bilbao, la ría roja con algún que otro madero flotante, las barcazas surcándola y la voz de su padre contándole historias de bombas y de sirenas hendiendo el aire. No recordaba exactamente cuántos años debía tener, tal vez sólo cinco o seis. Y recordaba también que su padre le había llevado a cortar el pelo en alguna vieja barbería en una plaza. Le venían a la memoria los tranvías y la gente envuelta en sus abrigos grises, los hombres bajo sus boinas negras, los curas con sotana, los edificios húmedos y sucios y los campanarios de las iglesias. Casi nada de eso quedaba ya en la nueva y alegre Bilbao, dominada por el Guggenheim y una ría que había dejado de ser trabajadora.

También había otros recuerdos, más recientes, más duros. Una calle en Indautxu, un furgón de la Guardia Civil, una manecilla suave que giraba en el sentido de las agujas del reloj y luego una explosión brutal, negra, que había deshecho los cristales del barrio y le había dado a él la sensación de que era un héroe, un gudari escondido en la espesura disparando contra un enemigo superior, un guerrillero en la Sierra Maestra o en el corazón de la selva de Bolivia. Entonces tenía presente a Ernesto Che Guevara, «las fuerzas populares pueden ganar una guerra contra el ejército» y se sentía un poco desplazado ante furibundos nacionalistas y clericales que desconfiaban de él y de su espíritu guerrillero. Le reprendían cuando decía Euzkadi y debía decir Euskal Herría, le presionaban porque no hablaba euskera con fluidez; pero eran compañeros, gentes que tenían sus mismos objetivos. Gentes que ahora no eran más que nombres en una lista de bajas.

Aparcó el coche a la entrada del barrio de Neguri donde empezaban las bellas mansiones y las casitas rodeadas de jardín y encendió un cigarrillo. Los calmantes le habían dejado en un estado extraño, lúcido y despierto pero extrañamente flotante, como si todo él fuera sólo cerebro. No sentía prácticamente nada y en algún momento tuvo que mirar los pedales del coche para darse cuenta que sus pies, efectivamente, le obedecían.

La conversación con Irune había sido rápida y seca. Sal de tu casa a las cinco, le dijo. Yo te veré. Y ahí estaba, la vio salir atravesando deprisa la cancela de hierro y mirando a un lado y a otro. Iñaki sacó el coche, deprisa, al centro de la calzada y frenó ante ella, a menos de un metro, abriéndole la portezuela de atrás.

—¡Jesús, Iñaki! —exclamó ella nada más sentarse. Esto es un taxi.

—Eso es. Un taxi —dijo él mientras aceleraba para dejar atrás el barrio—. ¿Cómo estás? —preguntó sin mirarla mientras enfilaba la carretera hacia la costa.

—Estoy bien, Iñaki, estoy bien. Me ha sorprendido mucho, la verdad. Ni siquiera sabía si estabas vivo.

—Pues ya lo ves. Estoy vivo.

—¿A dónde vamos?

—No te preocupes. Has llamado un taxi para ir a Bermeo.

—¿Y qué se me ha perdido en Bermeo? —preguntó Irune elevando las cejas.

—Siempre tan rebelde —sonrió Iñaki—. ¿De verdad estás bien?, ¿y mis sobrinos?

—Edurne va este año a Deusto. Iñaki hace segundo de ingeniería en Bilbo y tiene una novia, así que no le veo yo por la labor.

—Son buenos chicos, ¿no?

—¿Y pues? ¿no me abroncas porque vaya a ir a trabajar a Lemóniz? —los dos rieron— ¿Y tú, cómo estás?

—Bien —dijo él mientras miraba por el espejo retrovisor.

—Si estuvieras bien no habrías venido.

Estaban junto al mar, con sendos vasos de vino, frente a frente, sentados a una mesa de madera pintada de azul, curtida y seca como la cara de un viejo marino. Frente a ellos bullía el mar y graznaban las gaviotas. Un olor de salitre y pescado les envolvía, mezclado a veces con el aroma de las sardinas asadas y las calderetas de pescado. Irune tenía la cabeza baja y las lágrimas le corrían por la cara disolviéndose entre el maquillaje y la sombra de ojos, empapando el pañuelo de seda y dándole un brillo especial a la mirada.

—Virgen santa. Virgen santa —musitó por dos veces, como una vieja plegaria.

—Vamos. No llores. Es lo que hay. Tenemos que ser fuertes.

—Sí. ¿Sabes lo que me dijo amá poco antes de morir?

—Qué te dijo.

—Que cuidara de ti —Irune se echó a llorar desconsoladamente. Iñaki miró consternado a su alrededor. Le dolía que Irune llorara de aquella manera, y también le turbaba llamar la atención. El camarero les miró un momento pero luego centró su atención en las sardinas que se asaban al aire libre, sobre una plancha de hierro y el resto de parroquianos no parecían prestarles atención.

—Perdona —dijo Irune secándose las lágrimas y tomando un sorbo de vino—. Nunca he aprobado lo que hacías. Debiste dejarlo hace años, cuando lo dejamos todos.

—No todos, Irune. Pero ahora no hablemos de eso, ¿vale? Me apetecía verte y saber cómo están los chicos. Eso es todo.

—¿Eso es todo? Tengo dos años menos que tú, eso era algo cuando íbamos al colegio, pero ahora no es nada. No soy tu hermana pequeña, no me tomes por tonta.

—Sí, eres mi hermana pequeña. Y soy yo quien debería haber cuidado de ti. Cuando se fue aitá....

—De eso no quiero hablar.

—Ya sé. Bueno, yo tampoco, pero soy quien te debería cuidar y ya ves. Has salido adelante y...

—Y me he casado con un, ¿cómo dijiste? un cabrón de Lemóniz, creo recordar.

—Perdona. Estoy seguro de que es un buen hombre.

—¿Y por qué?, ¿porque ahora estás enfermo, porque te vas a morir? —las lágrimas le brotaron de nuevo.

—No, Irune. No es por eso. Es porque antes era un irresponsable, porque para mí no tenía importancia lo que uno siente, lo que las personas hacen... sólo miraba lo que son. El era ingeniero de Lemóniz luego era una mala persona. Yo era un idiota. ¿Vale?

—No te creo Iñaki. No te creo. He visto a muchos como tú. A ti te escucho porque eres mi hermano pero… los tuyos pusieron una bomba a cien metros de mi casa, ¿sabes? Se rompieron todos los cristales. Edurne estaba en su habitación y le tuvimos que quitar cristales del cuerpo con unas pinzas. Estaba tan asustada que no podía ni hablar. Y a Iñaki, a tu sobrino, le han pintado de rojo y amarillo la taquilla, le han quemado los apuntes y los libros en los pasillos, le gritan txakurra y espaniolak porque su padre trabaja en la central que les da electricidad para sus ordenadores y sus playstation. No te creo Iñaki. Pero qué importa eso.

—He estado en Mondragón —dijo él tras un silencio.

—No deberías.

—Lo sé. Vi a Izaskun y a gente de la cuadrilla.

—Izaskun —hizo Irune un gesto escéptico—. ¿Sabes que le llaman la vestal entre los tuyos?

—Es una buena chica.

—Era una buena chica. Ahora no lo sé. No voy mucho por allí, pero no sé qué hace ni qué piensa. Mi mejor amiga. Era mi pueblo, mi amiga y ahora es de los tuyos. No sé si soy bien recibida, así que no voy.

—No quiero hablar de política.

—¿Has empezado ya el tratamiento? —preguntó Irune con un temblor en la voz.

—Hace tiempo.

—¿Y no te pueden operar?

—Sí, claro, pero no hay garantías y una operación te deja ya listo. No sabría a dónde ir ni qué hacer…

—Si necesitas dinero yo tengo. Te lo aseguro.

—No —sonrió Iñaki—, si fuera ese el problema...

—¿Qué harías, atracar un banco?, ¡oh, perdona! No debería…

—Déjalo. Eres mi hermana.

—Pues que bien. Un día me dijiste: no eres mi hermana,

gritando como un loco. Todo porque te dije que no creía en todo eso de que tú hablabas, de la independencia, de la revolución, la clase obrera vasca y las esencias. ¿Te acuerdas?

—No me has perdonado.

—¿Y tú?, ¿me has perdonado a mí?, ¿has perdonado a amatxo que tampoco te entendía?, ¿te has perdonado a ti? ¿Qué te pasa? —exclamó Irune asustada ante el gesto de dolor de Iñaki.

—No es nada. Me debes poner nervioso —sonrió Iñaki sujetándose el vientre—. ¿Vas al cementerio?

—De vez en cuando. Ahora no voy desde el día de difuntos. ¿Necesitas algo?, tal vez podrías ir a una de esas residencias donde te cuiden… o a Houston. Te lo digo de verdad, conozco a gente que…

—¿Y a un asilo de ancianos? —rió Iñaki—. No me jodas, hermana —bebió Iñaki despacio, con sumo cuidado—. Estuve en Aránzazu. ¿Te acuerdas de nuestra comunión?

—Allí la hicieron también mis chicos. ¿Desde cuándo no habías ido?

—Pues no sé. Creo que estuve hace años después de salir del seminario —calló cuando recordó. ¿Cómo no me he acordado antes? Invierno del ochenta y cuatro, carretera de Oñate al santuario. Después de colocar la bomba que mató a seis guardias civiles se refugió en los sótanos. No lo recordaba, ¿cómo es posible? Le llegó el eco de la explosión sentado en el suelo húmedo, con un saco de dormir al lado, comida y agua para una semana, una linterna, una radio con auriculares que apenas podía oír. Era una táctica. Los verdes cortaban todas las carreteras, peinaban el monte y entraban en todos los caseríos. Al cabo de tres o cuatro días estaban seguros de que ya habían escapado del cerco; esperaba un par de días más y luego salía en un tronado dos caballos con hábito franciscano hacia Vitoria.

—¿Qué pasa? —preguntó Irune.

—Nada. Pensaba. ¿Qué sabes del padre Jesús?

—Está en una residencia —dijo ella—. En Bilbo.

—¿Le ves?

—Alguna vez, pero está muy mayor y no creo que se alegre de verte. ¡Oh, perdóname! Iñaki, por dios. No sé qué hacer contigo. Eres mi hermano y a la vez eres todo lo que odio de esta tierra. No sabes cuánto. Hemos pensado mil veces en irnos de aquí, dejarlo todo y evitar que mis hijos se conviertan en víctimas o en verdugos, porque aquí pasa eso. O una cosa o la otra. Y tú siempre has estado donde has estado. —Una vez, su profesor de inglés le había preguntado por la familia. ¿Qué piensan de lo tuyo? No se lo había preguntado en plan policial, al menos eso creía Iñaki. Había sido una de esas preguntas de curiosidad que a veces le hacía. Como si estuviera haciendo un trabajo de antropología, elemento cavernícola de las montañas de Euzkadi: ¿qué piensa usted de la familia como elemento protector de la violencia? Le había contestado, de malos modos, que no metiera su familia en esto, pero aquella noche había empezado a pensar, por vez primera, que Irune y amá y otros parientes menos cercanos tendrían su propia opinión sobre lo que estaba haciendo.

—Le recuerdo mucho —dijo él—. Era muy cariñoso con nosotros.

—Sí —asintió Irune—. Está en una residencia cuidado por monjas, hermanas de la Caridad. Jubilado, claro. Oye, Iñaki.

—Qué.

—Déjame unos días para pensar cómo. Podemos montarte algo. Suiza. Hay posibilidades, buenas clínicas, buen clima. Lejos de todo. Ya sabes cómo son. No preguntan nada. Te puedo gestionar una clínica, un tratamiento, desaparecer y quedarte allí. Hay curación tú lo sabes. Puedes quedarte allí el tiempo que quieras. El dinero no es problema. Dime que lo pensarás. Tengo amigos. —Iñaki sonrió para sí. Mi hermana preocupada por mí.

—De acuerdo, lo pensaré —dijo.

Se abrazaron a la entrada de Neguri, cuando Iñaki no pudo dejarla marchar así y salió del coche, arriesgándose.

—Prométeme que lo pensarás —dijo ella.

—Te lo prometo, de verdad.

Lo pensó mientras corría hacia Bilbao. Ya está. Otra de las cosas que tenía que hacer. Me falta Izaskun. ¿Me atreveré?, ¡oh Dios! Tengo que despedirme de la gente a la que le importo algo, arreglar mis asuntos. No sirvo para estar en una residencia, Irune. ¿No lo sabes? Sólo sé usar la pistola. No tengo esas aficiones que florecen cuando uno se jubila. De mi trabajo no se jubila nadie.

Gorka se acercó a la playa de Ondarreta iluminada por los focos. Aprovechando la bajamar y la temperatura no demasiado fría, había una pareja semi escondida bajo el espigón y un poco más allá otra figura, sentada, contemplando el Cantábrico. A Gorka también le gustaba sentarse en la arena a aquellas horas, sobre todo antes de que el verano convirtiera la playa en punto de encuentro de demasiada gente. Se sentó un poco por delante del hombre solitario, lejos de la pareja, para no molestar, y dejó ir la imaginación hacia Blanca.

Cada vez que estaba con ella se sentía culpable de infringir el sexto mandamiento, como si un dolor profundo le atravesara el pecho. Su confesión de todas las semanas no solía tener grandes secretos, salvo en las escasas ocasiones en que ella le llevaba a la vieja posada en Urola. Nunca le decía que no, pero cada vez era más difícil, cada vez ella tenía menos tiempo y le susurraba al teléfono, con su voz de terciopelo: ya te llamaré. Y podían pasar tres semanas hasta que recibía esa llamada. No soy ningún tonto, Blanca, ya sé que tus favores están relacionados con el material que puedo pasar a Salus. Lo sé. Si vale la pena tengo un premio, si soy perezoso nunca tienes tiempo.

Se volvió a medias cuando oyó tras él unas pisadas y abrió mucho los ojos sin que una palabra acertara a salir de su boca. El primer disparo le alcanzó en un lado del cuello, como una dolorosa quemadura, el segundo, más bajo aún, le destrozó la clavícula y le lanzó al suelo, sobre la arena, después de dar una cómica media vuelta. Para el tercero, Santi apuntó con cuidado y trató de contener el temblor de su mano. Esta vez acertó en la nuca, dejando un orificio casi invisible. Alrededor de la cabeza de Gorka se fue formando una mancha oscura y húmeda que la arena se tragaba rápidamente.

X

El pitido del móvil despertó a Maestre. Amanecía y las primeras luces se filtraban por la ventana velada por las cortinas. Añoró otro despertar hacía mucho tiempo.

Una mañana soleada en La Manga. A Luisa removiéndose a su lado mientras él admiraba la perfección de su brazo y de su hombro, de un dorado que destacaba sobre el blanco de la sábana.

El número que le llamaba, oculto, no podía ser otro que el de La Casa. ¿Dónde estás? —dijo la voz seca de Valdés.

—En Madrid.

—Te espero.

Se vistió rápidamente mientras intentaba recordar qué estaba soñando aunque lo único que le vino a la memoria fue una pregunta de ella, hacía una eternidad: ¿Cuál es tu sueño? Todo el mundo tiene sueños.

Mientras conducía rápidamente se fijó en las nubes negras agolpándose en el horizonte, hacia la sierra. Era curioso cómo su estado de ánimo se parecía al clima, amenazador. Pasó por delante de un cartel carcomido por el sol y la lluvia en el que se anunciaba una nueva urbanización. Una vez le había dicho a Luisa: tengo algunas propiedades. Cuatro chorradas; el piso de Madrid, el de Cartagena y alguna pijotada como acciones de no sé qué, planes de pensiones y esas cosas del servicio... Pues lo vendo todo, a los cincuenta o cincuenta y cinco, cuando todavía la próstata no de el coñazo y no tenga que mear veinte veces durante la noche. Me pido un retiro anticipado, un sueldecillo y me compro un chalet en algún sitio en el quinto pino, frente al mar. O mejor un barco, algo discreto; buen motor, buena línea, cómodo, ágil. Y me voy. Desaparezco.

Pero lo que Luisa no sabía es que ese era sólo el plan B, como se decía en las clases tácticas. El Plan A era ella.

Una hora después y con un negro presentimiento, Maestre entraba en el aparcamiento de la carretera de La Coruña.

En la antesala del despacho de Valdés estaba Gloria, alias Blanca, la chica del servicio en Pamplona, la siempre risueña, la que todo el mundo en La Casa miraba de reojo admirando algo diferente a su inteligencia y su eficacia. Lucía unas enormes ojeras y Maestre intuyó que no eran sólo por falta de sueño. Llevaba todavía subido el cuello del abrigo, como si aún tuviera frío dentro del enorme y caliente edificio.

—¿Qué pasa? —preguntó Maestre.

—Gorka. Le han matado —dijo ella con un hilo de voz.

—¿Qué?

La puerta del despacho se abrió en aquel momento y un hombre alto y delgado, el director, salió sin dirigirles siquiera una mirada. Por el hueco de la puerta asomó la cabeza de Valdés y un ¡capitán! sonó como un trallazo.

Maestre no tuvo posibilidad de sentarse en el despacho, ni siquiera obedeciendo una orden. Había otros dos agentes, vagamente conocidos, sentados en dos de las tres sillas. Valdés se encajó tras su mesa, con los codos apoyados sobre ella y una mirada que Maestre hubiera preferido no ver.

—¿Qué me puede decir de Gorka Gaztambide? —disparó el coronel con la única formalidad del tratamiento de usted—. Formaba parte de su equipo, ¿no?

—Sí. Informador entre las juventudes batasunas.

—¿Qué estaba haciendo?

—Un trabajo de apoyo.

—¿Se lo ordenó usted?

—Sí.

—¿Ese trabajo era autorizado? —dijo la voz de uno de los dos hombres.

—Era un trabajo que no requería autorización especial.

—¿Relacionado con Germán? —insistió el hombre.

—Sí —asintió Maestre— ¿Qué ha pasado?

—¿Tenía usted órdenes de usar a su equipo? —preguntó su interlocutor.

—¿Qué ha pasado?

—Han encontrado su cuerpo en Ondarreta —respondió Valdés— hace un par de horas. Tres tiros.

—Responda a la pregunta, capitán —insistió el otro.

—¿Pregunta?, ¿qué pregunta?

—Sí tenía usted orden expresa de utilizar a su equipo —recitó lentamente el tipo.

—No. No tenía orden expresa. Nunca tengo...

—¿Lo hizo usted bajo su total responsabilidad? —remachó el otro.

—Sí, claro. Es mi trabajo.

—¿Lo reclutó usted? —volvió a preguntar Valdés.

—No. Me lo traspasaron.

—Bien —dijo Valdés tras lanzar una mirada a los dos hombres—. ¿Había alguna relación entre Gorka y Germán?

—Ninguna que yo sepa —respondió Maestre—. Aunque los dos son de Mondragón.

—¿No cree capitán que es muy extraño que ese chico, nuestro agente, acabe muerto precisamente ahora? —preguntó el tercer hombre en un tono que a Maestre se le antojó agresivo.

—¿Qué insinúa? —respondió secamente.

—No insinúo nada, capitán, sólo que cabe la posibilidad de que la presunta traición de Germán a los suyos fuera una trampa para descubrir a nuestro hombre en Jarrai.

—Eso es una estupidez —tronó Maestre.

—¡Capitán! —dijo Valdés elevando la voz.

—No nos pongamos nerviosos —intervino el primero de los dos hombres—. ¿No es posible, capitán, que de algún modo Germán le estuviera utilizando para descubrir a ese chico, Gorka?

—No. No es posible. No soy un pardillo. No he intercambiado información con Germán.

—Pero utilizó al chico de forma irregular y ahora está muerto —siguió el hombre.

—Formaba parte de mi equipo. Le he utilizado para infinidad de misiones.

—Como informador, capitán. Estamos al tanto, no como técnico de campo. Dígame. Exactamente, ¿qué estaba haciendo para usted ese chico?

Maestre les explicó detalladamente el allanamiento en casa de Izaskun y la relación de ella con Iñaki, pero se guardó el detalle del micrófono y la información obtenida de las fotos y las cartas. No era el momento.

—Desobedeció usted una orden directa de su superior —dijo Laurel.

—Nunca lo entendí como una orden directa, señor. En el servicio no funcionan así las cosas. Era mi responsabilidad.

—Y le han matado —dijo el hombre.

—¿No pensó que ese supuesto soplo era una trampa? —preguntó Valdés y Maestre sintió que se le helaba la sangre.

—No lo pensé. De haberlo pensado no hubiera dado ese paso. Podía ser un piso franco, algo importante.

—¿El protocolo no requiere que esa información sea traspasada a la Guardia Civil? —preguntó el primer hombre.

—Sí. Sí, señor. No le di la adecuada importancia. El domicilio señalado estaba directamente relacionado con mi misión, así que creí más eficaz inspeccionarlo por mí mismo.

—Y al muchacho le han descubierto y le han matado. —remachó el primer hombre. Maestre guardó silencio.

—Está bien, capitán —intervino Valdés—. El director quiere un informe completo y detallado y después se olvidará usted del asunto. Por el momento suspenderá usted los contactos con Germán hasta que se tome una decisión. ¿Está claro?

Fuera, Gloria vio la furia en los ojos de Maestre. La chica se puso en pie con los ojos llorosos y se quedó frente a Maestre.

—Era mi chico —dijo Gloria—. ¡Por Dios! Era mi chico. Yo le enseñé todo…

—No es culpa tuya... —la puerta se abrió de nuevo y sonó la voz de Valdés.

—Gloria.

—Sí, coronel.

Furioso, Maestre conectó el ordenador; estaba grabando las fotos de las cartas obtenidas en casa de Izaskun en un disco cuando se abrió la puerta, sin ningún aviso previo, y entró Gloria. Tenía los dientes apretados y los ojos con huellas evidentes de haber llorado.

—Son unos mamones —dijo—. No les importa una mierda, sólo quieren salvar la cara del servicio o la suya. ¿Qué ha pasado?

—No lo sé. Era mi responsabilidad y no lo sé —respondió Maestre.

—¿No me lo vas a contar?

—No puedo, Gloria. Sabes que no puedo.

—Entonces yo sí te contaré algo.

—¿Qué?, ¿qué sabes?

—No se lo he contado a Valdés porque no les importa una mierda a ninguno.

—Le habías visto.

—Hace dos días. El martes.

—¡Por dios!, estamos locos. Si se enteran nos crucificarán a los dos. —Maestre se llevó las manos a la cabeza—. ¡Dios santo!, ¡cómo hemos podido hacerlo! Le hemos metido en la boca del lobo.

—Era mi chico —dijo ella al borde de las lágrimas—. Me llamó. No podía decirle que no.

—¿Te llamó? Debían sospechar de él. Lo hemos hecho fatal, le hemos metido nosotros en esto.

—Es culpa mía —sacudió la cabeza Gloria.

—No es culpa tuya. Todos le metimos en esta mierda.

—Es culpa mía —insistió ella—, ¿o es culpa de eso que no me has dicho?

—¡Joder!, Gloria, no podemos hablar aquí.

—Pues vamos a algún sitio donde podamos hablar.

Sin darle opción Gloria dio media vuelta y salió disparada por el pasillo. Maestre apenas tuvo tiempo de guardar los archivos y cerrar el ordenador. Ya en el ascensor permanecieron en silencio, igual que en el coche de él en dirección a Madrid. A ninguno de los dos se les ocurrió ir a la cafetería de La Casa, ni a ninguna cercana donde los oídos eran tan sensibles como en los despachos. Gloria no despegó los labios hasta que estuvieron frente a unas cervezas en un recóndito bar de Chueca.

—Así que le estabas usando para una operación. ¡No estaba preparado!

—No era un operación. Simplemente me cubría las espaldas, pero era una trampa... Una jodida trampa.

—¿Qué trampa?, ¿de qué hablas?

—¡Joder, gloria! Era un agente. Me jode, pero debían saberlo hace tiempo. No ha sido ahora cuando hemos fallado, Gloria. Lo siento tanto como tú. Era un chico fantástico.

—¿Por qué dices que era una trampa?

—No puedo contarte nada.

—No me hagas esto, Miguel. Se lo debemos. Ellos sólo quieren taparlo.

—¿Eso te ha dicho Valdés? —preguntó Maestre—. ¿Qué lo van a tapar?

—A mí no me ha dicho nada. Me ha pedido un informe por escrito de cómo lo recluté y cómo te lo pasé. Se lo he contado todo, pero el director lo quiere por escrito y después que me olvide.

—Muy propio —dijo Maestre y se hizo un silencio.

—¿Me lo vas contar?

—No se habla de las operaciones, Gloria.

—Está muerto. Y era mi chico. Tengo derecho a saber qué ha pasado.

—No lo sé. No puede ser... —añadió sombrío.

—¿Qué es lo que no puede ser?

—Le tendieron una trampa. Nos tendieron una trampa y he caído en ella como un principiante. Ha sido culpa mía.

—Lo dices para que no me sienta culpable. Le han cazado por verme a mí.

—Vamos —Maestre le hizo una suave caricia en la cara—. Ni aunque le vieran contigo tenían motivo para sospechar. Un ligue y nada más.

—Entonces dime qué estabais haciendo.

—Nada de eso, ni hablar.

—Déjame ayudarte —dijo Gloria y le cogió con fuerza la muñeca.

—No.

—Yo haré lo que él estaba haciendo.

—No me hace falta. Valdés nos enviará a galeras si se entera.

—No se enterará.

—Se enteran de todo.

—¡Joder!, Miguel, ¡Se lo debemos! Soy una profesional. No soy idiota. Puedo ayudarte, ¿qué estabais haciendo? Me vas a dejar que te ayude o te juro que te estaré dando el coñazo hasta que te jubiles.

XI

Mirando a Gloria de reojo, Maestre pensó que no debía haberlo hecho. Era necesario volver a Mondragón a recoger la grabación y eliminar las pruebas del desastre, pero no con ella. No había sido una buena idea.

—Estamos mezclando el trabajo con otra cosa —le dijo.

—Se lo debemos —insistió ella.

Si alguien tiene una deuda es este pueblo, pensó Maestre. Tenéis una deuda con todos porque unos y otros colaboráis diariamente en la muerte y la extorsión. Unos actúan, otros apoyan, los de más allá encubren y justifican. Todos estáis mezclados en esto y cuando uno no puede más hace lo que hizo Gorka o lo que está haciendo Iñaki. No podéis más con vuestra conciencia y buscáis la redención a tanta sangre. Soy como un confesor para ti, Iñaki, pero no me dices la verdad, nunca me dirás la verdad. Y ahora tal vez hemos perdido la oportunidad.

—¿Por qué no pasaste el soplo a la Guardia Civil? —preguntó Gloria—. Se tenían que haber encargado ellos.

—¿Y qué habríamos evitado con eso? Le tendieron la trampa. Le contaron a Gorka una mentira, sólo a él. Y un despliegue de los civiles habría tenido el mismo efecto. Hubieran sabido que él dio el chivatazo.

—Ya llegamos —dijo Gloria.

Maestre no dijo nada. Condujo despacio, en dirección a la casa de Izaskun, localizó el coche aparcado y pasó de largo dirigiéndose al coqueto hotelito de la calle Ferrerías.

—¿Estás lista? —preguntó.

—Lista. Soy tu recién casada esposa y ahí llevo el ramo para llevar a la virgen de Aránzazu. ¿Vale?

—Vale. Y también iría bien que dejaras ese aire borde y te comportaras como una recién casada. ¿No te parece?

—¿Qué quieres, unos cuantos arrumacos?

—Gloria, o lo hacemos bien o la vamos a joder bien jodida.

—Está bien. Lo siento. Perdona. No estoy de buen humor.

—Esto no es una cuestión de humor. Limítate a hacer tu trabajo.

Dejaron el Polo oscuro a un par de calles, más cerca del coche espía, del mismo modelo y color, que el del hotel. Entraron cogidos de la cintura. Hicieron las formalidades oportunas, sólo una noche.

Gloria se comportó, hablando por los codos con la casera sobre su boda, Nuestra Señora de Aránzazu, su viaje de novios a Santo Domingo. Subieron a la habitación y se limitaron a esperar, en silencio, a que se hiciera de noche, viendo la televisión.

Bajaron ya oscurecido, interpretando a la perfección su papel y preguntaron al ama dónde podían tener una cena íntima.

—Aquí la gente va a Udala. Yo les indico.

Salieron tan estrechamente cogidos que les costaba trabajo andar y se dirigieron al coche espía. Con un poco de suerte nadie se dará cuenta de que habían dado el cambiazo.

Maestre forzó la cerradura y el volante, empezó a hacer un puente con disimulo, mientras Gloria se echaba sobre él como si no pudiera estar un minuto sin besarle.

—¿No podías traer la llave? —le dijo la oído.

—La tenía Gorka.

El coche arrancó. Salieron despacio siguiendo las instrucciones del ama del hotel. El restaurante, un antiguo caserío, no estaba lejos, pero Maestre esperaba que no necesitaran mucho tiempo para recuperar la grabadora.

—Está en la guantera —dijo Maestre y Gloria la sacó con cuidado.

La guardó en el bolso y luego se reclinó en el asiento.

—Ahora a cenar tranquilamente —siguió Maestre— y luego volvemos a nuestra habitación, como dos recién casados.

—Lo que me preocupa es cómo recuperaremos el micrófono —comentó ella.

—No lo recuperaremos.

—¿No? ¿Entonces?

—Entonces, nada. Toma —le alargó una pequeña batería y un nuevo disco—. ¿Sabes cambiarlo?

—Claro que sé cambiarlo. ¿Me tomas por una becaria?

Mientras apenas probaba la comida y daba cuenta de la botella de vino, Maestre se dio cuenta de que posiblemente hacía meses, o tal vez un año que no tenía algo parecido a una cena íntima. Charlaron de vaguedades, haciendo tiempo. Y entonces sonó el móvil de Maestre.

—Perdona —dijo y vio en la pantalla el número de Luisa. Lo dejó sonar sin acabar de decidirse y finalmente se hizo el silencio.

—¿Qué pasa? —preguntó Gloria.

—Nada.

—¿Nada? ¿Quién era?

Hubo un silencio y Gloria distrajo un momento la vista hacia otros rincones y otras parejas.

—¿Estás casado?

—No.

—¿Sabes que tienes muy mala fama entre las chicas del servicio?

—No hagas caso de todo lo que te digan. Y el problema que tenemos ahora es evitar que Valdés se entere de todo esto. No deberías estar aquí conmigo. Te dije que no lo hicieras.

—¿Quién es ella? —preguntó Gloria.

—Quién es quién.

—No te hagas el listo conmigo. Te ha llamado una mujer. Nosotras nos damos cuenta enseguida cuando nos engañan.

—Te tomas muy en serio el papel de esposa.

—¿Quién es?

—¿Siempre eres así de insistente?

—No me lo digas si no quieres.

—No quiero.

—¿La conozco?

—¡Joder!, ¿has oído hablar de la discreción?

—Eso quiere decir que la conozco —dijo ella.

—No. No la conoces.

—¿Es del servicio?

—No.

—¿Pero tenéis un rollo o no?

—Teníamos —dijo Maestre tras un instante—. Ahora estamos en dique seco, por decirlo de alguna manera y no pienso decirte nada más. ¿Satisfecha?

—¿Sabes cómo conocí a Gorka?

—No.

—De lo más normal. En una discoteca. Lo vi hablando con algunos de los cachorros de Haika. Parecían tener buen rollo y yo no había podido colocar a nadie todavía entre ellos. Me llevaba bien con la peña pero no se fían de nadie y menos de una profesora. Había que encontrar a alguien que estuviera ya dentro.

—¿Y por qué fuiste a por él?

—Llámale intuición. Le vi posibilidades.

—No envidio tu trabajo —dijo él.

—Es el mismo que el tuyo, compañero —refunfuñó súbitamente seria.

—No te ofendas. Quiero decir que reclutar es el lado más oscuro. Ya sé que engañamos. Es lo nuestro, pero en tu caso es más evidente. ¿Qué hiciste?, ¿decirle que te caía bien? O aquello de ¿vienes mucho por aquí?

—Ahora eres tú el que se pone borde.

—Lo siento. Perdona. Está muerto. Le utilizamos y ya está.

—Sí. Le utilizamos y ya está. —Gloria sorbió un poco de vino de su copa—. Tenía una especie de pánico a las chicas —dijo ella con voz diferente—. Se ponía colorado cuando le hablaba una. No tenía... ninguna experiencia. ¿Entiendes?

—Claro —dijo Maestre con un toque de comprensión, sin llegar a la ternura.

—¿Cómo la conociste tú?

—¿A quién?

—¡Oh, vamos! —gruñó Gloria—. A la que ha llamado.

—En Cartagena. Cuanto llegué allí destinado al Ceim.

—¡Ah! Eres infante de Marina. ¿Y cómo se llama?

—Luisa. De buena familia. Si te dijera el apellido te caerías de culo.

—No hace falta, se ve que tienes clase. ¿Te quiere?

—¡Y eso qué importa! —Maestre bebió un sorbo de vino—. Dice que sí, pero no soporta verme.

—Se llama amor odio Miguel. Y es lo más jodido del mundo.

—Sí, es jodido —cortó Maestre—. Creo que hemos disfrutado lo suficiente de nuestra cena íntima. Vámonos a la habitación. Tal vez el disco nos diga algo.

Volvieron en silencio. Maestre se colocó los auriculares y puso en marcha la grabadora. Era un modelo digital, en minidisc, con una altísima calidad de sonido y eso que lo había programado en monoaural para que ocupara menos espacio.

Una llamada: ¿Diga? Hola. Soy yo. He pensado que sí. Que acepto tu invitación. —Una risa—. Vaya, me alegro (era una voz familiar, ¿Navarro?) ¿y eso? Nada, que me apetece. Está bien. Hay vuelos diarios desde Sondica, dime cuándo vienes y te esperaré en Barajas. De acuerdo. ¿Te pasa algo? No nada, que tengo ganas de verte. Un beso. Agur.

—¿Qué? —preguntó Gloria.

—Ha llamado a un amigo. —Más silencio.

—¿A quién?

—Espera, espera...

Otra llamada. La voz de Izaskun, una voz fuerte y clara.

—¿Reme? Hola. ¿Estabas dormida? No chica, nada de eso, en mi casa no se duerme tan pronto. Oye que mañana me voy un par de días. Mira que bien, ¡qué envidia me das! ¿Me cuidarás las plantas? Claro, no te preocupes…

—¿Qué dice? —volvió a preguntar Gloria.

—Nada interesante, espera...

«... no, no pasa nada, pero me apetece irme unos días. Di que sí. Tú que puedes, yo con la peluquería nada de nada hija...»

¿Por qué le dieron a Gorka esa dirección?, pensó Maestre, de todas las casas posibles, de todo el pueblo le dieron esa dirección.

—¿Quién es esa mujer?

—Alguien más que una chica guapa.

Maestre volvió a colocarse los auriculares. No había hecho ninguna llamada más. Eso era todo. El mundo a través del teléfono. Maestre no pudo oír los ruidos de una mañana de soledad, con el pitido del despertador, la radio, el agua de la ducha, los cajones que se abren y se cierran. Ni el silencio y la ausencia de las palabras del nuevo día, nadie diciendo: buenos días, ¿cómo has dormido?, ¿me quieres?

Y tampoco pudo oír Maestre el timbre de una puerta ni ver, por supuesto, la cara de asombro de Izaskun, ni la sonrisa forzada de Santi, ni las voces de una tensa conversación: ¿Santi?, Ese soy yo; ¿qué haces aquí?, ¿no me vas a dejar pasar? Un micrófono en otro lugar le habría informado del ruido de pies sobre el parquet, de la puerta que se cerraba, de la pregunta indolente: Ya sabes lo que le ha pasado al chico de Gaztambide, ¿no?, y la respuesta agresiva de la mujer de un solo hombre: Lo sé. ¿Y tú, lo sabes? ¿Era amigo tuyo? Conocido. Y luego la tesis oficial: Está claro. Ha sido un asesinato de los txakurras. Todos tenemos la obligación de estar aquí para el funeral. Y luego la orden apenas disimulada: No te cabrees. Tengo el coche ahí. Vamos a dar un paseo y te presentaré a alguien.

—¿Tú eres imbécil?, yo no voy contigo a ninguna parte. Dile a los tuyos que se metan en sus asuntos.

—Esto no es una petición —la voz del hombre, tensa.

—¡Vete a la mierda! No me das miedo.

Y luego, Maestre no pudo oír el ruido de la puerta al abrirse. Los pasos, la frase amenazadora: «te he avisado», el portazo y un sollozo largo y contenido.

Gloria se había metido en la cama. Tenía los ojos cerrados

y los labios apretados, cabreada consigo misma y con el mundo. Era como un compañero y a Maestre se le antojaba así, como una hermana o un camarada de lucha. Estar con ella en la misma habitación era como estar solo, igual que Izaskun.

—Vengo a ver al padre Jesús —dijo Iñaki a una mujer grande y adusta con ropas evidentemente de monja.

—¿Al padre Jesús? —un silencio—. El padre Jesús no recibe visitas, ¿quién le busca?

—Soy un antiguo alumno, de Aránzazu.

—¡Ah! No se yo.. pero bueno. Pase.

El recibidor era como una salita con un par de sillones, luz suave y un taquillón anticuado con flores secas. No había espejos pero sí un cuadro de la virgen con un cristal que reflejaba la imagen de Iñaki, con su chaquetón un poco anticuado, el pelo ralo y bien peinado, el aspecto jovial que había querido dar a su encuentro.

—Es que verá —dijo Iñaki— he venido a Bilbao por negocios y me he enterado de que el padre Jesús estaba aquí. Era mi guía y mi confesor en el seminario y hace muchos años que no le veo. He estado en el extranjero...

—Bien, bien —dijo la mujer con desconfianza—. Es que está muy mayor. No le convienen las visitas. Lo ha dicho el médico, nada de emociones. Su corazón ya es débil, aunque muy grande, se lo aseguro. Bueno, usted le conocerá... espere, siéntese un momento. Es la hora de sus rezos y estará levantado, así que... siéntese, siéntese.

La mujer desapareció hacia el interior de la casa. Olía a jabón y a limpieza. En algún lugar sonaba un poco de música suave que no supo identificar, pero tal vez provenía del vecindario. Dio unos pasos hacia el interior hasta asomar la cabeza a un saloncito pequeño y muy acogedor. El televisor encendido le hablaba al vacío. No había nadie pero en una mesilla baja humeaba una taza de té o de café, así que supuso que había cogido a la monja en un momento de descanso. Había libros en los estantes, demasiado lejos para ver los títulos, periódicos sobre la mesilla y suficientes sillones para un pequeño grupo. En otra mesa alta y más apartada había un repertorio de medicinas, aparatos para medir la tensión, una botella de agua, un fonendoscopio.

—El padre Jesús le recibirá —dijo la monja apareciendo de pronto—. Se ha puesto muy contento y eso que no le he dicho su nombre. Sólo de oír Aránzazu.

—Me llamo Agustín —dijo tendiendo la mano a la monja—. Me alegra mucho y espero que a él también le alegre.

—Venga por aquí. Ya le han dado su medicación y ha dormido mucho esta tarde, así que yo creo que es el mejor momento. Pero procure que no se excite demasiado, ¿de acuerdo?

—No se preocupe. Seré muy cuidadoso.

—Ahí le tiene —dijo abriendo la puerta de una sobria y pequeña habitación. Iñaki entró y oyó cerrarse la puerta a su espalda. El padre Jesús estaba sentado en un sillón de cara a la puerta, como esperando, tocado con su boina recta, a la guipuzcoana, con una vieja sotana que brillaba en muchos puntos y lucía sus remiendos como condecoraciones de una guerra ancestral. En las órbitas hundidas brillaban aún sus ojos azules, inquisitivos y un poco burlones y sus manos huesudas y aún fuertes se agarraban a los brazos de madera del sillón a punto de levantarse.

—No, padre. No se levante —dijo Iñaki y se arrodilló ante él poniendo sus manos sobre las del anciano.

—Así que has venido —dijo el padre Jesús con una voz débil aunque clara y segura.

—¿Me esperaba, padre?

—Uno siempre espera a sus hijos. Sobre todo al hijo pródigo.

—Tenía que verle, padre.

—Lo sé.

—¿Qué sabe? —se le escapó a Iñaki, receloso

El padre Jesús meneó la cabeza y se levantó con un esfuerzo.

—¿Me vas a interrogar, hijo?

—Perdóneme, padre —sacudió la cabeza Iñaki—. Hace tanto tiempo...

—Siéntate, anda —le señaló la cama cercana cubierta por una colcha de flores. El anciano sacerdote se dirigió a la mesa arramblada contra la pared y se sirvió un vaso de agua con mano temblorosa.

—No tengo nada para ofrecerte. Los médicos me han prohibido el vino y el café. La única alegría que un pobre cura de pueblo se puede permitir.

—He venido a verle —dijo Iñaki—. A ver cómo estaba. Me ha dicho mi hermana que estaba viviendo aquí y... bueno. Tengo muy buenos recuerdos.

—¡Ah! Irune. ¿Cómo le va a Irune?

—Bien. Está muy bien.

Charlaron de los viejos tiempos, de la niñez de Iñaki, de las esperanzas del padre Jesús de que Iñaki siguiera la carrera eclesiástica, esperanzas que se perdieron cuando, a los dieciocho años, desapareció del seminario. En el aire quedaba la certeza de lo que había hecho después. Recordaron viejos amigos, salidas al campo, las tardes de estudio, las reuniones clandestinas cuando todavía eran todos unos críos, preparándose para cosas más grandes.

—No te voy a reprochar nada, hijo. Pero debes saber que nunca es tarde para ponerse en paz con dios, ya que con los hombres es tan difícil.

—Gracias padre.

—Soy viejo, pero no un viejo tonto. ¿A qué viene que alguien que no veo hace treinta años se presente un día en mi casa? Leo los periódicos ¿sabes?, veo la televisión, ahí abajo con los otros curas. Hablamos. Hay quien todavía se siente un abertzale a pesar de la edad, porque te pondría los pelos de punta saber la media de edad de este... colegio. Los tiempos cambian. Sabemos lo que se cuece por ahí. Lo que me cuesta saber es qué lugar ocupas tú en todo esto. Pero que te pasa algo, eso lo sé. Lo veo. Pero no sé lo que quieres exactamente porque si lo que buscas es una bendición y la paz espiritual yo no te la puedo dar. Hay algo que los seglares no entienden, pero tú sí deberías; nosotros no otorgamos el perdón, nosotros no somos actores del arrepentimiento. Sólo somos como los notarios, somos los que damos fe de aquello que cada uno decide. Y te diré algo más, algunos curas tampoco lo entienden y se creen que son ellos quienes otorgan el perdón o quienes casan o dan la comunión, cuando es ése —señaló con el dedo hacia el techo— es un asunto entre tú y él. Y yo simplemente estoy jubilado. Este notario ya se ha jubilado y no tiene despacho.

Se hizo un silencio.

—¿Tan malo es intentar recuperar un poco de... la infancia perdida?

—Mira Iñaki. Recuerdo cuando tu padre se fue, las lágrimas de tu madre, cómo se culpaba ella de todo. Lo recuerdo muy bien.

—Nunca he sabido por qué se fue.

—Eso queda entre ellos y dios, hijo. ¿Qué ha sido de tu madre, cómo está?

—Murió, padre. Hace años.

—Sí, claro. Me equivoqué enormemente contigo, lo tengo que reconocer.

—Eso ya no importa, padre.

—¿Quieres unas galletas? Las tengo de chocolate, las traen unas monjas de Burgos.

—No, padre. Gracias. Es otra cosa lo que quiero.

—¿En qué puede servirte este viejo cura?

—Quiero su perdón, padre —se hizo un silencio.

—¿Perdón? ¿Quieres confesarte?

—No exactamente, padre.

—Mira hijo. ¿No me has escuchado? El perdón, como la confesión, es cosa entre tú y Dios. No tiene nada que ver conmigo ni con otro.

—¿Qué me quiere decir? —preguntó Iñaki— ¿Qué no me lo merezco?

—No hijo. Claro que no. Quiere decir que tú sabrás si te arrepientes de lo que has hecho.

—Lo hecho, hecho está.

—No busques perdón cuando ni tú mismo te perdonas. Yo no puedo hacer milagros, hijo. Nadie puede hacer milagros. Confesarse es abrir el corazón, arrepentirse de los errores y pagar por el mal hecho. ¿Estás dispuesto a eso?

—Ya estoy pagando, padre.

—¿Pero te arrepientes?, ¿reconoces que has llevado una vida equivocada?, ¿estás dispuesto a reparar todos tus errores pasados y a ser otra persona?

—Pide usted demasiado, padre —dijo Iñaki poniéndose de pie.

—Lo siento, hijo. Eres tú quien pide demasiado.

—Supongo que me he equivocado.

—Tal vez. Mira, soy un viejo cura. Sólo eso. El tiempo se me acaba. Pero —se puso en pie trabajosamente—. Desde el fondo de mi corazón yo te perdono, Iñaki. En el nombre de Dios yo te perdono.

—Gracias, padre.

—Sí, pero ¿y tú?, ¿te perdonas tú? Sin eso no es posible la paz.

—Sí, padre, lo sé —Iñaki tocó con la mano el frágil hombro del cura—. Pero para mí es suficiente. ¿Necesita alguna cosa? Puedo traerle algo si quiere. No sé, una botella de pacharán o algún dulce.

—No hijo. No hace falta, pero te lo agradezco. En todo caso antes de irte enciéndeme la estufa. No sé quién la ha apagado, puede que yo mismo y tengo los huesos helados. Y da recuerdos a tu hermana.

—Está muy lúcido para la edad que tiene —dijo la monja al acompañarle a la puerta— pero tiene el corazón débil y casi no sale de su habitación. Sólo un rato por la tarde para ver el telediario y reñir con los otros curas. Algún día les va a dar algo, ¡Jesús! Estos hombres. Bueno, espero que le haya ido bien con él. Es un buen hombre.

—Sí, gracias —asintió Iñaki—. Es un buen hombre.

XII

La asamblea en la Cooperativa fue un tumulto como era de esperar; el sector abertzale más combativo forzó una votación para parar la actividad y acudir en masa al funeral de Gorka Gaztambide. Izaskun votó a favor. Al fin y al cabo era un muchacho del pueblo, un vecino, muerto a tiros. Era un joven abertzale, así que era obvio que le habían matado los fascistas. No obstante, en su fuero interno, Izaskun tenía sus dudas. Si hubiera sido hace diez o doce años estaría segura, pensó mientras iba hacia el aparcamiento, pero ahora... las cosas no están así. No tienen necesidad de esto, salvo que el chico fuera importante por alguna razón.

Los periódicos abordaban la cuestión cada uno a su manera. Unos apuntaban la tesis del «ajuste de cuentas», que el muchacho andaba metido en algo sucio. Otros hablaban sin más de «terrorismo de Estado» y proclamaban que era un héroe. E incluso un diario esgrimía la tesis de que ETA se había equivocado de objetivo. Izaskun condujo despacio hacia su casa todavía con la precaución de mirar tras ella. Le quedaba el tiempo justo de cambiarse de ropa y acudir a la plaza desde donde saldría la comitiva hacia el cementerio nuevo.

Aparcó el coche en la esquina de siempre, y se dirigió al portal buscando ya las llaves en el bolso. Junto a su puerta dos vecinas charlaban en voz baja mientras la observaban.

—Kaixo! —saludó una—. Hoy acabas pronto.

—¿Vas al entierro? —preguntó la otra.

—Kaixo. Sí. Acabamos de votarlo en la asamblea —dijo mientras metía la llave en la cerradura.

—Ha sido una desgracia —dijo la segunda, más preguntando que afirmando.

—Sí. Lo ha sido. ¿Vais a ir?

—Yo sí —afirmó una.

—Yo tengo que abrir la pelu —se excusó la otra con cierta timidez—. Por cierto, ¿te ha encontrado tu amigo?

—¿Amigo?

—Sí, un chico guapo que preguntaba por ti. Me dijo que no te había encontrado en casa.

—¡Ah!, no. Bueno voy a cambiarme. Luego nos vemos allí. ¿No te dijo cómo se llamaba?

—No. No le pregunté.

El móvil empezó a sonar cuando Izaskun dejaba el bolso sobre el taquillón de la entrada y sintió pánico cuando un silencio y una respiración pausada fue toda la respuesta. Le dieron ganas de lanzar el aparato contra el suelo, pero se contuvo en el último momento y dejó salir una carcajada nerviosa. Mientras guardaba de nuevo el teléfono, Izaskun pensó que tal vez no era una buena idea ir al cementerio. Y sus temores se confirmaron cuando llegó a la plaza y vio el impresionante despliegue de ikurriñas, de jóvenes de toda la comarca y de ertzainas con sus pasamontañas y sus cascos.

El féretro salió del Ayuntamiento a hombros de los chicos de su cuadrilla, decenas de puños en alto, consignas y gritos. La familia fue impotente ante la avalancha de chicos y chicas ansiosos por rodear al ataúd e Izaskun se vio arrastrada al centro de la plaza por una marea humana que se vio incapaz de atravesar.

Por fin consiguió colocarse entre un grupo de compañeros de trabajo y cuando la marcha hacia el cementerio empezó a moverse lentamente vio a Santi que se acercaba.

—Te alegras de verme, ¿no?

Izaskun apretó los dientes mientras Santi, con una sonrisa helada se pegaba a ella. La cogió por la cintura y ella intentó zafarse, pero entonces se percató de que lo que Santi pretendía no era tocarla, sino que notara la fría dureza del metal en su cintura. El le sonrió mientras ella bajaba la vista para ver la culata de la pistola.

En aquel momento, una violenta explosión sacudió la calle. El féretro con los restos de Gorka estaba ya dentro de su nicho y la explosión tuvo lugar más lejos, tal vez en un coche aparcado en el extremo más alejado del cementerio. Los gritos de hiltzaile! y ¡asesinos! empezaron a sonar por todo el camposanto y una especie de ola gigante empujó a la muchedumbre apartando a Santi de ella sin que éste pudiera evitarlo. Los ertzainas agrupados a ambos lados del cementerio se encontraron de pronto desbordados por gente que corría envuelta en nubes de humo negro y una lluvia de piedras.

Un nutrido grupo de jóvenes se había escabullido hacia la zona de la explosión, cerca de las ruinas de la ermita de San Cristóbal y desde allí hostigaban a pedradas a los ertzainas. Izaskun se vio elevada, casi sin poder tocar con los pies en el suelo, aplastada entre el gentío y volando más que corriendo hacia las calles más próximas. La excitación era tal que no podía discernir si temblaba aún de miedo, de rabia o simplemente lo único que quería era salir de allí.

En la puerta todo fue a peor. La aglomeración hizo que estallara la violencia aún con más fuerza; volaron ladrillos, pelotas de goma y gases lacrimógenos. Grupos de jóvenes con la cara tapada arremetieron contra un equipo de cuatro ertzainas descolgados del grueso de la fuerza y la batalla campal se generalizó mientras el humo de los gases impedía respirar a decenas de personas atrapadas entre dos fuegos.

Izaskun empezó a sentir el picor en los ojos y oyó los estruendos de las pelotas de goma estrellándose contra la pared a escasa distancia de su cabeza. Tropezó con una moto arrimada a la acera que le hizo caer al suelo. Cuando trató de levantarse, aturdida, unos brazos la elevaron del suelo y se encontró frente a Eduardo.

Izaskun se abrazó a él con fuerza un instante y luego ambos se metieron por uno de los callejones del barrio viejo alejándose rápidamente del cementerio. Santi había desparecido.

—Estás blanca como la pared —dijo él cuando pararon un momento para respirar—. ¿Has perdido la práctica?

—¿Qué haces aquí? —dijo ella—. ¡Por Dios! —y le abrazó de nuevo.

—Es evidente que te pasa algo y me he enterado de esto...

—¡Por Dios!, ¡por Dios! Volvió a exclamar ella cubriéndole de besos.

Caminaron en silencio por calles secundarias hasta que desembocaron en Erdiko. Había mucha gente y no se veía ni un ertzaina. En algún momento, Izaskun creyó ver la figura de Santi, pero probablemente era más producto de su miedo que una realidad.

Las manos le temblaban cuando metió la llave en la cerradura de su portal y cuando apretó el botón del ascensor. Se volvieron a abrazar en silencio.

—¿Me vas a decir lo que pasa? —preguntó él. Izaskun no contestó y estalló en nerviosos sollozos.

Entraron en el piso e Izaskun se dejó caer en uno de los sillones del saloncito. Fue Eduardo el que preparó café en la cocina y el que lo sirvió. Y fue Eduardo el que se sentó a su lado, sobre el brazo del sillón y le acarició la cabeza.

—¿Por qué has venido? —preguntó ella, feliz por tenerle.

—No soy idiota. Te pasa algo y me lo vas a decir. Oí lo de la manifestación de hoy y pensé que debía estar aquí, contigo.

—No sé que quieren, Edu.

—¿Quiénes?, ¿qué te han hecho?

—Ellos, ¿quién va a ser? La Gestapo, me han enviado a uno de sus esbirros.

—¿Qué estás diciendo?

—Entraron en mi casa, aquí, y ahora esto.

—¿Entraron?, ¿aquí?

—Sí. Aquí.

—¿Y qué quieren de ti? —preguntó Eduardo en un susurro. El café caliente le quemaba en la garganta. La casa estaba en silencio, como si el mundo exterior no fuera capaz de alcanzarles allí.

—No lo sé. Puede que sólo asustarme. Me perseguía. ¿Qué está pasando, Edu?, ¿van detrás de él y me acosan a mi?

—No lo sé. Podría ser.

—Por qué. ¿Qué sabes tú?

—¿Se llevaron algo?

—No, no se llevaron nada. ¿Qué sabes tú?

—No sé nada Izaskun, en serio. Sólo sé que Iñaki me llamó y me dijo que estaba harto. No sé nada más.

—Fue a verte —dijo ella tensa—. Te dijo que estaba harto ¿y nada más?, ¿y esperas que me crea eso?

—Te has de ir. Lejos de aquí.

—No quiero irme a ningún sitio —dijo ella elevando la voz. Eduardo se puso un dedo sobre los labios para que callara. Luego se levantó y lanzó una mirada circular por el salón. Miró tras los libros. En el marco de los cuadros. Salió al recibidor y hurgó en el teléfono. Llevaba en la mano un pequeño aparato electrónico cuando volvió.

—Haz una maleta —le dijo bajando mucho la voz—. Lo que necesites para un fin de semana largo.

—¿Y a dónde voy? —preguntó Izaskun. Tengo que trabajar, no puedo desaparecer así como así.

—Tómate unas vacaciones —susurró Eduardo abrazándola—. Ponte enferma, lo que se te ocurra. —Ella asintió, asustada y él bajó más la voz—. Ven conmigo, sé de alguien que nos ayudará.

A las siete y quince minutos Maestre supo que Iñaki no vendría.

Maestre recogió sus cosas y, sin entretenerse, se encaminó hacia el paseo de Pereda y de allí, paseando como si tuviera todo el tiempo del mundo, a la librería de la calle Alta. Ojeó unos cuantos libros y finalmente tomó un anodino ejemplar en inglés sobre la Ética de la Política. Eso seguro que no le interesa a nadie, le había dicho a Germán. Detrás del libro, en el ángulo oscuro, no había nada. Si no ocurre nada me dejas un paquete de cigarrillos vacío, si es grave no dejes nada, no te acerques por allí y nos citamos en el segundo punto. Estaba seguro que Iñaki no vendría, que su frágil relación se había roto, pero aún así no tenía más solución que seguir el procedimiento.

Volvió al hotel con la sensación de que aquello se le estaba yendo de las manos. Tal vez había tensado demasiado la cuerda y todo había terminado. Celos. Puros y simples celos. Pero, Domingo estaba muerto ¿Qué sentido tenía vengarse ahora? Es como si yo a estas alturas, tuviera celos de mi viejo amigo, Luisa, de tu querido y fallecido esposo. Tal vez has tragado mucha mierda Iñaki y has decidido que ya era suficiente.

Redactó un informe escueto, lo encriptó y lo envió inmediatamente. Se durmió pensando que los celos podían ser una razón tan sólida como la ética o tal vez mucho mejor, pero algo sigue sin cuadrar y me lo vas a tener que contar, Iñaki. Se sentía agotado, falto de sueño y con una vaga necesidad de oír alguna palabra amable. Abrió el pequeño teléfono móvil y marcó el número de Luisa, pero esta vez fue ella la que no descolgó y con apenas dos timbrazos saltó un contestador con el que no quiso hablar.

Por la mañana, Maestre alquiló un coche y enfiló la carretera de la costa, en dirección oeste. Llegó hasta Suances y no dejó de mirar tras él durante todo el trayecto, aflojando la marcha cuando un coche se colocaba tras el suyo, acelerando de improviso y parando a menudo con cualquier excusa. Tenía por delante unas cuantas horas, así que buscó un lugar donde comer, con mucha calma, y luego un discreto café disimulado en el centro del pueblo.

Un par de horas después se encaminó a la iglesia. Hacía siglos que no entraba en una. Su religiosidad no casaba bien con la parafernalia del clero y le molestaba sobremanera el olor de las velas, la penumbra y esa cierta hipocresía que parecía impregnar las piedras, más allá de los humildes servidores de Cristo. Se santiguó y luego se fue directo hacia el lado derecho, a una de las pequeñas capillas dedicada a una virgen barroca.

No había nadie. ¿Qué has hecho Iñaki?, ¿te has dejado atrapar o es que me has estado engañando?

Esperó todavía unos minutos. Así que se ha cabreado de verdad, se dijo. O eso o las cosas van rematadamente mal.

Salió de la iglesia al poco rato. Su cabeza iba a cien por hora tratando de organizar algo parecido a un plan. Bien, se dijo, lo primero es ver qué manda Valdés. Volvió rápidamente a Santander. De camino a su hotel se detuvo todavía en la academia. No había noticias de su alumno y Kewell se había ido temprano aquella tarde. Se dio cuenta entonces que tampoco sabía dónde o cómo localizar al inglés. No había mensajes en el hotel, aunque tampoco lo esperaba. Ya en su habitación, Maestre sacó el portátil de su escondite en el cuarto de baño y lo conectó a la red. ¿Qué me ocultas Iñaki, qué te pasa? Una vez más, hurgó en los ficheros de La Casa. Había algo extraño en su propia cabeza y casi sin quererlo fue a parar a Argel, 1987. Domingo había muerto de forma accidental según todos los indicios. Rebuscó entre decenas de documentos pero no había manera de encontrar ninguna sombra de duda, salvo dos detalles; uno la sempiterna y policial pregunta: ¿a quién beneficia?, el otro el artículo de Eduardo Navarro en el que manifestaba lo que todo el mundo pensaba, que era demasiada coincidencia, pero aparte de eso nada más. Las crónicas periodísticas, como los informes de los servicios secretos, coincidían, pero Maestre estaba seguro que los segundos se nutrían de los primeros, así que la fuente seguía siendo la misma. Las autoridades argelinas no habían investigado y habían dado por buena la tesis del accidente. Había otra posibilidad apuntada por algunos informes: que Domingo estuviera haciendo algún tipo de entrenamiento en un campo y se hubiera partido el cuello haciendo alguna maravilla, pero eso era algo improbable. A los cuarenta y cuatro años se es joven para muchas cosas pero no para ir dando saltos por ahí en un campo de ejercicios. Así que nos quedamos con el accidente. Si pudiera encontrar un indicio, se dijo, Iñaki no podría negarlo y podríamos aclarar algo. No obstante, la pregunta era, ¿de qué me sirve a mí aclarar eso, si es que hay algo que aclarar?

Entonces se le ocurrió otra vía de investigación. ¿Quién estaba en Argel aparte de Domingo? El servicio debe tener información sobre militantes que se entrenaban en Argelia en aquellos años. En contra de lo que había esperado, apenas si había información. O bien Argelia no era ya entonces un buen lugar para el entrenamiento o los servicios secretos habían andado perezosos. Sólo se hablaba en un documento, vagamente, de un campo «3» en el desierto donde «algunos comandos etarras han recibido instrucción». Nada de nombres. Y entonces un tintineo le advirtió de nuevos mensajes en su buzón.

Había respuesta de Valdés. Maestre descifró el mensaje; Nada sobre Germán. Pero había algo más, otro mensaje remitido por un número de Hotmail, tal y como le había enseñado a Eduardo Navarro. El mensaje era el acordado. He cerrado el trato, la venta está hecha.

Navarro quiere hablar conmigo. Estáis todos en esto, ¿qué hostias pasa?

El bar ocupaba una esquina frente a la bella catedral gótica de Burgos. Maestre echaba maíz a las palomas en un rincón junto a la verja, hasta que vio llegar a Navarro, a pie. Iba solo pero antes de entrar en el bar se volvió a medias y lanzó un discreto saludo con la mano hacia el fondo de la calle. Había una mujer en la esquina. Desde el lugar donde estaba, Maestre no pudo verle la cara. Llevaba un chaquetón oscuro, bolso colgado del hombro y el pelo corto. La vio cómo se volvía de espaldas y empezaba a recorrer las tiendas de objetos de decoración y de libros frente a la inmensa catedral. Maestre se movió despacio hacia su izquierda, dando también la espalda hasta asegurarse que había salido del campo de visión de la mujer y luego entró en el bar por una puerta diferente, fuera de su posible mirada. Navarro estaba sentado en un rincón, de cara a la puerta y aún no había nada sobre su mesa. El bar estaba lleno, al menos con la suficiente gente como para que nadie se fijara demasiado en ellos.

—Te dije que vinieras solo —dijo Maestre nada más sentarse a su lado.

—Ella forma parte de esto. De hecho ella es la razón de esto.

—¿Es Arriola?

—Eso es. ¿No la conocías?

—¿Qué ocurre? —preguntó Maestre sin contestar.

—Necesito ayuda. Izaskun necesita ayuda.

—¿Qué clase de ayuda?

—La han amenazado.

Maestre calló mientras el camarero colocaba una cerveza ante Navarro. El pidió otra y encendió un cigarrillo. Tiempo para pensar.

—¿Por qué no habéis ido a la policía? —preguntó Maestre.

—¿Policía? Ella no iría nunca a la policía.

—¿Ni a la ertzantza?

—Vive en Mondragón, ¿recuerdas? No puede ir ni a la ertzantza sin que se enteren. Además, ¿qué va a decir?

—Oye. Yo no puedo hacer nada, ¿lo entiendes? Estamos metidos en un asunto muy gordo. No estoy para esto.

—¿Y para qué estás entonces? Tampoco estoy yo para poner en contacto desertores con espías.

—No soy un espía —dijo Maestre con lentitud.

—Me da igual lo que seas. Tienes que ayudarla.

—¿Y qué crees que puedo hacer?

—Protegerla.

—Si de verdad crees eso que dices tienes que hacer dos cosas. Primero, denunciar las amenazas a la policía. Y segundo, llevártela. A tu casa. ¿Qué pasa?, ¿que no quiere estar contigo?

—Creí que eras un tipo honrado.

—Y yo que eras un tipo inteligente.

—¿Eso es todo? ¿y qué le vas a decir a Iñaki?, ¿qué Izaskun te importa un pito y que no es tu problema?

—¿Ella está en contacto con Iñaki?

—¡Vaya! Ahora sí estás interesado.

—Yo no te engaño. Lo sabes. ¿Está en contacto con Iñaki sí o no?

—No. No le ha visto.

—¿Pero tiene modo de llegar hasta él?

—¡No lo sé!, qué importa eso. Tú le ves... —Navarro se quedó mudo un momento—. ¡Le habéis perdido! No le ves, ¿verdad?

—¿Qué sabes de Izaskun y de Domingo?

—¿Qué?

—Ya me has oído.

—Eso no tiene nada que ver.

—¿Con qué no tiene nada que ver?

—Con lo que sea que te pase —contestó furioso Navarro—. Le habéis perdido.

—A mí no me pasa nada. Tú me has llamado, ¿recuerdas? Eres tú quien tiene problemas, o ella. Tanto me da.

—No. No eres nada honrado —le espetó Navarro.

—Te ofrezco un trato. Quiero saberlo todo sobre Izaskun y Domingo. Hasta el último detalle. Si me convences la ayudaré.

—¿Sabes?, eres un maldito cabrón. Tienes que ser un poli.

—Es posible que lo sea, lo del maldito cabrón. De poli, nada. Pero eso da igual. El asunto es que me necesitas. ¿Hay trato o no hay trato?

—Vete al infierno.

—Ya estamos en el infierno. La cuestión es si quieres salir o no.

—¿Qué quieres saber? —bufó Navarro tras un silencio.

—¿Era Domingo el hombre de Izaskun?

—Lo era.

—¿Hasta dónde?, ¿era su mujer?

—No, no era su mujer.

—Su amante —afirmó Maestre más que preguntó y Navarro asintió. Maestre no quiso recordarle aquello de que entre ellos no había amantes—. ¿Cuándo él murió lo eran todavía?

—Supongo.

—Sé un poco más explícito.

—Por lo que yo sé estuvieron liados muchos años. No sé detalles, pero si sé que estaban liados.

—¿Iñaki lo sabía?

—Claro. Todo el mundo lo sabía.

Hubo un silencio. Maestre tomó un trago de cerveza tratando de montar el rompecabezas.

—¿Qué crees? —preguntó Navarro.

—Eso no importa. No importa lo que yo crea. Lo que importa es la verdad y tú y tu amigo Iñaki me habéis mentido. El se está vengando de la organización, pero no sé por qué... aún. Al fin y al cabo Domingo está muerto. Si quería vengarse... —Maestre se quedó callado un momento ante una respuesta que no había querido aceptar, aunque le rondaba por la cabeza.

—¿Qué? —inquirió Navarro.

—Que una venganza puede ser retorcida. Los celos son muy jodidos.

—No te entiendo.

—Quiero hablar con ella —dijo Maestre.

—¿Con Izaskun? No creo que quiera hablar contigo. Además, tampoco sabe que existes. Ella está fuera de esto.

—¿Por qué ha ido a ti? Hace años que no te ve. Tiene otros amigos. Seguro que tiene familia.

—Confía en mí —dijo Navarro.

—¿Y por qué confía en ti?

—Muy sencillo, ¿o no sabes lo que es la amistad?

—Formabais un trío perfecto, Navarro. Tres amigos, tú, Domingo e Iñaki. Todos metidos hasta las cejas en la organización. Todos liados con la misma chica. Y ahora Iñaki arremete contra ellos a través de ti, volvéis a verla los dos. ¿Qué pasa?, ¿la compartís de nuevo?

—Si no fuera porque soy un tío pacífico te partiría la cara. —dijo Navarro en voz baja y contenida—. O tal vez no lo hago porque en el fondo no soy ningún valiente y me temo que podrías conmigo.

—No nos pongamos violentos —respondió Maestre con un toque de cinismo—. Desde el primer momento me habéis engañado, tú y él. De él aún lo entiendo, se guarda las espaldas, pero, ¿y tú?, ¿a qué carta juegas? He estudiado el expediente de Domingo, el accidente de Argel. Sí; todo cuadra, un accidente de coche, las autoridades argelinas lo analizan, un informe impecable, la organización lo acepta sin más. El gobierno español también. Todo el mundo de acuerdo. No hay ni una voz discrepante, ¡bien, sí! Una voz, una sola voz discrepa de la versión oficial. ¿Te suena? —del bolsillo de la americana, Maestre sacó una hoja de impresora y la desdobló ante Navarro—. Esto está publicado, ya sabes en qué revista, el 8 de marzo de 1987, lo firma un tal Eduardo Navarro, ¿te leo?: «La muerte de Domingo Uribe Abadiano, en un supuesto accidente de tráfico, abre nuevos interrogantes sobre el destino de las conversaciones de Argel, pero los primeros interrogantes son los de la misma muerte. ¿No ha sido un accidente demasiado oportuno?, ¿no beneficia su muerte a los que, desde dentro y desde fuera, no creen en una solución negociada?», ¿sigo? —preguntó Maestre.

—¿Y qué? —contestó Navarro con sequedad—. Eso lo pensaba entonces. Nadie se creía que fuera un accidente aunque no lo dijeran.

—¿Y ahora qué piensas?, ¿has visto la luz y ya sabes que fue un accidente?, ¿cambiaron las condiciones objetivas, como decís tú y los tuyos?

—¡Vete a la mierda!

—Sí. Eso es. Es una cuestión de mierda. ¿Qué pasa?, No lo acabo de entender, señor periodista. ¿Por qué hacéis esto ahora? Domingo está muerto. El tipo que os birló la novia a los dos está muerto y enterrado. ¿Quién lo mató?, aunque... ¡qué importa eso ahora!, ¿verdad?

Maestre se echó atrás en la silla. Navarro le vio como un ave de presa que había clavado las garras y no las iba a soltar tan fácilmente. En el fondo su temor era que todo aquello acabara tragándose a Izaskun y eso era un temor real, práctico. Estamos jugando con fuego, Iñaki, amigo, se dijo. Y nos vamos a quemar todos en el infierno.

—Eso lo dices tú —dijo Navarro—. Te juro por mi madre muerta que nunca he pensado en nadie en concreto, nunca he tenido la menor prueba que desmintiera el accidente. Nunca. Y me importa una mierda si me crees o no. Pensé que a Domingo le habían matado. Por supuesto. Pero a estas alturas eso ya no importa. Supongo que dejó de importar a la semana siguiente. Unos y otros le querían fuera. ETA porque no estaban de acuerdo con él y no sabían cómo pararlo. Los tuyos porque a fin y al cabo para vosotros no era más que un pistolero y os daba igual tratar con él que con Atxon. No, no puede ser.

—Tú sospechas del mismo que yo —dijo Maestre.

—No. Es una suposición. No tienes nada, no puedes…

Del bolsillo de la americana, como si fuera la chistera de un prestidigitador, Maestre sacó otro folio de impresora. Este era de una carta, una carta fotografiada y digitalizada en el ordenador, una carta con un sobre sin remite, dirigida a Izaskun Arriola desde algún lugar con un matasellos casi ilegible donde sólo podía verse Republique Français. «… no me fío de Iñaki», leyó Maestre en voz alta, «era un mocoso pero ahora es amigo de Mikel y de otros como él que se creen que son la nueva generación, que si desaparecemos ellos llevarán las riendas y conseguirán lo que nosotros no hemos conseguido. Me mataría si pudiera, pero no le daré ese gusto. Te quiere a ti y por eso me odia y no dudaría en pegarme dos tiros o arrancarme los huevos…».

—¿De dónde has sacado eso? —preguntó Navarro lívido— ¿Así que sois vosotros los que habéis entrado en su casa?

—Pregúntaselo a ella. Ella lo sabe. Ella sabe que Domingo estaba al tanto de las andanzas de Iñaki. Vuestra gran chica lo sabe todo. Y apostaría algo a que también sabe que Iñaki le mató.

—No —negó Navarro con la cabeza— .Tú tienes una mente retorcida, ella no. Ella no tiene ni idea. Nunca lo hubiera imaginado. Y te diré algo. Yo tampoco lo creo. Sois vosotros los que habéis entrado en su casa —se puso en pie, furioso—. ¡Sois vosotros! ¡Joder, teníamos un trato, ella se quedaba fuera!

—No; Iñaki y tú la habéis metido, Navarro. Aquí no hay nadie fuera. Yo de ti aprendería la lección. No tienes alternativa, sólo yo puedo ayudarte. Si tus amigos se enteran de esto la matarán. Las cartas de Domingo demuestran que Iñaki tuvo algo que ver con su muerte y los originales los tiene ella. Está en la cuerda floja.

—Peligra tu cabeza, ¿verdad? —preguntó Navarro.

—Más de lo que te crees y haré cualquier cosa por salir de esta.

—¿Le vas a ayudar entonces? —inquirió Navarro, tal vez suplicante por primera vez.

—Vamos. Siéntate —dijo Maestre—. Hablemos de eso. Tal vez podamos montarle algo.

XIII

Izaskun acababa de cumplir los doce y Domingo estaba ya en Francia, al otro lado, como se decía en Mondragón. De Iñaki sólo recordaba sus grandes ojos, la seriedad con que las miraba cuando jugaban a la comba. Todo era gris. Las calles, el cielo, los montes lejanos, las clases de catecismo de los domingos por la mañana. El colegio. Saltaban cogiéndose las faldas para que no se levantaran y todas fingían que se enfadaban porque los chicos las miraban. Algunas veces, por la noche, paseaban en grupos por Erdiko y veían a los mayores en las tabernas, de chiquitos, bebiendo, hablando de política y cantando canciones de Lertxundi y de Lourdes Iriondo. Ez Dok Amairu estaba ya en su apogeo; ella todavía no entendía bien de qué hablaban aunque debía ser algo importante, como decía aquella canción de Telesforo Monzón: Itziarren semeak, ez du laguna salatzen; Domingo sí que era un hombre.

Pero había que crecer deprisa y su cuerpo pequeño, pero bien desarrollado, se lo fue poniendo más fácil. Las chicas mayores la aceptaban aunque no de muy buen grado y los chicos le dedicaban los mismos piropos y las mismas miradas desvergonzadas que a ellas. Por más que trataba de fijar en su memoria a Iñaki, la cabeza se le iba a Domingo, el primer día en que él se dignó mirarla. Habían pasado los años y se atrevía a pasear por el pueblo aunque sabía que los tricornios lo buscaban, pero eso no era suficiente para él. Le preguntó en la taberna, ¿y tú quién eres? Alguien le dijo, es la chica de Begoña, porque ella fue incapaz de decir ni una palabra. Se sintió mujer nada más oír su voz, nada más notar sus ojos un poco burlones fijos en ella. Hablaron hasta que se hizo de día y él le dijo: será mejor que me vaya, soy como los vampiros. Le vio alejarse, sentarse de copiloto en un coche y desde la ventanilla aún le gritó: no me has dicho cómo te llamas. Y ella le dijo su nombre y luego le lanzó un beso con la punta de los dedos.

Y antes de darse cuenta el desagüe de la política los engulló a todos. Primero en la iglesia, luego en el monte o el camarote de alguno de los chicos. Se apuntaron todos a las salidas a peña Amboto, a Leizargárate y más tarde al Pirineo, a los valles navarros donde empezaron a recoger los bailes, las canciones y las tradiciones que les ayudaban a encontrarse a sí mismos. Iñaki era joven, muy joven, y estaba deslumbrado por Domingo y los suyos, como todos. Izaskun le recordaba en las reuniones de los primeros días, cuando ella pensaba que tal vez el camino era otro. Iñaki no, Iñaki ardía como los carbones en una vieja cocina de caserío. Soñaba con guerrillas en el monte, con entrar al frente de una columna, como el Che en Santa Clara. ¿Dónde estás ahora Iñaki?, qué estás haciendo, qué nueva aventura corres. ¿Estás tratando de cambiar otra vez el mundo?

Tras los cristales, las primeras gotas empezaron a golpear, como diminutos puños, para resbalar luego, en rápidos meandros, hasta perderse bajo el marco de madera. Izaskun oyó la campanilla de la puerta pero no se dio cuenta de lo que pasaba hasta que los dos hombres se sentaron junto a ella, Eduardo y un hombre joven, aunque no demasiado, de pelo negro, atractivo, con ese aire de seguridad en sí mismo que sólo tienen ciertas profesiones.

—Hola —saludó el hombre.

—Quiere hablar contigo —dijo Navarro mirándola a los ojos.

—¿Y quién quiere hablar conmigo? —dijo ella, tensa.

—Nos va a ayudar, Izaskun.

—¿Cómo nos va a ayudar?, ¿encerrándonos?

—No quiero encerrar a nadie —dijo Maestre—, no soy un poli ni nada parecido.

—¿Entonces quién es usted?, ¿por qué nos quiere ayudar?

—Escúchale —rogó Navarro—. Sólo eso. Si no te interesa nos vamos y se acabó.

—Es un buen consejo —dijo Maestre.

—No necesito consejos —dijo ella.

—Necesitamos ayuda, Izaskun, sobre todo él.

Maestre dejó que unos segundos gotearan como la lluvia en los cristales. En el local hacía calor y le molestaba la camisa demasiado gruesa para su gusto.

—¿Queréis hablar a solas? —preguntó Maestre—. No me importa. Puedo esperar.

—No será necesario —dijo ella tras unos momentos.

—Bien. Escúchame —siguió Maestre, como si todas aquellas dudas no tuvieran nada que ver con él—. Iñaki está en peligro y por lo que parece tú también. Por el momento estamos de acuerdo en que deberías irte a Madrid, con él —señaló a Navarro— y luego puedo arreglar que Iñaki y tú os vayáis lejos, a algún sitio donde estéis a salvo.

—¿Y por qué tanta amabilidad?

—Porque Eduardo me lo ha pedido y somos buenos amigos.

Izaskun les miró y Navarro bajó los ojos.

—Ya. ¿Qué quieres a cambio?

—Quiero hablar con Iñaki.

—Claro. Yo le cito y tú lo detienes.

—Te he dicho que no me interesa detener a nadie. Eduardo me ha pedido ayuda. Tú necesitas ayuda e Iñaki también, para algo tan sencillo como para salvarle la vida, si es que todavía es posible. ¿Me entiendes?

—No sé dónde está —dijo ella negando con la cabeza.

—Pero tendrás una idea de dónde vive o a quién puede recurrir.

—¿Cómo sé que no me engañas?

—No te engaña —dijo Eduardo—. Nadie te está engañando. Yo le he pedido que nos ayude. Desde el primer momento sabes que Iñaki está en peligro. Tú misma me lo dijiste y ahora lo tuyo....

—Pero no sé dónde está. Lo único que sé es que vive en el otro lado, hacía años que no le veía. No va diciendo por ahí donde duerme pero seguro que no es en Mondragón.

—¿Te puedes comunicar con él? —preguntó Maestre. Izaskun le miró en silencio—. Os sacaré a los dos de aquí. Podréis ir donde queráis. Tienes mi palabra.

—¿Tu palabra?

—Iñaki me conoce y sabe que no quiero detenerlo ni nada parecido.

—¿Qué tengo que hacer? —dijo ella tras un silencio.

—Llámale o queda con él, lo que sea que hagas, no me interesa. Te juro que no pasará nada. Sólo convéncele para que vaya a verme. El ya sabe dónde.

—¿Y eso es todo?

—Eso es todo. Habla con él, le dices que has hablado conmigo, que venga a verme.

—¿Y nadie montará una redada para atraparle?

—Te repito que no quiero atraparle —dijo Maestre—. Ni siquiera quiero que me digas cómo vas a entrar en contacto. Sólo dile que venga a verme.

—Está bien —dijo ella cogiendo el abrigo—. ¿Nos vamos ya?

—¿Por qué no le has dicho nada? —preguntó Navarro mientras se ponía su abrigo. Izaskun había salido ya a la calle y esperaba mirando al cielo encapotado, como si se tomara un respiro.

—Sobre qué.

—Ya sabes qué.

—No, joder. No sé qué. ¿De qué estás hablando ahora?

—¿Por qué no le has dicho lo de Domingo? Le ibas a preguntar por Domingo.

—No necesito preguntarle nada. Era su hombre y está muerto.

—¿Por qué no le has preguntado nada? —insistió Navarro. Izaskun les miró desde fuera, a través del cristal.

—No me jodas —murmuró Maestre—. Eso no tiene importancia. Lo que importa ahora es ver si Iñaki aparece o no.

—¿De verdad crees que le mató él?

—Yo no creo nada. Mi trabajo no es creer, sino recoger información. Me encargaron hacer de enlace con Iñaki de Mondragón y eso es lo que hago. Vuestras historias de cuernos no me interesan.

—No le has dicho nada porque si ella lo sospecha no te ayudará a encontrarle.

—Tú has visto demasiadas películas.

—Si ella llega a sospechar que Iñaki liquidó a Domingo no moverá un dedo para salvarlo. La conozco, no se lo perdonará.

—Tal vez eso es lo que quieres, que no le perdone.

—Eres un maldito cabrón. Un cerdo. Nunca debí mezclarme contigo.

—Fuiste tú quien me buscó. Recuérdalo. No te lamentes ahora.

Cuando iba a salir, Navarro aún se volvió y se metió la mano en el bolsillo.

—Toma. Eso es tuyo —dijo y lanzó en una parábola perfecta un pequeño micrófono electrónico.

Desde muy joven, Iñaki había aprendido a fabricar artefactos explosivos. Su formación como mecánico le había sido muy útil, pero más que un experto en fabricación se había convertido en un experto en colocación. Su paso por los boinas verdes de la Armada le había instruido convenientemente sobre dónde y cómo colocar un explosivo. Había que distinguir entre artefactos colocados en objetivos fijos o artefactos en objetos móviles, entre mecanismos temporizadores o de accionamiento a distancia, incluso se había preparado en el viejo sistema de la mecha. La cloratita, el titadine, la nitro o los diversos componentes químicos no tenían secretos para él. Con una simple botella, gasolina y algo de polvo de aluminio podía preparar un explosivo consistente, desde luego, pero en cierto modo era mucho más difícil deslizarse bajo un jeep de la guardia civil y colocar la bomba-lapa en los bajos sin ser descubierto, o hacer la instalación en un coche-bomba que luego tenía que circular sin levantar sospechas. No obstante, hubo un trabajo en el que tuvo que hacer las dos cosas: fabricar la bomba—lapa y colocarla en los bajos del Mercedes 500. La bomba encerraba ciertas dificultades; por ejemplo, el mecanismo explosivo que debía ir conectado al velocímetro del vehículo para explosionar cuando pasara de 120 kilómetros por hora. La explicación era sencilla, en ese momento el vehículo circularía, seguro, por una zona alejada del casco urbano, probablemente en una recta despejada. Era el modo de evitar víctimas colaterales, lo que hubiera propiciado la persecución de las autoridades, algo que no pasaría si las bajas eran sólo las que debían ser. El principal problema, como casi siempre, era colocar el artefacto en el Mercedes y conectar los cables al velocímetro. Requería tiempo, habilidad, tranquilidad y un poco de suerte. La suerte le vino cuando se encontró con que el coche debía pasar la noche en el taller después de que se le hiciera una revisión rutinaria. Había vigilancia, sí, pero tan laxa como solía ser en todo aquel país donde, en aquellos años, nunca pasaba nada. También había que contar con la suerte de que nadie debía entrar en el destartalado hangar durante la noche, cosa poco probable. Y luego estaba el asunto de la luz. Oscuridad total. Ni una mini linterna, nada. Apenas la claridad de la luna, pero durante semanas Iñaki se entrenó con una venda sobre los ojos. Aprendió a manejar los minúsculos destornilladores y tenacillas con una precisión de relojero. Le costó trabajo contener la respiración, aprender a respirar relajado y en silencio, reconocer cada pieza por el tacto de los dedos. No le importó trabajar sin guantes y dejar sus huellas por todas partes. Al fin y al cabo todo quedaría reducido a chatarra humeante, borrando todo rastro.

El mayor inconveniente fue el sudor. Le corrió a chorros por la cara mientras maniobraba en los bajos del coche o acurrucado ante el asiento del acompañante. No podía levantar el capó porque si alguno de los vigilantes miraba por cualquiera de las ventanas podría verlo, así que toda la operación tuvo que hacerse por debajo. De hecho, un guardián entró en el taller en algún momento e Iñaki tuvo que replegarse, enroscado como una serpiente, y controlar la respiración en la oscuridad hasta que el hombre volvió a salir.

Mikel le felicitó cuando todo salió según lo planeado e Iñaki sintió una sensación extraña, mezcla de sentimiento de culpa y de satisfacción.

Iñaki dejó que el móvil sonara mientras veía en la pantalla el número de Izaskun. Ella llamaba desde su teléfono fijo, como él le había dicho. Se acabó de tomar la taza de té caliente y luego salió del bar, calle abajo, hasta encontrar la cabina telefónica. Ella esperaba la llamada en el móvil y lo descolgó al primer sonido.

—Hola erretxina. ¿Me echas de menos?

Iñaki escuchó mientras no dejaba de escudriñar a su alrededor. Así que te utilizan para que yo aparezca.

—¿Qué más te ha dicho mi profesor de inglés?

—Nada. Sólo eso, que vayas a verle.

—¿Y ya está?

—Ya está.

—¿Y por qué han recurrido a ti?

—Han pasado cosas...

—¿Qué cosas?

—Alguien entró en mi casa. Me han estado vigilando y... bueno. He accedido porque me han dicho que estabas en peligro, que la única manera de protegerte es que fueras a ver a ese hombre.

—Ya. ¿Quién ha entrado en tu casa?

Iñaki escuchó los miedos de Izaskun, sus prevenciones, sus dudas. Haces bien en tener miedo de todos, todos son una fuente de peligro, para ti y para mí.

—No deberías mezclarte en esto, erretxina.

—Estoy mezclada, Iñaki. ¿No lo ves? ¿No me ves?

Iñaki colgó después de oír la recomendación insistente: cuídate, por favor, cuídate.

No dejaré que te hagan daño, se dijo Iñaki. Eso no.

—Tengo el fin de semana libre —susurró la voz de Luisa al otro lado del teléfono—. El domingo por la noche vuelvo a Cartagena.

—¿Por qué no te quedas?

—Aún no lo tengo claro. Había pensado que... podíamos pasarlo juntos.

—Es una buena idea —asintió Maestre.

—Ya. ¿Pero eso quiere decir que sí?

—Conozco un albergue en la sierra.

—Está bien. Recógeme a las siete en el Cuzco, ¿de acuerdo?

Cuando colgó, Maestre suspiró profundamente y conectó el ordenador. No era una buena idea, pero ¿qué podía hacer? ¿volver otra vez a la rutina de siempre?, ¿dejar que se marchara y dar por terminado algo que podía tener un futuro? No había nada de Valdés. Ni una noticia, ni una clave, nada. ¿Me has traicionado Izaskun? ¿Qué ha sido de ti, Iñaki? ¿Me estais dando el fin de semana libre? Ya en la calle se compró un par de periódicos y repasó las noticias locales detenidamente, en especial buscando sucesos, detenciones, algo que remotamente se pareciera a una pista de Iñaki. Nada.

Unos minutos después de las siete, Luisa cruzó la puerta acristalada y se dirigió hacia el aparcamiento. Maestre la vio llegar con aquella forma suya de caminar, recta, desenvuelta, como si todo el mundo tuviera que rendirle pleitesía, aquella forma de andar que acomplejaba a su esposo, su engañado esposo. Llevaba un abrigo negro, corto, que enmarcaba su cuerpo a la perfección y Maestre sintió la premura de desnudarla, de explorar aquel cuerpo recuperado, aquella sensación de poder que significaba tener en los brazos a la mujer más hermosa del mundo.

—¿Has esperado mucho?

—No. Acabo de llegar —dijo él.

Arrancó y se sumergió deprisa en el tráfico de salida de un viernes por la tarde. Era como si todo el mundo se hubiera quedado en suspenso. Iñaki, Valdés, Mondragón, todo a la espera. Esto no va a salir bien, pensó. En cualquier momento puede explotar, pero es mi última oportunidad. Luego se irá a Cartagena y tendré un respiro, pero si la dejo ahora no volverá. La conozco.

—¿Sabes qué? —dijo en un arranque— voy a apagar el móvil.

Luisa le miró de reojo mientras él sacaba el pequeño teléfono y lo desconectaba. Ya está, se dijo. No pasará nada. No puede pasar nada, la gente con la que trato no debería meterse en líos los fines de semana.

La habitación era acogedora, la madera de las paredes cálida, la cama era blanda y parecía cerrarse sobre sus cuerpos desnudos. Maestre clavaba sus ojos en los de ella, turbios por la excitación, mientras la penetraba, besaba su boca entreabierta, sorbiendo su aliento. Durante largo rato no dijeron ni una palabra mientras se exploraban, se reconocían, se acariciaban. Luego, reclinada sobre la almohada, con un cigarrillo sostenido en el aire, con clase, con mucha clase, ella le preguntó.

—¿Ya no navegas?

—¿Por qué lo preguntas?

—Porque he vendido el *Eugenia*. No podía… me traía demasiados recuerdos.

—Comprendo. No. Hace mucho que no navego y lo echo de menos, pero… es como si….

—Como si qué.

—Como si viviera otra vida. Me he vuelto un madrileño total. Añoro el mar pero me queda muy lejos.

—Te he echado tanto de menos —dijo ella. Apagó el cigarrillo con movimientos lentos y se volvió hacia él. Y fue mucho mejor. Sin urgencias, lentamente, casi de un modo científico, buscando con las manos los lugares más sensibles, obteniendo placer a cambio, y murmullos y quejidos suaves.

—¿Me quieres? —dijo ella mirándole, con profundas ojeras y los labios rojos y entreabiertos.

—No hablemos de amor, por favor, hagámoslo, ¿quieres? Tenemos dos días para nosotros.

Iñaki no sentía nada, sólo un insignificante tirón en la ingle, donde el catéter entraba en su cuerpo. En la sala sólo se oía un suave rumor y la temperatura era tan agradable que se hubiera quedado allí, tendido, sin pensar en nada. No sabía cuanto tiempo llevaba allí, tal vez toda la mañana. Ahora soy vulnerable, muy vulnerable; sin la Glock, con un tranquilizante en las venas, tendido en una camilla acolchada en una habitación aséptica, con personas a las que no veo moviéndose a mi alrededor. El recuerdo de Barcelona, del aparcamiento en la zona alta, se hizo más vivo que nunca. Estaba oyendo música, no sabía qué música. Una persona que disfrutaba con una sinfonía mientras conducía por la ciudad. Un buen hombre. He cometido un error, el error que nunca se debe cometer, pensar en el objetivo como un ser humano. Ya nada será igual. Era un ser humano con esta misma paz espiritual, un enemigo del pueblo vasco. Son enemigos del pueblo vasco. Y el pueblo vasco somos nosotros, Mikel, Ubiña, el Chopo, Santi, yo mismo. Somos nosotros el pueblo vasco, unos cientos de personas. Y los chicos, los cachorros de la calle. Y ahí se acaba el pueblo vasco. A partir de ahí sólo hay tibios, traidores, neutrales y enemigos, como decía el general Suárez Masón. Todos son enemigos. No sois pueblo vasco. ¿Y ahora qué soy yo?

—¿Se encuentra bien?

—Sí. Gracias.

—Ya terminamos. ¿Ha venido solo?

—Sí.

—Tendría que quedarse ingresado hasta mañana. No está en condiciones de andar por ahí, los efectos…

—No, lo siento. No puedo quedarme.

—Entonces será mejor que descanse un rato. Le pondré una camilla...

—No será necesario.

—Me temo que sí. Hasta que no le pase el efecto de los tranquilizantes no podrá conducir. Además, hay una caída general de sus energías, la quimioterapia tiene estas cosas.

—Tomaré un taxi, gracias.

—Como quiera.

Hacía un día espléndido. Indicó al taxista que le dejara en el aeropuerto y una vez allí tomó otro de regreso hasta la estación de autobuses asegurándose antes de que nadie estaba interesado en lo que hacía. Compró un billete para Huesca y se reclinó luego en uno de los duros asientos de plástico de la estación, luchando por no dormirse.

Estaba en un bosque, llovía, y la capucha y el pasamontañas le molestaban no dejándole ver más allá de un pequeño rectángulo. Intentaba disparar al blanco pero en su mano no había nada, sólo el dedo índice, como cuando era niño y jugaba a indios y a vaqueros. La angustia era terrible porque alguien, un hombre sin cara, le gritaba y le exigía que se definiera. Luego, sin dejar de apuntar con el dedo el escenario cambiaba y era él el que estaba frente a otros hombres, o sombras que se hacían grandes y pequeñas y sí llevaban armas de verdad. Sabía que lo iban a matar.

Una sacudida suave le despertó y vio a un hombre con una boina negra inclinado sobre él.

—Ça va ? —le dijo.

—Oui, oui. Merci. Ça va bien. Merci.

En un impulso comprobó la bolsa de viaje para asegurarse que la Glock seguía allí, oculta en un bolsillo interior. El reloj de la pared marcaba las once de la noche. En el hangar sólo había un par de vagabundos y el hombre de la boina que se alejaba con una maleta en la mano y cojeando ligeramente.

Iñaki se levantó todavía con la sensación de estar flotando en algún lugar entre la camilla del hospital y el cielo. Maldijo mil veces al mundo entero. En el bolsillo llevaba el inservible billete de autobús para las nueve de la noche y tenía la boca seca y el estómago ardiente. El bar de la estación ya estaba cerrado y poco a poco su cerebro empezó a procesar la información y a buscar una salida. He perdido el autobús. Lo mejor será que pase la noche aquí, se dijo. O tal vez si encontrara un taxi podría ir ahora mismo a Huesca o al menos a Canfranc.

Finalmente optó por esto último. La parada de taxis frente a la estación estaba vacía, pero no le costó demasiado encontrar uno circulando y llegar a un acuerdo.

Cruzaron Somport al filo de las doce de la noche. El taxista era un prodigio de sobriedad y de silencio y se limitó a anunciarle que ya estaban en España. Cruzaron las antiguas casetas de aduanas y de vigilancia sin ver ni un alma. En menos de una hora estarían en Canfranc e Iñaki deseaba como nada en el mundo una ducha caliente, una cama cómoda y unas horas por delante para dormir y para pensar. Se encontraba ya despejado pero extraordinariamente cansado, al borde de la extenuación. Se acordó entonces que no había comido nada desde hacía al menos doce horas.

Y entonces les vio. Lo sabía, murmuró para sí. Lo sabía. Ante él una luz blanca se movía arriba y abajo. El taxista soltó un sonoro «merde!» y aflojó la marcha. Casi al momento se encendieron los faros de un todo terreno y tratando de que no le deslumbraran, Iñaki distinguió las figuras de los gar con sus armas preparadas y listas para disparar. Dos o tres, podría... sintió que la adrenalina le subía desde lo más profundo hasta casi estallarle en la garganta.

—Los tricornios —dijo el conductor en español.

—Sí. Pensaba que se habían ido con Franco. —Continuó tratando de sonreír.

El taxi se detuvo en el arcén, junto al todo terreno. Eran

tres guardias, muy jóvenes, altos y tocados con boina. Uno de ellos, con galones de cabo, se acercó hasta la ventanilla del conductor y le pidió la documentación mientras los otros dos se colocaban uno a cada lado del vehículo. Cálmate Iñaki, tu documentación es buena. No buscan a nadie. No tienes que hacer nada. Nadie quiere que hagas nada. Los míos siempre dicen que no hay que resistirse y mi profesor de inglés me lo hizo memorizar. No va a pasar nada.

—¿Habla usted español? —le preguntó a Iñaki el cabo.

—Sí. Sí.

—Documentación por favor. —Iñaki le alargó su pasaporte francés. El guardia lo observó atentamente, le miró a él varias veces y finalmente le devolvió el documento.

—¿Le importaría enseñarme su equipaje?

—No llevo, voy sólo a pasar el día, mañana por la noche vuelvo a casa.

—¿Y esa bolsa? —dijo el cabo señalando junto a él.

—Bueno, sí, un bolso de mano. —Iñaki sintió que el sudor le resbalaba por la frente. De buena gana hubiera cogido la Glock y hubiera disparado contra el maldito lagarto.

—Salgan del coche por favor. —El taxista lo hizo al momento, muy deprisa. Iñaki sintió que la sangre le subía a la cara y un dolor fuerte y agudo empezó a crecer dentro de él.

—He dicho que salga del coche —remarcó el cabo retrocediendo un paso. Uno de los guardias, el que estaba en su mismo lado, había apartado al taxista y se lo llevaba un poco más lejos. Iñaki trató de calmarse y recordar los consejos de su profesor de inglés. Tal vez no pase nada.

Salió del taxi por la misma puerta en que estaba el cabo apuntándole con el arma. La bolsa se quedó en el asiento de atrás, como una amenaza.

—Perdone —dijo— ya la abro —y trató de acercarse a ella, pero la voz del guardia, seca y tensa le detuvo.

—No será necesario. Yo lo haré. Apártese.

El otro guardia, apostado un poco más atrás se acercó hasta él y le indicó con la cabeza el lugar hacia el que debía colocarse. Iñaki trató de pensar pero el dolor del estómago le iba creciendo como un alien dentro del vientre. Trato de respirar hondo para calmarlo pero el corazón le latía a mil por hora y la vista se le empezó a nublar. Se oyó a sí mismo decir incoherencias mientras el cabo, con precaución atraía la bolsa hacia sí. No es ningún idiota, se dará cuenta del peso. El guardia había dejado colgar su Z-84 y abrió la bolsa con cuidado. Le vio tantear dentro. Los faros del todo terreno daban luz suficiente. El taxista miraba la escena con los ojos muy abiertos, sin atreverse a abrir la boca mientras el gar le apuntaba sin quitarle la vista de encima. Son buenos, pensó Iñaki a punto de rendirse. Son muy buenos; no hay escapatoria. El dolor era cada vez más fuerte y de pronto notó cómo le flaqueaban las piernas y el cuerpo se le venía abajo. Entonces todo pasó muy deprisa. El cabo se volvió hacia él con violencia y le gritó: ¡al suelo! poniéndole el arma ante la cara. El segundo guardia, el que estaba tras él, le encajó el Z en las costillas cuando casi estaba a punto de caer y el tercero, el que vigilaba al taxista gritó también la orden: ¡al suelo, las manos a la cabeza! empujando al pobre hombre al tiempo que le trababa los pies.

El dolor del estómago se hizo insoportable. Iñaki gritó con todas su fuerzas y un violento culatazo en la cara le lanzó de espaldas al suelo. ¡Quiero hablar con Rafael!, murmuró, ¡Quiero hablar con Rafael!

—Vas a hablar con tu puta madre —gritó alguien y una patada en la cabeza lo sumió en la más absoluta oscuridad.

Una habitación blanca, desde el suelo hasta el techo, sin una sola concesión al color, salvo por el uniforme del policía nacional apostado junto a la puerta. La ventana, amplia e iluminada por el sol, estaba velada por una fuerte reja de hierro y una cortina igualmente blanca, como el resto de la habitación. En la cama, Iñaki permanecía inconsciente, con la cabeza vendada y el gotero a su lado, como otro centinela añadido. Todo sumido en un silencio sólo roto por el bip bip del monitor y cierto chasquido intermitente que el policía hacía con la boca, tal vez para matar el aburrimiento.

Cuando se abrió la puerta entró por ella un adusto facultativo, con la bata blanca y el fonendoscopio colgando, seguido de dos hombres de paisano; bajo y entrado en años uno, delgado y joven el otro. El médico intercambió unas palabras con el uniformado y luego se acercó hasta el enfermo. Le miró las pupilas, le tomó el pulso y consultó una gráfica puesta a los pies de la cama.

—¿Cómo se encuentra? —preguntó con una voz que a Iñaki se le antojó muy lejana. Trató de hablar, pero de su boca sólo salió un murmullo.

—Le están tratando un carcinoma, quimioterapia —dijo el médico dirigiéndose al hombre bajo y entrado en años.

—¿Se puede hablar con él?

—Imposible. Está muy sedado.

—¿Ha dicho alguna cosa? —preguntó con sequedad el policía de uniforme.

—Nada, inspector. Murmuró algo en sueños como Rafael o algo así, pero eso fue todo.

—Lucien Auchamp —murmuró el policía de paisano mirando el pasaporte francés de Iñaki—. ¡Que gracioso! ¿Será el dueño de los supermercados? Felipe —dijo dirigiéndose a su compañero más joven—. Que le tomen las huellas y hazle una foto. Vamos a ver quién es este pájaro.

—Entra en una clínica de Pau —dijo Mikel mirando la foto de la pantalla— ¿y qué?

—¿Qué pasa?, ¿a quién fue a ver? —inquirió Ubiña achicando los ojos.

—No hay nadie conocido internado allí, ¿no? —afirmó más que preguntó Mikel dirigiéndose a Santi. Los tres estaban en un pequeño saloncito calentado por una chimenea de mentira. Un televisor emitía imágenes en silencio y en la baja mesilla humeaban las tazas de café. Unos amigos pasando la tarde juntos, repasando fotos en la pantalla de un ordenador portátil.

—No. Es una clínica especializada en el tratamiento del cáncer —dijo Santi.

—¿De cuándo es la foto? —preguntó Mikel sin dejar de mirar la pantalla.

—La tomó Karlos ayer.

—¿Quién ordenó seguirle? —preguntó Mikel con expresión sombría.

—Yo —dijo Ubiña.

—¿Nuestro amigo tiene un cáncer? —preguntó Mikel al aire estirándose y colocando las manos tras la cabeza.

—O una buena tapadera —dijo Ubiña.

—Vamos, Pilar —sonrió Mikel— no seamos agoreros. Hay que ser más optimista; a lo mejor tiene un cáncer de verdad. ¿Consultaste la lista de pacientes? —preguntó dirigiéndose a Santi.

—No, yo...

—¿Lo ves? —dijo Mikel—. Hay que mirar esa lista.

—No es gilipollas —dijo Ubiña—, estará en esa lista aunque esté más sano que tú y que yo.

—Podríamos mirar los expedientes médicos. —aventuró Santi.

—Es una buena idea —afirmó Ubiña.

—Comprueba si está en la lista de pacientes y comprueba también si ha entrado algún médico nuevo en los últimos meses —dijo Mikel y les miró con expresión burlona—. ¿No lo entendéis? Si se está viendo allí con alguien lo tendrán todo más que cubierto, expediente clínico y todo eso. Pero un médico nuevo será fácil de rastrear y ver si es de verdad o no. ¿Y dónde está ahora nuestro amigo?

—Ni idea —dijo Santi—. Ha desaparecido.

—Eso es normal, ¿no? —dijo Mikel—. No vamos dejando un rastro por ahí. ¿Has husmeado en su zulo?

—Hace días que no va por allí.

—¿Tú no tenías que reunirte con él? —preguntó Mikel a Ubiña.

—No se presentó.

—Pero eso tampoco es determinante. No somos el orfeón donostiarra. La gente puede faltar a los ensayos, ¿no?

—Nunca me he fiado de él —dijo Ubiña tensa.

—Tú no te fías de nadie, maitasun. ¿Y qué hay de la vestal?

—Tampoco está en su casa —respondió Santi.

—¡No me digas que se han ido juntos! Esto empieza a ser divertido. No deja de ser paradójico, ¿no crees? A rey muerto, rey puesto —soltó una carcajada—. Bien Santi —dijo repentinamente serio y bajando la voz—. Volando a la clínica esa. Hazlo como quieras pero quiero saber si hay un médico nuevo en los últimos tres meses y asegúrate que Iñaki o algo que te suene está en la lista de pacientes. ¿Vale?

—Vale —Mikel le miró fijamente un segundo y Santi se puso en pie entendiendo—. De acuerdo. Voy volando.

—Ya sabes cómo localizarme cuando tengas algo. Agur.

—Agur.

Solos en la salita, Mikel volvió a mirar la foto en la pantalla mientras fruncía los labios en un gesto de reflexión.

—¿Sabes? Es muy posible que realmente esté enfermo. Empiezo a creerlo.

—¿Sigues pensando que no nos puede traicionar?

—Cualquiera nos puede traicionar, hasta tú.

—Eres muy gracioso —espetó Ubiña.

—Te lo digo en serio. Cualquiera suficientemente motivado. Así que a lo mejor nuestro amigo está enfermo, muy enfermo y eso es un motivo suficiente.

—Nos vende, saca pasta y se fuga con su amiga de Arrasate.

—Es posible, pero si está enfermo de verdad... como decirte... no tiene futuro. O sea que el motivo tiene que ser más retorcido.

—No te entiendo.

—Claro, querida, no me entiendes porque no tienes toda la información.

—¿Qué pasa?, ¿qué información?

—Eso es confidencial.

—¡No me jodas! He atado cabos. Lo del carcelero en Mondragón, lo de la acción de Madrid, lo de Alicante... siempre está él presente. En todos esos desastres ha tenido algo que ver. Nos traiciona y tú sabes algo.

—Lo que yo sé no tiene nada que ver con lo de ahora, además me convenciste de que la filtración era ese chico, ¿cómo se llamaba?, el de Gaztambide.

—Tal vez nos equivocamos —dijo Ubiña.

—No, no nos equivocamos. Era un chivato. Estaba claro, al servicio de los txakurras, Pilar. Ahora no me vengas con monsergas, pero lo que sí era es un pardillo. El solo no podía hacer nada, un chivato, nada más. Alguien le tuvo que ayudar, alguien muy bien preparado, alguien para el que estaba trabajando.

—Iñaki.

—Sí. Tal vez Iñaki.

—Entonces estamos bien jodidos. Hay que encontrarle y solucionar el problema. Cuanto antes, mejor.

—No es tan fácil, Pilar. Te recuerdo que es un miembro de la dirección.

—¿Y qué? Otros también lo eran —dijo ella.

—Sí, pero hay que hacer las cosas bien. Hay que hacerlas bien. Lo importante ahora es averiguar dónde está antes de que sea tarde. Esa es tu parte. Convencer a la troika es cosa mía.

XIV

En la pantalla del portátil se formó un mensaje, un galimatías de números y letras. Maestre lo copió primero en un documento y luego borró el correo. Lo descifró en un santiamén y se quedó mirando la nota de Valdés con una mezcla de inquietud y de tranquilidad. El texto decía un escueto: «llamada para Rafael, Huesca, GC» y la fecha, dos días antes. ¡Mierda!, exclamó para sí. En el reloj luminoso los dígitos marcaban las dos de la mañana del lunes pero Maestre no dudó un momento y salió rápidamente en busca de su coche.

Así que estás a buen recaudo y yo sin mirar mis mensajes. Dos días. ¡Maldita sea! Esperemos que no haya corrido la voz.

En pocos minutos estaba en la autovía del Cantábrico y al filo de las tres y media de la madrugada cruzaba Vitoria sin detenerse.

Amanecía cuando detuvo el coche en la avenida, justo enfrente de la comandancia de la Guardia Civil de Huesca. Un joven guardia, armado y con chaleco antibalas, se le acercó inmediatamente haciéndole señas de que no podía aparcar allí, pero se cuadró y le saludó cuando Maestre le enseñó su identificación.

—Quiero ver al comandante del puesto.

—Lo siento —le dijo un teniente muy joven sentado tras una mesa—. Pero hay algunos problemas.

—¿Problemas? —masculló Maestre—. Tanto usted como yo tenemos órdenes, teniente. Ese hombre debía quedar a mi disposición.

—Lo lamento, de verdad —respondió apabullado el teniente—. Ese hombre estaba prácticamente inconsciente. Le identificamos y le detuvimos formalmente en aplicación de la Ley Antiterrorista antes de que pudiéramos activar el protocolo, ya sabe.

—¿Dónde está ahora?

—Está ingresado en Pamplona, en la Clínica Universitaria, pero nos llegó enseguida la orden de enviarle a Madrid... y la hemos remitido a la comandancia de Pamplona…

Maestre le dejó con la palabra en la boca y salió como un cohete. Los ciento sesenta y tres kilómetros entre Huesca y Pamplona los hizo en poco más de una hora. Al filo de las doce de la noche entraba en el Hospital Universitario como si fuera a apagar un fuego.

Iñaki estaba en una habitación estrecha e inmaculadamente blanca. Ofrecía un aspecto pálido y ojeroso, tumbado en una cama metálica y vestido con una especie de camisón blanco que había conocido mejores tiempos. La luz de una farola exterior proyectaba sobre él la sombra de las rejas de la ventana dando a todo el conjunto un aire que a Maestre se le antojó un poco expresionista. Maestre enseñó su identificación al policía nacional que, igual que el que montaba guardia fuera, se cuadró con un seco taconazo.

—Vaya. Has tardado mucho —murmuró Iñaki nada más verle entrar.

—Lo mismo digo. Me has llevado de culo —contestó Maestre—. ¿Estás bien?

—De fábula.

—No me gusta que me den esquinazo —dijo

—Ni a mí que me toquen las pelotas.

—Ya. ¿Qué te ha pasado en la cara?

—¿Tú qué crees?

—Que te has portado mal.

—Los picoletos son como siempre. Aquí no ha cambiado nada. ¿Nos podemos ir ya?

—No. No nos podemos ir ya.

—¿Algo va mal? —preguntó Iñaki.

—Por supuesto que va mal. Pensé que serías más listo. ¿Por qué estás en un hospital?, ¿te han calentado?

Iñaki se quedó un momento en silencio. Valorando.

—¿Qué pasa? —insistió Maestre—. Soy tu hada madrina y no me dices nada. ¿Qué es eso de que estás enfermo? —Iñaki lanzó una mirada al policía y Maestre se volvió hacia él.

—Espere fuera.

Iñaki esperó que el policía abandonara la estancia.

—Dame la americana —señaló Iñaki la taquilla metálica, blanca, atornillada a la pared junto a la cama. Maestre la abrió y le tendió a Iñaki la prenda.

—La cosa no ha funcionado bien —dijo Maestre mientras Iñaki rebuscaba en su propia chaqueta—. Nos llamaron demasiado tarde, cuando ya habían pedido información a los servicios centrales.

—¿Y eso qué quiere decir?

—Eso quiere decir que te ha reclamado la Comandancia de los picoletos de Madrid y a estas horas habrán remitido el expediente a la Audiencia Nacional.

—Entiendo —Iñaki dudó un instante, luego le tendió a Maestre un papel doblado.

Miguel Maestre tomó la carta con el membrete hospitalario. En el pasillo sonaban risas y ruido de cerrojos. En toda una larga vida de servicio en la Armada y en la Casa, Maestre había visto muchas cosas, pero nunca un informe médico como aquel. Recordaba algunos semejantes con heridas, con traumas a veces horripilantes, incluso había estudiado expedientes antiguos de torturas en Argentina, en Chile y en España, pero nunca algo como aquello.

—¿Es mortal? —preguntó. Iñaki asintió, agradecido en cierto modo por la ausencia de tacto en su interlocutor. Somos adultos, se dijo, profesionales. Si en algún momento dice que lo siente me lo creeré, sabré que es verdad, porque ni él ni yo creemos en la comedia. Tal vez por eso se lo cuento.

—Deberías buscar otra opinión —siguió Maestre—. Supongo que lo que tienes lo tienes, pero esto de estadio tres me suena a muy avanzado y a lo mejor otro médico lo ve de otro modo.

—Sí, pero eso no cambiará gran cosa, ¿no crees?

—Tienes razón. No sé qué decir. Así que era esto.

—¿Qué quieres decir?

—Que quieres morir en paz. —Hubo un tenso silencio—. ¿Dónde te trincaron?

Iñaki le contó a grandes rasgos su aventura a través de la frontera y su encontronazo con los gar.

—¿Qué vamos a hacer? —preguntó tratando de incorporarse en la cama.

—Esa es una pregunta difícil de responder.

—Tenemos que continuar —respondió Iñaki—. Aquí no ha pasado nada. Tú me sacas, yo me pongo en contacto con ellos, les digo que me he fugado y seguimos.

—Estás loco.

—No estoy loco. Lo que estoy es jodidamente muerto. No sería la primera vez que salgo de un brete de estos y nunca doy explicaciones a los míos.

—Habra que hacer algunos trámites —dijo Maestre.

—Hice lo que me dijiste, no es mi culpa si he estado aquí tirado dos días.

—Ya. No es tu culpa, pero puede que sí sea la mía.

—¡Ah!, vaya. Así que no somos tan eficaces como parece.

—¡Jódete! —exclamó Maestre sin pizca de agresividad—. Veremos cómo me lo monto. —Se puso en pie y se quedó un momento junto a la puerta antes de salir—. Ah, y... lo siento.

Lo que menos esperaba Miguel Maestre aquella noche es que alguien le estuviera esperando en la habitación de su hotel. Se quedó frente a la puerta entornada, en el pasillo silencioso y a media luz. Desde luego quienquiera que fuera tenía interés en que él supiera que le esperaba dentro, así pues la pistola no le iba a ser necesaria. Empujó la puerta con la yema de los dedos y dejó que su sombra penetrara en la habitación a oscuras.

—Pasa. No tengas miedo —dijo la voz de Valdés.

—Tenías que ser tú —dijo Maestre cerrando la puerta tras él. Una lámpara de pie se encendió accionada por su coronel jefe y la estancia se iluminó con una luz más pertinente para un revolcón en la cama que para una bronca de un superior.

—Veo que sigues con tus buenas costumbres —dijo Valdés mostrando el vaso cargado de whisky con hielo—. Jack Daniels. Hacía tiempo que no lo probaba.

—Sírvete —dijo Maestre acercándose el mueble bar—. Se sirvió él un trago y se sentó en la cama, frente a su jefe cómodamente instalado en el silloncito tapizado de verde.

—¿Le has visto? —preguntó Valdés.

—Le he visto.

—Comprenderás que estamos en un buen lío. ¿Por qué no le sacaste enseguida?

—Un fallo.

—No nos podemos permitir fallos, Miguel. Has puesto en peligro toda la operación, ¡Mírame! —levantó la voz airado—. Tengo que salir de mi despacho para poder hablar contigo. Y sabes que no me gusta salir del despacho. Llevo muy mal el aire libre.

—Lo siento.

—¡Oh! Lo sientes. Tenemos un protocolo con los picoletos y con la policía. Una clave, les llamamos y nos ceden el pez. Funciona. Siempre funciona, pero claro, cuando nuestro agente está por ahí metiéndola en algún sitio y no espabila, puede pasar que las cosas sigan su curso, hay papeles por en medio y nos ponen en un brete. ¿Qué hacemos ahora? ¿cancelamos la operación?, ¿lo llevan a la Audiencia Nacional y salimos en todos los periódicos? El director dimite, a mi me destinan a Liberia o a algún sitio peor y a ti te echan otra vez a instruir reclutas. Y tú lo sientes.

—Se está muriendo.

—¿Qué dices?

—Tiene un cáncer galopante. Le han dicho que ya no es operable, y o no entiendo nada de esto o no tiene remedio.

—Estupendo. ¿Te lo ha dicho él?

—Me ha enseñado los informes médicos.

—O sea que quiere lavar su alma antes de ir al juicio final.

—No estoy seguro. Sigo sin entender bien lo que quiere. Tal vez tiene que ver con Domingo.

—¿Crees que le mató él?

—Puede ser.

—Eso no cambia las cosas; lo tenemos en el peor sitio y apenas tenemos tiempo. —Hubo un silencio—. ¿No dices nada?

—¿Para qué has venido? No es sólo para verme, está claro.

—Sí. Está claro. Pero no había manera de localizarte.

—Ya me has localizado.

—Sí —suspiró Valdés— pero no estoy seguro de que me sirva de algo.

—Y si te explicaras.

—No me provoques, capitán. No estoy de humor. Es imprescindible que lo pongas a trabajar. Necesitamos que esté en la calle.

—¿Qué pasa?

—Pasa algo en el movimiento. Tenemos otras fuentes y está pasando algo gordo. Necesitamos saber qué es.

—¿Qué quieres que haga?

—Quiero que lo recuperes —mordió Valdés las palabras—. Es nuestro chico y quiero que lo recuperes.

A las ocho de la mañana Maestre estaba sentado de nuevo frente a otro teniente de la Guardia Civil, ésta vez era un veterano con el cabello blanco, el rostro anguloso y la tranquilidad que dan las estrellas y el respaldo de algo más que un sillón de cuero.

—Mire teniente —dijo Maestre con su mejor tono amenazador—. Estamos metidos en un serio problema. ¿Me quiere decir qué cojones significa eso de que Iñaki Sagarzazu debe ir a Madrid?

—Lo siento mi capitán, pero... verá. En cuanto le identificaron lo comunicaron a la Comandancia, a Madrid. Las órdenes superiores eran trasladarle inmediatamente, eso iban a hacer en Huesca, pero al parecer entonces la revisión médica... todo esto se lo digo de un modo extraoficial, como puede suponer yo sólo soy... digamos, su ángel custodio.

—¿Y?

—El detenido estaba reclamado por varios juzgados. Fue entonces cuando recibimos aquí la orden del Protocolo con el CNI... de modo que se juntaron las órdenes de la Comandancia de enviarle a Madrid y la del Protocolo. No tengo datos sobre su enfermedad, pero los médicos recomendaron que se le ingresara y así lo hemos hecho. Y tengo órdenes por escrito de trasladarlo a Madrid en cuanto le den el alta, pero a una unidad hospitalaria penitenciaria. La orden está firmada por la Comandancia para el momento en que los médicos lo consideren posible...

—Teniente. ¿Se llama usted...?

—Suárez.

—Bien teniente Suárez. Escúcheme bien. Nadie va a trasladar a ese hombre a ninguna parte. Tenemos prioridad absoluta.

—Pero mis órdenes...

—Ahora tiene nuevas órdenes. La orden de Madrid ha llegado demasiado tarde. Se le van a traspapelar esas órdenes y esta tarde ese hombre se viene conmigo. Yo respondo por todo. Si no colabora y algo sale mal mi cabeza caerá, pero me aseguraré de que la suya y la de todos sus amigos y parientes vayan detrás de la mía, ¿está claro?

Iñaki intuyó que era la hora. No había relojes en la habitación, pero sabía que a las seis se acaban las visitas. Siempre había sido bueno calibrando el tiempo. Muchas horas de espera, mucho entrenamiento antes de moverse, de entrar en una casa, de salir de un zulo o de deslizarse por una calle oscura. Se podía equivocar en diez o veinte minutos. No más. Sentía que le ardía todo el cuerpo, en especial los ojos y los brazos.

Oyó ruido fuera, en el pasillo, voces, un arrastrar de pies y la puerta se abrió. Una mano encendió la luz y entonces, como a través de un velo, vio a los dos hombres; uno el uniformado, probablemente el que hacía guardia fuera, el otro un individuo trajeado, de estatura media; su profesor de inglés con una bolsa de papel con asas en una mano. Lanzó la bolsa a la cama, sobre Iñaki y el policía se quedó a la puerta, como esperando órdenes.

—Venga, joder. Vístete —le ordenó el profesor de inglés con voz desagradable—. Te he comprado ropa nueva a ver si nos modernizamos un poco.

Cuando salieron los dos al pasillo, Iñaki vio como Maestre se acercaba hasta la enfermera de guardia y recogía una bolsa de plástico. Iñaki se sentía tan indefenso como cuando estaba tendido en la camilla. En el aparcamiento había un coche.

—¿Y eso que es?

—Un tentempié para ti —dijo Maestre.

—¿A dónde vamos? —preguntó sin demasiado interés.

—Te he sacado de una buena, ¿eh? No te acostumbres. Nos vamos a Zaragoza.

XV

—No es cosa mía —dijo Maestre lanzando el humo hacia arriba—. Mi opinión parece que no se tiene en cuenta.

Con disimulo le entregó un sobre blanco sin marcas. Iñaki frunció los labios sin decir nada. Su piel tenía un enfermizo tono amarillento y sentía el cuerpo presa de un leve temblor. Por lo demás no podía decir que estuviera mal, al menos no demasiado mal. El cóctel de medicamentos parecía haber hecho efecto. Estaban en la cafetería del Talgo, en algún lugar entre Pamplona y Zaragoza. El tren se movía, veloz y casi sin ruido y en el estrecho habitáculo sólo había dos personas más, una chica con aspecto de colgada, con el pelo teñido de rojo y el camarero, adusto y ausente que les había servido las bebidas.

—No importa —respondió Iñaki—. Para eso estamos, ¿no?

—Ahí tienes los papeles de tu ingreso en el Clínico de Zaragoza. No corras riesgos. Diles la verdad hasta donde puedas. Que has ido a hacerte la quimio, eso es lo bastante fuerte como para que desactives cualquier sospecha. Llevas también el billete de avión para Pau y el resguardo de un coche alquilado.

—Bien.

—Intenta averiguar qué pasa. Lo único que sé es que son rumores que corren en los batzokis y las herriko. Nadie sabe qué. Algo importante.

—No puede uno descuidarse —dijo con cinismo Iñaki—. Te dejan fuera en cuanto te tomas un par de días.

—Si se enteran que te han detenido y estás libre, te matarán —dijo Maestre y en el fondo sabía que el «si se enteran» era puramente retórico. Se enterarían. De un modo o de otro se enterarían.

—¿Importa si me matan?

—Debería importar, al menos a ti.

—¿Y qué me sugieres? ¿Qué coja la jubilación?

—Puedes negarte. Di que no lo harás y lo transmito a mis jefes. Lo único que puede pasar es que me metan una bronca a mí y me envíen a un despacho por inútil, eso en el peor de los casos. Y tú tienes una vía de escape.

—No, gracias. No se van a enterar de nada.

—¿Y si te dijera que ella puede ir contigo?

—¿Qué? —dijo Iñaki mirándole fijamente. Finas gotas de sudor le perlaban la frente y Maestre supo que el dolor le estaba acosando—. ¿Que Izaskun puede venir conmigo? Tú estás loco, ¿y qué te hace pensar que ella querrá venir conmigo?

—No está en buena situación. Y os lleváis bien, ¿no? Es una buena oferta. Os montamos algo a los dos, como pago a los servicios prestados y no temas. Nos arreglaremos sin ti.

Iñaki se echó a reír sin ganas.

—No la conoces —dijo.

—Estás colado por ella. Eso sí lo sé. Y también sé que aquí no vais a ninguna parte —un largo pitido les hizo callar, y reflexionar, un instante.

—Si estoy colado o no, no tiene nada que ver. Ella no vendrá conmigo nunca. Presiona por otro lado. —Iñaki se volvió hacia las ventanas y se quedó mirando el veloz paisaje que se movía ante ellos. Bosques ralos, algunos quemados en incendios veraniegos, de esos productos de la desidia o la mala fe. Una carretera solitaria desfilando junto a las vías, algún caserío perdido al fondo de un camino de tierra.

—¿Y por qué no va a venir? —preguntó Maestre aunque creía tener todas las respuestas.

—No la conoces —repitió.

—Eso ya me lo has dicho. Si se queda, los tuyos la perseguirán. Se cabrearán si tú desapareces e irán a por ella. No tiene motivos para quedarse.

—¿Y quién te ha dicho que yo voy a desaparecer?, ¿de parte de quién estás tú? Te ordenan que averigüe lo que pasa, muy bien. Pareces disciplinado. Me lo transmites y a renglón seguido me dices que me largue y me das todas las facilidades. ¿Con quién estoy hablando?, ¿con Mary Poppins o con mi ángel de la guarda?

—Jódete —dijo Maestre sin pizca de agresividad.

—¿Sabes? —dijo Iñaki—. En otro mundo o en otro tiempo tú y yo podíamos haber sido amigos, pero éste es el tiempo que tenemos y tú eres lo que seas y yo soy lo que soy. Este es nuestro mundo. Y a mí me toca lo que me toca. Así que en cuanto lleguemos a Zaragoza tú desaparecerás y yo haré una llamada. Y el día acordado, a la hora acordada y en el lugar acordado nos veremos y te contaré lo que averigüe. ¿No es ese el trato?

Maestre apuró de un trago el whisky y se quedó mirando a la chica del pelo rojo. También ella tendría sus prioridades, aunque sólo fueran elegir el color del pelo de la próxima semana o qué se metía en la próxima hora. O tal vez tenía tan malas cartas en la mano como ellos.

—Está bien. Haz lo que quieras.

—Desde que te conozco me estás diciendo que me largue. Me montas huidas, es lo primero que haces, hasta me buscas novia. Pero yo no quiero huir, ¿no lo entiendes? Me estoy muriendo y tengo un trabajo que hacer. ¿A dónde cojones voy a ir? ¿Te crees que la gente como yo se va a un sanatorio o a un hospital a secarse en una silla de ruedas con una mantita en las rodillas?

—Nadie te está diciendo eso. Pero en fin, no es mi problema.

—Eso. Ahora lo has entendido. No es tu problema.

Al llegar a Zaragoza salieron por puertas diferentes. Iñaki se sentía al límite de sus fuerzas. Tomó un taxi y pidió al taxista que le llevara a un hotel cualquiera. Intentaría descansar unas horas, comer algo y luego seguir con su plan. Tengo algo que hacer, eso es lo primero. Después haré lo que queráis, pero antes tengo mis prioridades.

Y

La habitación del hotel era fresca y acogedora. Se dejo caer sobre la cama y antes de que pudiera darse cuenta se encontró sumergido en un pozo negro, rodeado de silencio y de frío.

Se despertó aterido y bañado en sudor. Tenía la sensación acre en la boca de haber estado haciendo algo terrible. Por más que lo intentó no pudo recordar lo que había estado soñando pero la sensación de desasosiego era tan intensa que sintió como si las lágrimas le fueran a saltar de la cara. Sobre la mesilla de noche descansaba la medicación que incluía una pastilla de hierba y en su interior, entre sus tripas, el monstruo se estaba despertando, igual que él, y empezaba a dar señales de vida. Consultó el calendario y se dio cuenta que había pasado una semana desde la última sesión. Deberías llevar una agenda, se dijo y él mismo rio su propio chiste. Puso la televisión mientras desmenuzaba un poco de hierba. Entonces lo recordó. Le vino como un flash, una explosión de luz en su cabeza. Era en el monte. Domingo corría ante él con la pistola en la mano y reía, reía con aquella risa suya franca, abierta, contagiosa. Se lanzaban los dos al suelo, jugando a comandos y luego Domingo se retorcía de risa viendo la torpeza de Iñaki. Y entonces Iñaki se levantaba del suelo y le apuntaba con la vieja Astra, pesada como un ladrillo, y cuando iba a dispararle no podía hacerlo porque estaba enroscado alrededor de Izaskun, como una serpiente.

Sobre la cama, relajado, siguió las grietas del techo hasta la esquina de la ventana pintada de gris. Era el mismo gris que la residencia de Aránzazu, o él quería que fuera así, el mismo gris. La voz monótona del imaginaria les despertaba con un «ave María» mientras golpeaba con una llave el hierro de las incómodas camas. A veces, según quién estuviera de guardia, la llamada era más militarera: «quinto, levanta», como si fueran soldados, soldados de Cristo al fin y al cabo. A las siete y media todos se habían lavado, habían hecho las camas y formaban en el patio para ir al rezo de laudes. No había ducha a esa hora, una cuestión de castidad, decía el padre prior; la desnudez no es bien vista por el Señor. Y eso creaba en él imágenes que eran más fuertes a aquellas horas de la mañana. No recordaba si pensaba ya en Izaskun, tal vez sí y tal vez no. A las ocho el desayuno después de pedir perdón por pecados inexistentes.

Iñaki miró el reloj, eran las ocho aunque tuvo que hacer un esfuerzo para ver que eran las ocho de la tarde y no de la mañana. A aquella hora estaban rezando las vísperas y asistiendo a la misa. Era la última actividad del día, después venía la cena y el mejor momento, el momento de la soledad y del estudio y de la reflexión o de la reunión en la celda de cualquiera de ellos para reír un rato y echar unos transgresores cigarrillos.

¿Y si hablara con Eduardo?, se preguntó. Puede que él sepa mejor cómo hablar con Izaskun... Desechó el pensamiento inmediatamente. Sólo era miedo. Iñaki sabía que cuando sé tienen las cosas claras darles vueltas en la cabeza es sólo una cuestión de miedo. Todo lo que ha hecho hasta ahora no es más que dar vueltas alrededor de la verdadera acción. Se lo tengo que decir. Tengo que hablar con Izaskun y tengo que hablar con ellos.

De pronto sintió un hambre feroz, como si de golpe su estómago se hubiera vaciado. Se puso en pie, casi febril y por primera vez en muchos días se sintió fuerte. Mientras bajaba hacia la cafetería fue trazando el plan de sus próximos movimientos. Muévete con tranquilidad, le había dicho su profesor de inglés. No pierdas el tiempo, pero vive tu coartada de una manera natural y ágil. Acabas de salir del hospital. Has salido expresamente para ponerte en contacto. Muestra un poco de interés, no demasiado, como si quisieras recuperar esos días que has estado en el limbo. Si lo quieren comprobar encontrarán que en el hospital de Zaragoza todo está en orden.

El sistema para ponerse en contacto con los suyos era una curiosa mezcla de alta tecnología y primitivismo. Desde un ordenador en el hotel, Iñaki envió un correo electrónico a una dirección predeterminada. Esperó casi una hora hasta que recibió una frase clave: ya se han casado. Eso quería decir mismo lugar, misma hora. Volvió a la habitación, comprobó una vez más el horario del billete de avión con destino a Burdeos y se tendió en la cama. Pasaban de las diez de la noche, pero no tenía ni sueño ni intenciones de dormir. Encendió el televisor, sin voz, como acostumbraba siempre. Era una sensación curiosa la de ver gente gesticulando y moviéndose en absoluto silencio. Pasaban una película con un puñado de desconocidos moviéndose y hablando unos con otros. Ni siquiera recordaba cuándo se había metido en un cine por última vez. Posiblemente algún día huyendo de la policía o para concertar alguna cita. Recordaba sin embargo el cine Kursaal o las mañanas de cine parroquial en San Juan, los documentales sobre animales y *Los Diez Mandamientos*, el gordo y el flaco y aquel otro que se colgaba de un reloj. Pero cuando entró en el seminario se acabó el cine y ya nunca volvió a recuperarlo. ¿Por qué pienso ahora en el cine? Es una de las cosas que he perdido, claro. Como el fútbol. También le gustaba la Real, aún recordaba a Irulegui o Azcárate, pero eso también se perdió, un poco más tarde. En el seminario aún había jugado a fútbol y había seguido la liga por la radio. El carrusel deportivo del domingo. Luego ni siquiera eso. El fútbol es un modo de atontar a la gente, de que se olvide de cuáles son los objetivos. Es como el opio del pueblo. O sea que ni religión ni fútbol. Primero fueron las charlas, sobre el pueblo vasco, su historia, el euskera como arma de libertad, la traición de los viejos nacionalistas, Che Guevara. El revolucionario, el escalón más alto de la especie humana. Y la patria, Euskal Herria. La opresión, los polismilis, los txakurras, todo bullía en su cabeza como en una olla a punto de explotar. Y luego la pistola.

La primera vez que tuvo en la mano una vieja Astra lo primero que pensó es que era muy pesada. Tenía dieciocho años y acababa de dejar el seminario. No matarás. Pero tenemos que defendernos. Se acabó eso de poner la otra mejilla. A partir de ahora les golpearemos nosotros también. Desde lo de Manzanas todo cambió. Podemos hacerlo. Tenemos que defendernos. Era una sensación extraña, nada que ver con las pistolas de plástico con las que había jugado de niño o las rústicas de madera que él mismo se había fabricado. Era como un ser vivo, negro, frío y sin embargo vivo. La primera vez que disparó el ruido le pareció demasiado agudo. No sabía por qué pero esperaba un sonido más áspero, más grave. El blanco era una lata de cerveza, de las de antes, de hierro, colocada a veinte metros. Naturalmente no le dio. La pistola se elevó sola en el aire, como tratando de escapar y Domingo, porque fue Domingo quien se la dio, se rio un poco pero le ayudó a hacerlo mejor. Para entonces la presencia de Izaskun no era demasiado intensa. La había olvidado, o eso pensaba. De ser su sueño, el motivo de sus clandestinas masturbaciones de adolescente había pasado a ser la amiga, la antigua compañera que todo seminarista trata de idealizar y de sublimar. No era una mujer, era una vestal, la vestal; pura como él mismo quería ser y ya estaba fuera de su alcance. Pero la salida del seminario lo cambió todo. De pronto Izaskun era una mujer y Domingo era un guerrillero. El santuario de Aránzazu no era ya el seminario, sino un símbolo de la lucha.

Había cosas que Iñaki jamás olvidaría. De hecho ¡eran tantas las cosas que no podía olvidar! Una noche, un coche aparcado en la carretera de Arechavaleta. Ya entonces su situación era difícil. La policía le acosaba aunque todavía no estaba liberado. Un par de detenciones sin llegar nunca ante el juez. Había mejorado mucho con la pistola; ya no era una vieja Astra, sino una moderna Sig Sauer, como la de los txakurras. Dirigía uno de los taldes de apoyo, formaba parte del sindicato en su pequeña empresa de cerrajería. Y soñaba con ser liberado y pasar al otro lado, en cruzar la muga de noche, por caminos de contrabandistas y asaltar un cuartelillo, como Al Fatah en Palestina o la guerrilla de Bolivia. El Che había muerto sí, pero seguía notando su querida presencia. La lucha era una historia cuajada de romanticismo en el que el diario del Che en Bolivia era el libro de cabecera e Izaskun era la Dulcinea. Sí, había un coche, y temblaba como si dentro se hubiera desencadenado una batalla; había alguien. Lo reconoció. Era el coche de Izaskun, con las luces apagadas, ligeramente inclinado a la izquierda, en el arcén. Le daba la tenue luz de una lejana farola, muy poco, sólo lo suficiente porque él no necesitaba más. La hubiera reconocido incluso sin luces, aunque nunca como hasta entonces había visto sus pechos desnudos, ni le había conocido una expresión en la cara como aquella. El primer pensamiento, absurdo, había sido ¿qué te pasa? Porque era como una expresión de dolor. Él, seminarista, conocía mejor el dolor que el placer. Esa expresión le traspasó más que su piel desnuda, más que la certeza de que nunca sería de él. Ella no le vio, pero Domingo sí, aunque cerró los ojos enseguida, como si no quisiera seguir viendo o como si no le importara.

Pudo haberse quedado paralizado, pero los reflejos respondieron e Iñaki salió corriendo carretera adelante, dejando atrás el germen de su odio. Más que aquella escena, que casi había conseguido borrar de su mente, Iñaki recordaba el llanto incontrolable, el deseo brutal de venganza, como una explosión. La cara hundida en la almohada mientras amá golpeaba suavemente la puerta de su cuarto preguntando, ¿qué te pasa txiki? Y ésa, lo sabía, fue la razón. Estaba dispuesto a morir por Euskal Herría, pero hasta entonces no había estado dispuesto a matar. Y Domingo lo supo. La dictadura ha hecho de nosotros lo que somos, le dijo. Y le ayudó a volcar su odio con la Sig Sauer en la mano, por la espalda, en un callejón de Usurbil. Fue la primera vez y la mano le temblaba tanto que temió fallar el disparo. Pero no lo falló y la mitad de la cabeza del hombre voló hacia la derecha, como si un brutal aspirador le hubiera succionado.

A la hora convenida, junto al skatepark de Saint Leon de Bayona, había un viejo sentado en uno de los incómodos bancos metálicos. Vestía de negro y se tocaba con una boina inclinada hacia la derecha. No parecía importarle el griterío de los muchachos sobre sus monopatines, ni los golpes casi rítmicos del metal de las ruedas contra el cemento. La tarde era gris, con el eterno viento del oeste agitando las copas de los árboles y las páginas del France Soir que sujetaba con fuerza. Sobre la punta de su nariz parecían hacer equilibrios las gafas de fina montura metálica y no se dignó mirar al pálido y ojeroso hombre que se sentó junto a él, con una discreta separación entre ellos, como si ambos estuvieran esperando a alguien más, una tercera persona que completara el cuadro. El viejo se sujetó las gafas una vez más, con un movimiento mecánico y luego plegó el diario dejándolo a su lado, sobre el banco, mientras frotaba con la manga de la chaqueta la insignia de ex combatiente prendida en su solapa. Luego, sin dejar de mirar al frente se levantó no sin esfuerzo y enfiló el camino hacia las agujas de la catedral rodeando el duro foso donde los chicos practicaban.

Entre las páginas, cuidadosamente doblado, Iñaki encontró un papel blanco, pequeño, con una anotación echa a mano: «el bar a las ocho».

La Glass estaba como siempre, lleno de parroquianos con sus vasos de pastís y sus cafés negros. Iñaki cruzó la mirada con el camarero parapetado tras la barra y éste le hizo una señal imperceptible con los ojos. El patio trasero del bar estaba lleno de cajas apiladas y de bolsas de basura cociéndose al sol. Iñaki abrió la puerta metálica y luego siguió callejón abajo, en dirección al río, subió a la barcaza por la pasarela de madera y bajó luego los dos escalones hasta entrar en un amplio camarote, más parecido al salón de una vieja mansión, con sus lámparas art decó y sus cortinas echadas.

—Agur, Mikel —saludó.

—Agur, Iñaki.

Se estrecharon las manos sin calor. Iñaki echó un vistazo a su alrededor, sorprendido. No había nadie más, ni el Chopo, siempre de guardaespaldas, ni siquiera Ubiña. Estaba seguro que en algún lugar, probablemente fuera, alguien vigilaba, pero o él se estaba volviendo descuidado o era alguien muy bien entrenado porque nada le había llamado la atención.

—¿Qué ha pasado? —preguntó Mikel sin dejar de mirarle a los ojos. No había pistola sobre la mesa y Mikel parecía relajado y sin preocupación alguna, sentado en el banco de madera cubierto por una colchoneta roja. La estancia se completaba con una mesa baja, larga y estrecha, de proa a popa, un par de sillas plegables y un viejo arcón, tan antiguo como la misma barcaza que debía datar de los tiempos de Napoleón.

—Estoy enfermo. —dijo Iñaki tras sentarse en una de las sillas—. Muy enfermo.

No vale la pena que les engañes, le había aconsejado su profesor de inglés. La verdad, siempre que sea posible la verdad.

—Vaya. Lo siento. ¿qué te pasa?

—Cáncer.

La palabra se quedó en el aire. Tal vez Mikel se había impresionado o tal vez no. Iñaki sentía la pistola oprimiendo contra su columna y en su interior las cosas empezaban a ponerse feas. Llevaba una semana de retraso en su quimioterapia y los calmantes y la hierba se estaban terminando. Estoy descontrolado, se dijo, debería estar en algún sitio donde alguien cuidara de mí.

—Cómo no me lo dijiste antes —preguntó Mikel, como si le importara.

—No son cosas de ir diciendo por ahí —respondió Iñaki. Mikel se levantó. Se fue hacia un rincón y volvió con una botella y dos vasos. Se paró en seco.

—Joder, Soy idiota. ¿Puedes beber un pacharán o no?

—No me matará.

—¿Dónde has estado? —dijo Mikel tras sentarse y llenar los dos vasos.

—Ingresado, en Zaragoza. No me vas a decir que no lo sabías.

—Nos podías haber avisado antes. Hemos estado preocupados por ti.

—Sí. Ya, lo imagino.

—Deberías confiar más en nosotros. Podemos ayudarte. Necesitas que te atiendan, somos tu familia.

—Sí. Lo sé —dijo, y de buena gana le hubiera enviado a la mierda, o mejor, hubiera sacado la pistola y le hubiera volado la cabeza, pero no era ese el plan. El plan era recoger los retazos de su confianza y saber qué estaba pasando en la organización.

—Podemos hacer que te atiendan en algún sitio. Ya sabes, tenemos contactos, hay excelentes clínicas en los sitios más insospechados. No te creas que todo es Houston o Pamplona.

—Sí, gracias. Supongo que lo necesito.

—¿Dónde te han tratado hasta ahora?

Iñaki le contó sus visitas a la clínica de Pau y su imaginario ingreso en la Hospital de Zaragoza. Pero todo lo sabes ya, cabrón. Lo sabes todo y me estás probando, pero te vas a joder, esta vez sí.

—El caso es que te necesitamos —dijo Mikel.

—No estoy en condiciones de ninguna acción.

—No. No se trata de eso. Las cosas están cambiando. Tenemos en mente un cambio de estrategia. Hay que discutir algunas cosas.

—¿Ejecutiva?

—No, no, eso después —dijo Mikel como si echara pelotas fuera—. Hemos montado una reunión de cuadros. Legales. La gente del interior que está en las instituciones. —Así que es eso, pensó Iñaki y sintió una punzada de excitación. Eso es lo que mi profesor de inglés quería saber—. Hemos convocado una conferencia con la gente de batasuna, de elkarri, con los pnv, ertzainas, hasta los que tenemos en el aparato represivo. Hay que recoger información y dar instrucciones.

—No me gusta —dijo Iñaki. Y no le gustaba. No le gustaba nada.

—Es necesario —insistió Mikel—. No funcionan bien los canales y hay importantes cuestiones que discutir.

—¿Cómo qué?

—Ya te lo he dicho, un cambio de estrategia.

—¿Y no tendríamos que hacer una ejecutiva antes y discutir el cambio de estrategia? ¿Me estás tomando el pelo?

—Enfermo, pero duro, ¿eh? —sonrió Mikel—. Aún no hay nada decidido. Son ideas que ya hemos discutido otras veces como lo que nos puede ofrecer el nuevo gobierno, propuestas de paz, autodeterminación, una tregua. En fin, eso que hemos discutido.

—Mira Mikel. Me da que ya habéis decidido esas cosas y que me habéis dejado fuera. ¿O me equivoco?

—Has faltado a la última reunión de la ejecutiva.

—¿Me vas a sancionar por pillar un cáncer?

—No seas susceptible. No hemos decidido nada, joder. Acordamos hacer esa asamblea y pulsar la opinión de los más metidos en el sistema. Nos hace falta para tomar decisiones.

—¿Y las actas de esa ejecutiva?

—Las recibirás por el conducto ordinario. Fue hace dos días.

—No me gusta que esa gente salga de sus agujeros y se dé a conocer —protestó Iñaki.

—Joder, Iñaki. La convocatoria se ha hecho bien. A través de un anuncio en Gara. Cada uno de ellos sabe lo que tiene que hacer cuando lo vea. He movilizado a toda la organización…

—¿Qué?, ¿qué has movilizado a toda la organización? Eso es un coladero. —Iñaki se puso en pie—. ¡No me lo puedo creer!

—No te preocupes. El Chopo se ha encargado de la seguridad. No habrá filtraciones. Lo hemos hecho otras veces.

—El Chopo. —Iñaki se acercó y se inclinó sobre Mikel—. El Chopo es un inútil.

—No le gustaría oír eso. Y me duele que digas eso. Es mi responsabilidad. Sé lo que hago y la reunión está bien montada. Será en el mismo sitio del último Comité Central, ¿de acuerdo?

—¿Y cuando?

—Ya sabes. Te lo comunicaremos del modo habitual.

—¡Vaya una mierda! Acabaremos en algún calabozo franchute —escupió Iñaki.

—No seas agorero. Todo está controlado. Y ahora hablemos de tu enfermedad.

XVI

La llamada del señor Luque, o como quiera que se llamara, encontró a Eduardo Navarro en el peor momento posible. Sentado ante su ordenador, rodeado del ruido de la redacción, se sentía ausente, colgado todavía en su casa y en las breves lágrimas de Izaskun. ¿Qué voy a hacer? Había preguntado ella de un modo retórico, sin esperar respuesta. No tenían respuestas, ni ella por supuesto, pero tampoco él mismo, ni siquiera tenía sentido ya hablar de algo sucedido veinte años atrás.

No había respuestas y pensándolo bien, se sentía ya tan atado a Luque, el asesor ministerial, que no se veía capaz de tomar una decisión sin consultarle y eso le ponía furioso.

—Diga —soltó del modo más seco posible.

—¿Señor Navarro? Soy Luque. Tendríamos que vernos.

—Sí. Tendríamos que vernos. ¿Y por qué tendríamos que vernos según usted?

—Se lo contaré tomando un café —le contestó Maestre sin inmutarse. Y eso era lo que más irritaba a Navarro cada vez que hablaba con él. ¿Y quién es ese amigo tuyo tan guapo?, le había preguntado Izaskun sin pizca de humor. Y Navarro no había tenido que mentirle. No lo sé, dice que es asesor del ministerio del Interior. Lo que te puedo decir es que está ayudando a Iñaki. Es un poli, le había dicho ella.

—La señorita Arregui opina que eres un poli —le dijo nada más verle. Se veían donde la primera vez, en el Palacio de Cristal, pero esta vez Miguel Maestre, alias Ernesto Luque, alias Santiago Merino, no tenía prisa por salir de allí. Tal vez se sentía más seguro o más cansado. Navarro le vio con aspecto decaído, ojeras que traicionaban pocas horas de sueño y arrugas en la frente que indicaban preocupación.

—No soy un poli. ¿Se lo has dicho?

—Sí, pero dice que los huele.

—No importa. Tienes que hacerme un favor.

—¿Iñaki sigue perdido?

—No. Sé dónde está, está haciendo lo que debe y... corre un gran peligro.

—Eso ya lo sé. ¿Qué favor es ése?

—¿La señorita Arregui sigue en tu casa?

—¿Qué pasa con ella?

—Tienes que pasarle una información.

—¿Por qué no se lo dices tú?

—A mí no me creerá.

—¡Ja! ¿y por qué te voy a creer yo?

—Porque es verdad —dijo Maestre. Navarro le miró un momento y pensó que era una de esas afirmaciones que no admiten discusión. Algo no va bien, se dijo, otra cosa más de las muchas que no van bien.

—¿Le vas a decir que él mató a Domingo? —espetó Navarro.

—Eso no lo sabemos.

—¡Vaya! Ahora te has pasado al bando escéptico. ¿Qué pasa ahora?, ¿otra especulación?

—Se está muriendo —dijo Maestre.

Navarro le miró un instante sin comprender, luego se levantó lentamente y poco a poco la cara se le fue congestionando. Maestre apenas tuvo tiempo de lanzar el brazo hacia adelante cuando Navarro intentó golpearle con el puño cerrado. Fue sólo una fracción de segundo, pero suficiente. Navarro sintió un doloroso golpe en el antebrazo y todo el cuerpo se le fue hacia atrás sin conseguir llegar a la cara de Maestre, luego un violento golpe, con la palma de la mano en el pecho casi le dejó sin respiración. Antes de que rodara por el suelo, Maestre le sujetó por las solapas sin poder evitar que las botellas y los vasos de la mesa salieran volando. Aún en tan mala posición, Navarro intentó golpearle de nuevo, pero esta vez Maestre sólo tuvo que soltarle para que Navarro fuera a parar al suelo llevándose por delante una preciosa silla de madera oscura.

—Lo siento —dijo Maestre a los asombrados clientes con su mejor cara de inocencia—, es que mi amigo es epiléptico. Le ocurren estas cosas.

Entre un camarero y Maestre ayudaron a levantarse a Navarro, algo aturdido por el golpe. Unas disculpas, unos billetes sobre la mesa y luego ambos salieron rápidamente del local.

—Desde luego ya podemos cambiar de bar —dijo Maestre al volante de su coche.

El tráfico de la Castellana era escaso y en pocos minutos habían cruzado la avenida de Pio XII. Navarro se había dejado caer en el asiento, tratando todavía de recuperar el aliento, más avergonzado que dolido.

—Lo sabía —dijo todavía semi aturdido.

—¿Qué sabías?

—Que no podría contigo.

—¿Estás bien?

—Me has aporreado.

—Lo siento.

—Yo sí lo siento.

—Lo que te he dicho es verdad —dijo Maestre tras un minuto.

—Lo sé, pero me apetecía intentarlo. Hace días que te tenía ganas. Lo de Iñaki, en realidad no me sorprende. ¿Qué le pasa?

—Un cáncer de estómago. —Maestre le contó cómo Iñaki se había confiado a él y le añadió sus propias pesquisas sobre la gravedad de la enfermedad.

—Eso es lo que hay —concluyó Maestre.

—¿Y por qué me lo cuentas?

—Quiero que se lo digas a tu amiga. Si ella lo sabe accederá a irse con él y si ella se va, él se irá también. Quiero salvarle la vida.

—Eres un cabrón. ¿No puedes hacer las cosas por nada?

—No.

—Me lo temía. O sea que me estás pidiendo que eche en sus brazos a la mujer que quiero para que se salve tu confidente y que se vayan los dos juntos. Que sean felices y coman perdices.

—¿A la mujer que quieres? Así que yo tenía razón. También tú estás encoñado.

—Eres un encanto.

—Quiero darles una oportunidad. Están listos, los dos. Si no salen de España no puedo garantizarles su seguridad. Iñaki está en la cuerda floja. Le tengo que ver dentro de un par de días, tres a lo sumo. Y me temo que será la última vez. Si no lo sacamos lo matarán y luego irán a por ella. Sea como sea, lo tenéis jodido. Pero les puedes dar una oportunidad.

Maestre detuvo el coche en una avenida rodeada de tilos. La noche los envolvía, como a los amantes escondidos en un parque. Navarro se vio de pronto enfrentado a la realidad, la puta realidad. ¿Qué me creía? ¿Que iba a recuperar la juventud perdida? Son de otro planeta, viven una vida que no tiene nada que ver con la vida normal. Se mueven entre fantasmas y yo creí que podría entrar en ese mundo. No pude tenerla entonces porque era de otro hombre, de un solo hombre y no puedo tenerla ahora porque sigue enganchada a él, o a Iñaki, o a ese cabrón de país, castrante, ese matriarcado ancestral y negro como un bosque primigenio. ¿Cómo no lo he visto antes?

—Aún no sé por qué Iñaki les traiciona —dijo Maestre—. No acabo de verlo claro, pero tiene que ver con alguna lógica que sólo él entiende. Izaskun, Domingo, tú y él. Sois el cuadrilátero perfecto, sólo que no sé con qué estáis ensamblados. Me he apostado el cuello a que Iñaki se va si ella se va con él. Y sé que si ella se entera de lo que le pasa hará cualquier cosa por salvarlo. Y a ti te toca perder, como a Domingo.

—A todos nos ha tocado perder.

—¿Se lo vas a decir?

—Me dejas a mí la decisión, ¿no es eso? O peor aún, si no se lo digo yo se lo dirás tú. Te conozco.

—Se lo vas a decir o no.

—Es él quien tendría que hacerlo.

—¡No me jodas! El no se lo dirá nunca. Es un puñetero suicida, ¿no lo ves?

—Iñaki llega y me pide que le ponga en contacto con vosotros. Ahora tú me pides que deje a la mujer que quiero, que he querido siempre, para salvarle la vida a él, una vida que de todos modos no va a durar mucho.

—Tienes una manera demasiado romántica de ver las cosas —precisó Maestre—. Les sacamos del país a los dos, les instalamos en algún sitio de modo provisional. Yo no me meto en si ellos se lían o no y si tú confiaras en esa mujer tampoco te meterías. Cuando haya pasado lo peor podrán volver, al menos ella. Él no lo sé, tal vez no sobreviva, pero pueden ponerle en tratamiento en algún sitio. Ya nos ocuparemos de eso. Si ha de palmarla lo hará con tranquilidad, bien cuidado, con la mujer a la que quiere y con la conciencia más tranquila.

—Ya. ¿Y a mí me llamas romántico? ¿Y Domingo? ¿Y si fue él el que mató a Domingo?

—¿Quién se lo va a decir?, ¿Iñaki? —sonrió escéptico Maestre—. Yo no pienso decírselo y espero que tú tampoco. De todos modos no tenemos pruebas, nunca las tendremos.

—Está bien. Se lo diré —suspiró Navarro. Tal vez, en el fondo, pensó, Izaskun me quiera lo suficiente como para no hacer nada.

—Así me gusta. Cuando se lo hayas dicho me mandas un mensaje. A la dirección de siempre.

—¿Y no sería mejor que te llamara?

—No tienes mi número —dijo Maestre y arrancó luego el coche—. Te llevaré a casa.

Izaskun no estaba en el apartamento. Del armario había desaparecido la pequeña maleta del fin de semana y una sucinta nota, de su puño y letra, llenó de zozobra a Navarro: «He tenido que salir. Algo muy urgente. Volveré. Te quiero». Volverá y me quiere, algo tan contradictorio como todo lo demás, ¿qué es tan urgente?, ¿Iñaki? ¿Lo ves señor Luque?, dices que debería confiar más en ella, pero no.

Izaskun le dijo a Iñaki: No, en mi casa no. ¿Te acuerdas de la noche de fin de año del setenta y siete? Me acuerdo, respondió Iñaki. Pues nos vemos allí.

Iñaki se durmió después recomponiendo en su cabeza aquella Nochevieja, seguramente la última que vivió como una persona normal, la última en la que comió las uvas, bailó y recibió el Año Nuevo con un brindis. Luego todo desapareció como tragado por un gigantesco agujero negro.

En su sueño había cuervos, nubes que rodaban saltando unas sobre otras y un hombre que le daba la espalda. Le despertó el sonido de un disparo, pero sólo existía en su cabeza. La pistola estaba fría e inmóvil, sobre la mesilla y la habitación estaba oscura. Mondragón.

Iñaki se levantó y contempló el valle verde extendido delante de él hasta perderse en la niebla. Debía hacer frío y aquel 31 de diciembre también lo hacía. Los polimilis habían desaparecido y ellos, sólo ellos, los milis, tenían el poder en la organización e Iñaki había optado, con ellos, por la lucha armada pura y dura. Guevarismo puro, la guerra de guerrillas arrastrará a las masas, provocará un levantamiento. Nunca se había entendido con los intelectuales, los que anteponían a la acción directa inacabables reuniones y panfletos y más panfletos. Tenía ya en la cabeza sus próximos objetivos, ya bajo su responsabilidad y era como si se estuviera tomando un respiro antes de coger el fusil y lanzarse al monte.

Lo curioso es que mirando hacia atrás casi no recordaba nada en concreto. Sí, el viejo bar donde se habían reunido por última vez los viejos compañeros. La última vez que vio a Patxi, al Patas y la última vez que su hermana Irune había estado con ellos. ¿Fue entonces cuando rompieron? O no, tal vez al año siguiente, en casa de amá. No podía recordarlo.

Sobre la mesilla de noche estaban también las cápsulas, las ampollas y la jeringuilla. No había tenido más remedio que recurrir a aquello. El alien de su interior estaba ya como dormido, como si de momento hubiera cobrado su tributo o su derecho a existir.

Mientras veía amanecer intentó recomponer los pasos a seguir. Había mucho por hacer todavía y no podía permitirse el lujo de perder el tiempo. Pensó en su profesor de inglés. No tienes derecho a meterte en mis motivaciones, ni en mis problemas. Tenemos un trato, yo hablo y tú anotas, preguntas y respondo, delato y actúas. ¿Qué te importa si lo que me corroe es el cáncer o el sentimiento de culpa? Ni lo uno ni lo otro te concierne. Mi cáncer me concierne sólo a mí y el sentimiento de culpa le concierne sólo a ella.

Un dolor intenso, penetrante como una aguja hipodérmica le nació en el centro del vientre y empezó a enroscarse, como un brutal berbiquí. Apretó los dientes y se cogió a las cortinas con garras convulsas. Sintió que se ahogaba, que el aire se negaba a entrar en él, a mezclarse con la enfermedad y el sudor brotó en su frente, como un manantial. Dolor. Trató de concentrarse en él, dolor crónico, agudo o incidental. Le ponéis nombre ¡Dios!, le ponéis nombre para que no piense en él. Fisiológico, psicosomático, visceral, neuropático…

Se dejó caer sobre la cama agarrando el estómago con las dos manos, apretando los dientes hasta sentir que la cabeza le iba a estallar. No puedo pincharme ahora, tengo que hablar con ella. Hoy tengo que hablar con ella.

Intentó relajarse, dejar que el dolor se apoderara de él, repartiéndose por todo el cuerpo. El techo estaba inmaculadamente limpio, blanco y sin una imperfección y los primeros rayos del sol entraban ya por la ventana. Haciendo un supremo esfuerzo sacó de la maleta la pequeña bolsita y con las manos temblorosas lió un cigarrillo de marihuana.

Encogido sobre la cama, temblando, el dolor cedió poco a

poco, se convirtió en soportable. Ya has crecido, se dijo, ya te has colocado mejor o te has hecho mayor. Quedó sólo un pinchazo continuo, amenazador y palpitante que cedía al tiempo que se relajaban sus músculos y el pensamiento volaba. Cerró los ojos y dejó que los fantasmas salieran del pequeño armario, del cuarto de baño cerrado y que se colaran a través de las rendijas de la ventana. Ahí estaban los niños de Vic, el policía de Leza, los guardias de Guipúzcoa, el portero de discoteca, el juez y el buen hombre que le daba la espalda en un aparcamiento de Barcelona. Le soplaban sus nombres en los oídos, le acariciaban la cara con sus dedos fríos, movían las cortinas pasando entre ellas. Está bien, podéis vengaros todo lo que queráis; vengaros todos menos tú. De matarte a ti no me arrepiento.

Izaskun estaba sentada en una de las mesas laterales y le vio llegar con andar vacilante y la mirada un poco perdida. Iñaki llevaba las manos en los bolsillos del tabardo y el cuello levantado a pesar de que no hacía ni pizca de viento y la tarde era apacible. Costaba moverse entre la abigarrada parroquia. En un viejo aparato de música Benito Lertxundi cantaba a Bizkaya. Se sentó a su lado forzando una media sonrisa y ella le cogió las manos, húmedas y heladas.

—¿Qué te pasa? —le preguntó, maternal, levantando la voz para sobreponerse al ruido.

—Tenía que verte.

—¿Oyes?

—Sí —le cantó él al oído—. Bizkaia maite, atzo goizean ikusi zindudan, soineko xuriz jantzia.

—Tienes mal aspecto.

—Nunca he sido muy guapo.

—¡Qué dices!, siempre has sido un chico guapo.

—No me hagas reír. ¿Por qué no estamos en tu casa?, ¿por qué aquí?

—¿No te acuerdas? —le dijo ella—. Aquí vimos llegar el año. El setenta y ocho.

—Sí. El setenta y ocho. Casi ni me acordaba.

—Estábamos todos y bailamos hasta el amanecer. ¡Hasta tú! ¿te acuerdas?

—Muy poco.

—Claro, como que ibas cocido del todo.

—¿Y con quién bailaba? —preguntó Iñaki sintiéndose renacer.

—Pues conmigo y con tu hermana Irune y con Helene. Poco más porque eras muy tímido. ¿Cuál era la canción?, aquella que te gustaba...

—El sonido del silencio —recordó él.

—Eso es. Te gustaba oír esa canción y bailabas. Ya lo creo que bailabas.

—Sí. Y tú bailabas con el catalán.

—Claro —rió ella—. Y se ponía tonto y decía que me amaba de verdad.

—Hay más de uno que te amó de verdad —dijo Iñaki con un hilo de voz, pegada la boca a su oreja.

—¡Qué dices!

—Pero ahora ya no importa. Nada importa.

—¡Qué dices, Iñaki!

—Que ya no importa todo eso. Que hemos llegado al final. Al menos yo.

—¿Qué te pasa?, ¿qué me estás diciendo?, ¿por qué me has llamado?

—No importa, erretxina. Lo importante es el pasado. Eso nos hace ser como somos. Ahí está la explicación de todo.

—Aquí no se puede hablar —dijo ella nerviosa—. Vámonos fuera.

Salieron y ella prácticamente le arrastró calle abajo. Se metieron en San Juan, en un día en que la gente optaba por distracciones más mundanas y menos espirituales. No había nadie en la gran nave, sólo paz, velas encendidas y silencio.

—¿Qué me quieres decir?, ¡por dios! —le insistió ella—. ¿Qué te pasa? Estás pálido —le cogió las manos y le tocó la cara—, tienes fiebre, ¿te buscan?

—Verás. Hay algo que tengo que decirte. Sí. Este es un

buen sitio, como un confesionario... desde hace mucho tiempo. Es una cuenta que tengo que arreglar...

—No lo quiero saber —dijo ella palideciendo. Desde fuera le llegaba el ruido de la multitud moviéndose por las calles. El día de la Maritxu Kajoi.

—Tengo que hacerlo —aseguró él—. Tengo que ajustar cuentas con el mundo, ¿no lo entiendes? Pagar las deudas, quedarme en paz conmigo mismo. Tienes que saberlo.

—No lo quiero saber, Iñaki, ¡por Dios! No lo quiero saber. —Izaskun intentó marcharse pero Iñaki la tomó del brazo, con fuerza y la llevó al centro del templo, entre las dos filas de bancos, delante del cristo barroco. Por las mejillas, de un color grisáceo, le resbalaban a Iñaki gruesas gotas de sudor o tal vez de lágrimas.

—Nunca lo has querido saber, ¿verdad? Nunca has querido saber que te quería y nunca has querido saber que yo lo hice, Izaskun.

—¿Qué hiciste?

—Yo le maté —susurró Iñaki en voz muy baja.

—No me hagas esto, Iñaki.

—Fui yo —repitió él.

—No. No es verdad. Murió en un accidente. Todo el mundo lo sabe.

—Yo puse la bomba en el coche. Yo lo hice.

—No es verdad —dijo Izaskun entre un torrente de lágrimas— No es verdad...

Pero Iñaki siguió con voz firme sin hacer casos a sus «no» llorosos: Yo le seguí hasta Argel. Me instalé allí y esperé el momento. Me dijeron que era necesario y yo le odiaba. Le odiaba porque era tu hombre, porque te utilizaba como a una puta, porque nunca te respetó, porque mancillaba lo que yo más quería. Le maté por eso y lo volvería a hacer. Ellos me empujaron entonces y me siguieron empujando porque una vez muerto él los demás muertos ya no tenían importancia.

Izaskun se sintió como si fuera el centro del templo, una iglesia helada y negra a su alrededor en la que no había nada más, ni imágenes, ni cirios encendidos, ni fieles, sólo negro y frío. Las lágrimas se habían congelado en su cara y apenas si podía sujetar el abrigo. Negro. No oía nada, era como si el silencio se hubiera hecho sólido y alguien, delante de ella, moviera los labios imperceptiblemente, un hombre con las cejas blancas de escarcha, el cabello blanco de nieve, los ojos transparentes de hielo.

Debió gritar al salir porque la gente se apartó para dejarla pasar o tal vez sólo lo hicieron porque una mujer madura, llorosa, salía corriendo de la vieja parroquia.

La plaza mayor de Mondragón hervía. La luna llena iluminaba una marea de jóvenes apretados como un solo hombre, ocupando toda la plaza. En la fachada del ayuntamiento dos fotos de gran tamaño sobre una inmensa ikurriña recordaban las caras de Domingo y Gorka Gaztambide.

Grupos de chistus y tamboriles lanzaban a los cuatro vientos la música de la multindantza, el Eusko Gudariak y mil canciones recordando a la Maritxu Kajoi, la María del Cajón que protegía día tras día a las cuadrillas de chiquiteros y multibebedores. Las boinas negras y las cofias blancas formaban un abigarrado conjunto. De los cercanos bares salían a puñados los jóvenes elegantemente vestidos, con las corbatas rescatadas de los cajones, las pajaritas y las camisas blancas compradas en Donostia e incluso algún que otro frac alquilado.

Eran poco más de las siete de la tarde, ya oscuro, y la marea humana rodeaba la pequeña imagen de la virgen, aguardando pacientemente la llegada del milagro entre risas y cantos. Ante la ennegrecida talla, un joven, de blanco y con faja roja, bailaba un aurresku y las botas y los botellones pasaban de mano en mano. A lo largo de Erdiko se habían ido colocando los toneles, supuestamente llenos de agua, sobre bancos de madera. Un fornido mozo de caserío se encargaba de sacar agua con un cazo de uno de ellos, anunciando a los presentes que, a las ocho, la Maritxu Kajoi convertiría el agua en vino, el esperado milagro.

Desde un portal semi oscuro, Santi observaba detenidamente. El zumbido de su teléfono móvil en el bolsillo le hizo apartarse del bullicio colándose en un oscuro y recogido portal.

—Bai. Ez. Ez dut ikusi.

Colgó después de un gruñido y volvió a salir a la calle. El milagro estaba en su apogeo y los jóvenes asaltaban literalmente las barricas para probar que, efectivamente, había vino en ellas. El milagro de Maritxu.

En la calle Guerra no había ni un alma y las ventanas de Izaskun Arriola permanecían cerradas. Santi escudriñó por la puerta del bloque. En uno de los buzones rebosaba la correspondencia pero no podía saber si era el de ella. Volvió a marcar su número por enésima vez y el resultado fue el mismo contestador: Agur. Izaskun naiz…

En la plaza y en sus alrededores el gentío era impresionante. Los altavoces lanzaban al aire canciones de Fermín Muguruza y las cuadrillas de chiquiteros elegantemente vestidos atestaban los bares, las calles y las esquinas de la parte vieja.

—¡Eh Santi! —tronó una voz— ¡Gora miraizko Maritxua!

—¡Gora! —respondió Santi elevando al aire el puño como si llevara en él una copa. Se deslizó de nuevo hacia una de las calles adyacentes buscando la manera de rodear la plaza y aparecer por el otro lado. Aunque Izaskun Arregui estuviera allí era materialmente imposible verla y entonces le vio a él. Era Iñaki, no cabía duda. Se alejaba cabizbajo, pálido, como un fantasma envuelto en sombras. Llevaba boina, echada hacia delante, a la guipuzcoana y andaba con una cierta dificultad. Le vio pararse en una esquina, apoyarse contra la pared respirando con dificultad y dirigirse luego, calle abajo, hacia un coche aparcado. De un salto, Santi se plantó al otro lado de la calle desde donde podía ver el vehículo. Iñaki sacó la llave del bolsillo del pantalón. Se sentó al volante mientras, oculto en un portal, Santi esperaba. Por un momento pensó que Iñaki había salido del coche, pero al fijarse más le vio inclinado sobre el volante, derrumbado, como si algo demasiado pesado le impidiera moverse. ¡Qué jodido estás, compañero! pensó Santi. Se quedó allí, un buen rato, hasta que Iñaki levantó la cabeza, se limpió el sudor de la cara y metió la llave de contacto. Santi vio alejarse el coche, en dirección a la carretera. Lo que fuera que había venido a hacer ya estaba hecho y probablemente había sido hablar con ella. Volvió rápidamente hacia la casa de Izaskun, pero allí todo seguía igual. Una nueva llamada, la misma respuesta. Desde unos portales más allá marcó otro número en su móvil.

—Santi —dijo—. Igartzen da… Iñaki.

Escuchó un momento y tras un simple, bai, colgó.

En algún lugar, lejos de allí, Pilar Rueda, alias Ubiña, cerró el pequeño teléfono móvil y apoyó la cabeza en la mano, pensativa.

Miguel Maestre tenía un pésimo sabor de boca. Podía ser por la resaca, podía por ser la última conversación con Luisa o la sorpresiva desaparición de Izaskun Arriola. O tal vez por las tres cosas, pero no estaba seguro de cuál de las tres le dejaba el peor hálito. Se miró en el espejo del lavabo, se enseñó a sí mismo los dientes, blancos y bien colocados y luego dejó escapar el aire con un sonido como el de una rueda que se deshincha. Luisa había dicho: me voy, lo siento, tengo que volver a Cartagena. Ya te llamaré. Y había colgado, sin más. Y Maestre tenía la suficiente experiencia como para saber que aquello equivalía a un: lo siento, no puedo continuar. En otras circunstancias tal vez la habría seguido. O no. No recordaba haber seguido nunca a una mujer, así que… las cosas estaban como debían estar. Y de ahí se fue a Iñaki. Faltaban sólo unas horas, pero nunca como entonces había dudado tanto de que estuviera allí, a las siete, en la escuela de idiomas.

La última comunicación con Valdés había sido taxativa. Sigue con el plan. Nada más. Pero Maestre intuía que algo se estaba cociendo en La Casa. Tras la muerte de Gorka parecía como si todo se tuviera que paralizar y de pronto el contacto con Iñaki se convertía en prioritario. Y luego estaba el whisky. Tercera de las causas de su mala conciencia. La botella de Jack Daniels lucía ya un peligroso semi vacío, sin paliativos y su sueño había sido intermitente, oscuro y poco reparador. Se dio una ducha rápida, se vistió del modo más cómodo posible y se encaminó a la cafetería. El reloj marcaba las seis de la tarde y la televisión sólo ofrecía cutres tertulias con personajes anodinos. Los periódicos no llevaban nada que le interesara, ni siquiera las noticias del País Vasco, aunque los rumores de treguas, de diálogos y de amenazas, todo bien mezclado, daban para llenar muchas páginas.

Kewell estaba en su despacho. Maestre golpeó ligeramente con los nudillos la puerta entreabierta.

—Sólo quería saludarle —dijo.

—¡Oh, perfecto! —exclamó el inglés—. Su amigo ya le espera arriba. Supongo que todo va bien.

—Muy bien.

—¿Le apetece un whisky?

—No, gracias, lo estoy dejando —bromeó Maestre.

—Su encargo, ya sabe. Está todo listo. Sólo necesito que me diga la fecha. Las dos cajas.

—Excelente. Si le parece acabaremos de concretar luego los detalles.

—¿Seguro que va todo bien? —preguntó Kewell inclinando la cabeza, como haciendo una aproximación.

—Podría ir mejor, pero espero salir de ésta.

Iñaki estaba pálido, muy pálido. Llevaba la cazadora negra que Maestre le había comprado sobre una anticuada camisa blanca con corbata. Las gafas, de concha marrón, le daban un aire más desolado que de costumbre.

—Deberías estar en un hospital —dijo Maestre.

—O en un cementerio más bien —respondió Iñaki.

—No seamos tan alegres, ¿quieres? ¿Te ocurre algo?

—¿Algo más quieres decir?

—Eso es. Algo más.

—Nada que tenga que ver con nuestros negocios... ¡oh! Sí, ya lo sé. Todo tiene que ver, pero esta vez te aseguro que no.

—Todo está listo para que salgáis de España. En el momento en que lo consideremos oportuno.

—¿Salgamos?

—Sí. Tú y esa mujer. Ya sabes.

—Quedamos en que ella no quería venir.

—Estoy seguro que querrá.

—¿Ah sí? —elevó las cejas Iñaki, escéptico.

—Sí. En el momento oportuno nos juntamos todos, se lo pides y ella te dirá que sí. Es lo mejor para los dos.

—Estás muy seguro. Demasiado seguro. ¿Qué me ocultas?

—No te oculto nada. Y por cierto hay muchas cosas que me tienes que decir. Así que vamos a lo nuestro, ¿no te parece?

Iñaki le contó con detalle su charla con Mikel sin dejar de pensar en qué hacía estar tan seguro a su profesor de inglés.

—¿Una reunión con todos los contactos del interior?

—Eso es.

—Pero eso es poner al descubierto a todos sus infiltrados.

—¿Al descubierto? Es sólo el Comité Ejecutivo y los infiltrados, como tú dices.

—Es una trampa —aseguró Maestre.

—No es una trampa. Tú me has dicho que había rumores. Te han llegado informaciones desde otras fuentes, ¿no? Pues lo único que hago es confirmártelo.

—¿Y el día y la hora?

—Lo acabo de recibir por Email. Miércoles dieciocho a las diez de la mañana.

—Eso lo arregla todo. Mañana mismo os sacamos de aquí.

—Ni hablar de eso. Quiero ir a esa reunión.

—¿Ah, sí? ¿Y eso por qué?

—Porque quiero ver la cara de Mikel cuando lo atrapéis,

quiero que vea que he sido yo y quiero asegurarme que le ponéis las esposas y os lo lleváis, a él y a esa bruja de Ubiña.

—Sabes que les detendremos y que no se van a poder escapar.

—Puede —asintió Iñaki—, pero si algo falla y yo no estoy allí soy hombre muerto.

—Por eso quiero sacarte del país. Ya.

—Quiero estar en la reunión. ¿Me lo vas a impedir?

—Puedo hacer que te detengan.

—El trato era que no eras un poli y no me querías detener.

—Te digo que haré que te detengan, no que te detendré yo.

—¿Y qué harás?, ¿me amenazarás con una pistola hasta que lleguen los txakurras? Saldremos en todos los telediarios y se cancelará la reunión. No tienes más remedio que dejarme en paz.

—Quieres que te maten, ¿no?

—No. No quiero que me maten. Ya me moriré solo, pero quiero contarle a Mikel un cuento cuando lo pillen. ¿No lo entiendes? Quiero ver el desastre. Me lo debe.

—Tú mataste a Domingo, ¿verdad?

—Tienes la virtud de hacerme cabrear.

—Tú le mataste y me sospecho que Mikel te presionó para que lo hicieras. Esa es la deuda que tienes pendiente, pero.... Hay algo que no entiendo. Para ti era un competidor, un rival con tu chica y los celos son muy jodidos ¿entonces? ¿Tienes remordimientos?, ¿es eso?

Iñaki se puso en pie, lívido y sudoroso.

—Eso es —siguió Maestre— vuelve a largarte. Métete en la boca del lobo. Le sueltas en su cara que tú le has entregado y él te pega un tiro. O te lo pega antes de que entremos.

—Pero, amigo. ¿A ti qué te importa? —gruñó Iñaki y salió del pequeño despacho. Desde el pasillo aún dijo: no te olvides del día y la hora.

Desde el mismo despacho, Maestre redactó su informe, lo codificó y lo envió a La Casa. Apenas quince minutos después le llegó una escueta nota: Mamá quiere verte.

Y

—¿Problemas? —preguntó Kewell elevando las cejas cuando le vio entrar en su despacho.

—Muchos. Si le parece vamos a concretar y que cada palo aguante su vela.

XVII

Eran poco más de las cuatro cuando Maestre llegó a la sede del CNI. Valdés estaba reunido con el gran jefe así que se quedó esperando en la antesala del despacho, como si fuera un visitante cualquiera. Siempre que estaba en aquella sobria salita le daba la misma impresión de la visita al dentista o peor aún, de la aséptica salita de un tanatorio. La prohibición de fumar era tan visible que nadie en su sano juicio podía decir que no la había visto, pero Maestre sentía que ya no estaba en su sano juicio, así que encendió un cigarrillo para la mirada de censura de la secretaria. Mientras esperaba, reflexionó sobre las consecuencias de la obstinación de Iñaki. En realidad no debía cambiar gran cosa, al fin y al cabo estaba seguro de que en La Casa nadie daba un duro por su vida cuando todo aquello terminara. Iñaki iría a Bagnols en contra de sus consejos para asistir a la reunión. La operación de extracción, como le llamaban, estaba a punto, pero mil cosas podían salir mal. Si las autoridades francesas no lo entregaban inmediatamente todo se iría al traste, suponiendo que saliera vivo del asalto y los suyos no lo mataran.

Valdés le miró con el ceño fruncido cuando le vio de pie, ante la puerta blindada de su despacho y con el cigarrillo en la mano.

—Si que has llegado rápido. ¿Qué te pasa, eres vidente? —le espetó con evidente malhumor. Seguido por los ojos fijos e inquisidores de la secretaria, los dos entraron y Maestre cerró la puerta tras ellos.

—El gran jefe no quiere dejar el asunto de Germán a los

franceses —dijo Valdés nada más sentarse tras su mesa—. Así que te irás a ese pueblo del demonio con los gabachos.

—¿Qué?

—Lo que oyes. Los franceses aceptan a alguien de La Casa, una especie de enlace. Y sólo tú conoces a Germán. Ya está todo en marcha. El martes tendrás un avión en Cuatro Vientos que te llevará a... —consultó los papeles— al aeródromo de Fayence. Tus órdenes son incorporarte al grupo de asalto de los GIGN que llevarán la parte más importante. Te encargarás de detener a Germán, le empapelarás y le traerás aquí directamente.

—¿Así de sencillo?

—Así de sencillo. Si dejas que lo detengan los CRS o la policía judicial la cosa entra en el engranaje oficial con lo cual la jodimos. ¿Me comprendes?

—Comprendo —dijo escéptico Valdés— aunque....

—Aunque qué, ¿dónde está ahora?

—De eso quería hablarte. ¿Y si le detuviéramos antes de ir a la reunión? Corre un gran peligro.

—¿Qué quieres?, ¿que le denunciemos? Tiene varias causas abiertas, si lo hacemos le meterán en la cárcel y tirarán la llave.

—Y si no, le matarán los suyos.

—No lo puedes saber. No hay señales de que le hayan descubierto. Y si no va a la reunión sí sabrán que ha sido él.

—Es curioso. Es lo mismo que él me ha dicho. Pero tengo una intuición, que esa jodida reunión sea una trampa.

—Me ha llegado la información por otros conductos —dijo Valdés—, los picoletos también trabajan. Va a haber reunión. No sabíamos de qué, pero ahora sí. Gracias a ti.

—Sí, que bien. Gracias a mí.

—¿Qué más quieres, joder? Vas a estar ahí. Tú le protegerás.

—Sí. Si llego a tiempo.

—¿Quieres decir que ya le han descubierto? Lo sabríamos.

—Eso espero.

Y

El tren se detuvo en la estación de Saint Raphael con una suave sacudida e Iñaki, el primero ante la puerta, salió inmediatamente dirigiéndose con paso rápido a la salida. El taxista le llevó hasta el gigantesco hipermercado en las afueras, en la carretera de Frejus, y allí, con las llaves en la mano, buscó el Renault Scenic cuya matrícula había memorizado. Las indicaciones sobre el lugar donde debía estar aparcado eran muy vagas y le costó un buen rato localizarlo, pero finalmente lo encontró, bien aparcado, enfilado hacia una de las salidas. El trayecto hasta Frejus y de allí a Bagnols no tuvo ningún percance aunque le causaba una cierta aprensión cruzar por en medio de la base de Infantería de Marina francesa que se extendía a ambos lados de la carretera. A su derecha un pelotón de soldados en traje de faena corría y saltaba obstáculos con evidente agilidad mientras un suboficial les arengaba con gritos y un estridente silbato. A la izquierda se amontonaban los barracones de servicios y una torre de vigilancia con un centinela más aburrido que atento. La carretera trepaba luego hacia las colinas cubiertas de espeso bosque con curvas a veces muy cerradas y empinadas e Iñaki se concentró en el manejo del vehículo. La reunión debía ser en la misma casa de campo, así que no necesitaba que nadie le viniera a recoger. No sabía dónde, pero era obvio que los CRS y la Gendarmería andaban cerca. Si hubiera algún cambio de ubicación te metes en un lavabo o en un rincón y lo envías con un sms, le había dicho su profesor de inglés, luego destruye el móvil y hazlo desaparecer. Si te ven te encuentras mal y estás vomitando. ¿Aprovechamos mi enfermedad?, le había preguntado Iñaki y su profesor le había respondido: no seas susceptible.

La inscripción en el hotel y la instalación en la habitación, la misma de la otra vez, transcurrió sin problemas. Bajó al bar a comer un poco de ensalada y queso y lo vomitó inmediatamente. En la soledad de la habitación se sintió más vulnerable que nunca. Pensó en Izaskun. Ya estaba hecho. Escaparse conmigo. Qué poco sabéis de ella y de mí.

A las nueve y cincuenta minutos de la mañana, Iñaki intentaba digerir una taza de té en la cafetería del pequeño hotel. En ese mismo momento dos coches de la Gendarmerie francesa y tres furgonetas de las CRS salían de la base de Infantería de Marina de Frejus en dirección a Bagnols. Le separaban de la entrada del pueblo únicamente diez kilómetros de tortuosa carretera y las órdenes eran tardar exactamente diez minutos en llegar hasta el hotel situado en la entrada. Desde dos días antes, los veinticuatro CRS y los seis gendarmes habían permanecido acantonados en la base con total discreción.

Como todas las mañanas, el coche de la Gendarmería de Bagnols estaba detenido a la puerta del hotel restaurante de la carretera, dispuestos sus dos ocupantes a tomar su desayuno, sólo que esta vez, el coche llevaba dos agentes más de paisano.

Iñaki salió del hotel, se dirigió a su Scenic pasando por delante del vehículo de los gendarmes sin una sola mirada y arrancó en dirección a la carretera de Draguignan.

Casi al mismo tiempo, el comandante de un segundo grupo de agentes, al mando de un pelotón de CRS en tres todo terreno, consultó su reloj en un punto situado al este de pueblo, en un claro del bosque reconocido desde hacía días por los motoristas del servicio de guardabosques. No había sido fácil llegar hasta allí, pero el trabajo de un aserradero cercano había servido aquella mañana para enmascarar la dura ascensión de los vehículos por estrechos caminos emboscados. Desde aquel punto, apenas quinientos metros cuesta abajo y despejado les separaban de la mansión, en cuyo exterior estaban ya aparcados una decena de coches.

Un kilómetro carretera abajo, hacia el este, gendarmes de Saint Paul vigilaban la carretera con órdenes de no dejarse ver, pero comunicando escrupulosamente cada uno de los vehículos que recorrían el tramo de carretera en una u otra dirección.

A un par de kilómetros hacia el norte y a uno y medio de la mansión, en pleno bosque, Miguel Maestre trotaba saltando piedras y gruesas raíces tras un equipo de GIGN, el grupo de Operaciones Especiales de la Gendarmerie, doce hombres al mando de un capitán que se movían velozmente desde el viejo molino en ruinas, en lo más profundo de la arboleda, donde habían permanecido los dos últimos días. El equipo de hombres silenciosos y hoscos le había recibido con una frialdad notable, y la rápida conversación con el capitán había puesto las cosas muy claras desde el primer momento. Maestre llevaría únicamente su pistola reglamentaria con las órdenes muy estrictas de no disparar en absoluto. Se limitaría a encañonar a Germán cuando le viera y le detendría. Uno de los helicópteros del GIGN le estaría esperando en la trasera del edificio para llevarle inmediatamente al aeródromo de Fayence desde donde saldrían para España. A todos los efectos, Maestre era un miembro del equipo, con el mismo uniforme, el pasamontañas cubriéndole la cara y las insignias del cuerpo. No debía pronunciar ni una sola palabra en español ni darse a conocer en ningún momento. Maestre era consciente de que la rapidez era fundamental. Debía encontrar a Iñaki de inmediato y protegerle antes de que sus compañeros reaccionaran.

Aparte de su instrucción en Marín y en Cartagena, Maestre no había tomado parte nunca en una operación de aquella envergadura. De hecho ni siquiera se podía decir que estuviera tomando parte en aquel momento. En realidad era todo como un gran puzzle, un cúmulo de acciones que realizadas cada una en su momento debían dar como resultado la perfecta ejecución de un plan, pero de algún modo Maestre sentía que algo estaba fallando en todo aquello. Sí, era como un ballet; unas bengalas en el cielo, una loca carrera de varios vehículos semi blindados, hombres de negro o de azul corriendo a tomar sus posiciones, unos gritos y pequeñas explosiones para derribar puertas. A todo aquello siguió un griterío y un caos total dentro de la vieja mansión, con granadas de humo, algún disparo aislado y un estruendo como de una cristalería que se viene al suelo. En algún momento de toda aquella barahúnda, Maestre se sintió como una pieza más. Era uno de los comandos entrando a toda velocidad por el túnel de la cava. Era un comando saltando por encima de la puerta de roble derribada, era un elemento más con la pistola en la mano entrando en la gran bodega. Y una a una las piezas iban encajando o parecía que encajaban.

Al desembocar en el gran salón, Maestre se tropezó con los ojos de Iñaki. Estaba allí, sí, pero lo demás era algo que jamás hubiera previsto. Una tromba de policías se había metido por las dos puertas y por uno de los ventanales, sonaban las sirenas de los vehículos y las órdenes por los megáfonos. Había hombres en el salón, mujeres y... niños. Niños asustados corriendo por todas partes.

Una voz potente, por uno de los megáfonos, ladró una orden histérica: ¡ne pas tirez, ne pas tirez!

Duante un instante el caos fue total, gritos, lloros, pisadas sobre los cristales rotos y las botas de hombres subiendo a todo correr por las escaleras desde los sótanos. Maestre no quiso saber más. Encañonó a Iñaki, sin decir una palabra y de un empujón lo lanzó de cara contra la pared. Sin perder un momento le cacheó, se apoderó de la Glock y luego le colocó las esposa con las manos a la espalda. Cuando salía del salón en dirección a la puerta trasera, el griterío aumentó de volumen. Percibió el disparo de algún flash y discusiones elevadas de tono que se iban perdiendo mientras ellos corrían hacia el helicóptero.

Después todo fue como un gran engaño, una gran mentira. ¿Qué cojones ha pasado Iñaki?, ¿quién era esa gente?, ¿nos has tomado el pelo? Te arrepentirás, le espetó en la cara. Blanco, demudado, con los ojos muy abiertos, Iñaki sintió que aquel era su último viaje.

El viaje en helicóptero hasta Fayence, el vuelo en un avión de hélice hasta Cuatro Vientos, el coche sin insignias y con los cristales tintados que les estaba esperando. El fracaso más absoluto.

Y

De pie en la cocina, con los brazos cruzados sobre el pecho, Izaskun Arriola miraba el televisor mientras, como en un sueño, veía pasar ante ella las imágenes del mayor fiasco de la historia en la lucha antiterrorista. Una nube de periodistas, cámaras y fotógrafos revoloteaba alrededor de médicos, camilleros, niños llorosos y padres indignados. Un ciudadano, de origen español, recitaba ante las cámaras el cúmulo de atrocidades de la policía francesa entrando a saco en una reunión de profesores y niños que estrenaban sus colonias de verano. Niños de entre seis y ocho años se arrebujaban, todavía asustados, en los brazos de sus padres llegados a toda prisa de todos los puntos del sur de Francia. El Prefecto de la región del Var intentaba dar una explicación plausible y en sus palabras se adivinaba ya el conflicto internacional con las autoridades españolas. Nadie hablaba de detenciones, ni de militantes de ETA, sólo una operación policial antiterrorista, dirigida por el juez Matignon que había movilizado agentes especiales, vehículos y miembros de la Suretè para encontrarse con un gigantesco fiasco.

Por suerte, decía la intrépida enviada especial, no había habido disparos, aunque los pequeños habían tenido que recibir atención psicológica por ver las armas a punto de disparar, los pasamontañas, los cascos negros y la actitud agresiva de los agentes. A Izaskun le dio la sensación de que los niños no estaban más asustados que excitados, pero el ambiente general del reportaje era de catástrofe, de agresión sin paliativos y de pisoteo de los más elementales derechos humanos.

A un puñado de kilómetros al oeste, Mikel Gara contemplaba en el televisor las imágenes de Bagnols. Euronews mostraba niños llorosos, refugiados en los brazos de sus padres, reporteros y cámaras amontonados en la puerta de la casa de campo, policías histéricos hablando por radio. El comentarista se quejaba de falta de información y decía algo de una operación fallida contra ETA, de chapuza de la policía francesa. La BBC hablaba de «una operación antiterrorista», con muy escasas imágenes y sin hacer hincapié en el fracaso. En cambio la CNN, en un reportaje mucho más corto y con escasa información, se complació en ofrecer una y otra vez la imagen de un niño llorando, mezclada con otras de los agentes especiales, terroríficos bajo sus pasamontañas y con sus subfusiles Sig amenazadores.

Cerca de allí, en los bares de Euskadi sur, norte, este y oeste, pareció como si la Real hubiera ganado la liga. El vino y el cava corrían a raudales mientras cientos de pares de ojos seguían las imágenes. Mikel se fumó un cigarrillo con parsimonia y se volvió hacia el lado más oscuro de la habitación.

—Tenías razón —dijo.

—Siempre tengo razón —afirmó Ubiña desde la cama—. Hace tiempo que lo teníamos que haber silenciado.

—Nunca es tarde.

La casa del coronel Valdés no podía calificarse de mansión, pero casi, un lugar acogedor, con una amplia piscina, un bosquecillo de abedules y verdor por todas partes. Maestre paró atención en el caseta del perro, vacía, muestra inequívoca de que a su superior no le gustaban los animales. Desde la verja de hierro, un camino empedrado discurría, en meandros, entre el césped bien cortado hasta llegar a la puerta principal de la casa.

A pesar de los años que llevaban trabajando juntos, Maestre no había estado nunca en la casa de su superior y amigo, en parte por el extremo celo de Valdés en mantener su vida privada fuera del trabajo y en parte porque hacía sólo un año, o menos, que se había trasladado con su familia desde su vivienda anterior, en el centro de Madrid. Probablemente, pensaba Maestre, el ascenso a coronel y los cambios en el CNI llevaban aparejados otros cambios. En la puerta abierta, sonriente y elegante, le esperaba Esther Lamo de Llanes, la distinguida y encantadora esposa de Valdés, ex o no tan ex miembro del servicio, que había renunciado a su carrera para apoyar la de su marido. Si de algo estaba seguro Maestre es que Esther no sólo le apreciaba, sino que estaba al tanto de sus idas y venidas y compartía secretos con su esposo, algo que el servicio miraba con benevolencia, no exenta de interés. Era cosa sabida la perspicacia de Esther Lamo, su discreción y su prodigiosa memoria, lo que hacía contradictorio que hubiera decidido dedicar su vida a criar un par de chicos y ayudar a ascender a su marido.

—¡Miguel! —exclamó ella abriéndole los brazos. Le estrechó estampando luego dos besos en sus mejillas y rodeándole con un exclusivo perfume que iba más allá del estatus de su marido para entroncar con su propia y rica familia.

—Señora de Valdés —dijo él un poco teatral.

—¡Qué tonto eres! —exclamó ella tomándole del brazo y llevándole hacia adentro—. No te perdonaré nunca que no hayas venido por aquí hasta ahora. Llevamos aquí un año, tienes una habitación preparada y la bodega te aseguro que está pensada para ti. ¿Te acuerdas de aquellos Jumilla que te gustaban? Pues los tengo todos y a Ángel ya sabes, le ha dado por la ley seca.

—Se hace viejo —sonrió Maestre—. Deberías dejarle y buscarte un amante.

—¿Quién debe dejar a quién? —dijo la voz de Valdés. Bajaba por la escalera principal, como una estrella de Hollywood, vestido con un ligero pantalón de estar por casa y un jersey azul, todo muy elegante con la mano indudable de su mujer en todo su atuendo. Valdés era también de buena familia, militares de casta, pero de una rancia y anticuada familia venida a menos, seguramente poco dada al diseño y a las relaciones públicas a no ser que fueran en la misa de los domingos y en las procesiones de Semana Santa.

Valdés y su esposa se besaron con evidente recato y luego ella, con un guiño dirigido a Maestre, desapareció en dirección al área íntima de la casa.

—¿Me vas a dar una explicación? —disparó Valdés.

—Era una trampa —soltó Maestre—. La trampa más antigua y pueril del oficio. Le filtran sólo a una persona lo de la reunión. Al sospechoso. Y si todo sale mal está claro quién es el traidor. Y yo voy y caigo de cuatro patas.

—¿Una trampa? —Valdés hizo una seña y los dos se encaminaron hacia la biblioteca. El coronel sirvió dos grandes copas de coñac y depositó una en la mesita baja, junto a uno de los dos sillones orejeros. El ventanal, directo al jardín, daba una buena luz matinal y Maestre pensó que aquel era un buen lugar para vivir, si el mundo no se le caía a uno sobre la cabeza.

—Dime una cosa —dijo Maestre tras un sorbo—. ¿Qué hago aquí?, ¿Por qué no estamos en tu despacho?

—La verdad es que ha sido idea de Esther. Dice que hay cosas que es mejor discutir en la intimidad.

—¿Qué vas a hacer con él? —preguntó Maestre.

—¿Con Germán? De momento va camino de la sierra. Tenemos que acabar de exprimirle.

—No ha sido él. Estaba allí. Siguió el plan. Le detuve, me lo llevé y ahora lo facturamos… a algún sitio.

—Una facturación que ya tienes preparada —aseguró más que preguntó Valdés.

—Eso es. ¿No me vas a decir qué pasa?

—¿Y no crees que ha sido él el que nos ha engañado?

—Es posible —admitió Maestre—, aunque no lo creo. Y tú tampoco.

—Pero nos tendríamos que asegurar, ¿o no?

—Supongo que tus chicos se lo sacarían si fuera esa tu intención, pero dices que le van a exprimir y eso quiere decir sacarle información, no hacerle confesar. —apuntó, tenso, Maestre.

—Claro. Y luego lo entregamos al juez...

—Eso no es lo pactado.

—No. Lo pactado era que Germán nos entregaba a la dirección de ETA reunida con diputados, alcaldes, funcionarios y ertzainas de los que tiene en nómina —escupió Valdés súbitamente tenso—. Que les íbamos a pillar a todos en ese pueblo del demonio. Eso era lo pactado. Lo que ha pasado supone un cambio, ¿no crees?

—¿Cambio?, ¿qué cambio? —se envaró Maestre.

—Oye —se acomodó Valdés en el sillón—. Somos servidores del Estado, ¿no es cierto?

—No me vengas con monsergas, coronel.

—No he sacado las estrellas en ningún momento —respondió Valdés cada vez más rígido— ni las voy a sacar. Ni siquiera el hecho de que soy tu jefe y dirijo las operaciones de La Casa. Estoy hablando con mi amigo Miguel Maestre, aunque él es un rebelde y un mal educado. —Dejó la copa sobre la mesita y se acodó sobre las rodillas—. Servimos al Estado, tú, yo y cumplimos órdenes. Nos dicen haz esto y lo hacemos. Si no nos gusta presentamos la dimisión y nos volvemos a algún agujero o nos vamos a casa, ¿no es cierto? Y la boca cerrada.

—¿Qué me quieres decir, que me vaya si no me gusta?

—Toda esta operación ha sido un fiasco. No te puedes imaginar lo cabreados que están los franceses. Me parece lógico que tengamos nuevas directivas.

—¿Qué directivas?

—Germán se va a la Audiencia Nacional.

—¿Qué?

—Que nuestro trabajo terminará en cuanto le demos un repaso. Le exprimiremos todo lo que podamos, le sacaremos hasta la última gota partiendo de la base de que es hostil. Nos ha engañado, nos ha tenido en jaque durante meses y cuando le pedimos algo realmente importante nos traiciona.

—¿Te estás oyendo? —dijo Maestre entre dientes. Los nudillos le blanqueaban sobre los brazos del sillón y echó el cuerpo hacia delante, como si fuera a saltar sobre su superior—. En la vida había oído mayor sarta de estupideces.

—Te estás pasando capitán.

—Sabes perfectamente que él no nos ha engañado.

—Yo no sé nada, Miguel. Es tu chico. Y resulta que había una importantísima reunión que se ha transformado en un encuentro de boy scouts, ¡hemos hecho el ridículo más espantoso! El jefe nos ha amenazado con cosas que ni te puedes imaginar. ¿Crees que bromeo? Le tendremos en la sierra el tiempo necesario y luego lo entregamos. Le buscan por lo de Barcelona y tiene montones de causas pendientes. No es cosa nuestra.

—Pero, ¡joder! Le prometimos una salida.

—Tienes que cancelar esa salida.

—En cuanto entre en la cárcel lo matarán.

—Es una orden. Y no mía desde luego. Nuestro trabajo era contactar con Germán, sacar toda la información que pudiéramos y una vez consigamos eso, se acabó.

—Es nuestro agente…

—No es un agente.

—Es un agente —insistió Maestre sujetando la furia— controlado y comprobado. Trabaja para nosotros, gratis. Se lo debemos. Sacarlo con vida y darle una vía de escape, ese era el trato y esas son las normas.

—¿Las normas? ¿Tú me hablas de normas?, ¿cuántas te has saltado? Te repito que no es un agente. No para nosotros. Es un disidente, un traidor a los suyos que hemos reclutado y que ha hecho su trabajo y probablemente nos ha engañado jugando a dos barajas. Que vuelva a donde sea que tenga que volver.

—Roma no paga a los traidores —recitó Maestre.

—Lees demasiada historia.

—Hagamos un trato —intentó Maestre de ser condescendiente—. Déjame ir a la sierra, colaboraré en el interrogatorio, sé más cosas de él que nadie y luego yo me encargo de que se vaya.

—Tú me harás un informe completo de todo lo que sepas, por escrito y mañana a más tardar. Te mantendrás al margen y te olvidarás de él. ¿De acuerdo?

—Quieres verle muerto, ¿por qué?

—No quiero verle muerto. No es cosa mía —respondió Valdés.

—Claro. Tú sólo cumples órdenes. Ese hombre ha confiado en nosotros.

—Es un asesino. Y no me jodas más, Miguel.

—También lo era cuando me mandaste a hablar con él.

—Y lo has hecho bien. De hecho, no debería, pero te voy a recomendar para una estrella de ocho.

—Estará bien, le pegaré un tiro con el grado de comandante.

—¡No me jodas Miguel! ¿En tu puta vida no puedes obedecer una orden sin rechistar? ¿No puedes?

—Hay algo más, ¿verdad?

—En este oficio siempre hay mucho más, capitán —espetó Valdés, furioso—. Hasta estoy seguro de que tú sabes mucho más. Hazme ese puñetero informe y olvídate de Germán. Y ahora bébete el coñac y calla de una vez, ¡por Dios!

En la puerta, Maestre se despidió de Esther con un beso en la mejilla.

—No te quedas a cenar, ¿verdad?

—No. Otro día. Hoy no sería una buena compañía.

—Entiendo —dijo ella y añadió en algo voz baja—: No pierdas la esperanza.

Esther cerró la puerta con cuidado y se volvió de cara a su marido.

—Es una faena —dijo—. Será muy buen amigo si te lo perdona.

—No es mi culpa. Todo tiene un precio. Sobre todo la paz.

En las últimas semanas, Maestre casi no había aparecido por su casa y la sensación que le dio al entrar era la de estar en una especie de muestrario de mobiliario sueco. La mujer que limpiaba una vez por semana, ante nada mejor que hacer, debía sacar brillo una y otra vez a espejos, dorados, suelo y pulcros cacharros de cocina que relucían como en un anuncio de televisión. Sobre la cama, abierta y preparada para recibirle a él, solo o acompañado, había también un pijama doblado, prueba del desconocimiento que la madura salmantina tenía sobre las costumbres de su protegido. Encendió el televisor, según su costumbre, sin voz y se sirvió un whisky solo. Se acomodó luego en el ultramoderno silloncito frente al ordenador y abrió el programa de correo. El mensaje de Navarro estaba allí, puntual.

—Navarro ha salido a comer —le dijo una voz a través del teléfono—. ¿Quiere que le deje algún recado?

—No, gracias. Le volveré a llamar.

En la televisión se movieron por unos segundos imágenes de Bagnols seguidas por la presencia del portavoz de Batasuna rodeado de un jardín de micrófonos pero cuando fue a subir la voz del televisor ya había pasado, fugazmente, y una joven rubia y guapa estaba contando las interioridades de un club de fútbol.

A la segunda llamada Navarro se puso al teléfono.

—Tengo algo muy importante —dijo Navarro.

—¿Ya has hablado con tu amiga?

—Izaskun se ha ido —respondió Navarro—, cuando llegué a casa ya no estaba, pero no es eso. ¿No has visto los telediarios?

—¿A qué te refieres?

—La movida esa de Francia. ¿Lo has visto o no? —insistió Navarro.

—Bueno... algo, pero ¿qué tiene que ver con nosotros?

—Me han llegado informaciones —bajó la voz Navarro—, ¿Puedes hablar?

—Puedo escuchar —dijo Maestre.

—¿Qué sabes de una tregua de ETA?

—¿Qué?

—¿Sabes de qué estoy hablando?

—No sé de qué me hablas —dijo Maestre realmente sorprendido.

—Está bien. No sabes nada. Pero el corral anda revolucionado. Se habla de una inminente tregua. Un alto el fuego indefinido y la apertura de negociaciones políticas.

—No tengo ni idea —afirmó Maestre cada vez más tenso.

—¿Nos podemos ver?

—De acuerdo —concedió Maestre.

No estaba seguro, pero era muy posible que su teléfono estuviera intervenido, o el de Navarro. O que hubiera escuchas capaces de interferir con su móvil, así que le pareció mucho más segura una cita a media tarde en un café lleno de gente, donde Navarro le esperaba en la barra, junto a un teléfono verde, cubierto de polvo, reliquia de cuando la gente no tenía aparatos móviles.

—¿Café? —dijo Navarro al verle. Maestre asintió y el periodista pidió dos al barman. Cuando los hubo servido le habló en voz muy baja, con el oficio de conspirador ya aprendido.

—Cuando tú yo nos conocimos, me había puesto en contacto contigo a través de un compañero. Ya sabes. Uno de esos que tiene amigos importantes. Los sigue teniendo y me lo ha dicho.

—¿Qué te ha dicho?

—Que se está moviendo algo en el mundillo del akelarre. Que se negocia una tregua indefinida. De hecho nos hemos puesto a trabajar en ese supuesto. Pensé que te interesaría, o que sabrías algo; esto debe afectar a las relaciones con... Iñaki, ¿no?

—¿Y qué tiene que ver lo de Francia? —preguntó Maestre, lívido.

—No sé. Ha salido el portavoz de Batasuna y ha dicho algo significativo. Ha dicho en la rueda de prensa las palabras mágicas, tregua y paz. Y a micrófono cerrado ha dicho algo más, que hay condiciones previas y que algunas ya se están cumpliendo.

—¿Eso ha dicho?

—Eso ha dicho —corroboró Navarro—. ¿Afecta eso en algo a Iñaki?, ¿dónde está?

—Está a salvo. No te preocupes, ¿Por qué me preguntas si le afectará en algo?

—¡Joder! —exclamó Navarro—. No eres tan tonto. Si les está traicionando ahora tendrán las manos libres, ya no les será útil a los tuyos. ¿Quién le va a proteger y para qué? Lo sabes perfectamente.

—Está a salvo —volvió a repetir Maestre, tratando de convencerse a sí mismo. En el fondo de su cabeza iba tomando forma la sospecha. Le vais a encerrar para que le maten. Esas son las órdenes, mi querido amigo Valdés. Esas son las órdenes. Volvemos a las andadas, cumplir órdenes para que alguien muera.

Aquella noche, la lluvia ponía un toque de nostalgia sobre Madrid, diluyendo en la distancia los bloques de viviendas y la agresiva antena de la televisión estatal. Miguel Maestre contemplaba la lluvia empapando las calles cercanas y resbalando por los cristales. Momentos como aquel los había vivido otras veces, momentos en que debía tomar decisiones drásticas, que podían significar la vida y la muerte para alguien y que modificaban su propia existencia hasta el punto de que, a partir de ahí, se sentiría otra persona, una persona que podía ir a parar a un despacho, con un ascenso, corroído por la frustración y el sentimiento de culpa. O bien a una celda en algún penal en Cartagena, especialmente pensado para traidores y espías. ¿Qué le debo yo a Iñaki de Mondragón?, se preguntó, ¿la palabra dada?, ¿es eso tan importante?

Unas de las muchas cosas que Robert Kewell tenía claras era su concepto de la independencia personal. Otras eran la fidelidad a la Corona, la relatividad de las verdades absolutas o la seguridad de que el mundo seguiría funcionando tanto si él estaba como si no. A propósito de su independencia personal, la conservaba siempre como un tesoro, por eso había elegido la profesión que había elegido, o mejor dicho las profesiones que había elegido. De la primera, la de capitán de barco, era obvio que lo que mejor había llevado siempre era el hecho, no de mandar una tripulación, sino de que nadie le mandara a él. De la otra, lo más interesante era que el trabajo en solitario, con órdenes siempre flexibles y disimuladas, tan etéreas, hacía que la gama de posibilidades fuera enorme.

En su retiro, o semi retiro en Santander, no recibía ya órdenes de nadie, ni explícitas ni implícitas, así que cuando vino a verle el alto funcionario de la embajada del Reino Unido en Madrid se lo tomó como una visita de cortesía. Naturalmente no hubo más que un educado intercambio de fórmulas hasta que un «by the way» abrió la charla hacia una sutil información, un «acercamiento», como se decía en la jerga habitual, sobre cierto favor que se le había pedido a Kewell y que, desde altas instancias españolas, querían cancelar. Hay un acuerdo, le dijo su interlocutor, o un principio de acuerdo. Y una parte de ese acuerdo no incluye a cierto personaje, ¿me entiende?

Naturalmente Kewell lo entendió, pero él sabía y su interlocutor sabía que la decisión última estaba en sus manos y que Kewell no era persona que dejara en la estacada a un amigo. El alto funcionario de la Embajada le hizo notar que las relaciones entre los servicios de información del Reino Unido y los del Reino de España eran muy buenas y que, probablemente, lo seguirían siendo pasara lo que pasara. Así que, lo expuesto no era más que un comentario.

De esa conversación, Kewell sacó la conclusión de que las cosas serían más difíciles, que el paquete que debía expedir estaba abandonado y que ya no contaría con la neutralidad del aparato policial español, pero desde luego, la cuestión era si traicionaba o no su concepto de independencia y de lealtad. Así que, cuando la recepcionista le dijo que su contratado profesor de inglés comercial le esperaba en el despacho, frunció los labios y deseó que fuera él mismo, su profesor contratado, quien rescindiera el contrato.

Maestre esperaba sentado en el sillón, frente a la gran mesa de despacho y Kewell entró con la pipa apagada en los labios. El inglés hizo un gesto con la cabeza y cerró la puerta tras él antes de dirigirse a la estantería.

—¿Una copa? Es la hora de mi whisky.

Maestre aceptó esta vez y Kewell fue directo al grano tras servirse un trago:

—Tenemos problemas, ¿no es cierto?

—Cierto.

—He estado viendo la televisión —dijo Kewell.

—Entonces se hace usted una idea.

—Algo más que eso. Me preguntaba si tendría usted nuevas órdenes.

—Es posible, pero ya sabe lo que pasa con las órdenes. A veces se traspapelan.

—Comprendo. ¿Y el paquete?

—El paquete está donde no debería estar y necesito sacarlo.

—Se está usted complicando mucho la vida, señor Merino.

—Lo sé. Pero tengo unos compromisos.

—Su paquete quema —aseguró Kewell muy serio.

—¿Quiere eso decir que ya no cuento con su ayuda?

—No. No quiere decir eso, sólo quiero asegurarme que sabemos en qué terreno nos movemos.

—No quiero causarle dificultades —aseguró Maestre.

—A estas alturas de mi vida poca gente me puede crear dificultades, algún marido despechado como mucho.

Maestre sonrió.

—¿Qué necesita? —preguntó Kewell.

—Un par de colaboradores discretos y dispuestos. Limpios. Muy eficaces. Que puedan entrar y salir sin dejar rastro.

—Pide usted mucho, pero con dinero casi todo se arregla. ¿Tenemos dinero?

—Eso sí.

—Eso sí. ¿Qué es lo que no tenemos?

—Neutralidad.

—Me lo temía —Kewell frunció el ceño—. ¿Tiempo?

—De momento lo tenemos, pero sería conveniente no demorarlo demasiado.

—Entiendo.

De un cajón, Kewell sacó algo que parecía un folleto sobre barcos. Lo ojeó un instante y luego consultó el calendario de mesa.

—De acuerdo. Estamos de suerte. Le avisaré cuando esté todo listo. Pero, dígame algo, ¿está usted seguro de que hace lo mejor?

—No sabría decirle. ¿Es usted jugador?

—Las carreras de caballos y poco más.

—Pues ya sabe lo que se siente. Uno arriesga.

—Que tenga suerte.

—Gracias Kewell —dijo Maestre y el inglés hizo un gesto como si todo aquello no tuviera importancia.

—No te entiendo, Miguel —dijo Gloria—. ¿En qué estás metido?

—Nada importante. Lo único que te pido es un piso franco. Dijiste que me ayudarías, ¿no?

—Oye. Me estoy volviendo loca —Gloria se cogió la cabeza con las manos—. ¿Un piso franco? Tenemos pisos francos. El mío no es un lugar seguro. Puedes usar... ¡señor! —exclamó de pronto—. Es cosa tuya. ¡Otra vez!

Estaban en un coche anodino, aparcados en una estrecha calle de Pamplona, en un rincón sin luces. En el viaje desde Madrid, Maestre había urdido el plan que, de salir mal, acabaría con su carrera, desde luego y con él en la cárcel. No es la primera vez, se dijo, y si he salido bien librado, ¿por qué no ahora?

—Vamos, Gloria. Todo irá bien —dijo Maestre—. En un par de días todo estará solucionado.

—Pero no es oficial, ¿verdad?

—Ya sabes cómo va esto. Si hay que hacer algo, se hace. No hay nada escrito. Es el procedimiento.

—¡No me jodas! —sonrió ella—. ¿Quién es?

—No tienes que saberlo.

—¿Me vas a venir con esa chorrada de protegerme?

—Es un confidente.

—¡Por dios! Hay procedimientos para eso. Dejaste el micrófono en Mondragón contraviniendo las órdenes y ahora quieres secuestrar a un tío y meterlo en mi casa.

—Lo del micrófono está arreglado. Tranquila. Y no es un secuestro. Él está de acuerdo.

—¡Oh! Él está de acuerdo —dijo Gloria exagerando la exclamación—. Entonces no es un secuestro, es un montaje y un fraude. Me habías asustado.

—Vamos, Gloria. No pasará nada. Dentro de unos días lo saco, sólo necesito un lugar seguro durante dos días, tres a lo sumo. Confía en mí.

—¡Dios santo!, que confíe en ti. —Volvió a llevarse las manos a la cabeza—. Hace seis años, ¿o siete?, que te conozco. No sé nada de ti. Vas, vienes, pides, y quieres que confíe en ti.

—Se lo debo, Gloria. ¿Me vas a ayudar?

—¡No me lo puedo creer!

—Me vas a ayudar o no.

Gloria le miró largamente, como si estuviera viendo a un extraterrestre. Encendió un cigarrillo y soltó un suspiro que hizo retemblar todo el coche.

—Cuándo —preguntó por fin.

El piso de Gloria en el barrio viejo de Pamplona era pequeño, encaramado en lo más alto de la calle y con balcones a dos calles. La chica había preparado para su invitado una habitación que, según dijo, le servía de cuarto de plancha.

—No me digas que planchas —dijo Maestre echando un vistazo a la cama plegable, el armario estrecho y alto y la silla de madera rústica.

—Pues qué te crees, ¿que voy con la ropa arrugada?

—¿Hay alguna salida?

—La ventana del cuarto de baño es grande, da a un tejadillo del bloque de al lado. Se puede saltar sin problemas.

—¿Nunca has tenido miedo de que te entre alguien?

—Esto es Pamplona Miguel, los madrileños siempre estáis pensando en cacos.

—Ya.

Gloria se acercó a un aparador en la estancia principal, abrió un pequeño armario y sacó una botella y dos vasos.

—¿Un trago?

—¿Qué es?

—Pacharán, ¿qué si no?

—Está bien. ¿Siempre has vivido aquí?

—Al poco de destinarme. Primero estuve en una pensión, luego en un piso compartido, dos meses y después encontré esto.

—¿Le traías aquí?

—No tienes por qué preguntar eso —dijo Gloria mirándole de un modo extraño.

—Perdona. ¿Cómo es el vecindario?

—Se meten en sus asuntos.

—Perdona, joder. ¿Y no crees que a lo mejor alguno hace de soplón?

—Nadie sospecha nada de mí. Por aquí vienen los cachorros de Haika y batasunos. Me he ganado su confianza. Eres tú quien me preocupa. Si te ha visto alguien me tendré que inventar algo. Un amante o algo así.

Maestre no dijo nada. Bebió un trago y luego se acomodó en el pequeño sofá tapizado de azul.

—¿En qué estas metido? —preguntó ella.

—Ya te lo he dicho.

—No. No me has dicho nada. Tienes un confidente entre manos y necesitas esconderlo un par de días, pero no recurres a los conductos oficiales. Eso es todo lo que sé.

—Le tengo que sacar de donde está, pasado mañana —dijo—. Por la noche. Lo traeremos aquí. Un par o tres de días hasta que pase lo peor. Luego me lo llevaré.

—¿De dónde lo tienes que sacar?

—Eso ya no te interesa.

—¡Ya! O sea que me juego el culo trayéndolo a mi casa y no puedo saber de dónde lo sacas.

—Eso es.

—Ni cómo se llama.

—Veo que lo has captado —respondió Maestre con sorna.

—¿Es peligroso? —inquirió ella tras un trago. Maestre asintió con la cabeza.

—Me la juego —dijo él—. Lo de menos son los dos días

que va a parar aquí. Por eso no te preocupes, nadie se va a enterar, pero hay un antes y un después.

—Y lo tienes que hacer.

—Lo tengo que hacer.

—Está bien —aceptó Gloria—. ¿Cómo lo tengo que tratar?

—¿Qué?

—Quiero decir si es un colaborador o un cabrón al que tengo que vigilar.

—Las dos cosas —dijo Maestre y Gloria dejó vagar la vista a través de la ventana. Bebieron.

—Le solía ver aquí —dijo Gloria.

—¿A Gorka?

—A Gorka.

—No tienes que contarme nada si no quieres, de verdad. No tengo derecho a andar con curiosidades.

—Te lo quiero contar. Nunca se lo he dicho a nadie. No es… bueno, no era un enamoramiento, ya sabes, una pareja y todo eso. Era, si quieres… un poco maternal… era un chico débil, con una gran necesidad de cariño. ¿Lo entiendes?

—Lo entiendo —dijo Maestre algo molesto. No era dado a las confidencias, no entraba en su formación ni en su carácter, pero sentía que tenía que hacer algo para evitar que Gloria se deslizara cuesta abajo por la nostalgia o el sentimiento de culpa.

—Intenté que se desenganchara de mí, pero no era nada sencillo y para mí era algo… agradable. Era como una especie de… adoración. No sé, supongo que la cagué.

—No seas dura contigo. Siempre establecemos relaciones intensas con la gente a la que controlamos o que reclutamos.

—Sí, supongo. Es de manual, ¿no? Pero a lo mejor hay algo recíproco. Supongo que yo también tenía necesidad de algo…

—¿No tienes novio?

—No. Lo tuve.

—¿Y qué pasó?

—No funcionó. Igual que lo tuyo.

—¿Igual?

—Bueno, no sé. No me has dicho mucho.

—No hay mucho que contar. ¿No te han dicho nunca que no se mezcla el trabajo y el placer?

—Es gracioso que me digas eso. ¿Lo hiciste?

—¿Mezclarlo? Se mezcló solo. Fue un desgraciado asunto.

—¿Qué pasó?

Maestre pensó un momento. Tal vez podría hacer alguna confidencia, algo que no comprometiera a nada y que le sirviera a ella de bálsamo. Como decirle, ¿ves? En todas las familias hay miserias.

—Hice un trabajo y acabé metiendo en la cárcel a su padre. Un pez gordo. Al año murió en el penal.

—¿Militar?

—Marino.

—Vaya. Eso sí es una putada —exclamó Gloria.

—Y su marido era mi mejor amigo.

—Joder, Miguel. No eres ningún angelito. No me extraña que te ame-odie —los dos sonrieron.

—¿Qué hizo? El padre de la chica.

—Quieres saber demasiado. Esas cosas no se cuentan. Un asunto enrevesado. Te aburriría.

—Ya.

—Y ahora vale ya de ponerse tiernos —dijo Maestre—. Me voy, mañana será un día duro.

—Puedes quedarte aquí si quieres —dijo ella con expresión neutra—. Es muy tarde.

—Mejor que no. Sólo nos faltaba hacer más mezclas. Además, tengo que madrugar mucho.

XVIII

Maestre dejó el coche en una zona azul de la avenida Calvo Sotelo y cruzó por los jardines de Pereda en dirección a la Estación Marítima. A juzgar por el movimiento de gente, el ferry de Plymouth acababa de atracar y una larga cola de taxis esperaba junto al muelle. A lo lejos, a la izquierda, se podía ver la silueta iluminada del palacio de La Magdalena, brillante como el sol de la mañana. Una vez en la estación se dirigió a la cafetería y se colocó estratégicamente, en una mesa alejada de la puerta pero con una visión total. El local era como otros tantos en estaciones marítimas, de ferrocarril o de aeropuertos. Dos camareros con aspecto centroamericano se esforzaban por atender a una nube de clientes ansiosos por quitarse los restos del mareo a base de café o por tomar un refrigerio antes de embarcar.

Las señas que Kewell le había dado eran tan precisas como era de esperar, de modo que no le preocupaba encontrar a su hombre. Tal y como Kewell le había señalado era alto, sólido, pelirrojo, con una mano en la que faltaba la mitad del dedo índice, algo que el recién llegado se preocupó de que quedara bien de manifiesto colocándola sobre el tabardo de grueso paño azul, al estilo del caballero de la mano en el pecho. Maestre desplegó ostensiblemente el Times que fingía leer y el pelirrojo se acercó despacio hacia él, con el modo de andar típico de los marineros, las piernas separadas y la cadencia lenta, como si temiera que el suelo empezara a temblar bajo sus pies. Tras él quedó un joven cetrino, delgado, casi una cabeza menos de altura que el pelirrojo, pero con una mirada que a Maestre se le antojó peligrosa. Se quedó junto a la puerta, con las manos metidas en los bolsillos del modelo de tabardo igual al de su compañero.

—¿Me va a invitar a una pinta? —dijo el pelirrojo en buen español, plantándose frente a él. Cualquiera en su sano juicio no se hubiera atrevido a negárselo, aunque la respuesta no hubiera sido la contraseña acordada.

—¿Va a ser negra o blanca? —respondió Maestre. El pelirrojo sonrió y se sentó en la única silla vacía haciendo un gesto al camarero con la mano, como si fuera él el que accionara la palanca del barril.

—El camarero y yo somos viejos amigos —dijo el pelirrojo extendiendo la mano—. Me llamo Michael.

—Yo soy Merino, Santiago Merino. ¿Su amigo no bebe?

—¿Elías? ¡Ya lo creo que bebe! —rió el pelirrojo con una risa fuerte y franca—, pero ahora su trabajo consiste en quedarse ahí. Es muy disciplinado. —Calló un momento para dejar que el camarero dejara la pinta de cerveza, rubia, ante él. Maestre tomó un sorbo de su café y dejó que el pelirrojo continuara—. El señor Kewell dijo que necesitaba usted un par de muchachos decididos y yo siempre hago lo que el señor Kewell me aconseja.

—¿Y él? —señaló Maestre con la cabeza hacia la puerta.

—Elías y yo siempre vamos juntos. Es libanés. Le conocí allí durante la guerra y le salvé el pellejo. Ya sabe cómo va eso. Es un buen marino y de toda confianza. Y no es musulmán, lo que ya es decir algo. ¿Ha oído hablar de los maronitas?

—Algo.

—Son unos tipos curiosos. Árabes, pero una mezcla de papistas y musulmanes. Aunque si me oye Elías se mosquearía, ¿no dicen ustedes se mosquearía?, sí, eso. Les da la pájara de decir que son fenicios, lo cual no sé qué quiere decir, la verdad. ¡Oh! Estoy hablando demasiado. Usted dirá. Kewell no me ha dado detalles.

—¿Se conocen desde hace mucho?

—¿Kewell y yo? Sí, le aseguro que hace mucho. Se asombraría de lo que hemos viajado juntos.

—Se trata de un asunto complicado.

—¿Cómo de complicado?

—Terreno hostil. Vigilancia. Hará falta equipo nocturno, pero sobre todo nada de utilizar las armas.

—Es mi lema. ¿Oposición?

—Cuatro, cinco a lo sumo.

—¿Tenemos planos?

—Aquí —Maestre se señaló la cabeza—. Se lo dibujaré con todo detalle.

—Excelente. ¿Nos acompañará usted?

—Por supuesto.

—Lista la primera fase, pasemos a la segunda.

—Sí. Esto es para usted —le alargó un sobre repleto de billetes—. Es para cubrir sus primeros gastos. Cuando terminemos el trabajo habrá más. —Michael asintió guardándose el sobre. Maestre sacó un papel doblado del bolsillo—. Les he reservado habitación aquí.

—Perfecto. —El pelirrojo se guardó también el papel en el bolsillo y luego dio un trago que dejó temblando la pinta de cerveza—. Ahora hablemos de la tercera fase, ¿no le parece?

Maestre recordaba bien el lugar. Muy bien. Le había dicho a Michael las principales características, como que era una antigua casa solariega, de arquitectura castellana un poco incongruente en la sierra. Una sola planta dividida en dos alas y en el centro un curioso portal columnado. Las ventanas estrechas, enrejadas y con excelente visibilidad a los cuatro puntos cardinales.

Los tres hombres se acercaron juntos, confundiéndose con las sombras. Hay jardín alrededor, pero sin árboles, de modo que una vez saltada la tapia hay que reptar o arrastrarse. Lo mejor es la noche sin luna, claro y eso lo podemos elegir pero hay cámaras de infrarrojos. Hubo que neutralizar al vigilante de la puerta, un muchachote de cara roja, asalariado de una compañía de seguridad privada que no sabía ni qué estaba vigilando. Claro que, les dijo Maestre, el vigilante no es más que un señuelo. Lo verdaderamente difícil viene después. Hay un agente paseando por la oscuridad y ese sí es un profesional. Tiene que reportar al control interior cada diez minutos, pero no es raro que se demore hasta media hora, así que ése es el tiempo que tenemos desde que le neutralicemos.

Elías, el libanés, resultó de un eficacia rayana en el virtuosismo. Cuando el joven vigilante de la garita salió a hablar con el conductor del vehículo, Elías se deslizó tras él como una sombra y en un abrir y cerrar de ojos estaba sin sentido tras unos setos, con una ancha cinta adhesiva tapándole la boca, alrededor de la cabeza, y las finas ligaduras de plástico en brazos y pies: ready for the shipment, murmuró Elías en voz baja.

Vestidos de negro, boca abajo en el suelo y en absoluta inmovilidad, los tres esperaron pacientemente hasta que el agente del jardín se detuvo a unos pasos de ellos. Las luces del porche iluminaban apenas un círculo alrededor de la puerta de la casa, pero Maestre sabía bien que dos cámaras, estratégicamente situadas, controlaban un amplio cono que dejaba libre, solo, el lugar donde se habían situado. La entrada, les había explicado Maestre, la haremos por la carbonera, hay sensores pero sé cómo neutralizarlos. El conducto es muy estrecho, sólo alguien muy delgado, Elías, puede pasar. Ni hablar de la puerta principal. El control está en el ala derecha, la norte, pegada a la puerta, un hombre solo que hace guardia toda la noche, así que puede que esté dormitando o viendo la televisión. Se accede por una sola entrada, está cerrada por dentro, pero si alguien llama desde fuera la suele abrir sin problemas; es una puerta de madera muy gruesa.

Michael hizo un movimiento tan rápido que a Maestre se le antojó fugaz. Agarró al agente por los tobillos, estiró con fuerza de él aplastándolo contra el suelo y noqueándolo con un certero golpe en la nuca. Mientras Maestre corría hacia la pared lateral, Elías empaquetaba el agente del mismo modo que al joven vigilante.

La caja de fusibles estaba en el mismo sitio que Maestre recordaba, hacía mucho tiempo sí, pero los dos meses largos que había pasado en aquel lugar no se olvidaban fácilmente. Algunas veces eran dieciséis horas de interrogatorios, otras interminables horas muertas, sin nada que hacer, con la única actividad de pasear alrededor del edificio, cuatrocientos doce pasos de perímetro, veintiuno desde la carbonera hasta la pared. Metro y medio desde el suelo a la caja. No sabía por qué, pero aquellos días había memorizado infinidad de detalles como la disposición de la caja de fusibles, la orientación y el número de las ventanas, las cámaras. ¿Qué opinas de Eta? le había preguntado uno de sus interrogadores. Maestre había reído y su interrogador había terminado por reír también. Luego había adoptado el tono cómplice: ya me entiendes, quiero decir si les ves eficaces, si hacen las cosas bien. Funcionan tan bien como la mafia, había contestado él, unos mejor que otros, pero la finalidad lo corrompe todo, nadie puede estar satisfecho de un trabajo así. ¿Y tú?, ¿estás satisfecho? Yo no he matado a nadie... hasta ahora. ¿Ha cambiado algo después de... eso? ¿A qué te refieres? Vamos teniente, sabes a qué me refiero. Hay quien no soporta ver sangre y menos si la ha provocado él mismo. Soy un soldado, ¿crees que no voy a soportar la sangre?

Pero aquel interrogador no fue el peor, ni mucho menos. Recordaba más a número dos, le llamó así porque fue el segundo de sus interrogadores, claro. Un tipo grande, con el pelo a cepillo, español, desde luego, pero con un tremenda pinta de yanqui, seguramente educado en la Escuela de las Américas. Recordaba sobre todo su aliento en la cara, sus gotitas de saliva salpicándole las mejillas, pero Maestre también estaba bien educado, así que era capaz de dejar la cabeza lejos de allí, sin siquiera oír los ladridos de número dos. ¿Quién te puso en contacto con ellos?, ¿desde cuándo les conocías?, ¡no me jodas, sé que estás con ellos!, ¡te voy a machacar los huevos y luego te echaré a los perros, cabrón! Le tuvo dos días sin dormir, con escasas desapariciones en la que era sustituido por un tipo con aspecto de rata y un pin de la Guardia Civil en la solapa. Seguramente número dos durmió tan poco como él, aunque no le sería difícil habida cuenta que debía ir hasta las cejas de coca o de algo peor.

No le costó nada extraer los goznes de la puerta de la caja, desenroscar el fusible de los sensores y luego cortar el cable correspondiente a la cámara enfocada a la carbonera. Un ligero destello con la minilinterna y el libanés, en un santiamén, forzó la puerta y se coló dentro. De la carbonera a la casa es lo más difícil, les había dicho, es una especie de rampa estrecha llena de pedruscos de carbón, pero la puerta es muy vieja y no tiene ningún cierre. De ahí vas a parar a la sala de calderas y una escalera sube hasta el piso.

El único problema podría ser que alguno de los dos hombres, o tal vez tres, que vigilaban al prisionero anduviera por la casa, despierto, pero nada lo hacía sospechar a las dos de la madrugada. Maestre y Michael se pegaron a la pared, junto a la puerta principal, esperando. No tardarás más de dos minutos, le había dicho Maestre al libanés, la escalera que va a las calderas está al otro extremo del recibidor, unos seis metros de la puerta principal en línea recta, a tu derecha quedará la puerta que comunica con las habitaciones y a tu izquierda la de la cocina.

Pasaron más de dos minutos, y más de tres. Del interior de la casa no llegaba ningún sonido. Hacía ya casi diez minutos que habían puesto fuera de combate al agente en el jardín, así que el tiempo ya corría en su contra. Michael parecía tranquilo, demasiado tranquilo y Maestre trató de confiar más en Elías. Pasaban cuatro minutos cuando les llegó un ruido sordo, como si algo pesado cayera al suelo y luego un tintineo ahogado. Los dos hombres contuvieron la respiración. Cuando se abre la puerta desde el interior, les había explicado, se desconectan los sensores, pero no las cámaras; no enfocan en picado, sino rectas, a media altura para ver bien a la persona que está ante la puerta, así que si se entra reptando se queda uno fuera del campo de visión.

La puerta se abrió en absoluto silencio y en ella, apenas iluminado por las luces exteriores, se recortó una escuálida figura. Elías sostenía en su mano una taza y se retiró hacia adentro para dejarles entrar.

—Creo que es manzanilla —dijo en español. Michael corrió a comprobar el hombre que yacía sin conocimiento y empaquetado ante la puerta entreabierta de la cocina—. Estaba ahí dentro y he esperado hasta que ha salido. No he querido dejar la taza en el suelo…

—Te importaría deshacerte de ella —murmuró Michael. El siguiente paso fue unos golpes poco discretos de Maestre en la puerta del vigilante y un gruñido que lo mismo podía haberlo hecho el centinela del jardín que un oso bajado de la sierra. Por un momento pensó que el encargado de las cámaras no se dejaría engañar, pero un minuto después la puerta se abrió y en la puerta apareció un joven policía nacional uniformado con la cara vuelta hacia el televisor encendido. No tuvo tiempo ni de volverse antes de que un golpe de la pequeña porra de goma de Maestre le derribara sin sentido.

—Este tipo tiene las muñecas como muslos de corista —se quejó Elías mientras le empaquetaba.

En la estrecha estancia sólo había tres pantallas encendidas de la media docena instalada. Una mostraba la verja de la entrada, otra la puerta principal del edificio y la tercera una habitación con un escuálido mobiliario, todo de un color verde desvaído, producto de la cámara de visión nocturna. Maestre se sentó frente a la consola y encendió otra de las cámaras, la que llevaba el letrero de «cuerpo de guardia». Allí la imagen era la de una habitación de tamaño regular con cuatro literas. Sólo una estaba ocupada y a una sólida mesa, pegada a la pared de la izquierda, había sentado un hombre joven, en camiseta, repantigado en la silla contemplando un televisor. La puerta de entrada, Maestre lo sabía bien, quedaba fuera de campo, debajo de la cámara de vigilancia, y al fondo, cerrada, estaba la que daba al dormitorio-celda del «inquilino». Ahí había pasado dos largos meses de internamiento cuando el servicio estaba interesado en sacar de él toda la información posible, la consciente y la inconsciente. El desgraciado asunto de Barcelona, con el resultado de tres muertes, había dejado al descubierto mucha incompetencia y otras tantas incógnitas, así que Miguel Maestre había sido el chivo expiatorio de una supuesta conspiración. El hecho de que le consideraran inocente no había hecho cambiar la decisión de sus superiores de despeñarlo al Centro de Instrucción de reclutas en Cartagena y sólo alguien agradecido, y muy alto en la jerarquía del Estado, le había devuelto a La Casa en la carretera de La Coruña.

—¿Está ahí dentro? —inquirió el pelirrojo Michael.

—Sí. Es una habitación sin ventanas ni ninguna otra salida. Hay que entrar a través del cuerpo de guardia.

—Van armados, ¿no?

—Desde luego —respondió Maestre— pero no esperan nada irregular. Confían plenamente en las primeras líneas de vigilancia. Su puerta suele estar cerrada pero sin cerrojos.

Michael dio instrucciones en inglés a Elías y éste se acomodó frente a las pantallas de control encendiendo las que todavía permanecían apagadas. Luego Maestre y el pelirrojo se colocaron los pasamontañas y desenfundaron sus armas. El trayecto hasta el cuerpo de guardia, en la misma planta, lo hicieron sin ningún cuidado, remarcando el ruido de los pasos y charlando en voz alta. Nos aprovecharemos de su confianza, le había dicho a su equipo.

Abrieron la puerta sin que el chico que veía la tele se inmutara y antes de que pudiera abrir la boca la Glock de Maestre se quedó incrustada en su sien. Casi notó el temblor del muchacho, probablemente un recluta todavía en prácticas. Michael ya estaba sobre el que dormía, con el cañón de su Sig Sauer bajo la nariz. Era tan joven como el otro y el despertar había tenido que ser horrible porque tenía los ojos muy abiertos y el sudor le empezó a brotar de la raíz del cabello. De la cintura del que veía la tele, Maestre le arrancó el manojo de llaves, se las puso en la mano y con un movimiento de cabeza le indicó la puerta cerrada.

Iñaki estaba tendido, despierto, sobre la cama que Maestre recordaba perfectamente. Ancha, lo bastante cómoda para que el sueño fuera reparador. Habían repintado la habitación del mismo color gris y aún olía a pintura fresca. Maestre empujó al agente que encañonaba hasta casi aplastarlo contra la pared y luego lanzó a la cama la ropa de Iñaki que había sobre la silla. Dentro de él, sintió una sensación curiosa, como una satisfacción. En cierto modo hubiera deseado que, cuando era él el sometido a interrogatorio, alguien, armado de una pistola, hubiera entrado y se lo hubiera llevado de allí. Ni por un momento se dejó llevar por el hecho, innegable, de que estaba cometiendo una manojo de delitos, desde el secuestro a la traición pasando por el allanamiento, la agresión y el abuso de autoridad. Eso sin contar la desobediencia, la indisciplina, la ley de secretos oficiales. Desechó todos esos pensamientos mientras observaba los lentos movimientos de Iñaki. La luz que entraba del cuarto de guardia se reflejaba en el rostro pálido y ojeroso del etarra. Notó el temblor de sus manos y la extrema debilidad que todo él exhalaba. Era como un niño que acabara de aprender a atarse los cordones de los zapatos. Tras ellos, entró en la estancia Michael encañonando al durmiente y le lanzó sin miramientos contra la pared.

Antes de salir de la habitación, Maestre se llevó un dedo a los labios, en señal de silencio y les apuntó a ambos a la cabeza, sucesivamente, haciendo el gesto de disparar. Luego cerraron la sólida cerradura con dos vueltas de llave.

Iñaki apenas si podía andar, pero respiró profundamente el aire frío de la noche y apenas si lanzó una mirada a los cuerpos de los vigilantes atados y amordazados. Michael había roto los focos de la entrada y sólo la luz de la garita les indicó el camino de salida hacia la carretera en plena oscuridad. Cuando se acomodaron en el coche y se quitaron los pasamontañas, Maestre resopló y dijo:

—No hace falta que me lo agradezcas, pero no sé cómo voy a salir de esta.

XIX

No debí confiar en ella, se dijo Eduardo Navarro. Desde el balcón veía los lejanos edificios iluminados, el cielo de un turquesa agresivo, cada vez más oscuro y sombras que se movían tras los cristales de cien viviendas en las que la gente llevaba una vida normal. Hacía ya tres días de la sucinta nota, «He tenido que salir. Algo muy urgente. Volveré. Te quiero». Lo urgente se ha vuelto también irrenunciable y yo sigo esperando aquí, como si hubiera esperanza. Debería decirte lo que sospecho, que él mató a tu hombre y sin embargo estoy aquí, esperando a que aparezcas para decirte que se muere. Y mi querido amigo asesor del ministerio del Interior me dice que confíe en ti.

En algún lugar, un reloj desgranó sus campanadas, el whisky resbaló por su garganta y crujieron lejanas cañerías, pero también sonó el timbre de la puerta, insistente y cuando abrió allí estaba ella. Llevaba aún la maleta en la mano, el cabello despeinado cayéndole sobre la cara, los ojos hundidos y cansados, la ropa arrugada como de quien ha dormido en cualquier parte o de cualquier manera.

—La puerta de abajo estaba abierta... —dijo ella como justificándose. Navarro la abrazó con la extraña sensación de que volvía a vivir aquella noche en Mondragón hacía tanto tiempo, cuando ella le dijo que lo suyo no era posible, cuando le soltó aquello tan increíble de: podemos seguir siendo amigos.

Navarro no le preguntó nada, sólo le preparó un café caliente, le secó el pelo húmedo de la lluvia pesada e insistente que caía sobre Madrid y luego se sentó junto a ella, tan cerca y tan lejos.

—¿Tú lo sabías? —preguntó Izaskun con la mirada fría y dura.

—Si sabía qué.

—Que él le mató.

—No —respondió Navarro tras un silencio.

—Eso es difícil de creer.

—Siempre lo he sospechado, bueno, no siempre, desde hace algún tiempo, pero nunca lo he sabido.

—¿Y ahora lo sabes?

—Ni siquiera ahora.

—Fue él —dijo Izaskun, cortante como un cuchillo—. Mi querido amigo, mi compañero, el chico al que acogía en mi casa, mi hermano. Él le mató. Él fue hasta Argel, le traicionó y le mató...

—Los celos son muy malos Izaskun. Envenenan a la gente. Se hacen cosas terribles.

—¿Y ahora queréis hacerme culpable? Tenía celos y eso lo justifica todo, ¿no? la traición, el crimen. —Izaskun se echó a llorar y Navarro no supo qué hacer. Lloraba profundamente, con amargura. Tal vez lamentando todos los años vacíos pasados, las noches solitarias, las ausencias y las traiciones— ¿Por qué me has buscado, Eduardo?, ¿Forma parte de todo esto?

—No.

—Entonces, por qué.

—Era algo que tenía pendiente.

—¿Algo pendiente?, ¿te tenías que acostar conmigo?

Navarro dejó escapar aire y tomó un sorbo de café, lo único que parecía real en aquella tarde lluviosa.

—Todo ha sido un error, ¿verdad? —afirmó más que preguntó.

—Perdona —dijo ella y le hizo una caricia tibia en la mano—, lo siento. He vivido toda la vida así, ¿no me ves? Perdí al hombre de mi vida que sólo me utilizaba; te dejé escapar a ti, el hombre que me quería y alguien va diciendo por ahí que ha matado por mí.

—Se está muriendo, Izaskun. Tiene un cáncer y no durará mucho.

Ella le miró fijamente, tensa, como encajando el golpe, pero Navarro vio otra cosa en sus ojos, algo que no era sorpresa.

—Está ajustando cuentas —siguió él—. Ahora lo veo. Se ha querido vengar de Mikel, de la organización, de sus ideas, de todo lo que ha tenido que hacer.

—¿Y qué hace para ajustar cuentas? —preguntó ella en un susurro.

Navarro no contestó. Se quedó mirando el agua resbalar por los cristales, con el dolor en el pecho, volviendo a donde estaba desde hacía más de veinte años. A la soledad. Entonces fue Domingo, ahora era Iñaki. Siempre alguien interponiéndose entre ellos.

—Quieren salvarle —dijo—. Le quieren sacar del país.

—¿Salvarle?, ¿de qué?

—Ya sabes de qué. ¿Te lo tengo que decir? Siempre ha ido con malas compañías y eso acaba pasando factura. Se supone que le sacarán del país…

—No se irá nunca.

—Lo sé. Sólo había una posibilidad.

—¿Qué posibilidad?

—Tú.

—¿Qué yo me fuera con él?

—Sí. Se supone que tendrías lástima de su situación y accederías a irte.

—Qué poco nos conocen.

—Se lo he dicho, pero tenías que saberlo.

Izaskun se puso en pie y se fue hasta la ventana. Colocó los dedos sobre los cristales fríos. Navarro vio su cara, reflejada, los ojos, claros, perdidos en algún punto, muy lejos.

—¿Qué vas a hacer? —preguntó Navarro.

—No lo sé. Volver a mi casa.

—Corres peligro.

—¿Yo? No. Nunca me tocarán. No les sirve de nada. Ya no les sirvo de nada, ni viva ni muerta.

—Créeme, corres peligro.

Permanecieron un momento en silencio. Navarro no dijo nada, esperando. Por fin fue ella la que se volvió para mirarle. Fue ella la que le miró fijamente a los ojos, con aquella mirada suya tan ambigua y tan seductora. Y fue ella la que lo dijo.

—He terminado con vosotros. Me voy a casa.

—Me llamo Blanca —dijo Gloria. En sus manos sujetaba una bandeja con una cafetera, una taza y unos bollos azucarados. Iñaki se incorporó trabajosamente y miró a su alrededor. La habitación era cálida y acogedora pero con un aspecto de aluvión, como si la hubieran montado precipitadamente. Todo reciclado. Unas láminas rústicas enmarcadas y las cortinas, floreadas y chillonas, tal vez la concesión al toque femenino. Apenas si recordaba las últimas horas y el dolor de cabeza era omnipresente aunque soportable.

—¿Qué hora es? —preguntó tratando de situarse.

—Son las diez de la mañana.

Gloria había dejado la bandeja sobre la amplia mesilla y echó el café en la taza con pulso firme. El sol entraba tamizado a través de las cortinas e Iñaki se imaginó una escena semejante, en otro lugar y otro tiempo.

—¿He dormido mucho?

—Más de veinticuatro horas. Por cierto que me tienes que decir qué necesitas. Si necesitas medicamentos… no sé…

—¿Medicamentos?

—Sí. Santiago me ha dicho que necesitabas reposo.

—De momento nada.

—Puedes pedirme lo que quieras. Periódicos o lo que te guste comer. Tengo que cuidarte.

—Sí. Ya. ¿Has dicho Blanca?

—Blanca. Sí.

—¿Tienes un teléfono?

—Santiago me ha dicho que le esperes.

—¿Qué le espere?, ¿va a venir aquí?

—No lo sé. Sólo ha dicho que le esperes.

—Y tú siempre haces lo que él dice.

Gloria no contestó. Entrelazó las manos sin saber qué hacer exactamente. La sensación de que todo aquello era un error, un gigantesco error, se hacía más grande por momentos.

—Nadie debe saber que estás aquí —dijo—. El se pondrá en contacto contigo.

El mareo había cedido, pero Iñaki se sentía extraordinariamente débil. La mesa de la cocina estaba cubierta por un anticuado hule a cuadros rojos y blancos, los armarios eran de un azul eléctrico, recién pintado, y la vajilla de un blanco níveo, demasiado moderna para el resto de la cocina.

—Gracias —dijo al sentarse a la mesa. Era la primera vez que se levantaba en casi dos días. La habitación que ocupaba daba directamente a la cocina e incluía un pequeño cuarto de baño, así que no había visto nada más de la casa que, intuía, no debía ser demasiado grande.

—¿Trabajas para él? —dijo sin mirarla.

—No creo que esperes que te responda a eso.

—No te caigo bien, ¿verdad?

—No sé quién eres. Santiago me ha pedido que te acoja en mi casa y eso hago.

—Ya.

Comieron en silencio. Iñaki se sintió algo mejor y miró a su alrededor. Desde la pequeña y soleada cocina podía ver parte de un salón comedor con una ikurriña colgada en la pared del fondo. Junto a ella había un póster, algo que parecía un mapa pero que no podía ver con claridad.

—¿Eres de aquí? —preguntó él.

—De aquí, de allí. ¡Qué más da! —respondió ella. Estás bien enseñada, pensó Iñaki. Estoy tratando con profesionales.

Iñaki sorbió un poco de sopa. Cada vez más, sentía miedo de comer. No sabía exactamente por qué, puesto que el médico le había dicho que no había diferencia, que el dolor se podía presentar en cualquier momento, incluso con una digestión suave.

—¿Qué te ocurre? —preguntó Gloria.

—¿No te lo ha dicho tu amigo?

—Nunca dice nada.

—Es lógico —asintió Iñaki—. La sopa está muy buena, gracias.

—Es fácil de hacer. Pones a hervir cosas en una olla y luego le echas fideos.

—Hacía años que no comía algo así. —Dejó pasar un instante— Cáncer. Tengo un cáncer de estómago.

Gloria frunció los labios. Trató de asimilar la revelación. Al fin y al cabo estaba hablando con alguien que no conocía, metido en algo turbio que tenía mucho que ver con su trabajo. Tal vez estaba ante un espía, un traidor, o ambas cosas a la vez.

—Cáncer —repitió ella en voz baja.

—Sí. En estadio tres —le aclaró él, como podía haber dicho, sí, con leche por favor.

—Eso no suena nada bien.

—No. No suena nada bien.

—¿Te lo están tratando?

—Quimio.

—¿Y no te pueden operar?

—Es muy arriesgado.

—Voy a salir un rato —dijo ella tras un silencio—. ¿Quieres que te traiga un periódico o un calmante, algo?

—No. De momento, no. Gracias. ¿Tienes televisión?

—Claro —dijo ella—. Ahí, en el salón.

En el salón vio el mapa de Euskal Herría, con Navarra. Y al lado un gran cuadro con un centenar de fotos de tamaño pasaporte. Iñaki sintió un vuelco en el estómago, allí donde anidaba su enemigo. No pudo moverse de la puerta y dejó que sus ojos resbalaran por las fotos. Txabi, Jokin, Eustakio, Jose, Joxe Luis, José Ramón, Nikolas… y Domingo, también estaba Domingo en una foto un poco borrosa, con su pelo rizado. El dolor se presentó de pronto y Iñaki se dobló incapaz de soportarlo.

—¡Eh!, ¿qué te pasa? —preguntó Gloria sujetándole. El salón pareció borrarse de la vista e Iñaki sintió como si fuera el suelo el que se acercaba rápidamente hasta rozarlo con las rodillas. El dolor era como una succión brutal que amenazara con hacerle desaparecer el vientre, tragado por un agujero negro. Le atravesaba de parte a parte, como un balazo, llevándose por delante jirones de carne.

—Nada. No es nada —jadeó—. Vete, me sentaré ahí en el sofá a ver la tele.

—Oye. No sé qué hacer contigo. ¿No tomas nada? ¿De verdad no puedo traerte algo?

—No te preocupes.

Le acompañó hasta el sofá. Iñaki notó su olor. Olía bien y le recordó a Izaskun. Se dejó caer con cuidado en el sofá y poco a poco fue recuperando el aliento. Desde la pared, Domingo le miraba con su media sonrisa.

—¿Les conoces? —dijo ella mirándole fijamente.

—¿Qué te hace pensar que les conozco?

—No importa. —dijo—. Iñaki le vio coger el bolso y una chaqueta.

—Volveré en un par de horas. Procura no acercarte a las ventanas, ¿de acuerdo? Y no enciendas las luces. La tele no se ve desde fuera. Agur. Tienes leche en la nevera. Va bien para el estómago.

—No te preocupes. Sé cuidarme.

—Sí. Supongo que no es cosa mía. Está bien. Vuelvo en un par de horas.

Iñaki no podía apartar la mirada de la foto. Allí estaba Jesús María, en las primeras filas de fotografías. No se había vuelto a acordar de él desde aquel día en Arrasate. Hacía tanto tiempo. Él todavía era un mocoso pero corrió hacia la casa de Iñaki y Edurne cuando oyó el tiroteo. Jesús María tenía sólo veinte años y probablemente estaba más asustado que dispuesto a morir. Nadie oyó la voz de alto, ni gritos, sólo el tableteo de los disparos. Tal vez Jesús iba armado, o tal vez no. Nunca lo supieron. No sobrevivió ninguno de los tres. Y también estaba Jon. A Jon le tirotearon por la espalda, en la calle, a la vista de todo el mundo. Él había salido del seminario a ver a su madre. Probablemente fue aquel día cuando decidió que ya no hacía nada en Aránzazu, que todo había terminado. Y Félix, a quien le estalló una bomba en las manos. Estáis todos ahí, se dijo mientras recorría las filas con la mirada, de izquierda a derecha, como si leyera un texto sangriento. Le saltaron las lágrimas pero no pudo dejar de mirar hasta tropezar de nuevo con los ojos burlones de Domingo. Siempre estarás ahí. Necesitas estar ahí y me estás pidiendo que haga algo. Lo sé. Tengo un par de cosas que hacer antes de que nos reunamos, porque probablemente estaremos los dos en el mismo sitio. Tú y yo. Recordando viejos tiempos. Aquel día, cuando te vi en el coche con ella. Ese fue el día en que nació. Mi odio, ya sabes. Ese día. No lo lamento. Sólo lamento el daño que le hice a ella. Sólo lamento haberla convertido en lo que ha sido todos estos años, una pobre mujer solitaria y amargada, sonriendo con esa mueca forzada a la vida. Con los ojos tristes. Lo lamento, pero volvería a hacerlo, amigo.

—La cosa se va a retrasar un poco —dijo Maestre—. Tengo que ir a Madrid.

—Es un peligro. No puedo tenerlo mucho tiempo —se quejó Gloria.

—Lo sé —respondió Maestre. Estaban sentados en la penumbra de un bar de copas, a cubierto de miradas indiscretas. Sendos cócteles frente a ellos, sin tocar, y una vela daban la sensación de intimidad a la pareja.

—Pensé que me dejarían un par de días, pero no.

—¿Y qué hacemos?

—Sobre todo que no salga. Él lo entenderá. Toma —dijo y sacó un fajo de billetes—, cómprale lo que necesite. Probablemente te pedirá algunas medicinas y puede que algo de hierba. Cómpraselo.

—Vale. Supongo que sólo me dices lo necesario, ¿no?

—Eso es. Te protejo.

—Claro. Pues parece un tipo siniestro. Es uno de ellos, ¿verdad?

—Verdad. Otra cosa. Tienes que comprarle algo de ropa y también una loción de esas para teñir el pelo.

—Sí. Y lentillas para cambiarle el color de los ojos.

—No te lo tomes a broma, joder —sonrió Maestre sin ganas.

—No me lo tomo a broma. Me ha pedido un teléfono.

—Ni hablar de eso. Y al salir cierra la puerta con llave.

—¿Cuándo volverás?

—No sé. Si todo va bien una semana como mucho.

—¿Y si no va bien?

—Toma —le dio un papel con el número de la escuela de idiomas—. Si en una semana no doy señales de vida llama a este número. Pregunta por Kewell. Él te dirá lo qué tienes que hacer. ¿De acuerdo?

—De acuerdo.

Maestre salió del bar pensando para sus adentros, enhorabuena Gloria, acabas de entrar en el sector disidente.

—Vas a tener que quedarte aquí unos días —anunció Gloria nada más entrar por la puerta.

—¿Ah, sí? Está bien.

—Me ha dicho que no te muevas de aquí y que me pidas todo lo que necesites.

—Todo lo que necesite, sí —repitió Iñaki como si reflexionara.

La habitación era amplia. Había sólo tres personas, el director y sus viejos conocidos Laurel y Hardy. Una mala señal era la ausencia de Valdés. De todos era conocido el buen rollo entre Maestre y su jefe directo, así que, el hecho de que no estuviera presente era la peor pista posible. Mientras se quedaba firmes frente a los tres inquisidores, Maestre pensó en aquellas historias leídas sobre cristianos echados a los leones en la vieja Roma, pero sabía que aquello era una leyenda, tan irreal como la escena en que se hallaba metido. Si supierais algo ya estaría ante el juez, o en Guzmán el Bueno[1] sin ninguna protección.

—Siéntese, capitán.

El director era un hombre de estatura media, delgado, casi enjuto, con unos ojos un poco hundidos, oscuros, que le recordaban vagamente a Rudolf Hess. Llevaba un traje de excelente corte y su porte era distinguido, nada parecido a anteriores directores militares a los que la ropa de paisano les caía como a un Cristo unas cartucheras.

Con un gesto de cabeza saludó a Laurel y Hardy, que en su línea no respondieron al saludo y luego se sentó frente al tribunal. La mesa tras la que estaba sentado el director debía ser de caoba o algo parecido, formando un curioso contraste con el resto del mobiliario, tan moderno que podía herir la sensibilidad de mucha gente. Había equipos de grabación, televisores apagados y otros aparatos electrónicos que a Maestre le costaba reconocer. Por su parte, Laurel, el más veterano de los dos funcionarios, se había colocado estratégicamente a la derecha del director, en línea con Maestre, de modo que éste tendría que volverse hacia su izquierda cada vez que quisiera hablar con él. En cuanto a Hardy, algo más novato aunque no por eso menos peligroso, estaba sentado a la izquierda del director y fingía leer atentamente una carpeta abierta en sus manos.

Hardy llevará la línea del interrogatorio, haciendo que no se pierda el hilo, pensó Maestre. El director romperá el fuego, será el centro del ataque y se apoyará en Laurel que lanzará las andanadas más fuertes hasta el punto de ponerse realmente impertinente. No, pensó, no soy un cristiano echado a los leones. De cristiano nada.

—¿Sabe por qué está usted aquí? —preguntó el director sin

1. Calle de Guzmán el Bueno de Madrid, sede de la Dirección General de la Guardia Civil.

más preámbulos. Maestre estuvo tentado de contestar: porque usted me ha llamado, pero eso hubiera sido un comienzo nefasto y ya habría tiempo para ponerse impertinente.

—No, señor.

—Supongo que está al tanto de que ha habido algunas… dificultades relacionadas con su última misión. ¿Qué puede decirme de la operación Germán?

—¿Señor?

—¿Le sorprende que le haga esa pregunta?

—Sí, señor. He presentado mis informes reglamentarios y se me ordenó que la abandonara tras el desgraciado asunto de San Sebastián, la muerte de mi confidente.

—Y usted ha cumplido esa orden.

—Por supuesto, señor —respondió Maestre con su mejor aire ofendido.

—¿Dónde estaba usted la noche del pasado miércoles? —intervino Laurel usando el tono más bajo posible. Empezaba pronto el bombardeo pesado.

—¿El miércoles? Pues… ¿a qué hora exactamente? —preguntó sin girar la cabeza.

—La noche es la noche, capitán —exclamó Laurel sin levantar la voz.

—Si se refiere a después de cenar pues estuve tomando unas copas, por Juan Bravo, ¿lo conoce?

—¿Se hace el gracioso, capitán? —espetó Laurel, cabreado.

—Sobre las dos de la mañana —aclaró Hardy, sin dejarle responder. Su voz era mucho menos agresiva que la de Laurel y de un tono más agudo.

—A las dos aún andaba por ahí de copas. Volví a casa sobre las tres o algo así.

—¿Solo? —preguntó Hardy.

—Solo —respondió.

—¿Cómo calificaría su relación con Germán? —preguntó el director, como si no hubiera oído el rifirrafe entre sus subordinados.

—No le entiendo, señor —contestó Maestre.

—¿Ha sido una relación de colaboración, capitán?

—Señor. Con todo mi respeto, no estoy autorizado a hablar sobre las misiones que me son encomendadas salvo lo establecido en los cauces reglamentarios...

—Está usted hablando con el director —dijo Hardy con su tono más amable.

—Y usted está hablando con un oficial al servicio del CNI. —espetó Maestre iniciando las hostilidades.

—Respetemos las normas —cortó el director acompañando sus palabras con un gesto que más parecía un golpe de kárate—. Aquí tengo sus informes, firmados por usted, capitán, que me han llegado por conducto reglamentario. Esta charla tiene por objeto aclarar algunos conceptos que, para mí, no están suficientemente claros, en aplicación del reglamento...

Dejó la frase en suspenso y con un gesto de cabeza casi imperceptible dio entrada a Hardy.

—El reglamento —siguió Hardy como si hablara con la misma voz— establece, en su apartado sobre las funciones del director, su capacidad para demandar de todos los miembros del servicio las aclaraciones e informaciones que complementen los informes preceptivos y reglamentarios.

—Mi relación con Germán, señor, es en este momento inexistente —dijo Maestre acompañado por un bufido de Laurel—. Tal y como consta en mi informe, le entregué a la Guardia Civil en el aeródromo de Cuatro Vientos en presencia de mi superior el coronel Valdés.

—No le ha preguntado eso —tronó Laurel con su mejor tono agresivo. Maestre se limitó a quedarse callado. En realidad, Laurel no le había preguntado nada.

—Me interesaría más saber qué clase de relación estableció usted con Germán mientras estuvo bajo su control —dijo el director sin perder la calma.

—Según los protocolos de actuación entre un controlador y su confidente intenté establecer una relación de confianza, señor. En mi informe ya cité que Germán opuso gran resistencia a confiarse y que, incluso en nuestros últimos contactos, me fue difícil obtener informaciones que no fueran las que él, estrictamente, quería transmitir.

—¿Le confió él que está enfermo de cáncer? —inquirió el director.

—Sí, señor.

—¿Y eso no le parece una muestra de confianza? —se mofó Laurel.

—¿Tiene usted idea de lo que es controlar a un confidente? —espetó Maestre volviéndose por vez primera hacia Laurel. Éste intentó decir algo pero un gesto del director lo cortó en seco.

—Capitán —levantó la voz Hardy—. Le recuerdo que esto es una reunión oficial y está hablando con sus superiores.

—Capitán —siguió el director sin dejar entrever su irritación—. No entiendo que actúe usted a la defensiva. Nadie le está acusando de nada.

—Entiendo, señor. Pero me gustaría saber qué estoy haciendo aquí.

—Hemos tenido ciertas dificultades con Germán —respondió el director—. Ahora, si es tan amable, me gustaría oír de su propia voz toda la… llamemos historia. Desde el principio. ¿Tiene usted inconveniente?

—En absoluto, señor. Está todo en…

—Sí. En los informes, pero quiero oírselo a usted. Tal y como establecen los reglamentos.

En la labor del espía, lo más difícil es, sin duda, montar la historia coherente que oculta la verdad y eso es lo que más temía Maestre. Responder pregunta a pregunta era un juego, una partida de ajedrez en la que la rapidez de la respuesta no estaba reñida con la reflexión. Se sabía todos los trucos para ganar tiempo y preparar la respuesta, las aclaraciones, los ¿cómo?, ¿a qué se refiere? A cada pregunta se podía valorar perfectamente si entraba o no en el esquema general de su «leyenda», de su personalidad ficticia, pero hilvanar un relato desde el principio al final, hablando sólo de aquello que confirmara su historia, eso era otra cosa. Requería un desdoblamiento total de personalidad y eso era lo difícil. En un momento Miguel Maestre dejó de ser él mismo con sus amores, sus odios y sus problemas para convertirse en el fiel funcionario que había hecho exactamente aquello que se le había ordenado, con un punto de iniciativa, pero sin nada que modificara, alterara o sobrepasara las órdenes recibidas. Así que, de su relato, iniciado en el despacho de Valdés hacía tres largos meses, quedó fuera Luisa, su compañera Gloria, los dos misteriosos amigos de Kewell, todo aquello que, estaba seguro, no figuraba en los informes. Ni una palabra del rescate de Iñaki en Pamplona, aunque Valdés estuviera al corriente y desde luego borrado totalmente de su mente un oscuro episodio nocturno en una casa del servicio en la sierra de Guadarrama. La absoluta convicción personal de que la última vez que había visto a Iñaki Sagarzazu, alias Iñaki de Mondragón, alias Germán, había sido sobre la pista del aeródromo, subiendo al coche negro de la Guardia Civil junto al coronel Ángel Valdés.

Cuanto terminó su relato, en las pistas de Cuatro Vientos, el director apenas si había cambiado de postura. Hardy había tomado notas sin un descanso y Laurel le había lanzado una variada batería de gestos y ruiditos encaminada a hacerle perder los nervios. Maestre no llevaba puesto el reloj, algo que, había aprendido, era necesario en aquellas circunstancias, pero tenía una noción bastante cercana de que debía ser de madrugada. Recordaba perfectamente el interrogatorio en la misma casa del Guadarrama, dos años atrás, con un energúmeno gritándole al oído, despierto a base de café y de luces estridentes desde hacía más de veinticuatro horas. Y la palmadita en la espalda de alguien, un funcionario o un guardia civil, ¡cualquiera sabe! diciéndole: enhorabuena, está usted limpio.

—Bien. Capitán —dijo el director poniéndose en pie—. Lamentándolo mucho tengo una reunión y no puedo seguir esta charla, así que le ruego que responda usted las preguntas de... que se le formularán. ¿Tendrá usted inconveniente?

—En absoluto, señor.

Laurel esperó que el director saliera del despacho y de modo imprevisto tuvo la primer palabra amable del día.

—¿Café, capitán?

—Se lo agradecería. ¿Qué hora es?

—No se preocupe, es pronto. ¿No lleva reloj? —dijo y Maestre negó con la cabeza—. Es curioso en un agente de su categoría. Dice su expediente que es usted de Cartagena. ¿Su padre pertenece a la Armada?

—También lo pone en mi expediente —contestó. ¿Qué le pasa ahora?, pensó, ¿quiere hacerse el simpático?

Antes de que Laurel pudiera decir algo más se abrió la puerta y apareció otro hombre, un desconocido. Llevaba uniforme de la Guardia Civil, una estrella de ocho puntas y le faltaba un brazo, el izquierdo. Saludó con un escueto «caballeros» y se sentó en el sillón que había ocupado el director. No hubo presentaciones, sólo una larga mirada hacia Maestre, de arriba abajo y una frase ya oída anteriormente.

—Capitán Maestre. Quiero un relato de todo lo que sabe de la operación Germán, desde el principio.

La orden dictada secamente fue clara: no abandone usted Madrid bajo ningún concepto. Y fue apoyada por la nada discreta vigilancia de un coche oscuro y dos hombres. Lo primero que hizo fue ir a su apartamento, darse una ducha y luego repasarlo a fondo para asegurarse, efectivamente, que lo habían registrado con cuidado, pero no tanto como para que no se diera cuenta. Tumbado en el sofá fue reviviendo toda su declaración. Más o menos idéntica en las dos versiones, aunque con el cuidado de no hacerlas milimétricas, que no diera la sensación de tenerla preparada. Buena memoria, pero no un plan premeditado. Luego habían venido las preguntas, ¿cuál ha sido su relación con Kewell?, ¿cuántas veces dice que ha entrado en el apartamento de Izaskun Arriola?, ¿conoce usted el chalet del Guadarrama?, ¿cómo estableció el protocolo para comunicarse con Germán? Curiosamente ninguna pregunta sobre Bagnols, pero eso, estaba seguro, llegaría al día siguiente, cuando disciplinadamente se presentara de nuevo ante sus inquisidores. Hubiera querido hablar con Valdés, saber al menos en qué situación se encontraba, pero no podía ni acercarse a él. Ni siquiera descolgó el teléfono y el móvil lo dejó tirado sobre una mesa sin intención de volver a usarlo. Ni siquiera le pasó por la cabeza comprar otro; estaba seguro de que en el coche que le vigilaba o en cualquier otro punto cercano había un sistema de escucha.

Lo que sí hizo fue telefonear a Luisa, pero sólo encontró un contestador con su voz cálida y prometedora.

No obstante estaba tranquilo. Ahora estaba seguro de que ya no corría peligro y que en el servicio tenían claro que él no había tenido nada que ver con la huida de Germán. De otro modo estaría ya en lo más profundo de los sótanos de la Dirección General de la Guardia Civil a la espera de un consejo de guerra sumarísimo. En realidad sentía que le estaban aplicando el procedimiento habitual e incluso llegó a pensar que probablemente Valdés estaba pasando por lo mismo. Todo aquel que tuviera algo que ver debía pasar por los inquisidores. ¿Y Gloria? ¿Estaría a salvo Gloria? Por un momento le asaltó el temor de que también la reclamaran, pero inmediatamente lo desechó. No la podían relacionar con él, no más que con cualquier otro miembro del servicio y menos con Valdés, desde luego.

Por la mañana, en el despacho, estaban solos Laurel y Hardy. El recibimiento no fue nada cordial, como era de esperar y nada más sentarse la primera pregunta restalló en el aire como un latigazo.

—¿A quién le habló usted sobre Gorka Gaztambide?

—¿Cómo? —dijo realmente sorprendido.

—No se haga el idiota conmigo. Ya ha oído la pregunta.

—A nadie.

—¿Quiere decir que no lo comunicó a sus superiores?

—A nadie quiere decir a nadie fuera de los conductos reglamentarios.

—¡Me importa una mierda lo que quiere decir! —gritó Laurel—. ¡Quiero que me detalle uno a uno a todas las personas a las que habló de Gorka. ¡Escríbalo!

El último grito lo acompañó de un bloc de hojas blancas y un lápiz de los que se dan a los niños, con goma en una punta. Maestre estaba cansado, apenas había dormido tres horas y los dos tipos que le interrogaban parecían recién salidos de la lavandería, pulcros y planchados como un frac antes de una boda. Se dio cuenta de que no había tomado ni un café y la mano le temblaba ligeramente cuando escribió en la nota: coronel Valdés. La entregó a Laurel que se la arrancó de la mano y sin mirarla la pasó a Hardy que la colocó en la carpeta.

—Así que no habló con nadie. Entonces, cómo cree que se enteraron sus amigos de que trabajaba para nosotros.

—No son mis amigos —respondió.

—¡Me importa una mierda quiénes son sus amigos! —volvió a gritar Laurel—. ¿Sabe qué capitán? Le hemos abierto un expediente por negligencia. Si todo va bien para usted le expulsaremos del servicio, le degradaremos y probablemente acabará de sargento chusquero en su querida Infantería de Marina, eso si todo va bien, pero créame, no va a ir tan bien.

La última frase, desde «si todo va bien» la había dicho en voz baja, con los labios gordezuelos y pastosos pegados a su mejilla, sintiendo sus gotitas de saliva y el aliento mezcla de cadáver y de pasta dentífrica.

—¿Cómo cree que se enteraron de que Gorka trabajaba para nosotros? —preguntó Hardy en voz baja, retomando el hilo del interrogatorio.

—No lo sé. Supongo que lo sospechaban hacía tiempo y nos tendieron una trampa. Le hicieron llegar la información a él solo y debían estar vigilando la casa. Está todo en mi informe.

—¿Y entonces qué ocurrió en Bagnols, lo mismo? —espetó Laurel.

—Es un procedimiento habitual. Avisé a mis superiores que el asunto de Bagnols podía estar viciado...

El ruido de la puerta le hizo callar. El director acababa de entrar y sin decir palabra tomó asiento en algún lugar por detrás de Maestre.

—Siga —gruñó Laurel.

—Avisé que podía ser una trampa, advertí que se suspendiera la redada y aún así se ordenó continuar, que había otras fuentes de información que lo corroboraban.

—Sí. Aquí, en su informe consta que usted dijo eso: creo que es una trampa. Son sus palabras escritas. ¿Por qué dijo que era una trampa?, ¿lo sabía?

—No. No lo sabía. Lo intuía.

—¡Ah! Lo intuía. Lo suyo es la intuición. Intuía usted que todo era falso y lo comunicó a sus superiores, pero cuando la decisión era sólo suya no intuyó nada y Gorka Gaztambide resultó muerto, ¿es así?

—Nada hacía sospechar que lo de Gorka era una trampa. —dijo Maestre con los dientes apretados.

—Claro. Pero lo de Bagnols sí. Eso era evidente, ¿por qué?, ¿se lo dijo Germán?, ¿le dijo su contacto que se estaba preparando un señuelo?, ¿que todo era una maniobra para desprestigiar a la policía francesa y de paso crear dificultades a la española? ¿le dijo Germán que la idea era romper la colaboración entre los servicios secretos de Francia y España?

—Eso es una estupidez. Germán no tenía ni idea, se ha jugado la vida y probablemente le matarán en cuanto llegue a la cárcel.

—¿En cuanto llegue a la cárcel? —preguntó Laurel elevando las cejas. Detrás de él, Maestre oyó removerse al director en su silla.

—¿Cree usted que no deberíamos entregarle a la justicia, capitán?

—No sé qué quiere decir. Yo ya no formo parte de la operación Germán.

—No le he preguntado eso. Le pregunto si cree que estamos traicionando a Germán. De hecho todavía no le hemos entregado, ¿no es así?

—Sí. Creo que le estamos traicionando —dijo Maestre—. Y estamos cerrando la puerta a otros colaboradores.

—¿Qué órdenes tenía usted con respecto a Germán? —dijo la voz del director a su espalda.

—¿En qué momento?, señor.

—No se haga el tonto —escupió Laurel.

—Naturalmente me refiero al momento en que se le dieron instrucciones de contactar con él —aclaró el director.

—Se me ordenó que le asegurara que le protegeríamos y que en ningún caso estábamos interesados en detenerle.

—¿Y esa protección incluía un plan de fuga? —insistió el director.

—Sí, señor.

—Háblenos del plan de fuga —dijo Hardy.

—Lo he contado ya dos veces.

—Que sean tres.

Con un suspiro en parte resignado y en parte de cansancio Maestre recitó una vez más sus planes con Kewell. El contrato de trabajo como mecánico en un carguero con rumbo a Estambul. El contacto en la ciudad turca con el dueño de una pequeña compañía de autobuses que le daría trabajo y alojamiento con un pasaporte panameño falso durante seis meses.

—¿Por qué seis meses? —preguntó de nuevo el director.

—Ya se lo he dicho. No creo que dure más. Tiene un cáncer terminal.

—¿Siente usted lástima de él, capitán? —preguntó el director y nunca estuvo más cerca de la verdad.

—Es un asesino, señor.

—No le ha preguntado eso —dijo Laurel.

—No tengo interés en su salud.

—No es malo sentir lástima, capitán —le aseguró el director con voz demasiado amable—. Todos la sentimos, incluso de los asesinos más despiadados cuando están en una situación como esa.

Se hizo un silencio y Maestre trató de captar sonidos como respiraciones, crujidos y motores de coche en la lejanía, pero el silencio era opresivo y la falta de sueño y el esfuerzo empezaban a hacer mella en él. Sentía que corría peligro, pero por alguna razón sus interrogadores no entraban en heridas más profundas. Tal vez estaban más lejos de la verdad de lo que él mismo pensaba, o tal vez no.

—¿Qué pensaría usted si le dijera que hemos cambiado de opinión y que vamos a seguir con el plan? —dijo el director.

—¿Con el plan, señor?

—Sí, la huida de Germán a Turquía.

—Sólo se esbozó, señor. Como dije en mi informe sólo están claras las líneas generales. No se ha dado ningún paso más. De ponerlo en marcha debería retomarse donde se quedó.

Maestre vio claramente la burda trampa a pesar de no estar en su mejor momento. ¿Esperaba el director que confesara que ya estaban acordados los detalles?

—No ha respondido a la pregunta —recordó Hardy.

—¿Qué pregunta?

—Qué pensaría usted si le dijera que hemos cambiado de opinión y vamos a seguir con el plan? —repitió Hardy lentamente.

—Pues pensaría, señor, que eso sería hacer honor a nuestra palabra. Por lo que a mí respecta sólo tengo que cumplir órdenes.

—Bien —dijo el director poniéndose en pie a la vista—. Podemos dar por terminada esta charla, capitán. Vuelve usted a estar en la operación Germán. Mañana se pondrá a los órdenes del coronel Valdés. ¿De acuerdo?

—A sus órdenes, señor.

—Hemos terminado.

Sin decir una palabra más, el director salió de la sala y Laurel y Hardy se pusieron en pie sin perderle de vista.

—¿Sin rencores, capitán? —dijo Laurel tendiéndole la mano.

—Sin rencores —dijo Maestre estrechándosela con una

helada expresión. Hardy se limitó a salir sin decir nada. Maestre, tenso, se dirigía hacia la puerta cuando Laurel hizo una última observación.

—Por cierto, capitán. Usted ya ha estado en el chalet del Guadarrama, ¿no es cierto?

—Sí.

—Excelente, porque supongo que estaría bien que fuera usted a darle la buena noticia a Germán, ¿no le parece?

—No sabría decirle. Eso es competencia del coronel Valdés.

—Ya. Lo supongo. Ha sido un placer, capitán.

—Lo hemos perdido —dijo Valdés sombrío.

—¿Qué significa lo hemos perdido? —preguntó Maestre con su mejor cara de sorprendido.

—Significa lo que te he dicho. Que lo hemos perdido. Se ha fugado.

Maestre calló un instante. ¿Qué le esperaba ahora? ¿Hacerse el ignorante indefinidamente o le iba a tocar buscarle?

—¿Se fugó del chalet del Guadarrama?

—Tal cual.

—¿Quién le vigilaba, la orquesta Mondragón? —se mofó Maestre.

—No me jodas, Miguel. Seguramente pardillos, becarios o gilipollas en prácticas. ¡Yo qué se! El caso es que se fue. Todo el mundo dice que fueron los suyos, una operación como la de la cárcel de Segovia. Bien planeada y bien ejecutada, pero ¿sabes qué?

—Qué.

—Que no me lo creo.

—Yo tampoco me creo que el servicio haya cambiado de opinión.

—Estamos en paz —dijo Valdés.

—¿Entonces? —inquirió Maestre, templado y frío.

—No sé. Supongo que nos limitaremos a cumplir órdenes.

—¿Por qué no crees que le hayan sacado ellos?

—Demasiado bien planeado y demasiado bien ejecutado. Exquisito. Ni un rasguño a los vigilantes, ni una huella. Por no haber no hay ni huellas de pisadas. Calzado de escalador, ¿sabes? De esos llamados pies de gato y un tipo oyó algo en inglés. Nada de euskera.

—¿Quién entonces?

—Alguien que no estaba conforme con el carpetazo al asunto Germán. Alguien que dio órdenes fuera de la cadena de mando y montó una operación. Alguien con medios y contactos.

—¿Quién te ha dicho lo del inglés? A lo mejor lo confundieron con euskera.

—El inglés no se confunde con el euskera, joder Miguel. Y los becarios aprenden inglés antes que a beber en vaso.

—Entonces, ¿por eso me habéis jodido durante tres días?, ¿alguien no se fiaba de mí?

—No seas gilipollas. Se te ha aplicado el reglamento. En esta casa todos somos sospechosos, ya lo sabes. Si alguien pensara eso estarías empapelado y yo contigo. Bien. Dejémonos de tonterías y vamos al grano. Mueve todos tus contactos, localízalo. Busca un rastro, mueve el culo; el cielo con la tierra. Recurre a los picoletos; tienes carta blanca, órdenes del director y a él se las han dado de más arriba.

—Como tú digas —respondió Maestre—, pero esto parece una prueba. Si lo encuentro es que no tengo nada que ver. Si no aparece seguiré siendo sospechoso.

—La vida es muy dura —rezongó Valdés.

Maestre salió del despacho, así que se perdió la llamada de éste, por el teléfono seguro, al despacho del director. Y la conversación del coronel con el jefe del CNI: no creo que aparezca, señor, por mucho que el capitán Maestre se ponga a ello. Es un hijo de puta y no se fiará. Eso si no está muerto que es lo más probable.

Nada más llegar a su hotel en Santander, Maestre hizo dos llamadas. La primera, a Eduardo Navarro, no obtuvo respuesta, la segunda, a Gloria en Pamplona, le obsequió con un jarro de agua fría.

—El canario que me regalaste se me ha fugado. Oyes, aprovechó un alambre doblado de la jaula y voló.

—Bueno. No te preocupes —respondió él con su tono más desenfadado— te compraré otro.

Luego le dijo: pasaré a verte un día de estos, ahora tengo mucho trabajo, y colgó. Se tomó un whisky de un trago, frente a la ventana, con la cabeza al ciento veinte por ciento, tratando de encajar en sus planes la huida de Iñaki. Preparó otra vez el maletín con algo de ropa y el portátil y reservó un pasaje para Santander, a primera hora de la mañana. Al menos, ahora todos estaban de acuerdo en que Iñaki de Mondragón, alias Germán, se había fugado.

La academia de inglés estaba cerrada, pero en una de las ventanas del segundo piso había luz, así que Maestre llamó insistentemente al timbre hasta que la voz de Kewell, ligeramente tomada, contestó con un seco: ¿quién diablos es?

En el cenicero del inglés había una colilla con carmín y en el ambiente un ligero perfume vagamente familiar, pero Maestre se limitó a archivar la información, deformación profesional, y luego se sentó frente a Kewell mientras éste iniciaba el rito de encendido de la pipa.

—Su alumno —dijo Kewell— Vino a clase.

—¿El miércoles?

—Eso es. A las siete, como siempre. Se mostró un poco decepcionado, pero no dejó ningún mensaje, ni se quejó.

Maestre asintió en silencio mientras Kewell le observaba como esperando una explicación. No era costumbre de Maestre compartir sus cuitas con nadie, pero parecía lógico llegar a la conclusión, nada difícil, que la ayuda de Kewell le era más necesaria que nunca. Alguien en quien confiar, tal vez un consejero, alguien con la suficiente experiencia. Le contó por encima su situación, sin dar detalles innecesarios y pudo ver en la expresión de Kewell la gravedad del asunto. Todo había sucedido demasiado deprisa, probablemente sin el tiempo necesario para reflexionar sobre sus pasos y ahora allí, sentado frente al veterano espía, Maestre se sentía un poco novato en aquellas lides a pesar de sus cinco años de servicio.

—Le contaré algo, señor Merino —dijo Kewell echando la cabeza hacia atrás como haciendo un esfuerzo para recordar—. Fue hace años, muchos años, en Aden, ¿ha oído hablar de Aden? —no esperó respuesta y siguió—. Teníamos que sacar del país a un individuo. Mejor no recordar el nombre ni los motivos porque yo de buena gana le hubiera pegado un tiro en lugar de ayudarle. El caso es que estábamos tan carcomidos de agentes dobles, espías y chivatos que no había manera de hacerlo de una manera limpia. Así que me las arreglé solo. Es decir preparé con mi equipo los dos planes habituales, ya sabe, el principal y el de emergencia. Pero al mismo tiempo, en persona, sin recurrir a nada oficial y de la forma más simple, monté un plan alternativo, una tercera vía digamos, ¿comprende?

—¿Y cómo lo sacó?

—Pues a eso iba. Le saqué un pasaje con su nombre auténtico en el ferry de Bombay. Le hice acompañar de una persona de confianza como taxista, alguien a quien no relacionaban conmigo. Las autoridades, las guerrillas y hasta algún celoso comisario británico le buscaba utilizando todos sus alias y sus nombres falsos. Nadie anotó su nombre auténtico, aunque claro, eso era un riesgo, lo reconozco —sonrió—, yo era muy joven. Pero funcionó. Se largó a Bombay y allí le perdí la pista.

—Interesante.

—Sí. También tengo que decirle que los suyos, o ¡vaya a saber quién!, le encontraron años después en Bangkok y murió en un feo accidente, pero eso es algo que sólo la providencia puede prever. Tampoco somos dioses.

—No. No lo somos.

—Lamento no poder ofrecerle más ayuda, pero ya debe saber que todo esto se nos escapa de las manos. Espero haberle sido útil.

—Claro que lo ha sido —dijo Maestre tendiéndole la mano. El inglés se la estrechó con fuerza.

—Se está usted jugando mucho, señor Merino. No sé si vale la pena.

—¿Valió la pena lo del Yemen, señor Kewell?

—Ja —sonrió de nuevo el inglés—, no sabría decirle. Por lo menos a uno le queda el sabor del deber cumplido. Juzgue usted si eso vale la pena.

Maestre se puso en pie y se dirigió a la puerta.

—Por curiosidad, ¿Qué clase de accidente?

—Un elefante.

—¿Un elefante?

—Sí. En una gira turística. Ya sabe, para millonarios americanos y esa gente. Los elefantes son sagrados en Tailandia y dicho sea de paso, son bichos con muy malas pulgas si se les molesta.

—Ya. Espero no tropezarme con uno —dijo Maestre antes de salir del despacho.

XX

La calle era ligeramente empinada, de modo que Maestre podía ver claramente la entrada del bloque de viviendas y la camioneta de telefónica aparcada un poco más lejos. Para estacionar su propio coche había elegido un lugar diferente al de la operación con Gorka, algo más lejos de la entrada. Se había puesto un jersey gris y unos vaqueros vulgares, como cualquier obrero de la zona y fingía dormitar sentado tras el volante. Al caer el sol, la calle, en la zona norte de Mondragón, apenas si tenía movimiento, alguna ama de casa rezagada que bajaba a la tienda antes de que cerraran y un par de ruidosas cuadrillas que se dirigían a Erdiko. Una hora antes, en el cuartel de la Guardia Civil de Oñate se había informado del dispositivo preparado para evitar la huida de Iñaki; todos los pasos fronterizos estaban ya estrechamente vigilados y la fotografía, la última tomada en el hospital de Pamplona, presidía los paneles de vehículos y despachos de la Benemérita desde Colera, en Cataluña, hasta Irún, incluida Mondragón. Maestre recordaba una película vista cuando era un crío. El feroz revolucionario, el guerrero, volvía a sus orígenes cuando se sentía perdido y buscaba la cercanía de la mujer amada y olvidada hacía años. Y esa era su muerte, pero estaba seguro que Iñaki, a pesar de todo, no sería tan ingenuo.

El balcón de Izaskun Arriola seguía con las persianas echadas y sin luz, pero estaba absolutamente seguro de que ella estaba allí, o cerca, y que de alguna manera ella le había dado refugio, había acogido al hombre que la dejó viuda de por vida, que la había traicionado y sin embargo aún le protegía y le cuidaba. Se lo imaginaba sentado en aquella salita, bajo la foto de Domingo, trazando algún plan de huida, de huida imposible que jamás lo alejaría de la muerte. En realidad, Maestre sabía que lo que estaba haciendo no tenía utilidad alguna. ¿Para qué orquestar una salida de España?, ¿para qué jugarse su carrera y un consejo de guerra por un asesino? Y sobre todo, ¿para qué por alguien condenado a muerte por el cáncer?

Con los ojos fijos en la puerta luchó contra el cansancio y trató de imaginar qué clase de relación tendrían aquellos dos, si es que estaban juntos. Una relación tan jodidamente difícil como la suya propia con Luisa, o tal vez más. Se dio cuenta entonces que hacía días, probablemente semanas que no hablaba con ella y de inmediato hizo el esfuerzo de quitarse de la cabeza su imagen. Tal vez cuando esto acabe. El reloj marcaba más de las doce cuando Maestre salió del coche y se acercó despacio hacia el bloque de viviendas. La entrada formaba un ángulo algo escondido, con una tapia de algo más de un metro de alto pegada a la pared y un jardincillo para niños al otro lado. Toda el área quedaba en la sombra, una sombra espesa, apta para agazaparse en ella. Se quedó allí, apoyado en la pared mirando hacia el fondo de la calle. La furgoneta de la telefónica seguía allí, como si la avería que los había llevado hasta la calle Guerra fuera eterna.

Izaskun Arriola apareció al filo de las dos de la madrugada. Llegó en un coche con un muchacho joven y se despidieron con risas y dos besos en la cara. Cuando el coche que la había traído desapareció tras una esquina, Izaskun hizo algo extraño. Dio unos pasos hacia atrás y elevó la mirada hacia su propio balcón oscuro. Luego sacó las llaves del bolso y entró en el portal. No tuvo tiempo de cerrar la puerta antes de que Maestre se colara tras ella y se quedaran frente a frente.

Maestre lo había previsto todo, incluso la opción de gritar pidiendo auxilio o el intento de escapar de él, pero nada de eso sucedió. Izaskun Arriola se le quedó mirando, primero sorprendida, luego algo asustada y finalmente la sintió relajarse, como si aceptara la nueva situación o la estuviera esperando. Sin decir una palabra se dirigieron al ascensor, ella delante, él detrás con la seguridad que le daba la Glock en su funda bajo la americana.

Ante la puerta de ella Maestre colocó ostensiblemente la mano sobre la culata y se retiró a un lado, dejando que ella abriera y entrara. Izaskun es una gran mujer, pensó; nada de histerias, nada de nervios, seguridad en todos sus movimientos, en el modo de meter la llave en la cerradura, sin vacilaciones, a la primera, en el gesto seco de girar la llave y el acto, seguramente mecánico, de empujar la puerta con el hombro para entrar.

Izaskun encendió las luces, lanzó sobre el taquillón las llaves y el bolso y entró con decisión hasta el salón. Maestre lo hizo detrás, despacio, esperando en vano ver de un momento a otro a Iñaki. Pero en el apartamento no había nadie.

—Voy a hacer café —dijo Izaskun y se dirigió a la cocina. Maestre la siguió todavía con prevención, pero el rápido vistazo al dormitorio, al cuarto de baño y a la habitación convertida en trastero le convenció de que allí no había nadie.

—¿Dónde está? —dijo.

—Escondido —respondió ella— tiene mucha experiencia en eso.

—Por qué mirabas entonces hacia el balcón. ¿A quién esperabas ver?

—Muy policial —dijo ella mientras ponía la cafetera en el fuego.

—¿Esperabas a alguien más? —insistió él—. ¿A alguien que tiene llaves?

—¿Por qué tengo que responder a tus preguntas? —le interrogó ella, tensa.

—Él me está buscando —dijo Maestre—. Estoy seguro que me necesita.

—¿Quién eres? —dijo ella con un acento agresivo. Era una guapa mujer, guapa en su madurez, pero en aquel momento tenía un brillo peligroso en los ojos, los labios apretados y casi blancos, la expresión helada como la hoja de un cuchillo, de quien no quiere hacer concesiones—. ¿Quién cojones eres?

—Ahora mismo soy la persona que quiere salvarle la vida. Y él lo sabe. Ha venido a buscarme, no me ha encontrado y por eso ha recurrido a ti.

—¿Cómo sé que no me engañas?

—Tan sencillo como preguntárselo a él. Es más. Creo que ya se lo has preguntado.

Izaskun no respondió. Sirvió dos tazas de café y se sentó a la mesa, la mesa cubierta con el mantel de cuadros rojos y blancos. La mesa de sus confidencias. Aquel hombre le repugnaba, le hacía recordar los peores momentos de su vida, pero al mismo tiempo sentía que su seguridad y su poder, obvio, eran la única cosa que les podía salvar.

—¿Esperabas a Navarro? —preguntó Maestre.

—¿También él está en esto?

—Sólo tratamos de ayudarle. Ha ido toda la vida con una gente a la que no se la abandona así como así. Ya lo sabes. Todo el mundo sabe lo que le pasó a Yoyes, a Pertur y a... Domingo.

—¡Y tú qué sabes de Domingo! —gritó ella rabiosa. Por un momento Maestre pensó que había cometido un error y que no debía haberlo nombrado. Izaskun sorbió la taza de café y luego encendió un cigarrillo.

—No está aquí. No es idiota. No se acercará a Mondragón, sabe que es aquí donde le estarán esperando. Quiere aguardar a que pase lo peor para cruzar la frontera, como en los buenos tiempos.

—Ahora hay patrullas con infrarrojos, satélites y agendas electrónicas, joder. No se cruza la frontera así. Está impermeabilizada. No daríais un paso y él lo sabe. Por eso me buscaba. Soy el único que os puede sacar.

—A cambio de qué.

—A cambio de nada.

—No puedo creerme que seas tan generoso. Los polis no sois tan generosos.

—Aún no te has enterado de que no soy un poli. Tengo un trato con él y mi parte del trato es sacarle de aquí con vida. Mira —Maestre apretó los dientes con furia—, no me gustas tú, no me gusta él, ni tu amigo Navarro, ni la purria con la que os relacionáis, ¿entiendes? No valéis lo que estoy haciendo por vosotros, pero lo único que tiene alguien como yo es su palabra. Y le di mi palabra.

Izaskun le miró en silencio y Maestre sintió que había hablado más de la cuenta. Era como quedarse al descubierto frente a un enemigo armado, como dejar que el psicópata descubra uno de tus puntos débiles. Un hombre de honor. El respeto a la palabra dada. ¿Era eso? Tal vez, Miguel, se dijo, no sirves para esto. No eres el espía perfecto.

A través del humo del cigarrillo, Izaskun le miró con algo parecido al odio. Maestre vio sus labios apretados, sus mandíbulas encajadas con fuerza, sus ojos verdes brillando como si dieran más luz que las halógenas de la cocina. Y entonces Maestre lo vio claro. Era ella. Ella había orquestado aquel drama que había atravesado el tiempo y el espacio. Era ella, era aquella mujer excepcional la que había desatado todos los demonios del infierno, la que había encendido a Domingo y le había llevado a la muerte, la que había empujado a Iñaki al asesinato y a la traición, la que había removido a Eduardo Navarro y le había obligado a implicarse, la razón de todo. Y paradójicamente, Maestre se sintió seguro. Ya lo sabía todo. Ya sabía los motivos de Iñaki Sagarzazu, alias Iñaki de Mondragón, ya sabía por qué Navarro se había metido en aquello. Ya sabía por qué había muerto Domingo.

—¿Le querías mucho? —preguntó.

—A quién.

—A Domingo.

—Jódete.

—¿Y a Navarro? ¿estás liada con él?

—No es cosa tuya.

—Sí. Lo sé. Supongo que ahora ya no importa —Maestre sorbió el café lentamente antes de seguir hablando—. Tenéis pasajes en el ferry de Santander a Plymouth y en el de Liverpool a Dublín. Desde Playmouth es fácil llegar a Liverpool en tren. Es todo lo que puedo hacer. En Dublín es seguro que Iñaki aún tiene algún contacto. Tal vez podáis iros a Estados Unidos. También tendréis dinero…

—Sabes que él no durará mucho, ¿verdad? —dijo ella—, por eso estás seguro de que le acompañaré.

—Lo que tú hagas es cosa tuya. No me importa, sólo me importa sacarle de aquí.

—Lo tienes todo planeado. Yo acompaño a Iñaki para que se vaya. No durará mucho, ¿no? Y cuando muera vuelvo y me quedo con Navarro. Así él también colabora. Yo soy algo así como ¿el comodín?, ¿el premio? ¿qué se supone que soy?

—No soy psicólogo. No me interesan vuestras cosas. Tengo un trabajo que hacer y lo hago. ¿No lo entiendes? Es un trato. Él ha cumplido y ahora me toca cumplir a mí.

—Les ha entregado, ¿no? Os los ha puesto en bandeja y el premio era irse lejos con su chica.

—¿Dónde está? —insistió Maestre.

—En Aránzazu —dijo ella.

—Joder. En los morros de la benemérita. ¿No tenías otro sitio?

—Mi casa. ¿Te gustaba más?

—Bien —dijo Maestre sin hacer caso de su agresividad—. Te diré lo que vamos a hacer.

Realmente a Ángel Valdés, coronel jefe de Operaciones en el CNI, no le gustaba salir de su despacho. Habían pasado ya los tiempos de patearse ciudades lejanas, de saltar de trenes en marcha o de lanchas neumáticas en playas solitarias. Le gustaba su trabajo, mucho, pero un trabajo que a aquellas alturas requería más conocer a la gente que tener buena forma física. Y Valdés era un maestro en conocer a las personas, por eso estaba absolutamente convencido de que su subordinado y amigo, el capitán Miguel Maestre Marín se traía algo entre manos y algo por lo menos ilegal, si es que no era francamente delictivo. Los agentes que había puesto para vigilarle le habían confirmado que Maestre hacía lo que tenía que hacer, es decir, mover sus contactos para tratar de localizar a Iñaki, alias Germán. Los hombres de Valdés vigilaban a Blanca en Pamplona y a Eduardo Navarro en Madrid, pero ninguno de los dos hacía movimiento alguno. Y los que vigilaban la casa de Izaskun Arriola en Mondragón tampoco habían detectado nada extraño. Maestre se había intentado poner en contacto con Navarro, al parecer sin conseguirlo, y había hablado con Gloria para escuchar, ¡cielos! que se le había escapado un pájaro. ¿Qué pájaro, Gloria?, ¿el que vigilabas para él? Y finalmente había ido a Mondragón a ver a la amiga de Iñaki, pero dando un curioso rodeo. ¿Por qué no has ido directamente, Miguel? ¿Intentabas despistar a los que te seguían? Maestre había estado en el cuartel de la Guardia Civil de Oñate pero a pesar de estar a un paso de Mondragón, sus hombres le habían dicho que había tomado la dirección contraria, hacia Zumárraga, por una horrible carretera comarcal. O sea que, había vuelto hacia Mondragón por Bergara sin que sus chicos le perdieran, por suerte. Lo único cierto era que la última comunicación de Maestre decía que tenían que verse aquella misma noche. Pero del pájaro, ni rastro. ¿Me crees idiota Miguel?, ¿por dónde le vas a sacar?, ¿dónde le tienes escondido?, en Mondragón probablemente, por eso has ido allí. ¿Y si se te ha fugado de verdad y has tenido que ir a buscarle? Entonces has ido al puñetero pueblo y estás tan vendido como yo.

Valdés llegó a Sondica a primera hora de la mañana. La primera llamada en espera, nada más encender el móvil, era la de su oficina para comunicarle que Gloria volaba ya en un avión militar con destino a Ávila, a un nuevo nido íntimo preparado después de desmantelar el del Guadarrama. Y en el hall del aeropuerto, elegante como siempre, relajado y con semblante serio le esperaba Miguel Maestre acompañado de un par de jóvenes de paisano que disimulaban tanto su pertenencia a la Guardia Civil como un obispo con sus mejores galas disimularía su pertenencia a la Iglesia.

Se metieron en el coche oficial sin decir una palabra, tras un apretón de manos. Lo peor para Valdés era la duda. No saber exactamente a qué estaba jugando su subordinado; le ponía de mal humor, aunque era obvio que jugaba a algo. No obstante, por alguna razón era su mejor hombre, porque era capaz de estar haciendo algo tan ilegal como vender el Valle de los Caídos por parcelas y hacerlo sin inmutarse.

—¿Le has localizado? —preguntó Valdés nada más arrancar.

—No. Arriola no colabora.

—No has sido muy hábil.

—Iñaki no puede ir a ninguna parte. Él confía en mí. Es ella la que no confía. No ha habido manera de que me dejara acompañarla y me ha advertido que si la seguía no había trato. Además —añadió mirándole de reojo—, es de suponer que el equipo que pusiste detrás de mí está ahora tras ella.

—Eres muy gracioso. ¿Y el pasaporte?

—Aquí —se lo mostró Maestre—. No irá a ninguna parte sin él. Y el nombre de Oswaldo Granado, ciudadano panameño, está ya en todos los controles y fronteras. Sólo podrá salir contratado por el buque Izmir. Punto de embarque, puerto de Bilbao. Allí le daremos el pasaporte y el dinero. No puede hacer nada más, está atrapado.

—Bien.

Cuando llegaron al canal de Deusto era poco menos de la medianoche. Aparcaron en la esquina de uno de los hangares, en completa oscuridad, pero Maestre no dejó de percatarse del fuerte dispositivo policial. Había agentes emboscados por todas partes, un muestrario completo de los cuerpos policiales operativos en el País Vasco, públicos y privados. Un capitán de los gar de la guardia civil se acercó hasta Valdés, se cuadró y le habló al oído.

—Ahora sólo queda esperar —dijo Valdés. Maestre consultó su reloj y echó un vistazo al viejo carguero con bandera de Liberia.

—¿A qué viene este despliegue? —preguntó Maestre—. Se supone que sólo venimos a despedirle.

—Me gusta hacer las cosas bien —respondió Valdés sin mirarle.

Y

La religiosidad de Izaskun Arriola era algo muy relativo. Solía ir a las bodas, los bautizos y los funerales e incluso alguna vez a algún oficio religioso destacado, como una misa del gallo o la celebración de San Juan, pero ahí quedaba todo. Hacía años que había dejado la misa de los domingos y desde luego también la confesión. Así que se sintió un poco extraña cuando entró en la parroquia aquella tarde y se arrodilló frente al confesionario. Conocía, desde luego, al padre Urrutia, viejo como casi todos, franciscano y oriundo de Leza. Naturalmente se sorprendió al verla y mucho más se sorprendió cuando Izaskun le encomendó una misión que no tenía nada de divina. ¿Y pues?, dijo él. Es una misión terrenal, padre, pero que estoy segura que Dios se lo agradecerá porque es por una buena causa.

Cuando salió de la iglesia, el joven con cazadora que la había seguido desde su casa volvió tras ella manteniendo la distancia, así que el chico no pudo ver cómo, minutos después, el padre Urrutia salía por la puerta lateral y se encaminaba a su viejo Dyan, el carromato, como él mismo le llamaba. No oyó quejarse y toser al motor hasta que se puso en marcha, ni vio al decrépito vehículo salir en dirección a la carretera de Oñate.

La congoja apretaba el pecho de Izaskun. Una opresión difícil de definir entre el odio, un odio irracional hacia todo y hacia todos y la inercia ineludible que la llevaba hacia algo que jamás hubiera creído que podía hacer. En el salón de su casa estaba preparada la pequeña maleta; las persianas cerradas, el agua cortada para que no goteara la cisterna, los muebles cubiertos para que no se llenaran de polvo. Me habéis organizado la vida, se decía, desde que era una cría he seguido el camino que me habíais marcado, unos y otros. Tenía ganas de llorar. Iñaki le había dicho, no me quiero ir, no me iré, pero ella le había convencido. Dicen que corro peligro, que me presionarán para llegar hasta ti, que tenemos que irnos una temporada hasta que todo esto cambie. Y ninguno de los dos decía la verdad: es sólo cuestión de unos meses, tal vez de semanas. El cáncer hará su trabajo y todo habrá terminado.

Desde el balcón observó que la furgoneta de la telefónica había desaparecido y que el joven que la seguía hablaba con su compañero en el coche aparcado frente a su casa. Miraron hacia arriba, habló uno de ellos por el móvil y se quedaron allí, como si en sus vidas no hubiera nada mejor que hacer. El guapo amigo de Eduardo le había asegurado que no pasaría nada. Que los chicos se limitarían a dar fe de que ella se iba de casa. Así que no tenía más que esperar a la hora convenida, coger su coche y salir en dirección a Bergara, como si fuera a Bilbao. Al llegar a la autopista, en Placencia, tomas la dirección a Santander, le había dicho él. No te seguirá nadie, no lo necesitan. Estación marítima, muelle de Plymouth. ¿Por qué lo estoy haciendo? ¿por qué me tengo que ir con él a Dios sabe dónde? Ellos le mataron. Mi amigo Iñaki. Y él y Eduardo forma parte de una sucia trama.

El callejón donde estaban aparcados era como un pozo negro. Santi sentía que le ardían los ojos, tal vez por la falta de sueño, pero le había sido imposible dormir en las últimas veinticuatro horas. Un poco más lejos chapoteaba el agua contra el muelle con un sonido rítmico y sucio. Ante ellos, al otro lado de la ría, Santi veía las luces de la ciudad, como si colgaran encima de un manto negro. El coche era un todo terreno de altas ruedas, negro y poderoso y el asiento amplio y cómodo y su altura sobre el asfalto le permitía dominar toda la longitud del estrecho pasadizo entre los dos tinglados. El brazo apoyado en la puerta le temblaba ligeramente pero trató de achacarlo a la postura un poco forzada. Instintivamente se rascó la muñeca izquierda, allí donde debía estar el reloj y preguntó al chico sentado junto a él, al volante: Zer ordu da?

—La una menos diez —respondió el joven.

A Santi ir en aquel vehículo le daba una cierta sensación de seguridad útil para contrarrestar la escasa confianza en Aitor, el joven inexperto que lo conducía, extraído de la kale borroka. No lo conocía demasiado, sólo de algunos encuentros en las calles del barrio viejo. En realidad era en Gorka en quien siempre había confiado y al que hubiera querido tener como apoyo, pero así eran las cosas. Sintió que se le erizaban los cabellos de la nuca cundo recordó a Gorka y la mancha oscura que se había formado en la arena, bajo su cabeza. Todavía le costaba dormir por las noches con aquella imagen, por mucho que bebiera o por mucho que Ubiña se empeñara en decirle que era una guerra y que eran soldados. Euskal Herria-ren soldaduak gara.

—¿Qué? —preguntó Aitor.

—Nada. Pensaba en voz alta. ¿Estás nervioso?

—No, nada. Bueno… un poco.

Santi miró por el retrovisor. El callejón estaba más oscuro si cabe detrás de ellos. En aquel momento se sentía vulnerable, sin la más remota idea de por dónde o cuándo iba a aparecer su objetivo.

—Acuérdate —dijo, aparentando más aplomo del que tenía—. El motor apagado, ¿entendido? Cuando me veas venir, arrancas. No pongas el seguro a las puertas. Salimos por el hangar grande, el que hemos visto al entrar y cambiamos el coche en el paseo.

—No te preocupes.

En realidad lo que preocupaba a Santi era otra cosa. Lo tengo que hacer, nos ha traicionado, eso está claro. Pero… ¿por qué yo? Se lo había preguntado a Ubiña. Porque confiamos en ti. Santi pensaba que tal vez Iñaki todavía tenía muchos amigos en la organización y que no todos estarían de acuerdo en que él era el traidor. Intentó relajar los nervios y se recostó notando la presión del arma en la cintura. Era una nueva P245 que sólo había disparado él, un arma virgen, le habían dicho, lo último de Sig Sauer. Una nueve milímetros, semiautomática, precisa y compacta, de seis tiros y de una belleza estremecedora.

—¿Qué hora es? —preguntó de nuevo. Antes de que Aitor pudiera responder, el móvil de Santi zumbó en su bolsillo, como un agresivo insecto.

—Bai —dijo Santi. Al otro lado, una voz de hombre, suave y grave dijo: le acaban de dejar en el aparcamiento.

—Graziak —murmuró Santi, tenso. Después de colgar el teléfono, con cuidado, sacó la pistola del cinturón, se aseguró de que había una bala en la recámara y que el seguro estaba puesto. Intentó sonreír al recordar las enseñanzas de Iñaki: el seguro puesto hasta el último momento, no serías el primer imbécil que se dispara en un pie.

—Bien. Adia. Deséame suerte —dijo mientras salía del vehículo.

—Zortea —murmuró Aitor.

Iñaki se fue directo al gran aparcamiento, deslizándose por las paredes oscuras. Sintió frió al salir al espacio abierto del aparcamiento. No había demasiados coches, tal vez una docena, silenciosos y quietos, como si no quisieran interponerse. El cielo estaba despejado y en lo alto, si no fuera por el halo de luz de la ciudad, hubieran brillado las estrellas, frías y lejanas. Todo estaba en silencio, hasta la respiración de Santi era silenciosa.

La cabeza le bullía como una olla sobre el fuego. Trató de concentrarse en las enseñanzas de Iñaki, de su objetivo. Todo ha de ser mecánico, sin pensar nunca en él como en una persona. Pero, ¿cómo puedo hacer eso si el hombre que me ha instruido es el que tengo que matar? Y no es que dudara, Santi sabía cuál era su obligación. La cuestión era que no podía casar las instrucciones con el objetivo y en su cabeza desfilaban una y otra vez las largas charlas en los cafés, las sesiones de tiro en Hasparren, las cuatro veces que le había acompañado en otras tantas acciones, hasta aquel día en Barcelona. Santi sabía que había sido aquel día cuando percibió que Iñaki ya no era el de siempre. Le había visto vomitar cuando salía del aparcamiento. Un aparcamiento como aquel. No. No era como aquel, ni mucho menos. Este era un espacio abierto, una explanada negra en la noche santanderina.

Y

Es una explanada amplia y desnuda, con unas cuantas farolas que iluminan sobre todo las esquinas. Y un hombre apoyado en una de las farolas. Es de estatura media, aunque está delgado, mucho más delgado que la última vez que le vio. Está fumando, pero Iñaki no fumaba, ¿no? Tal vez ha adelgazado y ha vuelto al tabaco. Santi se acerca despacio aunque con decisión. Echa la mano atrás para rozar la culata del arma. Ha andado una veintena de pasos desde que dejó el callejón y le quedan al menos otros cuarenta. Sí, es Iñaki aunque ha perdido pelo también. Visto así parece un viejo, un pobre hombre consumido, con un cigarrillo en la mano. ¿Qué has hecho Iñaki?, ¿nos has traicionado?, ¿es por eso?, ¿qué me estoy cuestionando?

Es él. Claro. El maestro, el compañero, el hombre al que ha cubierto las espaldas tantas veces, el que se lo ha enseñado todo. Santi le ve brillar los ojos, cada vez más cerca. Ha lanzado el cigarrillo al suelo y pisa la colilla con fuerza, retorciendo el pie sobre ella sin quitar la vista de él. Santi lleva una sudadera con la capucha colocada sobre la cabeza, ni se acuerda cuándo se la ha colocado. Como un jovenzuelo cualquiera a la moda, pero sabe que Iñaki le ha reconocido. Ya está muy cerca y Santi toma con fuerza la culata de la pistola. Es una magnífica arma, piensa. Ha llegado frente a él, pero no hay posibilidad de sorprenderle. ¿Y si va armado?, claro que va armado. Soy imbécil, piensa, me he acercado de frente, ¡me va a matar! Es mucho más hábil que yo. Santi siente el miedo nacerle en el vientre y subirle como una bilis esófago arriba hasta estallarle en la boca, como un vómito amargo. Es incapaz de decir nada y la mano le tiembla cuando extiende el brazo ante él apuntando a la cabeza.

—Hola, Santi —dice Iñaki con una voz extraña. Demasiado ronca, demasiado tensa. Alguien va a morir. Santi se ve incapaz de apuntar, no sabe si es sudor o si son lágrimas lo que le nubla la vista.

—Tú, nos has traicionado —balbucea. E Iñaki se ríe, una carcajada seca y corta.

—¿No vas a disparar? —pregunta—. Con las dos manos. No puedes fallar…

Santi eleva el arma, tiembla, suda y dispara… el estampido no es tan fuerte como esperaba. Es una magnífica arma y un agujero negro y humeante se abre en el poste de la farola. Iñaki ha desviado la cabeza instintivamente, al oír el disparo, pero no ha sido eso lo que le ha salvado, sino el temblor de la mano de Santi. La Sig Sauer sigue temblando, como si estuviera viva y entonces en un rápido movimiento, Iñaki saca su propia pistola. Es como un duelo en un OK Corral oscuro y silencioso, a pocos metros del mar, con la muerte planeando bajo un cielo posiblemente estrellado. Iñaki no dispara, nunca ha pensado en disparar y recibe en el estómago los dos tiros nerviosos de Santi. Ha sido un acto reflejo, todo lo contrario del buen activista, del buen asesino, dos balas del 45 directas y mortales.

Cuando cae al suelo, lentamente, resbalando por el poste, Iñaki sonríe. Santi no lo oye porque ya corre hacia el todo terreno, pero de labios de Iñaki sale una frase mezclada con sangre: jadanik sendatu.

XXI

—¿Qué cojones está pasando? —le espetó Valdés con un brillo peligroso en los ojos.

—No sé qué quieres decir —respondió Maestre elevando las cejas en actitud de ignorancia.

—Quiero decir que son casi las seis de la mañana, que el puto barco ese va a zarpar dentro de un rato y que tu amigo sigue sin aparecer.

—No creo que al capitán del puto barco —remarcó la frase Maestre— le importe. Y no es mi amigo.

—No me toques los cojones, Miguel. ¿Dónde está?

—¡Y yo qué sé dónde está! —exclamó Maestre en un ataque de sinceridad—. ¿Has hecho seguir a la mujer? Ella era la encargada de pasarle la información, joder.

—Si me la has jugado, te juro por mis hijos que te empapelaré. Vas a ir a parar a Cartagena, pero no al Centro de Instrucción sino al penal de Galeras.

—¿Yo?, ¿te la he jugado yo? ¿te crees que me he tragado eso de que le ayudábamos a fugarse y dices que te la he jugado yo?

—Mira, capitán, tengamos la fiesta en paz. ¿Dónde está? Tú le tenías en Pamplona. Gloria está a estas horas cantando la Traviata y reza para que no me entere yo de quién le sacó del Guadarrama.

—No tengo ni idea de qué hablas. Fui a ver a Izaskun Arriola, le di el recado para Iñaki y me vine para aquí. Lo sabes desde el primer momento. Te dije que la siguieras y por lo visto no lo has hecho. No sé nada de Pamplona ni del Guadarrama.

Valdés le apuntó con el dedo pero por un momento prestó atención al auricular pegado a su oreja y murmuró un «¿cómo dices? Repite eso» ácido y agresivo.

La mirada de Valdés a su subordinado podía haber atravesado un blindaje: aún no ha salido, dijo mordiendo las palabras.

—¿Qué?

—Que tu amiga aún no ha salido de su casa —miró el reloj—. Si estamos haciendo el idiota…

—Les ha dado esquinazo, es muy hábil —dijo Maestre.

—Reza para que aparezcan.

—No te la he jugado, Ángel. No más que tú a mí.

—Fúndete —ladró Valdés—. Cuando acabe esto procura desaparecer de mi vista y que no te vea en los próximos seis meses. Eso si no has tenido nada que ver.

—A tu mujer… —la frase se quedó en el aire cuando Valdés le hizo un gesto autoritario con la mano. Luego, el coronel se la llevó al oído en un gesto de atención al auricular.

Sin decir nada salió del coche y cerró la puerta con tal violencia que todo el vehículo se estremeció como si hubiera caído en un tornado. Maestre se quedó quieto, sin mover un músculo, mientras le veía hablar por el auricular, al borde de la histeria. De espaldas al coche, Valdés se metió las manos en los bolsillos y Maestre percibió en el aire el esfuerzo de su jefe para dominarse. Era como si una especie de cable eléctrico volteara alrededor de la figura de Ángel Valdés trazando surcos de fuego. Lentamente, Valdés se dio la vuelta y Maestre creyó ver en su cara algo parecido a la tranquilidad cuando se acercó hasta la ventanilla del conductor y le murmuró algo al oído. El coche oficial se ponía en marcha cuando Valdés entró en él y cerró la puerta, esta vez con exquisito cuidado y se recostó en el asiento. Se tomó su tiempo para contestar a la pregunta de Maestre: ¿qué pasa? Y lo hizo con una expresión que, casi, rozaba la satisfacción:

—Que le han encontrado.

Sobre la mesa de la cocina, la vieja mesa cubierta de un mantel a cuadros rojos y blancos, Izaskun Arriola contemplaba los pasajes para el MV Pont Aven. Un camarote doble exterior en la cubierta C.

A mano, en letra azul puntiaguda y profesional estaba su propio nombre y el de Ignacio Sagarzazu, el nombre auténtico de Iñaki que debía partir con ella hacia un incierto destino en el Reino Unido. Dieciocho horas de travesía desde Santander hasta Plymouth, le había explicado el guapo amigo de Eduardo. Luego el tren, cosa de ellos, y otros dos pasajes en la línea Irish Sea. «Ves con tiempo suficiente, pero no con demasiada antelación», le había dicho. Tenía que embarcar una hora antes de la salida, media como mínimo. Y debía encontrarse con Iñaki en la cafetería, mezclados con un buen puñado de viajeros. «No hay control de pasaportes para los ciudadanos de la Unión, así que no tendréis ningún problema». Sobre la cartulina azul, con la foto de un precioso barco blanco había una pequeña mancha húmeda, redonda y estrellada, pero Izaskun no se dio cuenta de lo que era hasta que otra apareció de pronto, como una gota de lluvia. Estoy llorando, se dijo. El reloj del comedor dio la hora, las cinco de la mañana. Aún podría llegar si saliera corriendo, pero, ¿para qué?, se preguntaba.

Las cosas no eran siempre como una espera, al menos eso era lo que ella había aprendido de la vida. Así que no se hubiera extrañado de ver a los geos en la Estación Marítima o a la Guardia Civil pedir aleatoriamente pasaportes y pasajes a los presentes. Tomó un sorbo de café amargo mientras veía las espigas doradas que adornaban las cortinas y el halo de luz de la farola en la calle. Mientras, en el puerto de Santander, en el aparcamiento extrañamente vacío de vehículos, cerca ya del muelle, un grupo de hombres, algunos acuclillados en el suelo y otros de pie observaban un bulto en el suelo. Aunque estaba demasiado lejos, la gente arremolinada en los ventanales de la cafetería, podía apreciar una cinta amarilla colgando, de las que usa la policía para acotar un espacio.

Izaskun se puso en pie, olvidando la taza de café y se acercó al televisor encajado entre la nevera y la pared. Al pasar por la ventana vio el coche abajo, en la calle, en el mismo sitio y con los mismos hombres en su interior. Un coche en nada parecido al vehículo oficial, negro y estilizado que llegaba al puerto de Santander en aquel instante y del que descendían dos hombres. Tras los cristales del bar, con el sol apuntando, Izaskun, de haber acudido a la cita, hubiera reconocido a uno de los hombres, su porte elegante, su traje gris bien cortado, su pelo un poco informal.

Todo era algo irreal en sí mismo, la luz del sol todavía bajo, la soledad y el vacío del aparcamiento, el cuerpo tendido en el suelo, cubierto con una manta, bajo el que refulgía una gran mancha de sangre, y el guapo amigo de Eduardo que se inclinaba y levantaba la punta de la manta mientras hombres trajeados o uniformados les miraban, expectantes. Izaskun se acercó al televisor, pero antes de acertar a encenderlo, un sollozo la rompió y se dejó caer al suelo mientras ocultaba la cara en las manos, sintiendo que el mundo se hundía bajo sus pies.

Cuando Maestre entró en la casa, horas después, forzando la puerta, la encontró todavía tendida en el suelo de la cocina, apoyada contra la pared y con los ojos abiertos, como muertos. Después para ella todo fueron imágenes inconexas, un coche, una carretera, un bar en alguna parte, un rostro regular y duro explicándole que nada de aquello había pasado. Que ella no sabía nada, que no existían los pasajes de barco y que no había llamado a nadie para avisar de la huida de Iñaki. ¿Una venganza? No hay ninguna venganza porque no ha muerto nadie. Yo no he visto ningún cadáver. No hay ningún cadáver, porque, ¿sabes? Hay un anuncio de tregua. ETA ha dejado de matar. Se acabaron los cadáveres, se acabó. Sí, claro, tiene un precio. Todo tiene un precio, pero ya está pagado. Tú no sabes nada y por tanto no tienes nada que ver en esto. Iñaki Sagarzazu, alias Iñaki de Mondragón, salió hace mucho tiempo de su pueblo y nunca ha vuelto. Nadie sabe nada de él. Olvídalo, tú, la mujer de un solo hombre. Vuelve a casa. Todo ha terminado.

Y

Esther Pagán de Valdés abrió la puerta antes de que Miguel Maestre pudiera siquiera tocar el timbre. Le abrazó con fuerza, la cara iluminada con una sonrisa y le estampó dos besos en las mejillas dejándole un rastro de sutil perfume.

—Por fin —dijo ella—. Estás guapísimo. Te sienta muy bien la pajarita.

Entraron cogidos del brazo mientras Esther le reprochaba, una vez más, que hubieran pasado más de dos meses desde la última vez que apareció por su casa. Junto a la piscina, cóctel en mano, dos docenas de personas charlaban indolentemente con una sutil música de fondo, ellas con vestido largo, ellos con traje y pajarita. Nada de uniformes, aunque Maestre sabía perfectamente que había más estrellas allí que en el firmamento. Se dejó llevar por Esther de Valdés hasta el centro del grupo y tomó la copa que le ofreció un camarero mientras ella llamaba la atención de los presentes: señoras, señores, para quienes no le conozcan les presento al comandante Miguel Maestre Marín. Hubo copas alzadas, inclinaciones de cabeza y algunos besos en las mejillas de las señoras. Entre los que sí le conocían, Maestre reconoció a Hardy y a un par de altos cargos más, aunque su mirada se posó en su amigo y jefe Ángel Valdés que, copa en mano y ante dos erguidos invitados, le miraba con una expresión que podía haber sido la del oficial del pelotón de fusilamiento.

—A tu salud —le dijo Maestre antes de beber un sorbo.

—A la tuya, comandante.

—Enhorabuena —dijo uno de los acompañantes. Los dos elevaron sus copas y luego se alejaron discretamente.

—Dijiste que no me querías ver en los próximos seis meses y sólo hace dos —dijo Maestre.

—Soy voluble —respondió Valdés.

—Lo que pasa es que no te has atrevido a enfrentarte a tu mujer.

—Ni tú a Luisa.

—La he llamado, pero no ha querido venir.

—No se lo has pedido con el suficiente énfasis.

—Uno, que es así —rezongó Maestre.

—Esther quería conocerla. La has decepcionado.

—Pues no lo parece. Me ha recibido con mucho cariño.

—Ya sabes cómo son las mujeres. Y a propósito de mujeres. ¿Qué sabes de nuestra amiga de Mondragón?

—¿No está en Madrid?

—No, que yo sepa. Los beneméritos al menos no me lo han dicho. Ya sabes, un poco de vigilancia, un poco de protección y un poco de secreto.

—Los aizkolaris no le harán nada. Sólo le querían a él. Además, ya no tiran de pistola, ¿no? Se cargaron al último mohicano.

—No seamos desagradables, comandante. Como decía el poeta, bien está lo que bien termina.

—Sí. Me conmueve tu ternura —dijo Maestre.

—Ya. Ven, verás. Lo he estado pensando y creo que... debo presentarte a alguien. —Valdés salió de la biblioteca y se dirigió hacia el interior de la casa. Maestre le siguió hasta el despacho al fondo del pasillo. Había algo extraño en el ambiente. Unas voces con sordina, una música lejana y suave. El rumor del viento entre las hojas de los árboles y un casi imperceptible olor, peculiar, en que se mezclaba el perfume de Esther, el polvo de una vieja casona y el barniz recién renovado.

En uno de los sillones orejeros había un hombre. Relativamente joven. Poco más de cuarenta años tal vez, aunque podrían ser cincuenta. Tenía el aspecto de un oficinista cualquiera, o de un empleado de banca. Elegantemente vestido y con una copa en la mano. Se levantó al ver entrar a Maestre, dejó la copa sobre la mesilla auxiliar y se acercó a ellos con paso lento, como con cierta prevención.

—Te presento a Javier Elorza —dijo Valdés con su voz cavernosa, lenta y fría.

La estancia estaba iluminada apenas por una lámpara de pie, pero Maestre no necesitaba luz para comprender.

—¿No dices nada? —preguntó Valdés.

—¿En verdad puedo decir algo? —preguntó Maestre retóricamente.

—Tal vez quieras una explicación —aventuró el coronel Valdés.

—¿Una explicación? En este negocio no se piden explicaciones. Es lo primero que aprendí.

—Era necesario. Estaban a punto de descubrirle. Así que ideamos una estratagema.

—Claro —dijo Maestre sin quitar los ojos de Elorza—. El superviviente. El hombre que ha mantenido su número tres sin importar quién fuera el uno o el dos.

—¿Era necesario decírselo? —dijo Elorza, mirando a Valdés.

—La estratagema era que Iñaki fingiera la traición y toda la organización se pusiera a perseguirle —aclaró Valdés, como si Maestre no lo hubiera adivinado.

—¿Fingiera? ¿Y cómo sabéis que estaba fingiendo?

—Porque yo se lo ordené —espetó Elorza.

—Era un asesino —dijo Valdés—. Un hijo de puta y ahora la organización está tranquila porque cree que ha liquidado al topo. Ha salido a la perfección. Nos hemos librado de un cabrón y hemos limpiado a nuestro hombre.

—¿Y mi papel en todo esto?

—Ya lo sabes —rezongó Valdés—. Eres un profesional. Has cumplido órdenes y las has cumplido bien. Y has tenido tu recompensa.

—¿Alguien más sabía esto?

—Nadie —afirmó Valdés rotundo—. Nosotros tres.

—Eres un cabrón coronel, ¿lo sabes?

—Sí. Un cabrón que no va a preguntar cómo escapó Sagarzazu del chalet ni porqué no estaba en el puerto de Bilbao, donde debía estar. El cabrón que no quiere saber en casa de quién se escondió Sagarzazu.

—Claro. Un juego de traiciones —afirmó Maestre— y acaba muerto un tipo que de todos modos iba a morir.

—Bueno —dijo Elorza—. Le hemos curado el cáncer, ¿no?

Maestre apretó los dientes y valoró seriamente la posibilidad de sacar la Glock de su funda y pegarle un tiro al auténtico traidor.

Aquella tarde, sentado en su despacho, reflexionó largamente sobre el sentido de la vida y otras chorradas. Esperanza evolucionó un rato a su alrededor, fingiendo que ordenaba papeles pero, convencida de que su jefe, ya comandante, esperaba el momento de decir algo. Sobre la mesa, negra y familiar, estaba la Glock 23, todavía sin usar.

—¿Sabes Esperanza? No siempre hacemos lo que tenemos que hacer.

FIN

Barcelona. Otoño de 2008.

Este libro utiliza el tipo Aldus, que toma su nombre
del vanguardista impresor del Renacimiento
italiano Aldus Manutius. Hermann Zapf
diseñó el tipo Aldus para la imprenta
Stempel en 1954, como una réplica
más ligera y elegante del
popular tipo
Palatino

***
**
*

El espía imperfecto se acabó de imprimir
en un día de invierno de 2008, en los
talleres de Brosmac, carretera
Villaviciosa de Odón
(Madrid)

***
**
*